„Was den Menschen deutlich vom Tier
unterscheidet,
das ist sein Bewußtsein von sich selbst;
allein, was das Tier vom Menschen
unterscheidet, ist
sein unbeirrbarer Instinkt...

MORD ZWEITEN GRADES

EIN ROMAN VON DAVID NIEMANN

Mord zweiten Grades
Oktober 2000
ISBN 3-8311-0776-9
Herstellung: Libri Books on Demand

david_niemann@gmx.net

Mit vielem, vielem Dank an meine Freundin Doreen für ihre unendliche Geduld und Inspiration, sowie an den wahrscheinlich größten Germanisten Herrn Menning, der mir so viele Anregungen lieferte, ohne es selbst zu ahnen ...

"Die erste, einfachste, stets vorhandene Aeußerung des Verstandes ist die Anschauung der wirklichen Welt: diese ist durchaus Erkenntnis der Ursache aus der Wirkung *Die Veränderungen, welche jeder thierische Leib erfährt, werden unmittelbar erkannt, d.h. empfunden, und indem sogleich diese Wirkung auf ihre Ursache bezogen wird, entsteht die Anschauung als eines Objektes ... Sie* (die Beziehung zwischen Wirkung und Ursache) *ist die Erkenntnisweise des reinen Verstandes, ohne welchen es nie zur Anschauung käme; sondern nur ein dumpfes, pflanzenartiges Bewußtseyn der Veränderungen des unmittelbaren Objektes übrig bliebe, die völlig bedeutungslos aufeinander folgten, wenn sie nicht etwan als Schmerz oder Wollust eine Bedeutung für den Willen hätten. Aber wie mit dem Eintritt der Sonne die sichtbare Welt dasteht; so verwandelt der Verstand mit einem Schlage, durch seine einzige, einfache Funktion, die dumpfe, nichtssagende Empfindung in Anschauung. Was das Auge, das Ohr; die Hand empfindet, ist nicht die Anschauung, es ist bloße Data. Erst wenn der Verstand von der Wirkung auf die Ursache übergeht, steht die Welt da, als Anschauung im Raume ausgebreitet, der Gestalt nach wechselnd, der Materie nach durch alle Zeit beharrend; denn er vereinigt Raum und Zeit in der Vorstellung*

Jedes solches Leiden (der geistige Wahnsinn) *ist immer als solche Begebenheit auf die Gegenwart beschränkt überschwenglich groß wird es erst, sofern es bleibender Schmerz ist: aber als solcher ist es wieder allein ein Gedanke und liegt daher im Gedächtniß: wenn nun ein solcher Kummer, ein solches schmerzliches Wissen, oder Andenken, so quaalvoll ist, daß es schlechterdings unerträglich fällt, und das Individuum Ihm unterliegen würde, - dann greift die dermaaßen geängstigte Natur zum Wahnsinn als zum letzten Rettungsmittel des Lebens: der so sehr gepeinigte Geist zerreißt nun gleichsam den Faden seines Gedächtnisses, füllt die Lücken mit Fiktionen aus und flüchtet so sich von dem seine Kräfte übersteigenden geistigen Schmerz zum Wahnsinn - wie man ein vom Brande ergriffenes Glied abnimmt und es durch ein hölzernes ersetzt ... Ein schwaches Analogon jener Art des Ueberganges vom Schmerz zum Wahnsinn ist*

dieses, daß wir Alle oft ein peinigendes Andenken, das uns plötzlich ein fällt, wie mechanisch, durch irgend eine laute Aeußerung oder eine Bewegung zu verscheuchen, uns selbst davon abzulenken, mit Gewalt uns zu zerstreuen suchen."

Arthur Schopenhauer, Die Welt als Wille und Vorstellung (im Jahre 1818)

Prolog

Schatten. Nur leicht säuselnder Wind bemühte sich, vom jungfräulichen Meer her blasend, Sandkorn für Sandkorn weiter ins Landesinnere zu tragen. Die Sonne kündigte sich schon an und warf ihr zartes, noch unscheinbares Licht hoch an den sich aufbäumenden Dünen vorbei in den unendlichen Raum dahinter. Kaum, daß sich der Himmel zu entscheiden vermochte, ob er nun schwarz oder blau sein wollte. Auf der Oberfläche des Wassers spiegelte sich irgendwo weit da draußen die Mondsichel, die den Kampf ums Gesehen werden noch nicht aufgegeben hatte. Unvermeidlich. Leises Plätschern der ankommenden Wellen, immer im beständigen, ununterbrochenen Rhythmus, schien ein Lied der Unendlichkeit zu summen. Schwebend. Betrachtend. Leerend und füllend zugleich. Teilnahmslos und doch im Mittelpunkt. Ohne eine Empfindung von Gut oder Böse, Richtig oder Falsch, Wohlsein oder Schmerz. Einsam, aber nicht allein. Alleine, ohne Einsam zu sein. Glück und tiefe Trauer in einem. Ohne eine Definition. Ohne Namen, ohne Wert und doch alles bedeutend, alles vorstellend. Wie Luft in einem Vakuum - wie Zeit in einem zeitlosen Raum. Wie eine durch nichts aufzuhaltende Kraft, die auf ein durch nichts zu bewegendes Objekt trifft

War es nicht K. Weckers Bauer, der, getrieben von einem flüchtigen Augenblick des Glücks, den Wunsch ausrief, daß die Zeit doch stehen bleiben möge? Und dem der Ritter daraufhin den Kopf abschlug, auf daß sein Wunsch in Erfüllung gehe?! Alles mußte einen Anfang und alles auch ein Ende haben. Aber was, wenn jeder kleinste denkbare Teil einer Sekunde dieser Anfang und zugleich Ende von etwas wäre? Außerhalb unseres Bewußtseins, außerhalb dessen, was wir denken, fühlen oder sind. Außerhalb der Welt, die wir nur durch uns, durch das, was wir vorstellen, kennen. Also in der Welt an sich. Wenn Anfang und Ende dasselbe sind. Ständig ineinander übergreifen, sich wechselseitig in undenkbar vielen Schichten überlagern, - und doch als Einheit einander ausschließen. Ein Kreis. Nicht schwarz, nicht weiß, - sondern grau.

3. Tag. Sie war nicht hier. Wir wußten es. Und doch wollten wir die Suche noch nicht abbrechen. Es wurde bald wärmer, als die ersten Sonnenstrahlen auf unser Gesicht trafen. Die Mondsichel drohte ihren Kampf endgültig zu verlieren und wurde zunehmend schwächer. Gen Horizont spiegelte sich der orange, bald gelbe große Ball auf dem Dach der Fische. Möwen erregten bisweilen unsere Aufmerksamkeit. Immer zu mehreren erforschten sie den Strand nach Eßbarem. Ihr Geschrei war unhörbar. Vielmehr war es wie eine Farbe oder ein Geruch, welcher zu dieser Idylle gehörte. Nicht akustisch, nicht visuell, einfach als Teil einer Empfindung, die alles beinhaltet und nicht unterscheidet. Eine Hand grub sich neben uns in den Sand, als wolle sie sich festhalten. Wir wußten, es mußte eine Entscheidung getroffen werden. Aber die Beine waren des Gehens und der Kopf des Denkens müde. Wir hatten keine Eile. Die Augen schweiften den langen blauen Horizont entlang und sogen den Anblick tief in sich hinein. Ohne Begeisterung und ohne Langeweile. Kant hat einmal gesagt: Schönheit ist, was ohne Interesse gefällt. Er muß solch einen Augenblick gemeint haben.

Erst als menschliches Stimmengewirr leise wie von einer fernen anderen Welt an unsere Ohren drang, durchstieß das

Bewußtsein das Tor unserer Wirklichkeit zu einer fremden Realität Die ersten Spaziergänger hatten die Strandpromenade erobert, um diesen Sonnenaufgang zu erleben und ein bißchen morgendliche, salzige Seeluft zu schnuppern. Die Möwen nahmen kaum Notiz davon. Auch die Sonne hielt es von ihrem täglichen Rundgang nicht ab. Schließlich waren sie ihretwegen gekommen. Es kam Wind auf; in den Bowqueen, unsere Siberian Husky-Hündin, die wir der Kürze halber auch Bow nannten, witternd ihre Nase streckte. Eine Hand holte aus der Innentasche der Daunenjacke einen Fahrplan hervor. Drei Tage hatten wir nun Wangerooge abgesucht. Erfolglos. Aber was hieß das schon. Jetzt war es vielleicht Zeit zu gehen. Die Beine waren schon ganz steif von der langen, bewegungslosen Nacht. Selbst Bow streckte sich nur mühsam und konnte ihre Erschlagenheit nicht mehr verheimlichen. Wenigstens störte kein Autolärm die Atmosphäre, weil Autos auf der kleinen Insel verboten waren. Wir entschlossen uns, ein wenig die Beine zu vertreten, um wieder in Schwung zu kommen, bis die Cafés wieder öffneten. Dann einen Tee trinken und irgendwie die Heimreise antreten. - Die Heimreise?

Der Fahrplan der Fähre, die uns zum Festland zurück bringen sollte, zeigte uns an, daß wir erst um *12h45* den Bummelzug bekamen. Mit dem überquerte man von der Kernstadt aus die Dünen und die biotopische Landschaft zur Anlegestelle hin. Es zogen einige dunkle Wolken auf. Zum Glück hatte das `Belgrada´ schon auf. Das Café gehörte einem Jugoslawen, der Bruder eines anderen Jugoslawen, dem auf der Strandpromenade ebenfalls ein Restaurant gehörte. Er hatte am Tag zuvor Bow bewundert und sich bei uns erkundigt, ob wir nicht solch einen Hund zu verkaufen hätten. Aber blaue Augen müßte er haben! Als ob das alles ausmachen würde! Sicher, Bows stahlblaue Augen waren ein Teil des Besonderen, das sie ausmachte. Aber irgendwie erhandelt man ja auch nicht eine Frau oder einen Mann, bloß weil er oder sie blond oder brünett ist. Diese arroganten Menschen! Sklavenhändler. Wenigstens schmeckte uns jedoch der Tee.

Durch die Scheibe beobachteten wir die Menschen, Touristen, Paare. Langsam drängten sie sich zu Hauf in die Straßen und auf die Promenade zum Meer. Selbst als es leise zu rieseln anfing, ließen sie sich davon nicht abhalten. Am Strand konnte man im aufkommenden Morgenwind große bunte Drachen aufsteigen sehen, die dort ihren wilden Tanz vollführten. Wortlos, in Gedanken versunken, beobachtend vergaßen wir fast die Zeit. Sie war bald gekommen. Unser Zug fuhr in anderthalb Stunden. Wir bezahlten und gingen ein letztes Mal die breite, autolose Hauptstraße hinauf Richtung Strand. Wir glaubten Bow die Hoffnung ansehen zu können, daß der Ausflug bald sein Ende haben möge. Für sie war es die erste Reise ans Meer, obwohl sie schon elf Jahre alt war. Ein wirklich tolles Mädchen. Unsere Hoffnung, *sie* auf diesem letzten Weg, auf diesem letzten kleinen Spaziergang doch noch zu treffen, verlor sich. Stattdessen gingen wir gedankenverloren vom kreisrunden Zentrum der Promenade, in dessen Mitte, hoch getürmt ein Café zu umgehen war, rechts entlang in Richtung Flugplatz. Der weiche Sand unter unseren Füßen machte das Gehen schwer. Nach einigen hundert Metern suchten wir uns eine dieser   Einbuchtungen aus, die mit Holzästen abgetrennt waren und so als Liegeplätze dienten und legten uns in den Sand. Bow nahm dies als willkommene Gelegenheit, ebenfalls die Augen zu schließen und das Alleinsein zu genießen. Sie drehte sich ein paarmal behende im Kreis, schmiegte sich dann an uns, versteckte dabei ihre schwarze Nase unter ihrem Schwanz und senkte sofort ihre Lider. Wir taten es ihr gleich. Bilder tauchten auf; begleitet von scharfem Wind, der über das Gesicht strich und vom leisen Plätschern des nahen Wassers der Nordsee. Bilder von glücklichen Tagen, Harmonie. Eine bekannte weibliche Stimme lacht. Ein Gesicht. Dann plötzlich Regen und Donner. Ein Auto. Ein Schrei. Ein dunkler Tunnel ohne Ende ...

Bows leises Knurren riß uns aus unseren Gedanken. Sie bewegte sich allerdings nicht. Auch wir hielten unsere Augen

9

verschlossen. Jemand näherte sich. Leise, immer deutlicher werdende Schritte im Sand. Jemand blieb stehen.

„Ah, ein Husky!", hörten wir jemanden bestaunend sagen. Eine Frauenstimme. Augenblicklich schoß uns das Blut mit dreifacher Geschwindigkeit durch die Adern und begann gleichmäßig und gewaltig an die Schädeldecke zu pochen. Wir rührten uns nicht, blickten nicht auf. Jemand, eine Frau, nahm vorsichtig neben uns Platz. Bow hatte aufgehört zu knurren. Wir spürten, daß sie aufstand und auf jemanden zu ging. Wir schienen die Kontrolle über unsere Sinne zu verlieren. Alles drehte sich. Wir suchten nach Anhaltspunkten, die die gegenwärtige Empfindung der Situation hätten klären sollen. Aber alles blieb dunkel.

„Hey, das ist doch die Bow!", rief die Stimme. Oh, welch bekannter Klang. War sie da? Hatte sie nun uns gefunden? „Hallo, meine alte Hündin! Na, schläft dein Herrchen?", schien sie zu flüstern. Vor unserem geistigen Auge sahen wir sie den Hund umarmen, Bow mit wedelndem Schwanz herumtänzelnd. Ihre Nase vergrub sich in Bows weichem Fell und roch ihren typischen Duft. Eine Hand streckte sich nach unserem Gesicht aus und berührte es. Wir spürten sie auf unserer Haut wie die Unterseite eines zarten Farns. Bald durchdrang ihre Aura die unsere. Wärme quoll in uns hoch. Zu Hitze wurde sie, als Lippen die unseren berührten, über unsere Wange wanderten und, liebliche Worte wispernd, unser Ohr erreichten. Ein Körper legte sich sanft auf den unseren. Wir konnten ihre Brüste spüren, wie sich ihr Unterleib langsam gegen unseren preßte, wie sich ihre Hände an unsere Schulter klammerte und wie ihre gleichmäßigen preßenden Bewegungen eine physische Reaktion bei uns hervorriefen.

„Jasmin!", jauchzte jemand von uns, als wäre er erlöst.

„Jasmin? Tut mir leid, ich - ich heiße Karen. Ich wollte nicht stören!" Wie plötzlich aus einem tiefen Schlaf gerissen öffnete ich die Augen und sah in ein verwirrtes Gesicht, daß mich, etwa zwei Meter von mir entfernt, verwundert musterte. Sie saß in respektabler Entfernung vor mir und streichelte Bow vorsichtig. Ihre grellroten langen Haare rahmten wallend ihr helles, mit Sommersprossen übersätes Gesicht ein. Auf der viel zu großen Nase trug sie eine dickgestellte schwarze Brille mit deutlich starken Gläsern. Sie war dürr, das konnte man wohl erkennen, obwohl sie sich in einen schweren Parka eingepackt hatte und lächelte jetzt etwas unsicher.

„Ich wollte dich nicht wecken."

„Ach, nicht so schlimm. Ich habe nicht geschlafen. Nur gedöst ...", hörte ich mich sagen und rieb mir über die zusammengekniffenen Augen. Behutsam stand ich auf und klopfte mir den Sand von der Kleidung. Wir sahen uns eine Weile an.

„Eine Hündin, ja?"

„Ja", gab ich zurück. „Sie heißt Bow."

„Hallo Bow. Na, machst du Urlaub?"

„Ja, wir ..., also eigentlich, - wir wollten mal einfach weg und sind für ein paar Tage hierher gefahren. Ist sehr schön und sehr still hier."

„Kann man wohl sagen. Ich bin mit meiner Familie übers Wochenende hier." Sie sah mich an und ich wußte, sie erwartete, daß ich ihr meinen Namen sagte. Ich tat es nicht, sondern ging schlendernd wieder Richtung Zentrum, den Kopf zu Boden geneigt Als ich merkte, daß sie sitzen blieb und mir, verlegen lächelnd und immer noch Bow im Auge haltend, nachsah, blieb ich stehen und drehte mich zu ihr um.

„Gehen wir ein bißchen zusammen?", sagte ich, mich halb entschuldigend, sie so stehen zu lassen.

„Sicher, gern. Was hast Du da an deinem Kopf? Du blutest! Bist Du verletzt?"

"Ach, halb so wild. Ist mir beim Klettern passiert. Nicht der Rede wert." Sie war keineswegs hübsch. Und dennoch hatte sie eine sehr angenehme Ausstrahlung. Ihre Haare waren sehr schön. Man mochte in sie hinein greifen, darin herumwühlen und sich in ihnen festhalten. Ein Gespräch kam eigentlich nicht richtig auf. Wir redeten über die Schönheit dieser kleinen Insel und wie lange sie wohl noch so bleiben würde, darüber, was uns an dieser Einsamkeit so faszinierte und darüber, wieviele Menschen es doch gab, die diese Natur kaum wahrzunehmen vermochten. War das so?

Sie erzählte mir von ihrer Familie, daß sie hier ihren Geburtstag feiere und sich auch immer einen Hund gewünscht, aber nie die Zeit für ein Tier gehabt habe. Wir liefen am Zentrum der Promenade vorbei, ohne es zu merken. Sie redete und ich hörte ihr zu. So kamen wir, links von der Promenade, in die Dünengebiete der Insel, wateten durch das seichte Wasser, die Augen meist zu Boden gerichtet, um nicht in eine angeschwemmte Qualle zu treten und marschierten ohne Anstrengung in die wundervollen Dünengebiete, die viele versteckte Plätzchen boten, an deren einem wir eine Weile saßen. Bald kamen wir schließlich am Leuchtturm auf der Westseite der Insel vorbei, umrundeten ihn und gingen den Weg durch die einsame wildwüchsige biotopische Landschaft auf geheimnisvollen kleinen Trampelpfaden zurück, ohne daß uns jemand begegnete. Bow trottete mal neben, mal vor, mal hinter uns her.

„Bleibst du noch lange hier?", wollte sie wissen.

„Nein, ich werde heute fahren. Eigentlich wäre ich mittlerweile schon weg. Meinen Zug habe ich jetzt verpaßt. Macht aber nichts. Ich nehme den nächsten." Sie sah mich an, als überlege sie, ob sie mich bitten könne, vielleicht noch ein bißchen zu bleiben. Ich versuchte diesen Blick zu ignorieren. Es gab kein Zurück. So spazierten wir denn noch eine Weile ohne zu reden. Beide ganz in Gedanken. Auch in ihr war spürbare Trauer. Ich mochte sie. Was machte sie so traurig?

Mit ein wenig Belanglosem überspielten wir den Wunsch, mehr Zeit miteinander verbringen zu können und erreichten irgendwann den Stadtrand. Hier kam die Zeit, wieder Abschied zu nehmen. Wir wußten kaum viel voneinander. Die kleine Straße, die aus der anheimelnd schönen Landschaft hinaus in die Stadt führte und zu deren rechter und linker Seite kleine Einfamilienhäuser standen, mündete auf die Hauptstraße nahe des Bahnhofs. Wir blieben dort stehen und sahen uns wieder eine Weile wortlos an. Viele Menschen säumten schon die Straße. Aber so wenig, wie ich sie wahrnahm, hatte ich auch das Gefühl, daß sie sie bewußt erfaßte. Bow stand etwas ungeduldig neben mir, fühlte sich ein wenig unbeachtet und sprang an mir hoch, um meine Aufmerksamkeit zu erlangen. Ich streichelte sie und lächelte dabei etwas. Karen begriff dabei die Unabänderlichkeit meines Vorhabens, zu gehen und bewegte sich unsicher einen Schritt zurück.

„Na denn, mach's gut, Unbekannter. Das war ein sehr schöner Spaziergang!"

„Ja, ich konnte es auch genießen. Ich, - tut mir leid, - ich ..." Mir fehlten die Worte, um das Richtige zu sagen. Ich spürte: ich konnte nicht das Richtige sagen. Und sei es dank ihrer weiblichen Intuition schien sie das auch zu wissen und reichte mir ihre weiße Hand zum Abschied. Ich ergriff sie und hielt sie einen Moment fest. Es war klar, daß wir keine Adressen austauschten und uns nie wiedersehen würden, so fragte niemand danach. Wir hatten uns in unserem Leben einmal kurz getroffen und genossen. Mehr nicht.

Sie näherte sich mir und gab mir einen weichen Kuß auf die Wange, blickte mir mit einem fast geschwisterlich anmutenden Lächeln in die Augen, löste das Band, drehte sich um und ging langsam von mir weg nach links die Hauptstraße in Richtung Promenade hinauf. Dabei winkte sie noch, wie bedauernd, mit der Hand, die sie mir gereicht hatte, und verschwand in der Menge.

Ich kniete mich zu Bow hinunter und kraulte sie mit beiden Händen am Hals. Bow genoß das sehr. Sie blickte erst ihr nach und sah mich dann erwartungsvoll an. „Jaa, wir fahren jetzt, meine Kleine. - Wir fahren jetzt ..."

Wir gingen nach rechts, die Hauptstraße hinunter in Richtung Bahnhof. Dort sahen wir schon einige Menschen stehen, die auch auf den Zug warteten, der gleich ankam. Es war früher Nachmittag. Wir bestiegen bald darauf den Zug, unbemerkt von den übrigen. Die knappen zehn Minuten, die er bis zur Anlegestelle brauchte, kamen uns vor wie Stunden. Vor unserem Auge nur diese herrliche Landschaft, die Gräser, die Dünen, die wir eben noch durchschritten hatten, das weite

13

Wasser, so klar und so unschuldig, so voller Reinheit und Ehrlichkeit, - und doch so gewaltig, unscheinbar beherrschend und allwissend. Während Kinder im Zug mit der mittlerweile lustlosen Bow spielen wollten und sie, um ihre Zuneigung werbend, streichelten, tauchte unser Blick nur in diese endlose Ferne ein. Durchdrang das Wasser bis auf seinen vermeintlichen Grund, schweifte in den vermeintlich endlosen Himmel und suchte unentwegt, unermüdlich nach einer Antwort, einer Lösung, einer Stimme, die uns sagte, was sei.

An der Anlegestelle wartete schon die kleine Fähre, die uns jetzt nach Harlinger Siel brachte. In einer Stunde etwa saßen wir dann wieder in unserem Auto und traten in die staubige Welt ein. Die Rückfahrt würde vielleicht vier Stunden dauern, wenn die Autobahn frei war. Nebel kam auf. Es regnete jetzt. Ob es in der Eifel auch regnete? Und wir waren uns dabei durchaus nicht sicher, ob wir nun überhaupt nach Hause wollten. So viele Erinnerungen. So vieles, von dem wir nicht wußten, ob es nun bloße Erinnerung oder die Wirklichkeit, unsere gegenwärtige Wirklichkeit war. Gewißheit, nach der man ständig strebt, die man aber nie erlangt!

So trieb uns das kleine Schiff zurück zum Festland. Wir saßen, wegen des Regens fast allein, auf dem Oberdeck im Freien an die Reling gelehnt. Der Blick suchte das Wasser ab. Jede kleine Erhebung auf der Oberfläche schien wie eine kleine Zelle, aus denen sich das Meer zusammensetzt. Und in jeder Zelle ließ sich eine Information vermuten, aus deren Gesamtheit man die Wahrheit über alles erahnen könnte. Nur änderte sich ständig die Struktur, war keine Zelle auf Dauer faßbar zu sehen, festzuhalten, geschweige denn mehrere von ihnen oder gar alle. Ständig wechselten sie in Zahl und Aussehen und Form, so daß jeder Versuch, sie in ihrer Gesamtheit zu sehen und jenes, was sie uns vielleicht vermitteln konnten, zu begreifen, schier unmöglich war.

In uns die tiefe Trauer darüber, nichts zu begreifen, nie den Überblick gewinnen zu können, nie die Dinge an sich wirklich durchdringen zu können, aber auch eine Form von Glück,

Teil dieses Ganzen und wenigstens vermöge zu sein, seine Schönheit zu empfinden, wenngleich diese Empfindung jeder Definition entbehrt.

Eher auch sanfte Gleichgültigkeit. Wie sich meterhoch auftürmende Wellen, die endlos auf dem Ozean ihre Kreise ziehen, ohne jemals auf Land zu stoßen, an dem sie brechen und ihre Kraft herauslassen können.

Verloren in uns, verloren außerhalb von uns. Verloren in verschiedenen Welten ...

1

Cogito sumne ergo?

"They told me you were dead!" Ihre Stimme klang höchst weinerlich und ihre Verzweiflung nahm ihr die Kraft, noch länger auf den Beinen stehen zu bleiben. Sie sank zusammen, die Hände auf das Gesicht gedrückt, unfähig, ihre Tränen zurück zu halten. "They told me you were dead!", wiederholte sie mit zitternder, verweinter Stimme, ob seiner Gleichgültigkeit schon nicht mehr um Verzeihung bitten wollend. Unberührt erhob sich der ehemalige Krieger in dem schwarzen Gewand aus dem Thron, der der ihre war. Nicht einmal verletzt, nur noch zerstört und leer sahen seine bewegungslosen Augen auf die am Boden liegende und sich in ihrem Schmerz windende herab. "You're quite right. I'm dead!", sagte er mit ruhiger Stimme, die zum trefflichsten Ausdruck seiner innersten Leere wurde. Und ging. Und ließ die da Weinende, am Boden liegend, zurück.

Kevin Braun war ergriffen. Er liebte diese Szene aus "Cleopatra", mit dem legendären Traumpaar Burton/Taylor. "You're quite right. I'm dead!". Ständig wiederholte sich dieser Satz in seinem Kopf, so daß er die nächsten Minuten des Films überhaupt nicht richtig mit bekam. Es war sein erster ruhiger Abend seit langem. Er hatte sich Kerzen angezündet, eine Flasche Rotwein geöffnet und es sich auf dem schwarzen Ledersofa bequem gemacht. Bow, seine Siberian Husky-Hündin, hatte sich vor dem Tisch auf dem weichen weißen Flocati niedergelassen und schlummerte. Sie war diejenige von sechs Huskywelpen, die Kevin Braun aus einem Wurf vor elf Jahren ausgesucht hatte, weil er sich auf Anhieb in sie verlieben konnte. Das war einige Jahre nach der Zeit gewesen, als er sich von einem angeblichen Freund in Geschäfte hinein ziehen lassen hatte, die sich kaum als einträglich, vielmehr als existenzruinierend herausstellten und ihn, Braun, auch fast noch das Haus und alles andere gekostet hatten. Seitdem konnte nur Bow, ein Hund, sein einziger wahrer Freund sein.

Er lebte ziemlich zurück gezogen in einem kleinen Ortsteil von Bad Münstereifel, in Esch. Der Escher Heide, wie die Straße selbst hieß und die ein abgelegener Teil von Esch war. Vor drei Jahren hatte er sich hier das kleine Haus mit Grundstück gekauft, das zweitausend Quadradmeter Platz bot und auf dessen hinterem Teil noch Waldbestand lag, durch den ein kleiner romantischer Bach floß. Seit damals lebte er hier ganz alleine, unerreicht von weltlichen Geschehnissen, nur mit seiner Hündin Bow. Aus Gründen, über die er nie sprach. Seine Kollegen hielten ihn zurecht für einen Einzelgänger, den man eben so nehmen mußte, wie er war. Schließlich war er ein hervorragender Ermittlungsbeamter beim Euskirchener Morddezernat, das vor vier Jahren nur als eine Nebenstelle des Polizeipräsidiums von Bonn eingerichtet wurde. Braun hatte es mit seinen achtunddreißig Jahren zum Kriminaloberkommissar gebracht, nachdem er mit neunundzwanzig seine F2-Prüfung absolviert hatte. Ins Morddezernat rutschte er eher zufällig, als vom PP Bonn diese Nebenstelle in Euskirchen eingerichtet wurde und er sich für diese Stelle beworben hatte, um in seinem Wohnkreis bleiben zu können.

Das Telefon riß ihn jäh aus seiner Verzückung. Zuerst dachte er daran, es einfach klingeln und den Anrufbeantworter angehen zu lassen. Aber da ihn sonst kaum jemand um diese Uhrzeit anrief und er Kriminalbeamter war, mußte er wohl ... Braun stellte den Fernseher leiser und hob widerwillig ab.

"Braun."

"Hallo Kevin!" An der Stimme erkannte er seinen Partner Schumann. "Tut mir leid, daß ich so spät noch anrufe. Aber wir haben Arbeit. Es hat einen Mord gegeben." Kevin stöhnte und rieb sich, als wäre er damit überfordert, seine Stirn.

"Okay, wo treffen wir uns?"

"Keltenring 1 in Euskirchen. Die Kollegen von der Spurensicherung sind wohl schon unterwegs."

"Gut. Bin auch schon unterwegs." Kevin legte den Hörer auf und öffnete die Terrassentür, um Bow noch einmal die Möglichkeit zu geben, sich zu entleeren, da nie sicher war, wie lange so etwas dauern konnte. Schließlich nahm er sie zwar immer und überall hin mit, aber wenn es um eine Tatortbesichtigung ging, mußte Bow logischerweise im Auto bleiben.

"Komm Bow, unser Typ ist gefragt." Es war schon nach dreiundzwanzig Uhr. Bow lief durch die offene Garage zum Wagen, der zur Straße hin stand. Draußen regnete es. Braun streifte sich seinen hellen Trenchcoat über und verließ durch die Vordertür das Haus. Seine Terrassentür blieb zwar zu, aber unverschlossen.

Der schwarze Nissan Pick-Up war ebenso offen. Bow sprang auf die Ladefläche, die mit einem weißen Top überdeckt war. Kevin schüttelte es vor Kälte, als auch er eingestiegen war. Die Temperaturen überstiegen trotz der spätfrühlingshaften Zeit kaum die zehn Grad. Für Bow eher erfreulich.

Braun lenkte den Wagen aus der Einfahrt hinaus auf den Anliegerweg und fuhr dann links auf die Landstraße Richtung Euskirchen, die in Eicherscheid zur B 51 wurde. Um diese Zeit war schon alles wie ausgestorben. Erst in Rheder, kurz vor Euskirchen, begegnete Braun einigen Autos. Nach einer halben Stunde Fahrt erreichte der Wagen die Kreuzung, an der es links in Richtung Innenstadt ging. Kevin bog dorthin ab und steuerte direkt wieder hinter der ARAL-Tankstelle rechts in den Keltenring. Auf dem Parkplatz vor dem Hochhaus kam er schließlich zum stehen und sah einige seiner Kollegen, Polizeiwagen, Krankenwagen. Auch der Opel Vectra von

Schumann stand schon da. Kevin wurde sofort von einem Streifenpolizisten in Empfang genommen und darüber aufgeklärt, daß sie eine Tote im dritten Stock gefunden hätten. Ein Nachbar hätte gestern schon bei der Polizei angerufen, weil sich in der Wohnung der Toten nichts mehr gerührt hatte. Es ging doch nichts über aufmerksame Nachbarn, dachte Braun. Schon seit Tagen nicht mehr gesehen; nicht auf Klopfen reagiert; Auto steht vor der Tür, so der kurz zitierende Bericht des Polizisten.

"Wer hat sie denn gefunden?", wollte Braun wissen.

"Ihre Eltern - glaube ich ...„

"Und wie sind die reingekommen?"

"Mit einem Zweitschlüssel. Etwa vor zwei Stunden. Stehen unter Schock." Verwandte hatten sich Sorgen gemacht, weil sie nicht auf Anrufe reagiert und auch selbst nicht angerufen hatte. Schließlich, nachdem sich offenbar die Eltern der Toten große Sorgen gemacht hatten, öffneten sie ihre Wohnungstür mit einem Zweitschlüssel, wie ihn Eltern gewöhnlich haben und fanden die Tote in der Küche auf dem Boden liegend.

„Einer Nachbarin, die gerade vom Einkaufen kam, fiel die offenstehende Wohnungstür auf. Sie ging rein und sah die Eltern stumm im Wohnzimmer sitzend und die Wand anstarrend. Die hat dann die Polizei gerufen."

Kevin schüttelte den Kopf und ging an dem Beamten, der, seine Unschuld damit bekennend, die Schultern zuckte, vorbei und stieg durch den Hausflur die Treppen hoch. Als er die Wohnungstür durchschritt, kam ihm Schumann entgegen.

"Wer ist die Tote?"

"Hallo Kevin. Sie heißt, - sie hieß - Maria Werners.", antwortete ihm sein Partner. "Vierunddreißig Jahre alt. Lebte hier alleine. Ihre Eltern sind im Wohnzimmer. Sie haben heute abend die Türe mit einem Zweitschlüssel geöffnet, weil sie glaubten, daß etwas mit ihrer Tochter nicht stimmte. Sie hat in den letzten beiden Wochen kein Lebenszeichen mehr von sich gegeben, wurde auch nicht mehr von Nachbarn gesehen. Ihr Wagen steht nach den Angaben von Nachbarn auch schon seit Tagen am gleichen Platz." Er machte eine kurze Pause, um Kevin Braun Gelegenheit zu geben, sich einen ersten Überblick zu verschaffen. "Die Eltern haben sie dann gefunden."

"Das habe ich alles schon gehört ... Eindeutig Mord?", wollte Braun wissen.

"Sieh's dir an!" Sie gingen durch den Flur auf die kleine Küche zu, die gegenüber zur Wohnungstür lag. Kevin kam an der Tür zum Wohnzimmer vorbei, das links war und in dem er die Eltern der Werners sah. Wahrscheinlich ihre Mutter saß heulend in einem alten grünen Stoffsessel, der von Kratzspuren gezeichnet war, die eindeutig auf eine Katze hinwiesen. Ein Mann, vermutlich der Vater, hockte unbeholfen auf der Lehne desselben, hatte einen Arm um sie gelegt und streichelte mit der anderen Hand ihr Haar. Das war alles, was er tat.

"Hat sie nicht gearbeitet? Und wenn ja, wurde sie da nicht vermißt?"

"Doch. Bei Kaufhof Wir haben zwei Briefe im Briefkasten gefunden."

Braun besah sich die spärliche Einrichtung, die nicht auf hohe Ansprüche an eine Wohnkultur schließen ließ. Am kleinen Wohnzimmerfenster standen einige Blumen auf dem Boden, die ebenfalls schon das Zeitliche gesegnet hatten. An der mit pastellfarbenen Tapeten beklebten Wand hingen zwei kitschige Bilder, die Naturlandschaften in den Alpen zeigten. Links von ihm stand das zu den beiden Sesseln passende grüne Sofa, auf dem drei kleine gelbe Kissen ungeordnet und zerdrückt lagen, gegenüber; an der rechten Längswand stand ein kleiner Tisch mit einem Fernseher und einem Video darauf. Daneben ein kleiner länglicher Holzschrank, auf dem ein Radio und ein Telefon mit Anrufbeantworter stand und einige Zettel herumlagen. Im hinteren rechten Teil des Wohnzimmers gab es eine Glastür, die auf einen kleinen Balkon herausführte.

Kevin wandte sich ab und folgte dem wartenden Schumann. "Was ist hier?" Er deutete auf die Tür, die, wie Schumann ihn aufklärte, zum Schlafzimmer führte. Kevin öffnete sie einen

Spalt und warf einen flüchtigen Blick hinein. Ein wenig lichtdurchfluteter Raum, links ein ungemachtes Doppelbett, auf der anderen Seite ein alter Holzschrank, dessen rechte Seitentür mit einem Spiegel besetzt war. Kleidungsstücke lagen auf dem Boden und auf einer Truhe, die unter dem schmalen Fenster stand, welches nach Nordwesten zeigte. Neben der Tür zum Schlafzimmer lag die Toilette. Sie sah aus, wie eine Frauentoilette eben aussah, dachte Braun bei sich: jede Menge Parfum stand auf einem chromfarbenen Regal, zusammen mit einem Döschen für Kontaktlinsen, eine offene Dose Haarspray auf der Ablage vor dem Spiegel, auf der außerdem noch eine Nagellackflasche stand und mehrere verschiedene Bürsten lagen. Damenbinden, Abschminkpatts und ein angebrochenes Päckchen Antibaby-Pillen. Braun schloß die Tür wieder und betrat mit Schumann die Küche. Während die Spurensicherung Fotos von der Toten machte und nach Fingerabdrücken puderte, musterte Kevin den Leichnam. Sie lag genau in der Mitte des kleinen Raumes. Links von ihr war ein kleiner Tisch mit zwei primitiven Stühlen, rechts die Kochnische, kein Fenster. Die Tote war dunkelblond, lag auf dem Rücken, einen Arm nach oben, der andere seitlich von sich gestreckt. Ihre Beine waren leicht angewinkelt und sie trug ein knielanges, naturfarbenes Nachthemd. Ihre Augen standen wie erstarrt weit offen und waren gen Zimmerdecke gerichtet. So wie er sie jetzt sah, wies sie keinerlei Spuren von Verletzungen auf, allerdings lag sie in einer riesigen, mittlerweile angetrockneten Blutlache, die sich über den ganzen PVC-Boden ergoß. Kevin schloß aus der Haltung ihres Kopfes, daß sie das Genick gebrochen hatte.

"Genickbruch?"

"Ja,", bestätigte Schumann ihm. "Aber du solltest mal ihren Rücken sehen!" Kevin näherte sich ihr vom Kopf her.

"Ist die Spurensicherung schon so weit durch?" Schumann nickte wortlos.

Behutsam ergriff Braun ihren nach oben gestreckten Arm und drückte ihr Schulter leicht nach oben, um sie ein wenig herum zu drehen. Ihr Nachthemd war hinten völlig zerfetzt, der Rücken vom Genick an etwa sechzig Zentimeter entlang der Wirbelsäule aufgeschlitzt und das Rückgrat gebrochen und ausgerissen worden.

"Mir ging's auch so.", bemerkte sein Partner, als er sah, daß Kevin merklich blaß wurde und sich leicht torkelnd erhob.

"Meine Güte. Wer macht sowas bloß?"

"Wir haben es wohl mit einem Irren zu tun. -- Kevin? Geht's Dir gut?"

"Jaja, alles klar." Er wendete sich von der Toten ab und durchsuchte den Raum mit seinen Augen. Ein bißchen Geschirr im Spülbecken, ein kleiner alter Rest Kaffee in einer ausgeschalteten Kaffeemaschine, aber nichts, was auf eine Waffe, etwa ein Messer oder ähnliches hinwies. Viele Stimmen im Hintergrund. Sein Partner redete dauernd, Beamte befragten die Eltern, die nur weinten und um die sich zusätzlich noch ein Psychologe bemühte. Nachbarn und andere Schaulustige standen an der Wohnungstür und diskutierten heftig das Geschehen. Nichts von all dem drang jedoch in Kevins Bewußtsein. Er war eingetaucht in seine Welt, durchstreifte immer und immer wieder die kleinen Räume, versuchte sich zu Hause zu fühlen, sich vorzustellen, was geschehen war: wirklich nur das Werk eines Verrückten? Ein Drama? Eingebrochen worden war jedenfalls nicht. Also hatte sie ihren Mörder reingelassen. Da sie ihr Nachthemd anhatte, mußten sie sich wahrscheinlich auch gut gekannt haben. Ob sie Geschlechtsverkehr gehabt hatten, mußte die Obduktion erbringen. Aber Kevin glaubte nicht daran. Es war kein Sexualverbrechen. Wohl kaum ein Raubmord. Auch wies nichts auf einen Kampf hin, der dem Mord vorausgegangen wäre. Vielmehr, so entwickelte er seine Theorie, habe der Täter -oder die Täterin- in einem unvermittelten Augenblick das Opfer von hinten gepackt, ihr das Genick gebrochen und sie anschließend aufgeschnitten und ihr aus irgendeinem unerfindlichen Grund das Rückrat heraus gerissen. Dann sei er, ohne eine Spur oder einen Hinweis auf sich, einfach zur Tür hinaus gegangen. Das war's. Kevin ahnte, daß sich dieser Fall lange hinziehen würde. Zudem noch kein Motiv erkennbar war. Blieb nur zu hoffen, daß Maria Werners' Geschichte eines hergab. Er streifte noch eine Weile schweigsam durch die Räume. "Wo ist eigentlich die Katze?"

Der Ermittlungsapparat lief schon seit zwei Tagen seit dem Fund der Leiche auf Hochtouren. Das PP Bonn hatte bereits ein Fax an die Nebenstelle Euskirchen geschickt, in dem stand, daß man alle Hebel ziehen werde, alles Notwendige schon in Gang gebracht habe,- daß die Öffentlichkeit ein großes Interesse an dem Fall zeige und daß man vom Euskirchener Dezernat die volle Unterstützung und den größtmöglichen Einsatz erwarte, um den Fall schnell abzuschließen. Tatsächlich, soviel war Braun und seinem Partner klar, leisteten sie doch die Hauptarbeit, da sie auch damit beauftragt waren. Der Obduktionsbericht gab nicht allzu viel her: Nichtraucherin, keinen festzustellenden Geschlechtsverkehr, zuletzt hatte sie wohl ein Steak mit Pommes und Salat gespeist. Ihr Körper wies äußerlich keinerlei Spuren von anderweitigen Verletzungen auf. Weder Hämatome noch andere offene Wunden, Kratzspuren oder ähnliches. Auch wurde sie sicher nicht gewürgt oder ans Bett gefesselt. Sie mußte zumindest bestimmt in einem zufriedenen Seelenzustand gestorben sein, dachte Braun. Ohne jedenfalls die Gefahr und die Nähe des Täters gespürt oder geahnt zu haben. Allerdings, und das wunderte die beiden Kriminalbeamten Braun und Schumann etwas, war Maria Werners schwanger gewesen, wie es im vorläufigen Bericht stand. Im dritten Monat. Dabei lag doch in ihrem Bad ein angebrochenes Päckchen Antibabypillen. Also mußte sie die Einnahme wohl abgebrochen haben. Demnach wollte sie auch ein Kind, demnach mußte sie auch einen Freund haben. Warum hatten sie darüber bisher nichts von ihren Eltern erfahren, und warum war dieser Freund vor zwei Tagen nicht in ihrer Wohnung gewesen, als man die Leiche gefunden hatte? Braun konnte bei seinem Streifzug durch den Tatort auch keinerlei Hinweise auf einen Freund finden: Bilder oder Briefe, irgendwas, das Verliebte normalerweise herumliegen lassen.

Kevin und sein Partner fuhren gegen Abend des zweiten Tages ins Café 'T', einem gemütlichen Bistro in Bad Münstereifels Fußgängerzone, das direkt hinter dem nördlichen alten Stadttor und wenige Meter neben der Post in einer kleinen Nische lag, in der man schon wegen der ersten Frühlingsstimmung Tische und Stühle aufgestellt hatte. Draußen war es für diese Jahreszeit typisch. Windig, aber einigermaßen klar, doch ein wenig zu kalt. Nur ab und zu verdeckten kleine, dicke Wolken die Sicht auf den Sternenhimmel. Es war Anfang April und der Halley'sche Komet drehte gerade wieder seine Runde durch unser Sonnensystem. Am späten Abend konnte man deutlich seinen Schweif im Osten sehen. Ursa Major schickte sich an, den Zenit zu erklimmen, und die Plejaden funkelten nirgends mehr als hier wie reine Diamanten am kalten, tiefschwarzen Eifel-Himmel.

"Hast Du schon einmal darüber nachgedacht, wie es ist, wenn man jemanden tötet?" Kevin sah nur gedankenverloren auf den Tisch und spielte unbewußt mit einem Bierdeckel, den er um sich selbst drehte. Sein Partner blickte ihn etwas unverwandt an. Sein Gegenüber wußte, daß er mit dieser Frage in ihm den richtigen Gesprächspartner hatte. Denn Schumann war der Einzige im Euskirchener Dezernat, der schon mal gezielt auf jemanden gefeuert und damit verletzt hatte. Nicht lebensgefährlich, nur ein Beinschuß, wie sie es gelernt hatten. Nach einem Überfall. Damals stellten sie die Täter unweit von Bonn, in Bornheim. Nach einer kurzen Schießerei flüchtete einer von Zweien mit einer Waffe in der Hand. Schumann hatte ihn angerufen, aber er war weitergelaufen. Erst als er nach einem Warnschuß in die Luft stehen geblieben war und sich dabei herumdrehte, um ihn mit seiner Flinte aufs Korn zu nehmen, schoß Schumann gezielt auf seine Beine. Zweimal. Der zweite Schuß hatte Gott sei dank sein Ziel verfehlt.

Eine Weile danach erst wurden er und Braun Partner. Sie kannten sich jetzt schon knapp drei Jahre. Wie Braun war auch Schumann mit seinen dreiundvierzig Jahren noch unverheiratet. Ihm war der Beruf immer wichtiger gewesen. Zur Polizei war er gekommen, nachdem seine zwölfjährige Zeit bei der Bundeswehr ausgelaufen war. Dort hatte er viele Ausbildungen, unter anderem als Kampftaucher, machen können, war in Kanada und Holland stationiert gewesen, eine Zeitlang selbst Ausbilder, und schied schließlich im Rang eines Majors aus. Er war mit Leib und Seele Polizist, manchmal nach Brauns Ansicht zu sehr auch Realist, dachte immer geradeaus und übernahm für seinen Partner oft die väterliche Rolle desjenigen, der Braun auf den Boden der Tatsachen zurückzuholen mußte. Eigentlich ein Spießer, aber einer, der im betrunkenen Kopf durchaus in der Lage war; seinen metallic lackierten Vectra bunt mit Spraydosen zu besprühen, weil er plötzlich der Ansicht sein konnte, das Leben sei manchmal sehr einfarbig und das auch noch lustig fand. Die Ehe hielt er ganz offen für das schlimmste Gefängnis, für die dickste Kette, den grausamsten Steinbruch, die schrecklichste Strafe, die einen Mann in einem Anfall von Schwäche heimsuchen konnte. Er konnte seine Freiheit genießen, weil er wirklich frei war. Das unterschied ihn von Kevin Braun.

"Ich - weiß nicht. Ich meine, - ja, natürlich habe ich schon darüber nachgedacht, wie es ist, wenn, - naja, wenn jemand durch meine Kugel sterben müßte.", sagte Schumann mit einem Anflug von Verdrängung des bereits Geschehenen.

"Nein, nein. Das meine ich nicht." Kevins rechte Hand ließ das Glas mit einem Rest von Ginger Ale los und durchstreifte seine dunkelbraunen Haare. Seine Augen blickten jetzt fest und forschend in die seines Partners.

"Ich meine, so wie unser Killer: sinnlos und vielleicht auch grausam. Möglicherweise ganz ohne Motiv. Ohne Gefühlsregung und ganz ohne damit ein bestimmtes Ziel zu erreichen oder einen Zweck damit zu erfüllen."

"Was willst Du damit sagen?"

"Was, wenn unser Killer so handelt?! Ich meine, jetzt nur mal so gesponnen, was, wenn er es ohne einen bestimmten Antrieb tut?!"

"Dann hätten wir es doppelt schwer, ihn jemals zu finden." entgegnete Schumann, etwas bedrückt von Kevins Stimmung, aber sich sicher, daß er noch nicht ganz fertig war.

"Kennst du Dostojewskis 'Schuld und Sühne'?", wollte Braun wissen und hob mit einer sich nach dem Barkeeper umsehenden Bewegung die linke Hand. Er bestellte für sich noch ein Ginger. Schumann hatte noch sein halbes Pils.

"Dostojewskis Mörder hat darin eine alte Frau, seine Vermieterin, brutal mit einem Beil erschlagen und sie ausgeraubt." Ein Kellner brachte gerade die Bestellung, als sein Partner Luft holte, um etwas zu sagen. Aber Kevin hielt ihn mit einer abwehrenden Handbewegung zurück.

"Moment. Also, er tat es, weil er ein armer, aber seiner eigenen Einschätzung nach, brillanter, nein, ein ungewöhnlicher Mensch war. Er erschlug sie, um sich zu retten, und er war der Ansicht, daß er das Recht dazu habe. Weil ungewöhnliche Menschen eben die Zukunft sind, die ihre Kraft aus den gewöhnlichen Menschen und der Gegenwart schöpfen ... Er legitimiert seine Tat, indem er einem, eben seinem Prinzip folgte, ohne Emotionen, ohne Gewissen, nur logischen Argumenten und Anschauungen nach..."

"Das ist sehr faszinierend, Kevin. Und ich vermute, worauf Du vielleicht hinaus willst Aber, - da gibt es noch eine Information, von der ich Dir noch nicht erzählt habe, weil du mich nicht dazu kommen läßt." Kevin blickte etwas irritiert auf. "Habe mich heute nachmittag ein bißchen umgehört. Sie arbeitete als Detektivin bei Kaufhof."

"Was?" Mit einem abwertenden Lachen verdrehte Braun den Kopf. "Warum hast du mir das nicht schon eher gesagt?"

"Ich sag's dir doch gerade!" Sie schwiegen eine Weile. Sein Partner erwartete Kevins nächste Frage.

"Und woher hast Du das?"

"Die beiden Briefe von Kaufhof waren Abrechnungen. Sie arbeitete dort als eingeschleuste Volontärin. Es ging wohl um Personalüberwachung. Habe selbst erst heute abend noch mit dem Kaufhausleiter, einem gewissen Martinez gesprochen." Kevin rieb sich nachdenklich sein Kinn. Das war zumindest eine Spur. Er musterte das Bild an der gegenüber liegenden Wand. Eine Radierung, die eine alte, gebogene Brücke darstellte, auf der ein Mann mit Hut und geschlossenem Regenschirm von hinten zu sehen war Im Hintergrund eine Kirche und Fachwerkhäuser. Aus den Lautsprechern in der Ecke kam ein rhythmischer Blues, der Laden war bis zum Bersten voll. Für eine Weile schien Kevin ganz vergessen zu haben, daß sein Partner auch noch da war. Der interpretierte Kevins Reaktion völlig falsch.

"Entschuldige. Ich dachte, es wäre nicht so wichtig, als daß ich dich damit gleich überfallen müßte, - als hätten wir damit des Rätsels Lösung ..."

"Nein, nein, wäre es auch nicht Aber sieh dir das mal an!" Damit kramte er einen kleinen Notizzettel aus der Innentasche seines Trenchs hervor und hielt ihn seinem Partner hin. `Detektivbüro Mel, Bonn´

und `28,--/Std.´ stand mit schneller Handschrift geschrieben darauf. Und darunter noch gekritzelt: ` Süßer Typ '...

"Wo hast Du das her?", lautete die berechtigte Frage seines Partners.

"Ich hab's neben dem Telefon gefunden. Im Wohnzimmer. Verglichen mit anderen Notizen müßte das ihre Handschrift sein."

"Warum hast du mir das nicht schon längst gezeigt?", wollte Schumann, wütend darüber, daß Kevin seine eigenen Ermittlungsmethoden hatte, wissen.

"Ich zeig's dir doch gerade", gab er zurück. Eine Pause. Dann grinsten sich beide verschmitzt an.

"Dann sollten wir uns mal an diesen `Mel´ halten!". meinte Schumann.

"Fehlanzeige. Es gibt in Bonn kein Detektivbüro Mel. Jedenfalls kein offizielles. Ist auch keine Abkürzung oder sowas. Nicht mal im Telefonbuch steht der Name."

"Ist ja interessant ..." Schumann beobachtete nachdenklich den Mann hinter der Bar. Werner, einer der Inhaber des Bistros.

Obwohl beide an einen ersten Hinweis auf irgendetwas glaubten, wußten sie doch, daß sie kaum ein Stück weiter waren. Also beschlossen sie, zu zahlen und nach Hause zu fahren. Der Parkplatz lag gleich um die Ecke, auf der anderen Seite des Stadttores, wo sich auch die mittlerweile geschlossene Polizeistation von Bad Münstereifel befand. Einer der Polizisten, die hier früher Dienst geschoben hatten und jetzt in Euskirchen standen, erzählte Kevin mal, daß man jetzt nach der Schließung in aller Ruhe die Raiffeisenbank im etwa zehn Kilometer südlich von Bad Münstereifel gelegenen Schönau ausrauben könne, ohne innerhalb der nächsten zwanzig Minuten damit rechnen zu müssen, daß ein Streifenwagen den Fluchtweg nach Blankenheim, Schuld oder Meckenheim versperren würde.

Sie gaben sich einen Abschiedsgruß und verabredeten sich für morgen. Kevin blieb noch eine kurze Weile neben seinem Pick-Up stehen, sah Schumanns Vectra nach und sog die frische Nachtluft in sich ein. Sein Kopf fiel müde in den Nacken, so daß er in die Unendlichkeit über ihm blicken konnte. Wie weit diese Sterne doch weg waren! Welches Leben dort irgendwo wohl sein mochte und wie verschwindend klein und unbedeutend gegen diese Größe und Weite seine Existenz doch war. Wenn auch - ja, wenn auch dies alles nur durch ihn existierte. Dadurch existierte, daß er es erkannte, dachte. Aber, und da machte sich Braun nichts vor, es mußte auch eine Form des Existierens, des Seins, außerhalb seines Bewußtseins geben. In diesem Sein wurde er zum Teil eines anderen Bewußtseins. War er in diesem anderen Bewußtsein wichtig? War das, was er tat, wichtig? Übte er zum Beispiel seinen Beruf nur aus, um das Gesetz zu wahren? Oder aus moralischen Gründen? Was tat er da, wenn er einen Mörder jagte, der, selbst unbedeutendes Teilchen dieses Alls, selbst Teil eines anderen Bewußtseins, selbst Universum und Erkennender, - der einen anderen Artgenossen umbringt? Oder eigentlich genauer, reiner definiert: auslöscht. Gab es denn bei den Löwen auch eine Art Sheriff? Hatten die Fische eine Art Gesetz, welches es ihnen unter Strafandrohung verbietet, aus anderen Gründen zu töten, als dem, sich Nahrung zu beschaffen? Und wenn nicht, was wahrscheinlich war, warum hatten es dann die Menschen? Aufgrund welchen weltheitlichen Gesetzen konnten wir richten, um damit genau den Akt unserer Gerechtigkeit bei einem anderen, der aus seiner Anschauung heraus gerichtet hat, zu bestrafen? War er, Kevin Braun, außerhalb seines Bewußtseins oder dem aller Menschlichkeit, lediglich als Teil eines Seins an sich in Raum und Zeit, mit dem was er tat nicht besser oder schlechter? - Oder vielmehr: einfach dasselbe, ohne eine Bewertung oder Belegung seines Handelns und seiner Persönlichkeit mit Gut oder Böse; Richtig oder Falsch; Schwarz oder Weiß; - war er ganz außerhalb dessen nicht einfach dasselbe wie der, den er jagte? Eigentlich ist Mord doch nur verboten, um die Gesellschaft vor einer gewissen Willkür zu bewahren. Aber die Vollziehung einer solchen Tat an sich, und aus was für Gründen auch immer, ist doch Teil des menschlichen Handelns, das sich aus einer unbestimmten Notwendigkeit und Erkenntnis heraus ergeben mag. Bestandteil unserer Natur, wie der der Tiere. Und wir unterdrücken diesen unseren Teil der menschlichen Natur, indem wir uns per Buchstaben, geschmückt mit eingeimpften Attributen wie Moral oder Ethik, selbst beschränken. Und schlußendlich: wer tut vor einem weltlichen Bewußtsein eher Unrecht? Der, der nach den ihm gegebenen Motiven handelt; oder jener, der sich anmaßt, dieses Handeln seiner eigenen Auffassung von Recht zu unterstellen? Andererseits - wenn jedes Handeln sein Recht habe, unseretwegen erlaubt sei, auch das des Tötens, dann muß das auch für das des Urteilens und des Bestrafens gelten ...

Als Bow mit einem zarten Kratzen an der Heckscheibe des Pick-ups auf sich aufmerksam machte, kam Kevin in die Wirklichkeit zurück und schüttelte fast unmerklich, verwundert über seine eigenen Gedanken, den Kopf. "Ja gut, nein Mädchen. Wir gehen noch spazieren.", sagte er leise zu ihr und stieg ein. Sie fuhren über Arloff hinauf zur Steinbachtalsperre, wo er und Bow noch eine halbe Stunde einsam durch die Nacht liefen. Sein Kopf war wieder so unendlich müde. Er wünschte sich sein Bett, wünschte sich seine Jugend zurück, wünschte sich in ein anderes Leben, wünschte sich, daß vieles wieder so war, wie er es einmal hatte. Aber solange, sagte er sich, solange er die Schönheit dieses Sees, auf dessen ruhiger Oberfläche sich die Sterne spiegelten, noch wahrnehmen konnte, hatte alles noch seinen Sinn, gab es noch Grund genug, nach einem Ziel zu suchen und es anzustreben. Wäre es doch wenigstens nur schemenhaft erkennbar. Seitdem er soviel verloren hatte, glaubte er auch nahezu alles von sich verloren, erkannte nichts wirklich begehrenswertes mehr, abgesehen davon, daß Kevin Braun auch physisch nicht mehr in der Lage schien, auf Reize zu reagieren. Er war einfach nur schrecklich müde.

2

Jasmin
Als ich Kevin Braun nach fast zwanzig Jahren das erste Mal begegnete, hatte ich eine Empfindung, die sich schwer in Worte fassen läßt. Ich sah zuerst seine irgendwie wuchtige Gestalt, von der kaum auszumachen war, ob sie muskulös oder einfach etwas zu korpulent gewesen wäre. Vielleicht war es auch ein bißchen von beidem. Jedenfalls gehörte er zu dem Typus Mensch, der einem unweigerlich auffiel, obwohl er nichts wirklich ungewöhnliches an sich hatte. Heute denke ich, es muß etwas in seinem Blick gewesen sein. Sein schmales Gesicht, aus dem braune Augen still heraussahon, die etwas bestechlich treublickendes, etwas wärmendes, beruhigendes hatten, zugleich aber zurückstoßend und unnahbar wirkten, - sein Mund mit den leicht nach unten gebogenen Mundwinkeln, die auf viel Ernsthaftigkeit und Schmerz in ihm schließen ließen; Eindrücke, die einem Angst und Unsicherheit vermitteln konnten. Beobachtete man ihn,

war man sofort von seiner unglaublichen Arroganz und Abgehobenheit vollkommen überzeugt, was ihn auch hassenswert machte. Sprach er einen aber an, so freundlich und scheinbar offen, vermittelte er wieder Sicherheit, Respekt und gar Ehrfurcht vor jedem anderen Wesen, Denken und Glauben.

Als ich ihn kennenlernte - er sprach übrigens mich an - wurde mir schnell klar: es reichte kein einfacher Blick, um ihn einschätzen zu können. Er trug offensichtlich so viele Sorgen und soviel Leid mit sich, in sich herum. Gleichermaßen aber eine beispielhafte Stärke, Einsicht, ein so großes hoffnungsvolles Gefühl, soviel Mut und Mißmut, soviel Drang nach selbstlosem Heldentum, - und soviel Mangel an gesundem Selbstwertgefühl. Sooft wechselten in unbeschreibliche Höhen und Tiefen sich mit einer atemberaubenden Geschwindigkeit Fröhlichkeit und Depression ab, daß es dem *Normalen* gar nicht mehr möglich war, diesen Schwankungen zu folgen. Er war nie eindeutig zu definieren.

Kevin Braun erzählte mir damals von seiner augenblicklichen Lage. Nachdem er, postpupertär, aus dem adoptiven Elternhaus geflohen war, um seinen eigenen Weg gehen zu können, und dies auch mit einem eigenen Geschäft tat, mutierte er, mit innovativen Ideen bereits früh zu materiellem Reichtum gelangt, im zarten Alter von dreiundzwanzig Jahren zum Unternehmeryuppie und stieg als solcher in den Azimut einigermaßenen wirtschaftlichen Ansehens auf . Er verdiente einen Haufen Geld mit jemandem, den er lange Zeit seinen Freund nannte, und dies irgendwann auch nicht mehr auf ganz legale Weise. Ich ahnte damals schon, daß das nicht die ganze Wahrheit war. Später dann, Jahre später, erfuhr ich von Kevin Braun, daß sie über eine Scheinfirma Geschäfte gemacht hatten. Aber in dem Maße, wie er immer wieder beteuerte, daß er das so nie gewollt habe, so sehr war ihm sein Verhalten schlicht peinlich. Und erst durch eine geschäftsruinierende Aktion seines Freundes, die dieser im Alleingang durchgezogen hatte, wurde Kevin Braun schlagartig klar, sei es wie eine Eingebung, daß es für ihn besser sei, alles hinzuschmeißen und nach einem neuen Leben zu suchen. Ihm kam plötzlich alles bisher Getane falsch vor. Dafür schämte er sich geradezu. Mehr vor sich selbst als vor anderen. Auch deshalb, wie er mir einmal sagte, weil das, was alles vorgefallen war, eigentlich einen krassen Widerspruch zu seiner ganzen Lebenseinstellung darstellte. Er, der Nietzsche und Schopenhauer las, der mit Hesse den Buddhismus lieben lernte, der nichts mit mehr Enthusiasmus tat, als an die Menschheit zu glauben. Für manch einen mochte es sich wie eine Entschuldigung oder gar eine Rechtfertigung anhören: ich jedenfalls glaubte ihm. Es war etwas in seiner ganzen Art, das nicht zu dem paßte, was er von sich erzählte. Auch wenn seine Arroganz und Überheblichkeit zeitweise alles Erduldbare überstieg, konnte man hie und da nicht umhin, den hin und wieder auftretenden negativen Eigenschaften in diesem Menschen ihre Berechtigung zuzusprechen. Denn sie richteten sich nicht im schlechtesten Sinne gegen andere. Es war mehr eine Art von Härte gegen ihn selbst. Eine Kühle, die er sich angeeignet hatte, welche mehr als Schutz denn als Ablehnung gegen andere verstanden werden mußte.

Wie dem auch sei: für das, was er während seiner an sich recht kurzen, nur über gerade mal zwei Jahre hin gehenden Yuppiezeit getan hatte, für das er sich letzten Endes durch endgültigen Verzicht auch verantwortlich zeichnete (was ihn erst recht deprimierte, da er es als Hinweis auf seine Unzulänglichkeit bewertete; und nichts war für Kevin Braun unerträglicher, als dies und Dummheit. Genau das warf er sich jetzt vor... Mit seinen Gedanken in der Folgezeit völlig zurückgezogen verlor er jeden Bezug zu seiner Umwelt, konnte, während er gedankenverloren aus dem Fenster blickte, von einer Sekunde zur anderen in unaufhörliches Heulen ausbrechen, und baute sich als Wall seine eigene innerliche Welt auf, in der er die Erfahrungen und Erkenntnisse sammelte und daraus offensichtlich seine Konsequenzen zog, indem Kevin Braun eigentlich mit allem abschloß, was ihn ausmachte. Nichts vermochte ihn noch zu interessieren, zu bewegen. Der Vulkan, der solange getobt hatte, erlosch. Nicht mal negativ..... Gefühle waren kaum mehr an ihm auszumachen. Keine Liebe, kein Haß. Lediglich Gleichgültigkeit. Er war sehr gefährlich in dieser Situation, weil ihm nichts mehr wichtig erschien, nicht zuletzt sein eigenes Leben mehr.), - für jenes also, dessen er sich verantwortlich zeichnete, zog er sich selbst zur Rechenschaft. Das trieb ihn sodann zur Aufgabe seines bisherigen Daseins und, wie Freudianisch!, zur Polizei. In dieser Zeit lernte ich ihn richtig kennen. Und ich gebe an dieser Stelle zu, ich war ziemlich fasziniert von ihm. Seine an die Stelle aller Gefühle getretene Gleichgültigkeit hatte auch eine gewisse Stärke, strömte eine unbeschreibliche Form von Ruhe aus, die von ihm abstrahlte. Man konnte ihn so nur lieben oder hassen. Nichts dazwischen!

Jasmin liebte ihn. Und ich liebte sie. Er hatte sie getroffen, als er schon nicht mehr daran geglaubt hatte, noch etwas derartiges fühlen, sich auf so etwas wie Vertrauen einlassen zu können. Zu einer Zeit, in der er innerlich, also sowohl seelisch als auch körperlich, praktisch tot, abgestorben war. Sie wurde für ihn zum lebensspendenden, wiederbelebenden, auf den Wüstenboden geträufelte Schlückchen Wasser, das die längst vertrocknete Wurzel Kevin Brauns wieder zum Wachsen und Blühen überreden sollte.

Im Nachhinein glaube ich, so scheint es mir manchmal wenigstens im Gedenken an Kevin Brauns Erzählungen, daß er es nie anders gewollt hat, als seinem Leben auf diese, möglicherweise durchaus provozierte Art einen Breakdown zu verschaffen, um sich die Möglichkeit zu geben, von neuem anzufangen. Anders als auf diese gewaltsame Weise hätte er den Ausstieg aus seiner materiellen und von ihm eigentlich nicht bevorzugten Welt nicht geschafft. Denn schon bevor Kevin Braun zu materiellem Ruhm gelangte, war er schon als kleiner Junge immer auf der Suche nach sich selbst gewesen: zweimaliger Versuch, nach Huckelberry Finns Vorgabe von zuhause auszubüchsen und das Unbekannte zu ergründen, mit achtzehn freiwillig zum Militär, um sich durch den Dreck ziehen zu lassen und sich den dortigen

Anstrengungen und Unterwerfungen auszusetzen (seine Erwartungen blieben hier aber unerfüllt ...); danach, als er für viele Monate in die nordafrikanische Wüste auszog, verloren in ihrer schier unendlichen Weite und Ruhe; oder von Leningrad über Istanbul nach Tunis, und von Helsinki bis nach Lissabon ein ganzes Jahr quer durch Europa zog. Schließlich aber nie anderes fand, als zu dem Zeitpunkt relativ unbedeutende Erfahrungen, die ihm Jahre später erst zu wertvoller Bedeutung gerieten. Was er sich erhoffte zu finden war wohl Halt gewesen, den er als Kleinkind im elterlichen Haus nie verspüren durfte. Dort wurde er, seiner Erinnerung nach, mehr erduldet, - als Gegeben erduldet, statt erzogen, geschweige denn umsorgt. Als ich ihn das letzte Mal traf, kurz nach dem größten aller denkbaren Unglücke, sagte er zu mir: " Nicht der Weg ist das Ziel, wie Laotse sich unvollständig ausgedrückt hat, sondern den Weg hinter sich ständig vor Augen zu haben, während du gleichzeitig den langen Weg vor dir klar siehst und dabei nie den Weg aus dem Blick läßt, auf dem du dich gerade befindest. Der muß glücklich sein!" Nun, Kevin war sich seines Weges, der bereits hinter ihm lag, sicher bewußt. Schon weniger dem, auf welchem er sich befand. Aber den Weg vor sich, - den hatte er mit aller Sicherheit aus den Augen verloren.

Danach habe ich ihn nie wieder gesehen. Ab und zu konnte man hier und da gewisse Gerüchte über ihn vernehmen, er sei in Kanada, dann in Alaska, dann in Neuseeland gesehen worden. Bald hieß es, man habe ihn auf einem einsamen Parkplatz wenige hundert Meter von seinem Wohnort tot in seinem Auto aufgefunden, wo er sich, dergestalt, das Leben durch Vergasung genommen habe. Auch sollte er zuweilen im Fernsehen gesehen worden sein und in einem Papierlager nahe seines Heimatortes gearbeitet haben. Später, so konnte man auch hören, habe er wohl unter einem Pseudonym ein Buch veröffentlicht, welches den Titel tragen sollte: "Worum geht es?". Eine Abhandlung, die den Sinn des Lebens vermöge des Erkennens und Empfindens des Einzelnen zum Gegenstand haben soll. Manche glaubten behaupten zu können, er lebe in Süd-Afrika auf einer kleinen Farm, dann in

Australien, wo er in Monkey Mia mit Delfinen tauche, andere redeten sicher davon, daß sie ihn noch immer irgendwo in der Eifel leben und wieder sterben gesehen hatten. Sogar, daß er zu den Buddhas nach Nepal marschiert sei.

Vermutlich hatten alle recht. Allein sicher ist, daß ich zu einem gewissen Zeitpunkt einen Brief erhielt, den jemand persönlich in meinen Briefkasten eingeworfen hatte, da er nicht postalisch abgestempelt war. Zwar klebten viele Postwertzeichen darauf. Aus allen möglichen Ländern, die auf dieser Erde und nicht auf dieser Erde waren. Einige waren sogar mit der Hand gezeichnet. Es stand da weder ein Absender noch ein Empfänger. Nur die Worte: An einen Unbestimmten. Keine Frage, daß ich mir sofort im Klaren war, wer mir geschrieben hatte. Es war auch ganz eindeutig seine Handschrift. Erst ließ ich den Brief einige Tage liegen, dessen ungewiß, was mich erwartete. Schließlich aber, mich seiner verwandt und demnach verpflichtet fühlend, öffnete ich ihn.

Lieber unbestimmter Bruder, stand darin. Seit wir uns das letzte Mal begegneten, ist viel Zeit verstrichen. Du bist der Einzige, der ALLES weiß und deshalb vielleicht auch das meiste versteht. Ich weiß, Werter, daß Du mich aus Deiner Wirklichkeit verbannt hast. Und das ist gut so. Und es soll auch so bleiben. Wisse: es fällt mir dennoch nicht leicht, diesen letzten Schritt, diese letzte große Reise zu tun, ohne Dich in meinen Träumen gebeten zu haben, mich anzuhören und Dich ein letztes Mal zu bitten. Alles, was Du über mich gehört haben magst, ist wahr. Nachdem ich mich im Besonderen an mir selbst vergangen habe, mußte ich mich nach und nach von allem, das mich ausmachte, trennen. Ja, ich bin nun viel gereist, habe nach den Jahren der Gefangenschaft noch vieles gesehen, Leid und Glück, Schmerz und Liebe, Trauer und Jubel in allen Schichten des Denkbaren. Habe gekämpft, bin blutig zu Boden geschlagen worden, zu oft, ohne zu wissen, wie man sich wehrt, bin wieder aufgestanden durch die Hoffnung, wieder gestürzt, kriechend weiter gegangen, den Berg hinauf, so lange wie es eben dauerte. Jetzt bin ich oben. Der Rücken tut mir weh, die

Augen sind derart geschwollen, daß ich alles nur sehr undeutlich bis gar nicht zu erkennen vermag. Meine Kraft reicht kaum aus, meine Kleider am Leibe zu tragen, meine Beine verweigern mir den Dienst, mein Kopf ist so schwer, daß ich ihn hängen lassen muß und so nur auf den Boden des Gipfels blicken kann. Meine Ohren sind taub geworden, verstopft, unfähig einer Sinneswahrnehmung wie meine Zunge. Ich existiere schlechterdings nur noch, ganz oben stehend, durch die blasse, erniedrigende, selbst von jenen nicht recht wahrzunehmende Erinnerung anderer an Ereignisse, die nichts mit mir zu tun haben.

Ich schreibe Dir hier aus dem Jenseits, unbestimmter Bruder. Und ich bin nicht dessen gewiß, ob wir jemals wieder gemeinsamen Boden unter den Füßen haben werden. Nur eines ist mir gewiß: nachdem alles verloren, der Prozeß der Dezimierung, des ständigen Verlustes von allem, was einmal wichtig schien, ersatzlos, - nachdem alle weltliche Existenz hoffnungslos, unwiederbringbar, - nachdem man mir nach allem materiellen Entzug, den ich durchaus wollte, auch die Seele nahm - nachdem mir Gott, den ich verfluche sofern es ihn gibt (und dessentwegen hoffe ich sehr, daß es ihn gibt) auch noch Jasmin genommen: nachdem er mir damit mein Herz geraubt, glaube ich mich irreparabel unpäßlich, fühle mich wie ein metallener, übergroßer, ausgehöhlter Baumstamm, der auf der Spitze eines Berges nunmehr steht, den keiner sieht oder jenen gar begeht. Als ein Anachronismus. Die Wahrheit, mein unbestimmter Bruder, liegt mir mehr denn je im Verborgenen. Der Sinn allen Seins in dem beständigen Bemühen um die Verwüstung desselben. Es spricht daraus kein Leid, kein Bedauern, keine Forderung danach und nach Trost. Nur eine farblose Erkenntnis, die -an sich- angezweifelt werden muß, weil sie nicht Gegenstand einer Wahrheit ist. Somit bedeutungslos. Wenn ich Dir hierdurch nun mitteile, daß ich bald, einsam und gleichfalls im Verborgenen, sterben werde, so ist dies nichtens eine große Sache, da ich nur einem Umstand, der schon längst *ist*, zur Vervollständigung verhelfe. Daher nun besteht also auch kein Grund zur Trauer oder des mitleidigen Ansehens. Denn, wie wir wissen, ist es im Allgemeinen klüger, einen des Todes kranken Baum, seiner Wurzeln schon längst entledigt, zu fällen, um an seiner statt einen neuen, jungen, heranwachsenden Stamm zu setzen, in der Hoffnung, daß dieser vielleicht einmal Blüten tragen möge, an denen sich andere so sehr erquicken, daß sie ihre Stacheln nicht spüren. Begrabe mich also, mein unbestimmter Bruder. An einem Platze, den niemand sieht und nicht mal zufällig findet. Und laß mich dort ruhn bis ans Ende aller Ewigkeit.

Ich las den Brief nicht zweimal, sondern legte ihn, darum bemüht, mich unbeeindruckt zu lassen, in eine Schublade, in der ich auch andere Briefe aufbewahrte. Schließlich befand ich, daß er dort nicht hingehörte und kramte ihn wieder heraus. Doch ich konnte ihn nirgendwo unterbringen. Er gehörte nirgends hin. Es gab keinen rechten Platz dafür. Also entschloß ich mich nach einigen Tagen des Überlegens, den Brief zu begraben. Dies schien mir am angebrachtesten. Und zwar dort, wo er am ehesten den von Kevin Braun geforderten Platz hatte.

Es war ein trüber, vom Nebel eingehüllter Donnerstag morgen. Ich schlenderte die letzten drei Kilometer zum Friedhof zu Fuß. Gedankenverloren zwar, aber man frage nicht, woran ich in diesen Augenblicken gedacht habe. Als ich das stählerne, mit schweren, gewundenen Stäben versetzte Tor des Friedhofgeländes durchschritt, hatte ich sofort Jasmins Antlitz vor Augen. Während des ganzen Weges hatte ich gehofft, das vermeiden zu können, um nicht in eine Depression zu verfallen, jedoch kam es unvermeidlich. Ich versuchte mir sogar einzubilden, daß die wenige Schritte von mir entfernte und bemäntelte Figur, nur schemenhaft im Nebel erkennbar, Jasmin wäre, auf mich zukam, mich tröstend anlächelte als sei alles gar nicht so schlimm, mir eine imaginäre Träne verständnisvoll von der Wange strich und mich gütig in den Arm nahm. Aber bei genauerem Hinsehen stellte ich ernüchternd fest, daß ein Mann sich als Objekt in meinen Tagtraum eingeschlichen hatte, den ich nicht kannte. Ihr Grab lag ziemlich am Rande, hinter einer schönen hecke, die sehr gepflegt war. Eine Kerze brannte vor ihrem schlichten grauen Grabstein, ein dunkelbrauner Borrap, auch Eiszeizstein genannt, auf dem in unizialer Schrift lediglich ihr Vorname stand. Es brannte immer eine Kerze. Jede Woche kam ich hierher und wunderte mich darüber. Denn sie hatte weder Eltern noch Verwandte oder nennenswerte Freunde in dieser Gegend, die sich darum so beständig hatten kümmern können. Und der Einzige, der ihr jemals alles bedeutet hatte, - der Einzige, dem sie alles bedeutet hatte, war so weit von ihr weg, wie zwei Sonnen nur von einander weg sein konnten. Doch irgendwo im Metaphysischen mußten sie vereint sein, dessen war ich mir absolut sicher.

Ich würde sie nie vergessen. Sie hatte so ein anmutiges Wesen gehabt, so erhaben und gewinnend. Und doch traurig, so naiv in ihrer Art, ein kleines Kind, daß man auf den Schoß nehmen mochte, um seine Nähe am wirkungsvollsten zu genießen, um Sympathie bemüht. Sie war von ausgesprochen bildhafter Schönheit, die einen zwingend in den Bann zog, aber niemals gefangen nahm. Dieser Umstand machte sie umso begehrenswerter ... Ihre fröhliche und losgelöste Art machte es, daß man sich in ihrer Gegenwart zwar gegen sie unendlich klein und dumm vorkam, aber niemals unwichtig und unbeachtet. Sie konnte jedem das Gefühl von Wohlwollen und Gutmütigkeit vermitteln und tat so, als ob man mit ihr in allem konkurrieren könne. Sie hatte jeden gern und jeder hatte sie sofort gern. Sich in sie zu verlieben grenzte nahezu an Blasphemie. Aber manchmal, wenn Jasmin sich ganz unbeobachtet fühlte, dann entdeckte man in ihren Augen und in ihren Mundwinkeln ein verblüffend großes Maß an Traurigkeit. Nicht Depression oder Unlust eigentlich, denn sie war ein ausgesprochen lebenslustiger Mensch gewesen, aus dessen Reservoir es Kevin Braun gestattet war, schier endlos zu schöpfen. Niemand hatte je erahnen können, worin diese Traurigkeit begründet lag. Es war einfach ein anderer geheimnisvoller Teil, eine andere nicht zu erforschende Seite von ihr, über die sie nie, zumindest nicht zu mir gesprochen hatte. Zu Kevin vielleicht. Manchmal. Glaube ich. Er konnte sie darin möglicherweise besser verstehen. Da sie es auch an ihm so tat, weil sie sich oft so ähnlich waren in diesen Dingen. Wie dem auch sei: ich liebte sie wie jeder sie liebte. Zu anfangs mit allen körperlichen Begierden, mit denen ein Mensch zu lieben glaubt. Später, da dieser Vorzug ausschließlich Kevin Braun vorbehalten war, umso mehr als Freund, Bruder, Vater, Verbündeter.

Es ergab sich der Tag, an dem wir alle, die wir sie auf die eine oder andere Art, aber auf jeden Fall liebten, - ihr Lächeln, ihre wundervoll undeutbaren, alles gebenden Blicke, ihre Zartheit, ihre Gegenwart verloren, als sie mit dem Auto auf dem Weg zu Kevin war. Auf der Landstraße wich sie einem den Asphalt querenden Fuchs aus, wodurch ihr Wagen in starkes Schlingern geriet, sie daher die Kontrolle verlor und in einen entgegenkommenden Lastzug rauschte, der sie mit seiner Kraft von der Straße fegte und das so schon zerschmetterte Auto gegen einen Baum schleuderte, wo es völlig zusammengedrückt wurde. Jasmin starb erst auf dem Weg ins Hospital. Als Kevin davon erfahren hatte, richtete sich sein Blick in eine stumme, unendliche Leere. Ohne noch auf seine Umgebung zu achten begab er sich zu Jasmins Leichnam, sah sie auf der chromblitzenden Rollbahre eine lange Weile still an, nahm sie schließlich schweigend in die Arme, schluchzte erst leise, holte tief Luft, und schrie sodann in die zum Zerreißen gespannte Stille ein unaufhörliches, nie endendes `Nein´ in die Welt. Ich höre diesen bis ins Mark gehenden Schrei heute noch. Er wollte sie nicht mehr loslassen, umklammerte sie fest, bekam bald einen dunkelroten Kopf, seine Halsschlagadern waren deutlich hervorgetreten und seine ganze körperliche Kraft wollte sich darin verwenden, das, was von ihr übriggeblieben war, in sich hinein zu pressen. Sein erschütternder Schrei übertönte die Bitten der Anwesenden, sich zu beruhigen, sie nun loszulassen. Aber er sah nichts mehr, spürte nichts mehr, hörte nichts mehr. Fiel auf die Knie, drohte sie von der Bahre herunter zu reißen und mit ihr auf den Boden zu fallen. Als passiere es in diesem Augenblick direkt neben mir, vernehme ich seinen gewaltigen, haßerfüllten Ausruf, daß er die Welt verfluche, daß er sie zum Teufel wünsche. Daß er hoffe, Gott in der Hölle zu begegnen, um ihm dort das Herz aus der Brust zu reißen.

Zu dritt schafften sie es unter Aufwendung aller Mühen, ihn von der Toten loszumachen. Man hatte Kevin Braun eine starke Beruhigungsspritze verpaßt. Wochen verbrachte er in einer geschlossenen Abteilung eines Krankenhauses, weil man ihn für Suizidal hielt. Aber Kevin war schon längst tot. Er ließ Jasmin nie mehr wirklich los. Er hatte in dieser Zeit auch kein Wort mehr gesprochen. Selbst als er später lange noch seinen notwendigsten Angelegenheiten nur nachging, sprach er nicht. Spürbar zog er sich zurück, war für jeden unerreichbar. Sichtlich gefangen in einer Traumwelt jenseits allen Seins. Allein mit seiner Erinnerung lebte er in Visionen, die besetzt waren von Jasmin. Nichts berührte ihn. Alle Erfahrung schien dahin, alle Erkenntnis. Alles Leben in ihm. Als wäre ein so großer Teil von ihm genommen worden, daß der Rest zu kaum mehr in der Lage war, als zur kümmerlichsten Nahrungsaufnahme. Erst etwas über ein Jahr später faselte er zu mir hin und wieder einige Sätze, deren Sinn ich oft nicht verstand. Entwickelte Theorien wie etwa die, daß "das Fehlen einer Tatsache nicht bestätigende Tatsache ihres Fehlens" sei, woraus er leicht verwirrter-, kühner- und fast nihilistischerweise schloß, daß er zwar nicht wisse, ob sie, Jasmin, irgendwo wiedergeboren werden könne, dies aber allein deswegen nicht unbedingt NICHT so sein müsse. Also begann er sie zu suchen.

Ich sah auf das quälend schweigende Grab und besann mich ihrer. Sie lagen beide dort. Lagen still, Arm in Arm nebeneinander und schauten mir zu. Niemand redete mehr. Plötzlich fühlte ich mich alleine. Angst kroch in mir hoch. Meine Gefühle für die beiden, um deren Aufrichtigkeit ich mich nicht zu bemühen brauchte, riefen nach einem Wort, nach einer Berührung. Ich wollte bei ihnen sein, wollte, daß sie bei mir waren, weil sie die einzigen zu sein schienen, die meine Sprache sprachen, die mich verstanden und die ich verstehen konnte. Aber sie waren so unerreichbar weit weg, daß es schmerzte. Nichts, was sie ersetzte. Erinnerungen bloß, die so weh taten, daß ich den Himmel um eine Möglichkeit bat, sie wegzuwischen und aus meinem Hirn zu verbannen. Man konnte nicht einfach weiterleben („als wäre nichts gewesen") mit diesen Erinnerungen. Man konnte nicht von vorne anfangen, ohne mit diesen Erinnerungen die Gegenwart, alles Handeln und Denken, zu beeinflussen.

Meine Hand zog Kevin Brauns Brief aus der Innentasche. Ich betrachtete ihn kurz, fühlte mit den Fingerspitzen das Papier, als streichle ich die Erinnerung wie einen Körper. Mich ereilten Zweifel im Bezug auf mein Vorhaben, weil es eine Art von endgültiger Trennung darstellte. Eine räumliche Trennung, die nicht die Gedanken einschloß. Als umarme man das geliebteste Wesen von allen, unfähig der Vorstellung, es ganz verlieren zu können, aber in der Gewißheit, daß genau dies passiert, wenn man es denn losließ. So unbegreiflich und so unendlich weit - so unerreichbar weit weg. Logische Konsequenz und unausweichliche Notwendigkeit standen so sehr im krassen Widerstreit mit dem, was ich wollte, erhoffte, - mir so sehr, mehr als alles andere auf dieser gottverflucht beschissenen Welt wünschte.

Dann kniete ich langsam, weder mit unangebrachter Freude, noch mit vielleicht eher angebrachten Trauer, ohne besondere Ergriffenheit, aber doch Bedeutung in das steckend, was ich tat, vor Jasmins - vor derer beider Grab nieder, und schaufelte eine kleine Grube in seine Erde. Kein Sandkorn entging meinem Auge. Jedes davon war Teil des Ganzen, Teil ihrer Existenz, Teil dessen, was hier vor mir lag. Jedes hatte einen Namen, hatte eine Geschichte, die zu dem hier zugrunde liegenden paßte. Jedes schien mir zu sagen: `Wir passen schon auf die beiden auf. Mach dir keine Sorgen. Wir kümmern uns um sie.' Jedes war wie ein Freund.

Sanft legte ich das Papier hinein, Angst, es schmutzig zu machen oder zu knicken. Mir wurde bewußt, daß ich keineswegs weinte. Es war nicht eigentlich ein Gefühl, das einem die Tränen in die Augen trieb. Vielmehr schien mir, als gäbe ich einen großen Teil von mir selber ab. Einen Teil, von dem ich wußte, daß er nicht mehr wirklich da war. Oder war es Kälte? Ein Gefühl der Müdigkeit vielleicht, noch länger Trauer und diesen Schmerz zu empfinden? Schon unfähig geworden, Verletzungen und Verluste zu empfinden, wie ich schon lange die Fähigkeit verloren hatte, Freude und Erfüllung zu spüren.

Nun, mit ebensolcher Behutsamkeit füllte ich wieder Erde in das kleine schwarze Loch, bemüht, die gleichen Sandkörner zurückzubringen, die eben noch so tröstend auf mich eingeredet hatten, und legte eine mitgebrachte Orchidee darauf. Minuten vergingen, in denen ich, glaube ich, überhaupt nicht mehr gedacht habe. Nur Bilder, die kreisten und in ihrer kreisenden Drehung irgendwo in einem dunklen Tunnel verschwanden, ohne jemals wieder aufzutauchen. Ohne Gruß und ohne ein Lied.

Langsam stand ich auf, mich selbst nicht fühlend, machte einige behutsame Schritte zurück, wendete mein Gesicht ab in die Unendlichkeit des Parks und verließ mit weit erhobenem Kopf, den dichter gewordenen Nebel in mich einziehend, diesen Friedhof. In Gedanken bei meiner Bow.

3

Maxima Enigma

Mit viel zu hoher Geschwindigkeit preschte der schwarze Honda CRX über das Kopfsteinpflaster. Es hatte leicht geregnet und wäre jetzt eine Vollbremsung von Nöten gewesen, der Wagen wäre unweigerlich zum Sarg geworden. Doch die Gestalt darin störte das im Augenblick herzlich wenig. Schon seit zwei Stunden suchte sie nach der Waterkant-Straat im holländischen Didam, nahe der Grenze zu Deutschland. Schon x-mal hatte der Wagen den Kreisverkehr im Zentrum des kleinen Dorfes umrundet, brauste durch die Seiten- und Nebenstraßen, fiel jedoch niemandem auf da man Sonntag schrieb und die Straßen wie ausgestorben waren. Der schon leicht in die Abendstunden dämmernde Tag war sehr wolkenverhangen. Jeden Moment konnte es wieder regnen. Die stumme Gestalt schaltete die

Scheinwerfer an. Sie bemerkte gar nicht, daß die Kassette bereits zu Ende war und die Musik aufgehört hatte zu spielen. Doch der Verstand war hellwach. Zielstrebig suchten die Augen nach einem Straßenschild, daß die gesuchte Aufschrift trug. Unbemerkt blieben ihr die charakteristischen roten Backsteinhäuser mit den schlichten aber hübschen Vorgärten, die meist mit weißen Holzzäunen eingegrenzt waren. Sogar das Zentrum machte eher einen dörflichen Eindruck. Läden, die lediglich das Erdgeschoß eines kleinen Einfamilienhauses bildeten, ein kleiner Supermarkt mit Parkplatz, eine Bäckerei, eine kleine und sogar geöffnete Snack-Bar. Ein Glück auch, daß es hier kaum Ampeln gab, an denen die Geduld der Gestalt hätte auf die Probe gestellt werden können. Sie steuerte den CRX immer wieder in die stillen Außenbezirke von Didam, in Sackgassen hinein, durch kleine Einbahnstraßen hindurch. Hier schien keinerlei Leben mehr zu herrschen. Keine Lichter, keine Menschen, nicht mal Tiere. Nur stumme Häuserfronten, die Fassaden ähnelten, hinter denen sich nichts als Leere befand. Als sie schon nahe daran war, die Suche abzubrechen, kam der Wagen an eine unscheinbare Kreuzung, zu deren rechter Seite nach einigen Metern ein unbefestigter Parkplatz lag. Dort standen einige Wohnmobile und Wohnwagen auf vom Regen durchgeweichter Erde und zwischen knöcheltiefen Pfützen. Dieser Ort kam der Gestalt sehr bekannt vor. Sie schloß, hier links abbiegen zu müssen. Nach weiteren fünfzig Metern kreuzte tatsächlich die Waterkant-Straat als Einbahnstraße nach rechts. Als freue sich das gestreßte Auto mit, heulte der Motor auf und schoß elegant nach rechts. Die schmale Straße, die auch mit Kopfsteinpflaster gezogen wurde, wand sich ein wenig nach links. Ein entgegenkommendes Auto hätte sich in die Reihe der Parkenden einfügen müssen, damit zweie aneinander vorbei kamen.

Die Gestalt suchte nach der Hausnummer 22. Langsam fuhr sie die Häuserreihe mit Blick nach der rechten Seite ab. Da es schon fast dunkel geworden war, konnte sie die Hausnummern nur sehr schwer erkennen. In einigen von den kleinen Castles brannte jetzt Licht in den Frontfenstern. Sie sahen alle völlig gleich aus. Kleine Einfamilienhäuser aus rotem Backstein, mit kleinen Vorgärten, in denen oft Gartenzwerge standen, und mit Betonplatten gelegte Zugangswege. Nur die weißen Zäune fehlten hier allerdings.

Fast wäre der CRX an der zweiundzwanzig vorbeigefahren. Doch früh genug erkannte die Gestalt einen ihr bestens bekannten Wagen. Sie bremste ab und hielt direkt dahinter. In diesem kleinen Provinznest standen so wenig Autos auf der Straße, daß sie den Wagen nicht mal einzuparken brauchte. Und richtig, es war das Haus zweiundzwanzig. Die kleine Garage zur rechten Seite des Hauseingangs stand offen, im Wohnzimmer, dessen Fenster zur Straße lag, brannte Licht. Rolläden waren runtergelassen, so daß man zwar nicht ins Innere sehen, wohl aber durch kleine Rillen dessen Schein erkennen konnte. Schmucklichter hingen in der Scheibe, versehen mit ein bißchen Grün, das wohl Pflanzen assoziieren sollte. Die Gestalt schaltete Licht und Motor aus. Ohne zu zögern stieg sie aus, verschloß den Wagen nicht einmal (das brauchte man in dieser Gegend auch nicht) und durchschritt ohne Aufregung den Vorgarten. Ihr entgingen die lustigen Gartenzwerge mit Spitzhacke und Schaufel und die gepflegten Sträucher. Auch das Eichhörnchen, das vor ihr floh, bemerkte sie nicht. An der Haustür gab es keine Klingel und kein Namensschild, statt dessen nur einen schweren Eisenring, mittels dessen man Einlaß begehren konnte.

Es dauerte fast eine halbe Minute, ehe im Flur ein Licht anging und jemand aus dem Inneren zur Haustür schreiten zu hören war. Die Gestalt blickte auf ihre Uhr. Sie zeigte schon halb zehn an. Die Tür öffnete sich. Eine kleine Frau stand im Rahmen. Sie war sehr klein, vielleicht einssechzig, eher darunter, von pummeliger, kräftiger Gestalt, eigentlich auch irgendwie hübsch zu nennen. Ihre dunkelbraunen Haare trug sie schulterlang, wie eine ägyptische Pharaonin stilvoll geschnitten, was nur ein professioneller und sehr teurer Friseur auf diese Weise hinzukriegen vermag. Ihre

Erscheinung allein vermittelte etwas von ungezwungener Vornehmheit, dezent um die braun-grünen Augen geschminkt lag in ihrem Blick sowohl etwas sehr liebevolles wie auch linkisches und durchstechendes, ja diebisches.

"Ach hallo!" sagte sie offensichtlich überrascht, doch irgendwie scheinbar erfreut, zugleich aber auch in einem verunsicherten Ton.

"Was machst du denn hier? Komm doch rein! Wie geht's dir?" Sie stieß die Tür weit auf und trat einladend zur Seite. "Hi Emille.", sage die Gestalt und blickte sie, ihre Verwunderung genießend, an. „Nicht mehr mit mir gerechnet? Es war ein langweiliger Sonntag, und ich dachte mir, was machst du heute. Also hab ich mich entschlossen, euch mal zu besuchen."

"Na los, dann komm erst mal rein!", befahl sie, ließ die Tür los und schritt voran in Richtung Wohnzimmer. Die Gestalt, sich schmunzelnd über ihren holländischen Akzent amüsierend, betrat den Flur und schloß die Tür hinter sich.

"Hey Dicker, kuck mal, wer da ist!" rief Emille.

"Ach nee!", schnalzte es von dort zurück. Und der Dicke erhob sich von einem hölzernen Stuhl, der Teil eines großen, runden Eichenholztisches war, auf dem eine blaugläserne Vase im postmodernen Stil stand, in der einige Tulpen und verzierendes Grün schwamm.

Jancke. Ein vierundvierzig jähriger gebürtiger Düsseldorfer. Ein stämmiger Typ von mindestens einsfünfundachtzig und hundertzehn Kilo. Wobei seine Erscheinung im krassen Gegensatz zu seiner Wendigkeit stand, die man leicht unterschätzen konnte. Eigentlich war auch nur sein Bauch, von dem er selber immer sagte, daß kleine Kinder ihn deswegen plärrend anschrien, weil er ihren Wasserball verschluckt habe, und sein Gesicht sehr fett, was wohl auch daher kam, weil er einmal Koch gewesen war. Tatsächlich bereitete er noch Gerichte aus Zutaten, bei denen andere aus Mangel an Phantasie schon deprimiert das Handtuch warfen. Später avancierte er, vielleicht aus Abenteuerlust, aber in jedem Fall seinem Charakter entsprechend, zum Detektiv.

Und sehr wohl zu einem hervorragenden. In diesem Beruf lernte er auch Emille, einige Jahre älter als er und gelernte Designerin, kennen. Als Jancke bald über einen großen Stamm freiberuflicher Mitarbeiter verfügte, begann er Firmen zu gründen, deren Geschäftsgebaren nicht immer ganz einwandfrei waren. Bis das jemandem auffiel und er deswegen des mehrfachen Betruges angeklagt wurde. Seitdem lebte er mit seiner holländischen Lebenspartnerin in deren Heimatland.

Jancke, der eigentlich Detlef hieß, den aber alle entweder Dicker oder eben bei seinem Nachnamen riefen, war mit einer ausgesprochen guten Allgemeinbildung und einer hervorragenden Auffassungsgabe ausgestattet, sofern man dies hier mit einer Definition des Begriffes Raffinesse gleichsetzen durfte. Ein Entertainer. Ein Schauspieler ohnegleichen. Seine alleinunterhaltenden Darbietungen und Geschichten vermochten jemanden derart in den Bann zu ziehen, daß man nicht mehr zwischen Wahrheit und Lüge unterscheiden konnte. Allzu leicht hielt man ihn für interessant, ja sogar spaßig. Ohne zu merken, wie er seine Zuhörer beeinflußte und sie zuweilen aus privatem Vergnügen aufs Glatteis führte. Er war begeisterter Pfeifenraucher, seine Bibliothek umfaßte mehr als gerne zweitausend gelesene Bücher, und seine Intelligenz erlaubte es ihm sowohl zu wissen, wovon Schopenhauer philosophiert hatte oder zwischen Chopin und Mozart zu unterscheiden, als auch die Hauptstadt von etwa der Mongolei und alle bisherigen deutschen Bundeskanzler mitsamt ihrer Periode zu kennen. Er war ein berechnender Krieger. Ein unerbittlicher dazu, für den der Begriff Gnade nur dann Sinn machte, wenn es seinem politischen Ziel oder einem beliebigen anderen Zweck diente. Jancke war wie eine Spinne, die sich totstellen oder in einer Ecke so verwirrt tanzen konnte, daß man sie für verblödet und damit für absolut ungefährlich hielt, bis sie sich auf das geblendete oder sich sicher wägende, ahnungslose Opfer stürzt. Einen Fehler beging Jancke allerdings damit, daß er sich all dieser

Eigenschaften sehr bewußt war und somit oft in eine Form von Größenwahn verfiel, in dem er sich die Unbesiegbarkeit selbst bescheinigte...

"Was hat dich denn in unsere Gefilde getrieben? Setz dich! Ewig nicht mehr gesehen ..." Sie gaben sich die Hand. Emille schnellte in die Küche, die nur durch eine Theke von dem Raum getrennt war, in dem der Eßtisch stand, um einen Tee zu kochen.

"Wir haben gerade gegessen. Kann ich dir davon noch was anbieten? Rehrücken!"

"Nein danke.", gab die Gestalt schüchtern anmutend zurück.

"Mit Preiselbeeren!", lockte Jancke, sah aber nur ein lächelndes Kopfschütteln seines Gegenübers. Dessen Blick schweifte prüfend durch den Raum. Es hatte sich nichts verändert. Die Eßecke, in der sie jetzt saßen, war Teil des großen Wohnzimmers, aus dem die ganze untere Etage bestand. Mit Ausnahme der kleinen offenen Küche und einer Toilette befanden sich Schlafzimmer und zwei weitere Räume, die Jancke als Büro und Abstellraum nutzte, im oberen Stockwerk. Die Wand zur linken des Wohnzimmerfensters, durch das man auf die Straße sah, war mit Bücherregalen zugestellt, die bis unter die Zimmerdecke reichten. Gegenüber, neben Couch und einem Fernsehturm, ein offener Kamin, in dem einige Klumpen Buchenholz herrlich warm knisterten. Blumen schmückten den Raum und wechselten sich darin ab mit ägyptischen Figuren aus Eisen, Kerzenständern und lieblichen Gestecken. An den Wänden hingen kunstreiche Bilder, impressionistische Drucke. Alles war sehr geschmackvoll und ausgewogen eingerichtet. Die Ledergarnitur, welche einen eleganten Perserteppich einrahmte, lud zum Verweilen ein.

Die Gestalt wendete sich wieder Jancke zu.

"Wie geht's dir, Sportsfreund? Was machen die Geschäfte?"

"Seit damals läuft nicht mehr viel. Ich kann bei weitem nicht mehr so viel machen! Muß alles von hier aus irgendwie erledigen. Außerdem wird alles immer stressiger, aber das kennst du ja ... Wie du weißt, ist es heutzutage leicht, ins Gefängnis zu wandern."

„Ach komm, laß uns nicht über die Vergangenheit reden. Offensichtlich geht's euch hier ja doch ganz gut." Die Gestalt vermied ein angebrachtes Blinzeln.

„Es geht.", warf Emille aus der Küche ein. Sie stellte gerade das Tablett zusammen und schüttete das heiße Wasser in die Teekanne. "Letzten Endes ist alles doch nur ein Weglaufen. Ich bin jetzt siebenundvierzig und ich möchte langsam auch mal wieder normal leben, ohne Angst haben zu müssen, alles zu verlieren."

"Die Leier schon wieder!", unterbrach sie Jancke. "Das kriege ich mindestens einmal die Woche zu hören. Wir machen halt weiter, bis wir den großen Wurf landen, - und dann ab nach, - - naja irgendwohin." Jeder im Raum wußte, daß Jancke sich schon längst ausgerechnet hatte, wohin; daß er es nur nicht sagte, um sich vor allen Eventualitäten zu schützen. So wenig man ihm trauen konnte, so wenig vertraute er auch jedem anderen.

"Was ist mit dir? Was machst du jetzt?", wollte er ablenkend wissen.

"Ich? Ich versuche aufzuräumen. Keine Ahnung. Suche nach etwas."

"Hört sich aber nicht sehr entschlossen an." Emille kam mit dem Tee und schenkte ihnen ein. Für einen Augenblick herrschte Schweigen. Ihre Augen trafen sich nicht, sondern sahen nur zu, wie sich die Tassen mit dampfendem, wohlriechendem Gebräu füllten. Die beiden Männer nahmen sich jeder einen knappen Löffel Zucker und rührten ihn bedächtig unter. Emille ging wieder in die Küche zurück, um ein feuchtes Tuch zu holen, da sie einige Tropfen auf den Tisch verschüttet hatte.

Man war im Grunde sehr neugierig aufeinander, wagte aber nicht zuviel von sich selbst zu sagen. Eher ließ man lieber dem anderen den Vortritt, von sich zu erzählen; weniger aus Höflichkeit, sondern vielmehr aus der gegenseitigen Berechnung heraus, am Ende mehr über den anderen zu wissen als dieser von einem selbst. Schließlich machte die Gestalt, die immer noch behutsam an ihrem heißen Tee nippte, den Anfang.

"Wie geht's der Detektei? Entwickelt es sich wieder?" Emille schüttelte andeutungsweise den Kopf und sah zu Jancke rüber, dem sie die Antwort überließ.

"Hör mir bloß damit auf! Ich organisiere nur noch. Für eine große Detektei in Siegburg. Ich bilde die Leute aus. Gute Kaufhausdetektive sind schwer zu kriegen. Die meisten halten sich für James Bond. Und die Zeiten, wo wir noch hinter Bartresen gelegen und auf einen Einbrecher gewartet haben, - oder fremdgehenden Männern eifersüchtiger Ehefrauen hinterher gestiefelt sind, - die Zeiten sind längst vorbei. Und Emille,", er sah grinsend nach ihr, als sie den Tisch noch abwischte, "wird schließlich auch nicht jünger. Und wie läuft´s bei dir?", versuchte der Dicke es zum zweiten Mal. Der Angesprochene zuckte mit den Schultern und wieder sagte niemand etwas. Jancke roch bereits, daß der Besuch vielleicht doch nicht von ungefähr kam. Ein glühender Holzsplitter krachte im Kamin.

„Was macht dein Rücken?"

„Dem geht es immer am beschissensten. Hält wohl nicht mehr lange!" Jancke kratzte sich mit einem Daumen am Hinterkopf. „Bei dem Bauch ... Und wie kommt's, daß du heute hierher kommst?", sagte Jancke schließlich. Emille nahm am Kopfende mit dem Rücken zur Wand Platz und betrachtete die beiden Männer. Langsam führte sie ihre Tasse Tee, den sie immer ohne Zucker trank, zum Mund. Bevor sie allerdings daran nippte, blies sie den aufsteigenden Dampf leise zur Seite und hielt die heiße Tasse mit beiden Händen fest.

"Um dich zu töten."

Jancke stockte, unsicher, ob er über diese Bemerkung lächeln sollte oder sie doch ernst zu nehmen hatte. Letzteres war nun doch irgendwie so abwegig, daß er seinen eigenen Gedanken kaum Glauben schenken mochte. Lediglich sein Instinkt deutete aus dem Unterton dieser Aussage eine

Ernsthaftigkeit heraus. Emille kam vor Verblüffung nicht mehr dazu, an ihrem Tee zu nippen. Sie blickte auf Jancke, dann auf sein Gegenüber und schließlich auf die Tischplatte, als überlege sie, was das alles jetzt wieder zu bedeuten hatte. Denn zu oft hatten sich die beiden schon, zum Vergnügen Dritter, aus verspielter Angriffslust heraus, die sicherlich einer Haßliebe zwischen ihnen entsprang, verbal verprügelt und sich gegenseitig auf den Arm genommen, so daß manchmal kaum auszumachen war, was nun Ernst oder Spaß sein sollte. Sich darüber im Klaren werdend, daß sie möglicherweise ein Problem hatten, daß Streit im Verzuge war, lehnte sie sich zunächst erwartungsvoll in ihren Stuhl zurück und sah auf die matte, dampfende Oberfläche ihres Tees.

Niemand sprach.

Die beiden sahen sich eine Weile in die Augen. `Ich versuche aufzuräumen´ hatte er gesagt. Jancke begriff schnell, was dieser Satz nun bedeutete. Er blinzelte leicht, atmete kaum, ahnte plötzlich eine drohende Gefahr. Doch noch ehe er, unschlüssig, ob er damit auch das Richtige tun würde, überlegt reagieren konnte, durchschnitt ein dumpfes `Pflopp´ die gespannte Atmosphäre. Ein Geschoß bohrte sich wie ein stumpfer Stein in das Zentrum von Janckes linkem Knie und zertrümmerte dessen Knochen. Er schrie laut auf; fiel mit dem Stuhl nach hinten und blieb gekrümmt auf dem Boden liegen. Seine Hände umklammerten die Einschußstelle, sein Gehirn schaltete sich augenblicklich ab, die Kinnmuskulatur seines offenstehenden Mundes verkrampfte sich und machte bald nur noch ein gebrechliches Stöhnen möglich. Emille sprang ruckartig aus ihrem Stuhl auf und drückte sich entsetzt mit dem Rücken an die Wand. Ihre Tasse hatte sie dabei achtlos losgelassen, so daß sie zerbrach und sich der Tee über den Tisch ergoß, schließlich auf den Teppich lief. Die Gestalt zog jetzt, immer noch ganz ruhig da sitzend und alles nur beobachtend, die Waffe hervor; die sie unter der Tischplatte bereit gehalten hatte und sah Emille ausdruckslos an. Sie konnte nicht schreien. Blickte nur auf Jancke, der sich schmerzgequält auf dem Boden wälzte, bereits in einer beträchtlichen Blutlache liegend.

Während die folgenden Sekunden verstrichen, ohne daß jemand etwas tat, versuchte sich Emille wieder unter Kontrolle zu kriegen und wurde sich dank ihres kriminalistischen Verstandes bewußt, daß er auch sie töten mußte, weil sie eine Zeugin war. Allein schon deswegen, weil sie sonst ihn töten würde! Also ergriff sie spontan die auf dem Tisch stehende Vase, um sie nach der Gestalt zu werfen und dadurch Gelegenheit genug zu bekommen, eine Möglichkeit wahrzunehmen, ihn zu entwaffnen. Aber sie war nicht die Einzige, die rechnen konnte. Die Gestalt folgte dem Blick ihrer Augen genau. Noch ehe Emille die Vase zu greifen bekam, richtete ihr Mörder die Waffe auf sie und schoß zweimal. Sie brach in ihrer stürmischen Vorwärtsbewegung zusammen und fiel längs auf den Tisch, wo sie regungslos liegen blieb, während die Vase auf den Boden krachte und zerbrach. Als wolle die Gestalt ganz sicher gehen, preßte sie ihr, immer noch am Tisch sitzend, die Waffe mit dem Schalldämpfer an den Kopf und drückte noch einmal ab. Das Blut spritzte bis an die Wand und triefte an ihr langsam herunter. Die Musik, Wagners Walkürenritt, die bis eben noch gelaufen war, verstummte irgendwie, als hätte der CD- Player begriffen, daß es jetzt nicht mehr an der Zeit war, Musik zu spielen.

Wortlos wendete sich die Gestalt wieder Jancke zu, erhob sich nun aus dem Stuhl und machte einen Schritt zu ihm hin. Jancke hatte spätestens mit Emilles Exekutierung alle Sinne für die Gegenwart verloren. Seines begreifenden Verstandes fast beraubt versuchte er, sich unter seinen unsäglichen Schmerzen zu erheben, auch wenn nicht klar war, wozu das gut sein sollte. Die Gestalt vor ihm ließ die Waffe in der linken Hand achtlos herunterbaumeln. Statt dessen versetzte sie Jancke unvermittelt einen gewaltigen Fußtritt, der ihn an der Kehle traf und ihn wieder auf den Boden zurück schleuderte. Er röchelte nach Luft, ließ sein Knie aber nicht mehr los und versuchte in das Gesicht der Gestalt zu blicken. Sie zeigte kein Lachen, keinen Triumph, keinen Haß, kein Mitgefühl. Sie kam näher. Im Herunterbeugen schoß sie ihm in das andere rechte Knie. Gellend riß der Getroffene den Mund auf. Unsagbare Schmerzen bohrten sich nochmals in den letzten Winkel seines Gehirns.

"Hör auf, du Wahnsinniger! Hör auf!", schrie er. Aber das zeigte keine Wirkung. Jancke blinzelte winselnd in ein völlig kaltes, unbeeindrucktes Gesicht, das ihn nur beobachtete, wie er sich da auf dem Boden wand und um Gnade flehen wollte. Er spürte bereits den Blutverlust und wünschte sich ohnmächtig zu werden, um diese Schmerzen nicht mehr ertragen zu müssen, welche ihn ohnehin nahe an einen Schockzustand brachten. Aber Jancke war, nun zu seinem Leidwesen, da er keinerlei Chance hatte, ein Kämpfer; der immer nach einem Ausweg suchte und bisher auch immer einen gefunden hatte. In dem Augenblick, wo er seinen Kopf hob, um in das Gesicht desjenigen zu sehen, der im das antat, kam ihm der Knauf der Pistole entgegen und traf ihn hart auf der Nase. Sein Kopf fiel auf den Boden zurück. Dann wieder ein Schuß. Diesmal traf es ihn im linken Ellbogen. Unter nur noch mühseligem Aufschreien griff Jancke an die Stelle, als wolle er die Wunde zuhalten. Das Blut rann ihm aber unaufhaltsam durch die Finger. Ein vierter Schuß. In den rechten Ellbogen. Aufgesetzt. Janckes Körper zuckte lediglich. Er wollte etwas sagen, bekam aber nichts mehr heraus. Vor seinen Augen wurde es langsam schwarz. Er war kurz davor, endgültig die Besinnung zu verlieren, als ein weiterer Schuß, den er nicht mehr hörte, ihn ins Gesicht traf und seinen Schädel zerschlug. Sein Körper fiel wie ein losgelassener Sack in sich zusammen. Seine Kleidung tränkte sich mit seinem Blut. Sein Leben war ausgehaucht.

Die Gestalt betrachtete ihn noch eine kurze Weile, erhob sich dann, und vergewisserte sich augenscheinlich, daß Emille wirklich auch tot war. Dann steckte sie die Pistole ein und betrat das Bad im oberen Stockwerk, um sich die blutbeschmutzten Hände und das ebenso befleckte Gesicht abzuwaschen. Sein Blick traf sich dabei im Spiegel. Viele Minuten sah er sich in die Augen und empfand eigentlich nichts. Gewissenhaft verwischte er Spuren, Fingerabdrücke, vergoß Tee, warf die Teetasse, die er kurz berührt hatte, in das Feuer des Kamins, packte das benutzte Handtuch in eine mitgebrachte Plastiktüte, suchte und fand Janckes Autoschlüssel, schaltete das Licht überall aus und ging aus dem Haus. Er wollte noch ihr Auto im Zentrum der Stadt auf einem öffentlichen Parkplatz abstellen, damit jedermann annehmen konnte, sie seien einfach nicht da. Unbemerkt verließ er um Mitternacht Holland bei Regen.

Kevin Braun sollte von diesem Doppelmord zunächst nichts erfahren, da er weit weg von ihm geschah und sich offenbar auch kein Zusammenhang zu seinem Fall ergab.

4

Die Jungfrau

Noch im Halbschlaf verspürte Kevin Braun Bows feuchte Nase an seinem Ohr. Zart strich sie mit ihrer Zunge über seinen Hals, so daß er davon schließlich wach wurde und, sich wohl fühlend, lächelte.

"Guten morgen, mein altes Mädchen." Er strich mit einer Hand über ihren Kopf und kraulte sie genüßlich in ihrem Halsfell. Dabei sah er in ihre glasig blauen Augen und fühlte in sich die Freude, die er über diesen Hund hatte. Sie hatten die Nacht draußen auf der Wiese hinter seinem Haus verbracht. Kevins Gesicht war schon erwärmt von der strahlenden Sonne an diesem herrlichen Frühlingsmorgen. Milde Luft und Temperaturen um die vierzehn Grad, ein wolkenklarer Himmel, das leise Summen emsiger Insekten und Vogelgezwitscher aus allen Ecken und Baumwipfeln vermittelten ihm ein wohliges Behagen. Ohne große Gedanken, den Augenblick genießend, sah er in den hellblauen Himmel, eigentlich überhaupt keine Lust, sich aus dem Schlafsack zu winden. Bow hatte bereits mit Befriedigung festgestellt, daß ihr Herrchen nun wach war und suchte sich auf dem Gelände einen Platz, um sich zu entleeren. Dann strich sie ein wenig durch die Büsche am

Rande des Grundstückes, kam auf die Wiese zurück, schmiß sich wie ein junges Fohlen auf den Rücken, rieb ihn ekstatisch auf dem grünen Untergrund, drehte sich dabei um ihre eigene Achse und hielt dann inne. Eine Amsel war unweit von ihr auf der Wiese gelandet Bows Ohren spitzten sich. Ihre Augen wurden starr, ihr Körper ganz steif. Wolfsähnlich richtete sie sich nur langsam auf und nahm eine schleichende, den Kopf tief gelegte Haltung ein. Zentimeter für Zentimeter näherte sie sich der Amsel, die, völlig unberührt, in der Wiese zwischen den Grashalmen nach Eßbarem fahndete. Natürlich wußten alle Beteiligten, daß Bow nicht die geringste Chance hatte, den Vogel zu erwischen. Aber es machte ihr wohl Spaß.

Wenige Sekunden später geschah das unvermeidliche. Bow schnellte auf die Amsel zu und diese erhob sich blitzartig mit kräftigem Flügelschlag vom Boden und flog auf einen dünnen Ast im nächstgelegenen Baum, wo sie laut, wahrscheinlich aus Schadenfreude fiepste. Braun hatte manchmal wirklich den Eindruck, sie lachten Bow aus. Sie dagegen wendete sich wieder ab und blickte zu Kevin herüber, als wolle sie sich nur seinen Dank holen, dafür, daß sie einen Eindringling vertrieben habe.

Ein Blick auf Kevins Uhr verriet ihm, daß es schon halb neun war. Zeit genug, um noch zu duschen und zu frühstücken. Schumann kam gegen zehn, so hatten sie sich verabredet. Also setzte er Wasser für Tee auf, tat seine morgendliche Pflicht im Bad und bereitete sich den Tisch draußen auf der Terrasse. Schumann kam pünktlich. Kevin hörte den Vectra, als er in die Einfahrt fuhr und den Motor abstellte. Als eine Wagentür zuschlug, rief er ihn an.

"Die Garage ist offen!" Schumann hob das Tor an, schritt durch die Garage, in der jede Menge Hundefutter in Säcken herumlag, ein großer Hundeanhänger stand und auch sonst eine kaum überschaubare Unordnung herrschte. Das hintere Tor der Garage, durch das man direkt neben der Terrasse auf das Grundstück hinter dem Haus kam, war offen. Er sah Kevin unter einem aufgespannten Sonnenschirm an einem gedeckten, runden Holztisch sitzen und grüßte gutgelaunt.

"Morgen Braun. Du genießt das Leben heute aber in vollen Zügen, he?"

"Das Wetter läßt es zu." Er deutete mit einer Hand auf einen Stuhl. "Setz dich. Ich habe dir eine Tasse Tee und ein Ei mitgemacht."

"Ich trinke lieber Kaffee."

"Gibt's hier keinen. Weißt du doch."

„Ach ja, richtig. Hier wohnen ja nur die Wasserschlürfer ..." Sie griemelten sich gegenseitig an. Nur Bow lachte nicht.

Schumann setzte sich und griff nach einem frischen Toast. Die Siberian Husky-Hündin, die Schumann schon längst akzeptiert hatte, gesellte sich zu ihm und legte ihren Kopf auf seinen rechten Oberschenkel, in der Hoffnung, in Form von Eßbarem von seiner Nachgiebigkeit zu profitieren und wedelte mit ihrem buschigen Schwanz.

"Also, was schlägst du vor? Wo sollen wir anfangen?", fragte Schumann und ließ dabei versehentlich eine Scheibe Salami auf den Boden fallen, die er sich eigentlich auf das Toast legen wollte. Braun sah ihn mit geneigtem Kopf und etwas vorwurfsvollem Blick an, den Schumann mit einem smarten Lächeln und Achselzucken quittierte. Bow nahm sich die Scheibe und verschlang sie mit wenigen Bissen.

"Die Eltern.", schlug er vor "Wir sollten gleich erst mal mit den Eltern reden. Wir müssen was über ihre privaten Hintergründe wissen. Ich denke, sie hat ihren Mörder gekannt."

"Das denke ich auch. Er muß also aus ihrem Umfeld kommen ..."

„... das wohl nicht sehr groß war. Ihrer Wohnung nach zu urteilen hat sie allein gelebt und auch keinen festen Freund oder ähnliches gehabt. Die Wohnung kam mir ohnehin irgendwie komisch vor."

„Was meinst du?"

„Für eine Frau war sie ziemlich – unaufgeräumt. Ich weiß nicht ... als wäre sie nicht allzu oft zuhause ...Hast du die Adresse der Eltern?"

"Sicher." Schumann köpfte sein Ei und wanderte mit den Augen über das Grundstück. Es war wirklich wunderschön und so ruhig hier. Keine Straße, kein Autolärm, nur Natur pur.

"Fühlst du dich nicht manchmal doch einsam hier?", wollte er von Braun wissen. "Ich meine, hier zu leben mit einer Familie, Frau und Kinder und so, meinetwegen auch mit Hund, - schön, okay. Aber so ganz alleine, - immer?"

"Ich fühle mich so am wohlsten.", gab Kevin kurz zurück, ohne von seinem Frühstücksbrett aufzublicken. Wortlos biß er in sein Toast und folgte Schumanns Blicken auf das Grundstück in den knapp hundert Meter weiter hinten liegenden Tannenwald hinein. "Dann laß uns gleich aufbrechen!", setzte er fort. "Wo wohnen die Eltern?"

"In Erftstadt-Erp. Gute halbe Stunde von hier. Ich schlage vor, wir nehmen deinen Wagen und lassen meinen hier." Kevin lachte. Schuhmann wußte genau, daß er Bow mitnehmen würde. Und er hatte viel zu viel Angst, daß sie sein Auto verschmutzen könnte. Dafür nahm er dann Kevins nicht ganz so komfortablen Pick-Up in Kauf.

Während Braun den Tisch abräumte, sich ob des schönen Wetters nur ein weißes Hemd und eine rostbraune Naturlederweste von Camel überzog und Bow in den Pick-Up brachte, setzte Schumann seinen Opel aus der Einfahrt, weil er den vor Brauns Auto geparkt hatte. Gegen Elf Uhr fuhren sie los. Sie hatten beschlossen, die A1 zu nehmen und in Zülpich Richtung Erftstadt abzufahren. Über die B 477 erreichten sie Erp zu ihrer linken Seite.

"Hier mußt du direkt wieder rechts abbiegen.", befahl Schumann. "Direkt hinter der Telefonzelle kannst du rechts stehenbleiben. Hier in der Ecke muß es sein." Er deutete auf eine kleines Hexenhäuschen. Kevin hatte genug Platz, direkt davor zu parken. Erp war ein kleines Dorf; nicht größer als sein Esch. Und ebenso ruhig, so daß man hier kaum ein Geschäft vermutete. Sie klingelten an der Tür, an der ein Namensschild mit der Aufschrift `Werners´ hing.

Eine Frau, ganz in schwarz gekleidet und offensichtlich völlig verheult, mit notdürftig hergerichtetem grauen Haar, um die fünfundfünfzig Jahre alt, öffnete ihnen nach wenigen Augenblicken die Tür.

"Ja?"

"Frau Werners?" Sie nickte mit dem Kopf. "Ich bin Kommissar Braun, das ist mein Kollege Schumann, Kripo Euskirchen. Wir sind mit den Ermittlungen zum Tod ihrer Tochter beauftragt. Können wir mit ihnen kurz sprechen?" Braun holte seinen Ausweiß hervor, den sie aber nicht kontrollieren wollte. Schumann machte sich schon nicht mehr die Mühe. Sie öffnete die Tür und die beiden Männer traten wegen des niedrigen Rahmens ein wenig gebückt ein.

"Mein Mann und ich sitzen gerade im Wohnzimmer. Bitte kommen Sie." Sie schloß die Tür hinter ihnen und ging voraus durch den Flur in das bürgerlich eingerichtete Wohnzimmer. Kein Radio an, kein Fernsehen lief, alles sehr ordentlich aufgeräumt, eine Kaffeekanne auf dem Tisch.

"Möchten Sie etwas trinken?"

"Nein danke.", sagte Schumann. Herr Werners sah die beiden Herren, erhob sich mit ausdrucksloser Miene und reichte ihm als erstem die Hand.

"Werners, Karl-Heinz.", begann er mit zitternder Stimme. "Sie sind von der Kripo? Wir haben aber   gestern schon mit der Polizei geredet. Müssen wir jetzt noch mal alles erzählen?"

"Herr Werners,", begann Braun mit dem Versuch, den Mann auf seine Seite zu bringen. "Herr Schumann und ich führen die Ermittlungen. Außer den Umständen, die zum Tode Ihrer Tochter führten, haben wir bis jetzt keinerlei Angaben. Wir möchten gerne von Ihnen mehr über Ihre Tochter erfahren, um uns ein genaues Bild über ihr Umfeld zu verschaffen."

Karl-Heinz Werners setze sich wieder in sein Stoffsofa zurück, seine Frau nahm neben ihm Platz und faltete die Hände verkniffen im Schoß, während sie mit leeren Augen auf den Wohnzimmertisch sah.

"Wie ihre Tochter gestorben ist, dürfte Ihnen bekannt sein.", griff Schuhmann das Wort auf. "Es tut mir leid, daß ich Sie das so direkt fragen muß und weiß, daß es für Sie bestimmt schwer ist, - aber, - ... also hatte Ihre Tochter Schwierigkeiten, Feinde? Können Sie sich jemanden aus der

Umgebung Ihrer Tochter vorstellen, der so etwas tun könnte?" Die beiden Eltern schwiegen eine Weile. Braun sah Frau Werners an, daß sie sogleich in einen neuen Weinanfall geraten würde. Die Tränen liefen ihr über die Wangen. Sie brachte kein Wort heraus.

"Nein.", antwortete Herr Werners. "Niemand. Da ist niemand, den wir auch kennen würden, der ihr das, - das Genick brechen und ihr ... mein Gott!" Er schlug die Hände vor das Gesicht und verdeckte seine Augen. Schumann sah verständnisvoll auf Braun. Sie ließen den beiden einige Zeit, sich wieder zu beruhigen.

"Was machte ihre Tochter beruflich genau? Und was in ihrer Freizeit? Können Sie uns darüber etwas sagen?", fragte Schumann.

"Sie war eigentlich gelernte Schneiderin.", sagte Frau Werners jetzt leise, sprach aber nicht weiter, sondern griff nach einem Taschentuch und rieb sich die Augen.

"Irgendwann fing sie mit dieser Schnüffelgeschichte an. Das war vor vielleicht anderthalb Jahren.", ergänzte Herr Werners. "Wir haben das nie verstanden. Aber sie fand das ganz toll. Sie meinte damals, sie würde damit mehr Geld verdienen und es würde ihr so viel Spaß machen. Anderen Leuten hinterher zu schnüffeln! Wie kann das Spaß machen?" Er schüttelte ganz ohne Verständnis den Kopf und sah Braun erschrocken an. "Naja, Sie sind Polizist. Das ist was anderes. Aber sie wollte eine Detektivin sein. Eine Detektivin! Dabei ist sie dann doch bloß im Kaufhaus rumgelaufen und hat Klauer gejagt. Ja, manchmal, da durfte sie dann auch so Geschichten wie Observierungen oder wie sie das nannte, machen. Bei Kaufhof war sie angestellt. Allerdings war das wohl eine, - wie sagte sie - eine Einschleusung. Da klaut wohl das Personal. Und sie war da als Verkäuferin oder sowas, um das Personal zu überwachen."

"Und, hatte sie Erfolg?", fragte Schumann. Kevin, der mittlerweile in einem der anderen Sessel Platz genommen hatte, stand nun auf und ging zu einem Bild, das auf einer kleinen Mahagonikomode gegen die Wand gelehnt und auf dem sie zusammen mit ihren Eltern abgelichtet war. Das Bild mußte wohl auf einer Bundesgartenschau entstanden sein.

"Erfolg?" Die Eltern sahen sich kurz an. Karl-Heinz Werners zuckte etwas verächtlich mit den Schultern. "Wie man's nimmt." Er machte eine kurze Pause. "Sie hat sich den Chef angelacht."

"Den Chef?", hackte Braun von der Komode her nach.

"Ja. In den letzten drei Monaten hat sie einige Male davon gesprochen, daß sie ihn sehr nett fände. Sie sind wohl auch mal Essen gegangen."

"Hat sie - ich meine, hat sie mit ihm geschlafen?", fragte Schumann.

"Ich denke schon.", antwortete Herr Werners mit etwas verächtlichem Unterton. Kevin Braun glaubte in seinem Gesicht eine Art von verletztem Stolz zu erkennen darüber, daß seine Tochter eigentlich viel zu hübsch und gut war, um mit einer derart Macht besitzenden Person rumzumachen...

"Aber sie hatten eindeutig ein Verhältnis?", wollte Schumann wissen.

"Ja.", sagte Frau Werners.

"Kennen Sie den Namen dieses Mannes?"

"Nein, nein. Sie hat darüber kaum gesprochen. Sie hat den Namen, glaube ich, wohl mal erwähnt, aber ich erinnere mich nicht mehr daran. Ich glaube, ich erinnere mich, daß es ein ausländischer Name war: etwas italienisches oder spanisches. - Ach Gott, warum nur ..." Wieder brach sie in Tränen aus. Schumann stand aus seinem Sessel auf und befand, daß es besser war, mit der Befragung aufzuhören.

"Noch eine Frage!", sagte Kevin schnell und kniete sich neben dem Tisch zu Frau Werners herab. "Wie ist Ihre Tochter überhaupt an den Job herangekommen?" Frau Werners sah ihren Mann an.

"Keine Ahnung. Über ein Detektivbüro in Bonn, hat sie einmal gesagt. Mehr weiß ich darüber auch nicht. Das hat uns nie interessiert."

"Und wie war das in ihrer Freizeit? Hatte sie nicht Freunde oder Bekannte?"

"Maria? Nein, nicht viele.", sagte Frau Werners wie beiläufig. "Für Maria war nur der Job wichtig. Das schien ihr das Wichtigste. Erst recht, seitdem sie mit diesem Chef rumgelaufen ist. Aber darüber hat sie nie richtig gesprochen, als

wäre das ein großes Geheimnis."

"Sollte es ja auch sein!", fiel ihr ihr Mann ins Wort.

"Ach sei still!", sagte sie mit einer abwinkenden Handbewegung.

"Warum sollte es ein Geheimnis sein?" Braun und Schumann horchten auf.

"Naja,", Karl-Heinz Werners räusperte sich. "...der Typ ist doch wohl verheiratet. Und sowas gehört sich doch nicht, oder?" Die beiden Eltern sahen sich beschämt an.

"Glauben Sie - halten Sie es für möglich, daß der Tod Ihrer Tochter im Zusammenhang mit diesem Verhältnis steht? Entschuldigung, aber ich muß diese Frage stellen!" Braun hielt sich die Hand vor den Mund und hüstelte etwas, als wäre er wirklich verlegen deswegen.

"Tja, kann ich mir nicht so leicht vorstellen.", sagte Herr Werners. "Aber möglich ist ja alles. Wenn der Mann was damit zu tun hat, bringe ich ihn um!" Die beiden Kriminalbeamten überhörten diese Bemerkung nicht, gingen aber auch nicht darauf ein und reichten den Eltern, im Ansatz zu gehen, die Hand.

"Wenn wir noch Fragen haben, können wir sie sicher anrufen?!", fragte Braun.

"Sicher.", gab Herr Werners zurück. Frau Werners stand ebenfalls auf, um die beiden Männer zur Tür zu begleiten. Ihr Mann blieb sitzen.

"Wann können wir Maria beerdigen?"

"Ihre Leiche ist noch nicht freigegeben. Aber das wird sicher bald der Fall sein.", beruhigte Schumann die Mutter. Sie gingen hinaus und Frau Werners nickte nur nachdenklich mit dem Kopf; als sie die Tür wieder hinter ihnen verschloß.

"Also Kaufhof?", schlug Kevin, am Auto angekommen, vor.

"Also Kaufhof!", bestätigte Schumann. Bow freute sich über ihre Rückkehr. Als sie im Auto saßen, verharrte Kevin plötzlich unbeweglich.

"Was ist? Warum fährst du nicht los?"

"Meine Güte, wir sind doch bescheuert!" Kevin Braun schlug sich mit einer Hand vor die Stirn. "Ist dir nicht aufgefallen, daß wir was vergessen haben? Ich muß noch mal zurück!" Er ließ seinen Partner, der mit fragendem Blick sitzen blieb, allein im Wagen und sprang zur Haustür. Da er nicht einmal die Tür zu machte, nutzte Bow die Gelegenheit, ihm zu folgen. Vor der Haustür der Werners' blieb sie schwanzwedelnd neben ihm stehen. Braun klingelte. Wieder öffnete ihm Frau Werners die Tür und sah ihn fragend an.

"Frau Werners, eine Kleinigkeit noch. Wußten sie eigentlich, daß Ihre Tochter schwanger war? Das hat man bei der Obduktion nämlich festgestellt!" Jetzt bekam sie ganz große Augen. Bow schnüffelte unbeteiligt an ihrem Hosenbein. Dann senkten sich langsam ihre Lider und Kevin beobachtete, wie sie in die Knie ging und umzufallen drohte. Er fing sie noch auf; als Herr Werners in den Flur kam.

"Was ist passiert?"

"Ich fürchte, ihre Frau ist gerade ohnmächtig geworden." Sie hoben sie behutsam an, trugen sie ins Wohnzimmer und legten sie auf Herrn Werners Anweisung hin auf das Sofa. Schumann, der die Szene vom Auto aus beobachtet hatte, kam hinterher gelaufen, suchte die Küche und kam von dort mit einem Glas Wasser zurück, das er Kevin reichte. Der hob ihren Kopf leicht an und träufelte ihr etwas davon in den Mund. Sie verschluckte sich, hustete und öffnete leicht benommen wieder die Augen.

"Karl-Heinz," sagte sie mit gebrochener Stimme. "Karl-Heinz, unsere Maria war schwanger!" Werners hob den Kopf und sah Braun merkwürdig an. "Was? Das, ehm ..., das kann doch nicht sein ... Unsere Maria? Von diesem Kaufhof-Menschen?"

"Das werden wir noch herausfinden.", sagte Schumann. Niemand hatte bisher die Hündin bemerkt, die, unbehelligt, die Wohnung in allen Ecken inspizierte.

"Komm, Kevin, wir knöpfen uns jetzt erst mal um diesen Kaufhof-Typen. Lassen wir die beiden alleine!" Schumann zubbelte seinen Partner am Hemdsärmel.

"Machen Sie sich keine Sorgen. Wir werden schon klar kommen.", sagte Herr Werners. Kevin nickte und rief nach Bow. Sie verließen das Haus und stiegen wieder in den Pick-Up.

"Ich will verdammt sein, wenn da nicht noch mehr dahinter steckt!", schloß Schumann. "Die Werners fängt als Abenteuer- Detektivin aus bürgerlichen Verhältnissen bei Kaufhof an, hat ein Verhältnis mit dem Chef; der verheiratet ist und wird schwanger. Jetzt ist sie tot"

"Wir werden sehen.", meinte Kevin Braun gelassen und startete den Wagen. Sein Weg führte sie nun direkt in die Euskirchener Innenstadt zurück. Er parkte den Wagen direkt vor der Commerzbank, die auf der gegenüberliegenden Seite zur Kirche lag. Der Kaufhof war fünfzig Meter daneben. Schumann hatte schon wieder Hunger.

"Was hältst du davon, wenn wir vorher kurz in den McDonald's reinspringen?" Der war hundert Meter hinter ihnen, direkt an der Ecke Bahnhof- und Wilhelmstraße, am Anfang zur Fußgängerzone. Braun sah ihn etwas griesgrämig an, als wäre sein Partner nicht recht bei Sinnen.

"Na komm! Ich weiß, du magst den Laden nicht. Aber ich habe langsam Hunger!" Schumann ahnte, daß Kevin nur deshalb so tief Luft holte, um ihm darüber eine Predigt zu halten und er ließ ihn gewähren. Schließlich würden sie doch hineingehen, um etwas zu essen.

"Du bist wohl in Abwesenheit deiner Fähigkeit, logische und intelligente Entschlüsse zu fassen und kommst, nur wegen eines bißchen Magenknurrens, in einem nicht anders als mit geistiger Umnachtung zu beschreibendon Anfalles zu der Ansicht, wir müßten uns deswegen der denkbar höchsten Demütigung aussetzen, indem wir uns auf die unterste Stufe aller menschlicher Würde herab begeben. Du willst diesen zusammengesetzten Junk-Food in deinen Magen befördern, wo die dortige Säure nur ihr übriges zu tun weiß und das Ganze wieder als braune, nicht weiter zu definierende, zähe

61

Substanz etwa einen Meter unterhalb des Bereichs, in den er eingeführt wurde, wieder in ein dafür von vorn herein vorgesehenes Behältnis hinausbefördert wird. Keine Frage, das ist reine, abartigste Selbstvergewaltigung des Gaumens, dessen Vorstellung allein ausreicht, um einen gewissen Brechreiz hervorzurufen und ihm auch nachzugeben." Kevin mußte selbst über sein anklägerisches spontanes Plädoyer grinsen.

"War's das jetzt?", fragte Schumann.

"Nicht ganz.", setzte Braun zynisch fort "Wußtest du, daß es eine bekannte Tatsache ist, daß die Leute, die dort arbeiten, schamlos ausgenutzt werden?! Abgesehen davon, daß man in diesem Unternehmen anscheinend nicht mal weiß, wie das Wort Sozialleistungen' überhaupt geschrieben wird, scheint die Ideologie vorherrschend zu sein: statt Zuckerbrot die Peitsche! Motivation ist für die ein absolutes Fremdwort und überflüssiges Moralgesäusel. Die Leute werden ausgepreßt bis auf den letzten Tropfen..." Schumann sah ihn etwas mitleidig an. „...Wer krank ist, fliegt; wer nicht mal für jemanden einspringt, macht nur noch Dreckarbeit; wer Fehler macht, wird gnadenlos und unter Mißachtung aller personalwirtschaftlichen Regeln und Grundsätze zusammengeschissen; wer müde wird, wird ausgetauscht. Küchen- und Kassenkräfte, die Basis dieses Unternehmens, diejenigen, die alle anderen bis in die oberste Etage erst ermöglichen, sind grundsätzlich dumm, wie Sklaven zu behandeln und glücklicherweise in so einer beträchtlichen Anzahl verfügbar, daß man jederzeit neue anschaffen kann ..." Braun hatte sich mittlerweile richtig in Rage geredet. „Das ist doch scheiße! Und das schlimmste ist, daß offensichtlich niemand den Mut aufbringt, mal aufzustehen und `Nein´ zu sagen! Daß es den Menschen in unserem Land wohl so schlecht geht, daß die meisten froh sind, überhaupt arbeiten zu dürfen - selbst für weniger als einen Hungerlohn, - selbst wenn einem die Verachtung der eigenen Persönlichkeit so offen ins Gesicht geschlagen wird!" Kevin stockte und sah seinen Partner an, der wartete, bis er fertig war. "Stimmt doch? Oder?"

"Trotzdem habe ich Hunger. Können wir jetzt gehen?!" Sie lachten beide und gingen in den McDonald's, wo sie von einer unlustigen und gelangweilten Bedienung ihre bestellten Sachen auf das Tablett gelegt bekamen. Am Tisch stellten sie fest, daß sie den Ketchup zu den Pommes vergessen und Eiswürfel in die Cola getan hatte, obwohl sie Schumann extra ohne Eis bestellte. Kevin verkniff sich sein hämisches Grinsen nicht.

"Denkst du, Tod und Schwangerschaft hängen miteinander zusammen?", fragte Braun. Schumann zuckte die Schultern.

"Werden wir sehen. Schauen wir uns erst diesen Chef an." Sie ließen einen Rest kalte Pommes auf dem Tablett zurück und machten sich auf zu Kaufhof. Die Fußgängerzone war stark besucht an diesem herrlichen vorsommerlichen Tag. Braun und Schumann hatten aber im Moment kaum mehr Augen für das chaotische Treiben mit all seinen Blickfängen, sondern schritten wortlos dem größten Kaufhaus in Euskirchen entgegen. Vor dem Eingang stand eine kleine Holzhütte, in der Blumen verkauft wurden und ein mobiler Stand, an dem es verführerisch gut riechende Crêpes gab. Kevin ging daran vorbei und schwenkte nach rechts, wo er auf einen Nebeneingang zugehen wollte, der hinter einer Doppelglasttür lag, die den Weg zu einem Treppenhaus freigab.

"Woher weißt du, daß wir hier rauf müssen?", fragte Schumann.

"Keine Ahnung!", sagte Braun über sich selbst staunend. "Sieht mir einfach danach aus, als ob es hier zur Verwaltung geht." Sie stiegen die Treppen bis in die nächste Etage hoch und kamen an eine fahlweiße, stählerne Tür, die nur angelehnt war. Dahinter erblickten sie eine lange, dunkelgrüne Theke, die auf einem ebensolchen grauen Velourteppich stand, der mit wenigen Streifen, die sich, schwungvoll wie Pinselstriche, in blau, gelb und rot über die ganze Fläche hinzogen, geziert war. Hinter der Theke saß eine smarte Chinesin oder Japanerin mit langem, gut toupiertem, pechschwarzem Haar und auffällig brauner Haut, was ihr außerordentlich gut stand. Als sie die beiden gerade zur Tür herein marschierenden Herren erblickte, unterbrach sie ihre Arbeit am Computer sofort und wendete sich ihnen mit einem morgenländisch freundlichen Lächeln zu.

"Guten Tag, die Herren. Was kann ich für Sie tun?" Sie sprach völlig ohne Akzent. Schumann trat vor sie, während sich Kevin Braun die Bilder an der Wand ansah, die immer irgendetwas zeigten, was in Beziehung zu diesem Unternehmen stand: LKW mit Kaufhofaufschriften in heroischer Position vor untergehender Sonne, eine Metro-Halle, das Saturn-Haus in Köln.

"Einen wundervollen Guten ...", sprach Schumann sie an. "Wir hätten gerne Ihren Chef gesprochen. Den Chef des Hauses sozusagen. Den Geschäftsführer oder Leiter, wie immer Sie das nennen."

"Und in welcher Angelegenheit bitte?", wollte die junge Dame, die vielleicht sieben- oder achtundzwanzig sein mochte und irritierenderweise Linda Dai Chong hieß, wie Schumann dem Schild auf der Theke entnahm, nun wissen. Dabei merkte er ihr schon einen leicht ungehaltenen Unterton an und ihre Freundlichkeit schien sich jetzt etwas zurück zu nehmen. Schumann sah keine andere Wahl, als seinen Ausweiß zu zücken. Kevin gesellte sich neben seinen Partner und blickte der orientalischen Schönheit in die tief dunklen Augen.

"Kripo Euskirchen. Wir ermitteln im Fall Maria Werners. Ist Ihnen bekannt? Ja? Gut, dann hätten wir jetzt gern den Herrn, ... wie heißt er doch gleich? ... gesprochen."

„Herr Martinez. Sie meinen Herrn Martinez." Jetzt kam Bewegung in die zierliche kleine Frau. "Einen kleinen Augenblick, bitte. Ich muß erst fragen, ob er Zeit für Sie hat."

"Er wird Zeit haben müssen.", sagte Kevin lapidar und wendete sich wieder den Bildern zu. Die kleine Miss Chong griff nach ihrem Telefonhörer, tippte eine dreistellige Nummer, wartete vier oder fünf Ruftöne ab und sprach dann mit ihrem Chef. Schließlich legte sie auf und erhob sich von ihrem ergonomisch angepaßtem Bürostuhl. Ihr freundliches Lächeln ergriff wieder Besitz von ihrem runden, an sich sehr angenehmen Gesicht.

"Bitte folgen Sie mir!", sagte sie zuvorkommend und kam um die Theke herum, um durch einen längeren Flur in ein Nebenzimmer zu gehen, in dem ebenfalls ein nicht besetzter Schreibtisch stand. Von dort führte eine weitere Tür in ein Hinterzimmer. Sie öffnete sie und blieb am Rahmen stehen. Braun und Schumann traten, sich mit einem Lächeln bedankend, ein. Die Tür schloß sich hinter ihnen.

"Martinez. Raoul Martinez! Guten Tag, meine Herren! Was kann ich denn für Sie tun? Bitte nehmen Sie doch Platz!", überfiel sie von halb rechts eine sonore Stimme. Die kam von einem Mann mit einer recht stattlichen Figur: groß und kräftig, verpackt in einen offensichtlich sehr teuren Maßanzug, mit goldenen Manschettenknöpfen und goldener Armbanduhr, die so schwer aussah, daß sie allein schon unheimlich viel Kraft erfordern mußte, um einen Arm überhaupt noch heben zu können. Martinez hatte in der Tat ein typisch südländisches Aussehen. Schwarze, nach hinten gekämmte dicke Haare, dunkle Augen unter fast buschigen Augenbrauen mit ebenso dunklen Rändern darunter, einen schwarzen Schnurrbart, der volle Lippen überstrich.

Als Braun und Schumann in den Raum eintraten, kam Martinez ihnen bereits entgegen und reichte begrüßend die Hand. `Schnösel´ war das erste, was Schumann durch den Kopf schoß. Kevin reichte ihm zuerst die Hand.

„Braun, Kripo Euskirchen. Das ist mein Kollege Schumann. Wir kommen im Fall Werners. Sie wissen..." Er wollte seinen Ausweiß vorzeigen, aber Martinez winkte gönnerisch ab.

"Schon gut. Lassen Sie ihn ruhig stecken." Jetzt reichte ihm auch Schumann die Hand, setzte sich aber nicht, sondern blieb neben dem ledernen Besuchersessel stehen und betrachtete den Schreibtisch, die große Juka-Palme in der linken Ecke des großen, geschmackvoll und dezent eingerichteten Raumes. Links neben der Juka befand sich eine kleine Sitzecke mit Sofa, Glastisch und noch zwei Besuchersesseln des gleichen Typs wie die, die vor dem dunkelgrauen Schreibtisch standen. Martinez verschwand wieder dahinter und nahm in seinem drehbaren, wahrscheinlich hydraulikgefederten Chefsessel Platz, während er die beiden Beamten noch fixierte.

"Nun, meine Herren, das ist eine sehr unangenehme Sache mit der Werners. Als wir von der Polizei erfahren haben, was mit ihr geschehen ist, waren wir alle sehr betroffen." 'Wie ungewöhnlich', dachte Schumann. Er mochte den Typ nicht.

"Was uns natürlich zunächst interessiert", nahm Braun das Gespräch auf, "ist, was genau sie hier getan hat." Martinez rieb sich das Kinn mit einem Zeigefinger, dessen Arm sich auf einer der Sessellehnen stützte.

"Kann ich Ihnen etwas zu trinken anbieten? Kaffee, oder vielleicht etwas Kaltes?"

"Nein danke.", sagte Schumann und wiederholte Kevins Frage. Martinez hob seine Augenbrauen kurz, sah auf seine Schreibtischplatte, dann wieder in die erwartungsvollen Gesichter Brauns und Schumanns.

"Also - sie war hier eingeschleust als Abteilungsleiterin, um unser Personal auf Diebstahl hin zu überprüfen, da dahingehend ein dringender Verdacht bestand."

"Bestand?", wandte Braun ein.

"Der besteht natürlich immer noch, da Frau Werners ihre Ermittlungen ja leider nicht mehr zu Ende bringen konnte."

"Wie lange ist sie schon hier beschäftigt gewesen?", fragte Schumann.

"Drei Monate."

"Und noch keine konkreten Ergebnisse? Ich meine, drei Monate müßten eigentlich bei weitem ausreichen, um diebischem Personal auf die Schliche zu kommen."

"Sie hatte einen Verdacht. Den konnte sie allerdings noch nicht mit Beweisen untermauern."

"Und was war das für ein Verdacht?" Kevin achtete genau auf Martinez Gesichtszüge. Er war ein sehr beherrschter Mann, den so leicht nichts aus der Ruhe zu bringen vermochte.

"Nun, es sieht so aus, als kaufe jemand vom Personal oder deren Angehörige hier ein, behalten die Quittung und geben sie an Angehörige unseres Unternehmens weiter. Die nehmen sich das gleiche nochmal und spazieren abends damit unbehelligt raus. Zwar werden die Einkaufsbons der

Angestellten an der Zentralkasse abgestempelt, - aber selbst das scheint irgendwie zu funktionieren."

"Und das konnten Sie noch keinem nachweisen?", fragte Braun.

"Nein." Martinez hatte einen leichten Anflug von Ungehaltenheit. "Worauf wollen Sie hinaus?"

"Aufgrund meiner beruflichen Erfahrung erscheint mir der Zeitraum, den Maria Werners gebraucht hat, um das herauszufinden, zu lange. Entweder war sie zu dumm, entschuldigen Sie, wenn ich das so sage, - oder sie hatte noch einen anderen Grund, hier zu bleiben." Schumann ging jetzt in einen intuitiven Angriff über und reizte den Löwen mit einem Strohhalm an der Nase.

"Ich verstehe immer noch nicht ganz, worauf Sie hinauswollen.", sagte Martinez.

"Darauf;, daß sie vielleicht noch etwas ganz anderes dazu veranlaßt haben könnte, hier zu arbeiten.", ergänzte Braun. Er beugte sich zum Schreibtisch vor und lehnte sich mit den Ellbogen darauf; um sich Martinez, wie drohend, auch körperlich zu nähern. "Zum Beispiel, weil sie etwa in eine Liebesbeziehung verstrickt war." Schumann und Braun blickten den Spanier fest an, der ihren Augen auswich. Man sah im förmlich an, daß er nun überlegte, wie er zu antworten hatte und dabei blitzschnell alle möglichen Szenarien durchspielte. Schließlich, verblüffend schnell, wurde er sich gewiß, daß es sicher keinen Sinn machte, eine Beziehung zu leugnen.

"Wer hat Ihnen das erzählt? Meine Frau? Na schön, und? Sowas kommt eben vor. Wir hatten etwas miteinander. Sie war sehr hübsch und auch intelligent. Ich mochte sie."

"Deshalb trauern Sie jetzt auch so um sie?", bemerkte Schumann zurecht schnippisch.

"Was soll ich Ihrer Meinung nach tun? Mich dem Gerede der Leute aussetzen und meine Ehe auf's Spiel setzen? Wegen einer ..."

"Wegen einer was?" Jetzt wurde auch Braun langsam ärgerlich. Dieser Mann war wirklich eiskalt Einer von der Sorte, die nur an ihren Vorteil dachten und die Spielregeln bestimmen wollten. Nichts mehr mit herzlicher, entgegenkommender Freundlichkeit. Nur wenn es angebracht und zu ihrem Nutzen war. Eine lange Pause entstand, in der Martinez sich, nervös geworden, in seinem Chefsessel hin und her bewegte. Schumann und Braun würden sich von seiner Maske jedenfalls nicht mehr täuschen lassen.

Das Telefon läutete und Martinez griff blitzschnell danach, bevor es zum zweiten Mal klingeln konnte. Offensichtlich war ihm diese Unterbrechung sehr willkommen. `Ja, Nein', dann wieder 'Ja', und schließlich: 'Ich komme gleich'.

"Meine Herren, ich muß unsere Unterhaltung leider hier abbrechen. Die Pflicht ruft!"

"Einen Augenblick noch!", warf Braun ein. "Sie fragten eben, ob Ihre Frau uns das von Ihnen und der Werners erzählt habe. Wie kommen Sie darauf? Wir haben mit Ihrer Frau noch gar nicht gesprochen." Martinez, der schon aufgestanden war, um die beiden an die Tür zu geleiten, sah, ärgerlich darüber, daß er das gesagt hatte, zu Boden.

„Meine Frau... Ich habe das nur so gesagt. Sie ist, - naja, unter uns, sie ist ein bißchen paranoide, wissen Sie." Schumann und Braun sahen sich kurz an. "Wie meinen Sie das?"

Martinez ließ seine Hände nachdenklich in den Hosentaschen verschwinden und begab sich langsam schreitend wieder zu seinem Schreibtisch zurück, als wüßte er, daß er um eine weitere Erklärung nicht herum kommen würde.

"Meine Frau stammt aus einer sehr begüterten, traditionsreichen Familie. Ihr Vater ist Vorsitzender zweier Aktiengesellschaften, hat ein eigenes großes Unternehmen und einen eigenen Pferderennstall und so weiter. Er hängt auch mit einem nicht unbeträchtlichen Anteil bei Kaufhof drin. Jedenfalls reicht es aus, so daß meine Frau nie selbst arbeiten mußte. Und obwohl ich mich nach meinem Wirtschaftsstudium selbst hochgearbeitet habe, mußte ich mir immer den Vorwurf gefallen lassen, aus nutznießerischen Gründen in diese Familie eingeheiratet zu haben, da ich

eigentlich aus sehr bürgerlichen Verhältnissen stamme."
Braun und Schumann hielten das gleichermaßen für nicht
ganz undenkbar. "Deswegen war der Familie keine Intrige zu
billig, um meiner Frau einzureden, daß ich der Falsche für sie
sei. Sowas fruchtet irgendwann. Sie begann schon vor
Jahren, hinter mir her zu schnüffeln. Das zermürbt, sage ich
Ihnen!"

"Und das mit Maria Werners hat sie herausgefunden. Gab es
noch andere Beziehungen?", fragte Schumann.

"Nein, nein." Martinez winkte hastig ab. "Die gab es nie. Maria
war die erste, bei der ich mir gedacht habe: wenn schon alle
denken, daß du fremd gehst, dann gehst du eben fremd! Sie
war relativ ungefährlich für mich, weil sie keine Ansprüche
stellte. Von wegen Scheidung und Heirat und so. Sie schien
auf ihre Art von dieser Beziehung zu profitieren. Genau wie
ich."

"Und ihre Frau: wie hat sie es herausgefunden? Was hat sie
dann getan?", fragte Schumann und hob die Zeitschrift 'Börse
Online' vom Glastisch auf; um darin unkontrolliert zu blättern.
Das Telefon klingelte wieder. Martinez sah es ratlos an und
blickte auf Kevin Braun, als wolle er sich eine Genehmigung
zum Abheben einholen. Der schüttelte aber nur
andeutungsweise den Kopf. Das verschaffte Martinez
wenigstens eine kurze Denkpause.

 "Keine Ahnung, wie sie es herausgefunden hat. Ich nehme
an, sie hat auch einen Detektiv beauftragt. Fragen Sie sie
doch selber. Jedenfalls gab es einen großen Krach. Das war
vor ein paar Wochen. Sie hat mich zur Rede gestellt. Drohte
mir; daß ich alles verlieren würde, wenn ich diese Liaison mit
diesem Flittchen', wie sie sich ausdrückte, nicht sofort
aufgeben würde. Und keine Frage, daß das auch der Fall
`gewesen wäre, wenn ihr Vater von der Sache Wind
bekommen würde. Denn der ist so stink konservativ und so
stolz auf seine Tochter, der würde mich auf den Mond
schießen. So als hätte ich ihn betrogen. Wir sind nicht
unbedingt die besten Freunde."

"Lieben Sie Ihre Frau eigentlich? Haben Sie sie überhaupt
jemals geliebt?", fragte Schumann.

"Ach Gott! Liebe! Das ist so ein Wort. Ja, am Anfang war es sicher so etwas wie Liebe. Aber Geld, wissen Sie, Geld macht so etwas auch leicht wieder kaputt!" Jetzt erschien er Braun und Schumann fast menschlich, allzu menschlich. "Meine Frau hat sehr große Angst vor dem Verlassen werden. Sie ist nicht mehr die jüngste. Und dann die Schmach! Das wäre für sie ein heftiger Schlag, wie für die ganze Familie."

"Was haben sie Ihrer Frau denn gesagt? Wollten Sie die Beziehung lösen? Denn Maria Werners stellte ja durchaus eine Bedrohung für ihre Karriere dar.", hakte Braun nach.

"Zuerst ja. Um meine Frau ruhig zu stellen. Aber nicht in Wirklichkeit. Ich konnte mich noch nicht von Maria trennen." Jetzt holte Schumann zum entscheidenden Schlag aus.

"Vielleicht, weil sie schwanger war?"

Martinez wechselte urplötzlich mehrmals, innerhalb von Sekunden, die Gesichtsfarbe von weiß in rot und wieder in weiß. Sein dunkelhäutiger Teint schien für alle Zeiten verloren. Seine Augen weiteten sich enorm. Er erstarrte und blickte ungläubig von Braun zu Schumann und wieder zurück. Und obwohl er längst schon wieder saß, schien er nochmals ein Stück tiefer in seinen großen Sessel hinein zu rutschen.

„Was?", hauchte er schwer ausatmend. "Aber ... das kann doch gar nicht sein! Sie ... sie nahm doch die Pille."

"Offenbar nicht mehr. Sie hat die Einnahme irgendwann abgebrochen.", fügte Kevin hinzu. Martinez brauchte eine Weile, um sich wieder zu sammeln. Das hatte ihn möglicherweise tatsächlich getroffen. Er schüttelte mit dem Kopf; stand auf und ging in seinem Büro herum. Braun und Schumann ließen ihm die Zeit, nachzudenken.

"Das Kind ist nicht von mir!", sagte er wie ein kleines trotziges Kind, das die Realität nicht anerkennen wollte.

"Wieso nicht?", wollte Schumann wissen.

"Im wievielten Monat?", fragte Martinez nach.

"Im dritten!"

Martinez dachte angestrengt nach. "Da haben Sie's! Unsere Beziehung lief noch gar nicht so lange! Nein, nein, das Kind kann nicht von mir sein! Da haben wir noch nicht miteinander geschlafen!"

"Nun, das wird sich ja feststellen lassen.", sagte Schumann und deutete damit einen Gentest an, dessen sich Martinez bewußt war. Er sagte nichts mehr und griff statt dessen in eine Schublade, aus der er eine Zigarette heraus holte und sie mit zittrigen Händen anzündete. Den eingezogenen Qualm blies er hektisch hinaus.

"Angenommen, es wäre doch ihr Kind gewesen,", fuhr Kevin definierend fort, "dann wären Sie in einer sehr unbequemen Lage gewesen. Angenommen, Maria Werners hat Ihnen doch erzählt, daß sie schwanger von Ihnen ist, und die Scheidung verlangt ..."

"Nein, meine Herren, nein. Das ist doch bloße Spekulation. So ist das nicht gewesen!" Mittlerweile wurde sich Martinez bewußt, in welche Lage er geriet. "Sie glauben doch nicht, daß ich ... oh Gott, nein." Er klopfte die Zigarette im Aschenbecher ab, an der es allerdings eigentlich nichts abzuklopfen gab, weil er das alle paar Sekunden tat.

"Da wir es hier mit einem Mord zu tun haben, wäre das in Ihrer Position zumindest durchaus ein denkbares Motiv.", stellte Kevin Braun fest

"Meine Frau hätte genauso ein Motiv!", sagte er schnell. Erst nach einer kurzen Pause fuhr er dann fort. "Wenn es sich herumgesprochen hätte, daß ihr Mann mit einer 'Bürgerlichen' ein Kind bekommen würde, wäre die Scheidung unausweichlich und sie gesellschaftlich erledigt gewesen."

„Kann sie es denn gewußt haben?", fragte Kevin.

"Keine Ahnung." Martinez drückte die halb aufgerauchte Zigarette ungeschickt aus, so daß ein Rest im Aschenbecher noch glimmte. Kevin stand aus seinem Besuchersessel auf und sah auf Martinez herab.

"Herr Martinez, ich muß Sie das jetzt leider fragen: wo waren sie zum Zeitpunkt des Mordes?" Das Gesicht des Spaniers richtete sich auf ihn, nun doch sichtlich aus der Fassung gebracht, ja fast weinend. Aber Schumann und Braun weigerten sich, diesem Anblick Glauben zu schenken. Bei diesem Mann mußte man alles für möglich halten. Martinez zögerte.

"Da muß ich überlegen. -- Meine Güte, Sie wollen mich doch nicht des Mordes verdächtigen?!" Er sah in Schumann unberührte Augenzüge und erkannte darin, daß das durchaus so war. Also suchte er nach einem Alibi. "Ich war, -moment mal, ja richtig! Ich wollte mich an dem Abend mit Maria treffen! Sie hatte mich aber am Nachmittag zuvor hier angerufen und mir mitgeteilt, daß sie nicht könne, weil ihr etwas dazwischen gekommen sei. Sie habe einen Termin mit ihrem Boß!"

„Herr Mel?", fragte Braun.

"Ja, genau. Und da ich meiner Frau schon gesagt hatte, ich wäre zu einem geschäftlichen Meeting weg, konnte ich an dem Abend natürlich nicht nach Hause. Sie mißtraute mir ohnehin schon. Also ging ich hier in Euskirchen in die Galeria, ins Kino." Schumann machte einen Schritt zurück und faltete die Hände wie zum Gebet. Braun atmete genervt tief aus.

"Ins Kino? Herr Martinez: Soll das Ihr Alibi sein? Sie waren den ganzen Abend alleine im Kino, wo sich natürlich niemand an Sie erinnert, und sind dann nach Hause zu Ihrer Frau gefahren?!"

"Es tut mir leid, aber so war es." Kevin und Schumann verschlug es die Sprache. So ein an sich kluger Mann und dann so ein bedeutungsloses Alibi.

"Wie ist das mit diesem Detektivbüro Mel?", fragte Kevin, der immer noch vor dem Schreibtisch stand.

"Den kenne ich nicht persönlich. Er hat uns irgendwann seine Dienste angeboten. Hier, moment," Martinez öffnete unwirsch eine Schublade und kramte in einigen Papieren herum, bis er eins davon herauszog und Kevin reichte. Wieder schien ihm das eine willkommene Ablenkung. Schumann beugte sich zu Kevin, um ebenfalls einen Blick auf das Schreiben zu werfen. Im Briefkopf stand eine Bonner Adresse mit Telefonnummer. Darunter der Hinweis auf den Überreicher, ein gewisser `van der Kerken´.

"Ich habe nur mit einem van der Kerken gesprochen. Einem Holländer. Nachdem ich das Schreiben erhielt und wir in der Tat Probleme hatten - wie Sie wissen -, habe ich dort angerufen, worauf mit mir ein persönliches Gespräch vereinbart wurde. Zu dem kam dann van der Kerken. Er hat mir erklärt, wie sie arbeiten würden, was es kosten würde, und so weiter. Hier, - noch eine Visitenkarte von ihm. Mit ihm hatte ich auch den Kontakt während der Ermittlungen und bezüglich der Abrechnungen." Auf der Visitenkarte stand: 'Denis van der Kerken, Freiberuflicher Detektiv, Ermittlungen aller Art', eine Adresse in Köln, Telefon- und Faxnummer.

"Und Sie hatten nur mit diesem van der Kerken Kontakt?", fragte Braun.

"Ja.", gab Martinez zurück.

"Haben Sie denn seit dem Tod von Maria Werners noch einmal Kontakt zu van der Kerken gehabt? Und wenn ja, wann war das und was wurde dabei besprochen?", setzte Schumann hinzu.

"Das ist in der Tat merkwürdig. Nein. Seit ihrem Tod hat sich niemand von der Detektei bei mir gemeldet Bis jetzt nicht." Martinez rieb sich nachdenklich sein Kinn.

"Und die Abrechnungen? Wurden die bar bezahlt, per Scheck, oder wurden sie überwiesen? Wie lief das?"

"Bisher ist noch nichts bezahlt worden. Das habe Zeit bis der Fall geklärt sei, hat mir van der Kerken gesagt." Braun drehte sich kommentarlos herum und ging in Richtung Tür. Martinez war augenblicklich eine wenn auch unbestimmte Erleichterung anzumerken. Schumann folgte seinem Partner und forderte den Geschäftsleiter, von ihm schon abgewendet, auf; sich zur Verfügung zu halten und das Land nicht zu verlassen. Martinez nickte nur stumm, immer noch rätselnd, wie ihm in der letzten Stunde eigentlich geschehen war. Die Türklinke schon in der Hand hielt Kevin Braun plötzlich inne, griff sich mit der anderen, rechten Hand in die Haare, drehte sich halb zu Martinez und zeigte ganz in Colombo-Manier mit dem Zeigefinger seiner Rechten, die wieder aus den Haaren glitt, auf ihn.

„Eine Frage hätte ich da noch!" Schumann ahnte die Fangfrage, die einfach noch gefehlt hatte. "Ist es richtig, daß Maria Werners gewußt haben muß, in welche Schwierigkeiten sie Sie bringt, wenn sie von Ihnen schwanger würde?" Martinez überlegte. So schnell fiel er darauf aber nicht rein.

"Sie meinen, ob ich damit für sie erpressbar gewesen wäre?"

"So ähnlich, ja." Fehlschlag.

"Ich sage es Ihnen nochmal: ich kann nicht der Vater gewesen sein!" Kevin nickte sachte mit dem Kopf und seine Hand mit dem ausgestrecktem Zeigefinger verwandelte sich in eine zum Abschied winkende Hand. Schumann hatte ein leichtes Grinsen in seinen Mundwinkeln und flüsterte: "Schauspieler!", während sie den Flur entlang gingen und an der Theke nochmal die freundliche Asiatin grüßten.

"Das hat aber lange gedauert", bemerkte sie mit einem verlegenen Ausdruck in ihrer Mimik.

"War ja auch eine schwierige Angelegenheit.", kommentierte Schumann. Sie gingen den gleichen Weg aus dem Gebäude zurück, den sie gekommen waren.

"Wir sollten wohl mal mit der Frau reden.", fügte er hinzu. Kevin Braun nickte bestätigend.

"Aber morgen erst, Schumann. Laß uns erst zur Gerichtsmedizin nach Bonn fahren. Wegen eines Gentests. Ich will wissen, was dran ist an Martinez' Angabe, er könne nicht der Vater sein!" Schumann nickte wortlos und stieg wenig später in den Pick-Up ein, nachdem Bow beim Öffnen der Wagentür zunächst an ihm vorbei ins Freie hüpfte und zu Brauns Seite herüber lief, um sich in den Büschen am Straßenrand zu entleeren.

5

Die Hinrichtung

Kann eine Illusion perfekt sein? Wir meinen hier durchaus nicht die schlichte Illusion des Gewöhnlichen, die Illusion der David Copperfields, der Shakespears oder die der Stephen

Kings. Auch nicht die von Gott, oder die der Richard Wagners; oder gar die, welche uns so triviale Dinge wie die Medien in der Werbung vermitteln wollen. Nein, wir meinen die uns eigene Illusion. Sind wir uns ihr überhaupt bis hierher bewußt? Kommen Sie, lassen Sie uns ein bißchen zusammen des Weges gehen.

Illusion. Auf den ersten Blick erscheint sie uns als Trug, als Täuschung des primären Bewußtseins, als Verführung und auch als Verzauberung, schlechthin -in ihrem eigentlich zu verstehenden Sinne- als Lüge. Doch weit gefehlt! Welche Täuschung ist es noch, wenn sie von uns als Täuschung entlarvt werden kann?! Und schließlich: schon das Erkennen der Illusion ist demnach die Illusion darüber selbst, weil es uns eine Wahrheit offenbart, die in sich einen Widerspruch enthält. Einfacher gesagt: wir können unsere Illusion niemals erkennen, weil sie uns als Wahrheit erscheinen muß, um in unserem Bewußtsein einen Raum einzunehmen. Tut sie das nicht, ist sie keine Wahrheit, sondern hat den Charakter einer schlichten Idee. Gedachtes. Nichts Erlebtes. Nehmen wir als einfaches Beispiel dafür einen Film, den wir sehen. Er gaukelt uns eine andere Wirklichkeit vor, versetzt uns mit Bildern und Tönen in bestimmte Stimmungen und löst Wunschvorstellungen und Träume aus. Wir wissen das. In jedem Augenblick. Denn es ist ja ein Film! Und es sind lediglich unsere Wünsche, die sich darin spiegeln. - Nehmen wir den Zaubertrick, der uns weiß machen will, daß jemand oder etwas einfach so von der Bühne verschwindet und wieder auftaucht, oder daß man Personen in der Mitte durchsägen und, wieder zusammengesetzt und unverletzt, aus der Assistenz entlassen kann. Glauben wir das was wir sehen? Natürlich nicht! Aber warum nicht? Weil wir uns bewußt sind, daß es ein Trick ist, der uns nur deshalb so verblüfft, weil wir nicht wissen, wie er funktioniert. Kinder, wissen Sie, Kinder sind die wahren Illusionisten. Dies vermöge ihrer Fähigkeit zu glauben; denn Wissen und Glauben wird von Kindern, auch noch nach dem Austreten aus der Alpha-Phase, nicht unterschieden. Wissen und Glauben sind für sie oft eins.

Und das ist der Kern der Illusion, die letztlich nur von dem als solche erkannt werden kann, der sie vermittelt! Wie? Sie meinen, wir könnten uns die Illusion selbst vermitteln? Gar nicht so falsch. Aber können wir sie denn auch noch erkennen, nachdem wir festgestellt haben, daß sie dann eigentlich keine mehr, also nicht perfekt ist? Wenn nicht, ist sie für uns Wahrheit und keine Illusion an sich mehr. Wenn doch, ist sie lediglich Täuschung, der wir uns bewußt sind und damit auch nicht mehr der eigentlichen Definition von Illusion folgen können. Daraus folgert, daß wir letzten Endes die Illusion, die perfekte Illusion, so wenig begreifen können, wie eine Vorstellung vom Ende des Weltalls oder der Existenz Gottes. Das Begreifen der Illusion schließt die Möglichkeit ihrer selbst aus.

Und wenn es nun doch geschieht, daß wir sie irgendwie begreifen? Was passiert dann...?

Ekstase. Wilde, den Wall des Verstandes durchbrechende Ekstase, aus dem in Unordnung gekommenen geordneten Chaos heraus geboren. Ein plötzlicher Schuß, unerwartet, übertönt beendend die Schreie. Eine Kugel peitscht durch die Luft, schneidet den Raum in zwei Hälften, jagt im Bruchteil einer Sekunde wenige Meter vom Lauf einer Pistole in den Hinterkopf eines Mannes, der um seine Sinne gebracht war. Sterbend sinkt er über dem toten Leib der auf dem Bauch liegenden Frau zusammen. Augenblicklich wurde es wieder still in dem Haus. Die Hand, aus der die Pistole abgefeuert wurde, sank langsam nieder. "Alles wird wieder gut", flüsterte eine Stimme, die sich zu dem Bett richtete, in dem das Drama sein Ende fand. Die Bettwäsche war zerwühlt, Blut ergoß sich nun auf eines der Kissen und die Laken. Eine Bettdecke war rechts herunter gerutscht und es fiel auf, daß ihre stechend grüne Farbe nicht zu dem fliederfarbenen Bettvorleger paßte, der viel zu groß für den kleinen Raum war. So groß, daß er bis unter die Wäschetruhe reichte, deren Deckel halb offen stand, weil die schmutzige Wäsche darin überquellte. Sie stand unterhalb des Fensters, vor dem von Zigarettenrauch ergraute Gardinen hingen. Einige, wenig schmückende Blumen standen dort auf der Fensterbank. Da das Fenster auch geschlossen war und es zur Rückseite des

Hauses zeigte, schien draußen niemand den Schuß gehört zu haben. Die Wiese, welche sich hinter dem Haus über vielleicht fünfzig Meter erstreckte, stand in saftigem Grün. Die Sonne hatte den Horizont schon unterschritten. Es dämmerte. Niemand war zu sehen. Nichts außer einem leeren, rechteckigen Wäscheständer, den man in den Boden einzementiert hatte. Alles wirkte sehr bürgerlich und aufgeräumt. Und das war es auch, als Jutta und Manfred Riemann sich vor fast sechs Jahren dieses Reihenhaus angesehen und beschlossen hatten, hier einzuziehen. Zu der Zeit waren sie noch nicht verheiratet gewesen. Da sie allerdings beide aus streng katholischen Familien kamen und Jutta schwanger war, hatten sie sich vermählen müssen. Eigentlich sehr zu ihrem Ärgernis, da ihr Mann nicht unbedingt das Objekt ihrer Träume von einem Mann war; mit dem sie ihr Leben teilen wollte. Eine Abtreibung kam nicht in Frage, einen offiziellen Antrag hatte sie nie bekommen. Er war LKW-Fahrer in der kleinen Spedition seines Vaters, und ihm schien das Äußere seines 400 PS-Gefährts immer wichtiger zu sein, als das seiner Frau. Als schließlich das erste von zwei Kindern, beides Jungen, geboren wurde, kam er immer seltener nach Hause. Manchmal fuhr er sogar zwei Wochen in irgendwelche Länder, kam dann für zwei Tage nach Hause, aß und betrank sich, um, nachdem er die ehelichen Pflichten seiner Frau in vollem Umfange in Anspruch genommen hatte, wieder für Tage zu verschwinden. Als der kleine zwei Jahre alt war, schlug er seine Frau das erste Mal. Diese einmal überwundene Hemmschwelle machte es möglich, daß sich dieser Vorfall mehrfach wiederholte und bald schon zur Regelmäßigkeit gelangte, wenn er denn zu Hause war. Als sie ihm sagte, sie könne diesen Zustand und ihn nicht mehr ertragen und wolle sich von ihm trennen, entschuldigte er sich auf Knien, heulte wie ein kleines Kind, ohrfeigte sie, und sagte ihr, daß er sie doch liebe. Weil sie auf ihrem Vorhaben beharrte, schlug er sie schließlich krankenhausreif. Niemand bekam je etwas davon mit oder wollte etwas davon mitbekommen. Und so kehrte danach auch die Normalität dieser Verhältnisse für Jahre ein. Jutta, die sich, geschlagen und gedemütigt, in sich selbst zurück zog und die Schmerzen lediglich zu ertragen suchte, vernachlässigte ihren Jungen zunehmend. Sie begann zu trinken, bekam bald den zweiten Jungen, ging kaum aus dem Haus und sah zu, die Geschäfte ihres Alltages so gut es ging zu erledigen. Auf dem einen Wege mit dem Leben abgeschlossen, auf dem anderen jedesmal mit Angst den Tag erwartend, wenn ihr Mann nach Hause kam. Als Oliver, der Ältere, eines Tages zu ihr in die Küche gelaufen kam, weinend und mit blutender Lippe, weil ihn der Vater wieder mal geschlagen hatte, und an ihrem geblümten Rock Halt und Trost suchte, schickte sie ihn wütend weg in sein Zimmer. "Wenn der nicht bald still ist, reiß ich dem Plag den Kopf ab!", schrie jemand vom Sofa aus dem Wohnzimmer. Der Junge krallte seine kleinen Finger fester in den Rock der Mutter. Indem sie mit ihren Oberschenkeln heftig schüttelte, versuchte sie ihn von sich zu stoßen. Doch der Kleine ließ nicht los. Also faßte sie ihn an den Haaren und zog ihn daran bis in sein Zimmer, dessen Tür sie zuknallte und verschloß. Solcherlei Vorfälle gab es viele, bis der Junge eines Tages nicht mehr weinte. Bis er von sich aus die Tür verschloß, wenn der Vater nach Hause kam, so daß dieser die Tür irgendwann auftrat, um ihn zum Essen aus dem Zimmer zu holen und ihn an den Essenstisch zu prügeln. Die Tür wurde nie mehr repariert.

Später einmal, als der zweitgeborene seinen fünften Geburtstag feierte, Oliver war gerade sieben, besuchten ihn, in Abwesenheit seines Vaters, einige seiner Spielkameraden. Die Mutter hatte einen Sandkuchen gebacken und Limonade auf den Tisch gestellt. Gegen den späten Nachmittag hörte sie aber das Motorengeräusch eines einparkenden Autos. In Panik forderte sie die Freunde auf zu gehen, doch noch ehe diese das verstanden, hatte der Vater die Haustüre durchschritten. Sofort brüllte er los, daß er gearbeitet habe und seine Ruhe wolle. Jutta schämte sich vor den Kindern und gab ihrem Mann daher Widerspruch, weil der Kleine schließlich Geburtstag habe. Daraufhin versetzte Manfred ihr mit hochrotem Kopf einen Kinnhaken, der sie in ein Regal schleuderte. Sofort rann Blut aus ihrer Nase. Die Kinder flohen geängstigt aus dem Haus und liefen über die Straße.

Oliver rannte in sein Zimmer und versteckte sich im Bettschrank. Sein kleiner Bruder folgte ihm schnell. Sie hörten nur noch, wie der Vater brüllte, wie die Mutter heulte und vor Schmerzen schrie, ohne zu verstehen, was sie sagten. Porzellan zerbrach. Am Krach erkannten sie, daß ihr Vater sie wieder schlug. Wenige, aber viel zu viele Minuten später hörten sie herannahende Polizeisirenen. Jemand hatte die Polizei gerufen! Sie drangen in das Haus ein, rempelten mit dem Vater herum, dann wurde es still. Oliver blieb noch eine ganze Stunde horchend in seinem Versteck. Als sie es vorsichtig verließen, stellten sie fest, daß niemand da war. Mutter und Vater waren weg. Die beiden Brüder hatte man nicht bemerkt, zurück gelassen. Eine Nachbarin, die Oliver vom Sehen her erkannte, holte die beiden schließlich aus dem Haus und wollte sie tröstend in den Arm nehmen. Aber Oliver lehnte ihren Trost ab. Er ließ sich nur an der Hand gehalten abführen in ihr Haus, bis er wieder zurück mußte. Mutter war einige Tage im Krankenhaus, wo er sie nicht besuchte, Vater hatte man eingesperrt. Danach war es im Hause nicht mehr so laut, nicht mehr so streitbar. Im Gegenteil. Es wurde überhaupt nicht mehr gesprochen. Niemand sprach mehr. Mit niemandem. Wochen später, wenn Vater zu Hause war, klingelte oft das Telefon. Nur er durfte abheben. Aber nie war jemand am anderen Ende der Leitung oder legte immer wieder auf. Oliver hörte sie desöfteren deswegen diskutieren. Sehr laut auch. Wenn Vater nicht da war, war seine Mutter jetzt auch oft weg. Er mußte sich sein Frühstück nun oft selber machen und auch Abendessen gab es nicht immer. Manchmal war sie auch die ganze Nacht weg. Dann schlief Oliver sehr ruhig und träumte nicht mehr so schreckliche Sachen, wachte morgens nicht schweißgebadet auf. Es machte ihm auch nichts aus, sich sein Essen selbst zu machen. Das ging drei oder vier Monate so. Mutter lief an manchen Tagen sogar pfeifend durch die Wohnung. Als Oliver sie darauf ansprach und bemerkte, daß sie ja so gut gelaunt sei, antwortete sie verweisend, was er schon damit zu schaffen habe und daß er sich doch darüber freuen solle. Das hörte aber immer dann auf, wenn Vater, zu ganz unregelmäßigen Zeiten, nach Hause kam, aß, sich betrank, und Oliver sie des Nachts auf markerschütternde Weise Stöhnen hörte, daß es ihm wieder große Angst machte.

Eines späten Nachmittages schließlich kam Vater unerwartet früh von einer Fahrt zurück. Das wäre an sich nichts besonderes gewesen, weil sie damit immer rechnen mußten, wenn nicht just an diesem Nachmittag noch ein Bote vor der Türe gestanden hätte, der tatsächlich einen Strauß Blumen überreichen wollte. Für Mutter. Mit Karte. Auf der stand: "Für meine große Liebe - von Deiner großen Liebe! PS.: Danke für die wunderschöne letzte Nacht! Ich kann nur noch an Dich denken. Und ich denke, Du hast Recht damit, daß es das Beste ist, Deinen Alten kalt zu machen. Wir müssen einen Plan machen."

Vater gab sich sprachlos, hielt in der einen Hand die Blumen, in der anderen noch die Karte, die er bereits aus dem geschlossenen Umschlag heraus genommen und gelesen hatte. Er reagierte nicht mehr auf das, was der Bote zu ihm sagte und schloß leise die Tür. Mutter stand in der Küche und fragte auch nicht, wer an der Tür gewesen sei. Sie sah ihn nur langsam auf sich zu kommen. Zunächst glaubte sie verwundert und ungläubig, daß es seine Blumen wären, die er ihr überreichen wollte. Stellte aber dann fest, daß die Dinge auf eine bedrohliche Weise anders lagen, als er ihr die Karte übergab und sie die Zeilen las. Sie wich ängstlich und in Erahnung der nun geschehenen Dinge einige Schritte vor ihm zurück. Die Karte fiel ihr aus der Hand, ihre Augen weiteten sich furchterregt.

"Ich weiß nicht, was das bedeuten soll!", sagte sie. "Ich habe keine Ahnung! Wirklich nicht!" Vater ging auf sie zu, packte sie mit der rechten am Genick, mit der linken in Hüfthöhe an ihrem Rock und schleuderte sie durch die Küche gegen den Türrahmen, wo sie zu Boden sank. "Manfred, nein!", hörte Oliver sie schreien und verkroch sich schnell wieder in seinem Versteck.

"Du! Du verdammte Hure!", schrie Manfred. "Du verdammtes Miststück! Du Mistsau! Ich bringe Dich um!" Oliver hörte den Vater auf eine Weise schreien, wie er ihn noch nie hatte schreien hören. Diesmal war es anders. Es krachte dauernd.

Beide schrien. "Du willst mich umbringen, du Stück Dreck!?"
Irgendwas fiel polternd zu Boden. "Nein! Nein, das ist nicht
wahr!", flennte sie zurück. Ihre Stimmen überlagerten sich.
"Davon ist nichts wahr!" Doch dann platzte es aus ihr heraus.
„Ja, mein Gott, ich habe mit jemandem geschlafen. Weil du
ein Schwein bist, Mann!"
"Du Miststück! Hure, verdammte!"
"Dann schlag mich doch! Los, schlag mich!" Oliver weinte
jetzt laut. Er rief in seinem Versteck :"Hört auf! Hört doch auf!"
Wieder krachte es. Sein kleiner Bruder schlüpfte zu ihm und
vergrub seinen kleinen Kopf unter Olivers Achseln. Eine Tür
sprang auf. Die Tür zum Schlafzimmer. Manfred ohrfeigte sie
ständig, schlug ihr in den Unterleib, trat sie zu Boden, hob sie
wieder an den Haaren hoch und warf sie auf das hölzerne
Bett. "Dir zeig ich´s, du miese Ratte!", rief er zu der Frau, die
sich vor Schmerzen auf dem Bett krümmte und kaum Luft
bekam. In Sekunden öffnete Manfred seine Hose, zog sie
herab, ohne sie ganz abzustreifen und kniete vor Jutta, die
sich eilig vom Bett herunter rollen wollte.
"Bleib hier, verdammt! Jetzt bist du dran!" Mit der rechten
Hand griff er wieder nach ihren Haaren und riß sie zurück,
drehte sie an den Schultern herum, so daß sie mit dem
Rücken zu ihm lag, versetzte ihr mit dem linken Knie einen
gewaltigen   Stoß   zwischen   ihre   Beine,   der   sie
schmerzzerreißend aufschrien ließ und riß ihr mit der
anderen Hand den Slip in einem Ruck herunter. Ihr Gesicht
wurde in das Kissen gepreßt, auf dem sie lag. Jutta bekam
keine Luft mehr, drohte zu ersticken, wedelte heftig mit den
Armen, versuchte ihren Oberkörper einzusetzen, merkte
dabei nicht nicht, wie sein Glied in sie eindrang, ihr Blutungen
verursachte und ihr Unterleib unter heftigen Stößen verletzt
wurde.   Minutenlang   kämpfte   sie,   doch   seine   Hand
verkrampfte in ihren Haaren und drückte sie unerbittlich in
das Kissen. Sie hörte auch seine Worte nicht mehr, alles um
sie herum begann zu verblassen, ihre Muskeln gehorchten
bald nicht mehr, wurden milde, bis es dunkel um sie wurde
und sie schließlich jeden Widerstand aufgab, aufhörte zu
atmen, - starb. Der Vater indessen hatte jegliche Kontrolle
verloren. Sein ganzer Körper war angespannt und sonderte

literweise Schweiß aus. Er beschimpfte sie weiter, stieß unaufhörlich zu, preßte ihr Gesicht weiter in das Kissen und schlug mit seiner Linken und aller Kraft auf ihren Rücken ein. So hörte er auch nicht den Mann hinter sich, der nur seinen Blumen gefolgt war. Langsam trat dieser bis kurz vor das Bett, zog eine Waffe und richtete sie auf dieses sich unter schäumender Wut gebärdende Tier. Als er abdrückte war es wie ein Paukenschlag. Der Getroffene hörte den Schuß nicht, der ihn tötete. Augenblicklich sank er über dem auf dem Bauch liegenden Leib der toten Frau zusammen. Keiner der beiden rührte sich mehr Die Hand, aus der die Pistole abgefeuert wurde, glitt langsam gen Boden. Eine Weile blieb er stehen und sah aus dem Fenster, wo er die hinter dem Horizont bereits untergegangene Sonne ersehnte.

"Sind Vater und Mutter jetzt tot?" Der Mann erschrak nicht. Behäbig wandte er den Kopf zurück und erblickte im Türrahmen die beiden kleinen Jungen. Sie standen ganz ruhig da und richteten ihre Augen vorsichtig auf das blutüberströmte Bett, dann auf den Mann, der leise mit dem Kopf nickte. Mit kleinen Schritten ging Oliver auf den Mann zu und blieb neben ihm stehen, seine Augen auf seine Eltern gerichtet. Sein Bruder blieb am Türrahmen stehen und sah erstarrt in das Zimmer.

"Bestimmt?", fragte Oliver nochmal. Ohne daß der Mann antwortete, spürte er, wie kleine Finger nach seiner Hand suchten und die darin gehaltene Waffe ertasteten. Noch bevor der Junge sie ihm entnahm, spannte der Mann den Hahn und überließ sie ihm. Oliver, mit beiden Händen die Pistole haltend, streckte die Arme aus, als hatte er noch etwas zu befürchten. Langsam näherte er sich den beiden Toten von der Seite des Bettes her, um in des Vaters Gesicht sehen zu können. Dann blieb er stehen, betrachtete beide eine Weile. Kein Ausdruck war in seinen kleinen dunklen Augen.

Sein kleiner Zeigefinger lag auf dem Abschußhebel, und als ob er einen Knopf auf einem Computerspiel drücke, preßte er diesen und wurde von der Wucht des Knalls fast von den Beinen gerissen. Ein Blitz! - -

Kevin schrie auf. Sein Körper zuckte und krümmte sich. Er stieß er mit dem Kopf gegen die Nachtkommode, die neben dem Bett stand. Dadurch wurde er wach. Noch zweifelnd hob er seine Lider, griff mit der Hand über seine Stirn, an die Stelle, an der er sich gestoßen hatte und merkte dabei, daß er im Gesicht, wie auch am ganzen Körper schweißüberströmt war Seine Augen vermochten in der Dunkelheit noch nichts zu erkennen. Erst nach einer Weile gewöhnten sie sich an das spärliche Nachtlicht und ihm wurde bewußt, daß er geträumt hatte. Aber nicht, was. Nur, daß es wieder mit Blut zu tun hatte, wieder mit Tod und mit Wahnsinn. Kevin sank erschöpft in sein Kopfkissen zurück. Sein Gedächtnis war wie entleert, wie abgeschaltet. Keine Erinnerung. Nur Schmerzen in seinem Kopf, in dem allein sein Herz zu klopfen schien und das Blut gegen die Schädeldecke preßte, als suche es nach einem anderen Weg ausgerechnet dort hindurch.

6

Die Ermittlung

"Weißt du eigentlich, wie lange die Forensik auf hat?", wollte

Kevin Braun wissen. Schumann sah auf die Uhr.

"Bis halb vier. Wenn heute Donnerstag ist..."

"Heute ist Donnerstag." Braun trat das Gaspedal tiefer durch. Es war mittlerweile viertel vor drei geworden und langsam stellte sich der allabendliche Berufsverkehr zwischen Köln, Bonn und Euskirchen ein.

"Wir könnten natürlich auch einfach anrufen.", sagte Schumann. Doch Braun schüttelte den Kopf.

"Nein, nein. Ich würd' ganz gern mit Bauer selber sprechen. Er untersucht die Leiche der Werners. Und ich kenne ihn schon eine Weile. Er ist so eine Art Quincy, ein väterlicher

Typ. Und irgendwie scheine ich an seinem Vaterherz gerüttelt zu haben. Jedenfalls hat er mir geholfen, als ich ihn während meiner Polizeiausbildung kennen gelernt habe. - Außerdem ..."

Schumann sah das Richtungsschild für Bonn, das den Weg nach links wies, gerade an sich vorbei sausen. "Außerdem hast du gerade die Abfahrt verpaßt!" Sie fuhren die B56 entlang, die hier links über Swistal-Miel nach Bonn führte. Nun war Kevin eigentlich auf dem direkten Weg nach Rheinbach.

"Ich fahre über Meckenheim, da auf die Autobahn. Weniger Ampeln." Beide schwiegen eine Weile. Erst als sie Rheinbach hinter sich gelassen hatten, sagte Schumann: "Soll ich denn wenigstens Bauer anrufen und sagen, daß wir kommen? Falls wir's nicht durch den Verkehr schaffen?"

"Nicht nötig, er wird da sein. Bauer ist immer da!"

"Was wolltest du eben noch sagen: Außerdem ...?" Schumann richtete einen neugierig forschenden Blick auf Kevins Gesicht. Der dachte einen Augenblick nach.

„Naja, ich habe nur gedacht, wenn wir schon mal in Bonn sind, könnten wir uns gleich mal die Büroadresse von diesem `Mel´ ansehen. Muß irgendwo in der Nähe der Forensik sein. Und hin müssen wir ohnehin!" Schumann nickte zustimmend. Sie erreichten die Autobahnauffahrt zur A 565. Die Autobahn war noch relativ frei. Kevin steuerte den Wagen sofort auf die linke Spur und gab Gas. Wenn der Pick-up wollte, kam er bis knapp 160 km/h. Sowas wie Geschwindigkeitsbeschränkung, hier war nur 100 km/h erlaubt, interessierte Braun nur selten. Und jetzt ganz bestimmt nicht. Erst am Endenicher Ei, wo nur achtzig erlaubt war und sich der Verkehr zu stauen begann, drosselte er gezwungenermaßen seine Geschwindigkeit. Sie ließen das Kreuz Bonn-Nord hinter sich und fuhren, auf der rechten Spur einen kleinen Lieferwagen überholend und mit rasantem Tempo, schließlich in Auerbach von der Autobahn. Es war viertel nach drei.

"Schaffen wir so gerade eben.", flüsterte Schumann mehr zu sich selbst, mit den Fingerspitzen in den Polstern seines Sitzes fest gekrallt. Kevin schmunzelte zu ihm herüber, da er an Schumanns Ton wohl erkannte, daß er damit auch seinen ziemlich rüden Fahrstil kritisierte.

"Ich fahre nur zügig ...", gab er unschuldig zurück. Schumann sah aus dem Seitenfenster.

Das Rechtsmedizinische Institut lag am Stiftsplatz, der von zwei Einbahnstraßen eingeschlossen und mit viel Grün angelegt war. Kevin fuhr von der Welschnonnenstraße links in Richtung Parkplatz des Stiftsplatzes, parkte seinen Pick-up jedoch sehr abschleppverdächtig direkt vor dem Gebäude. Schumann enthielt sich nunmehr jeden Kommentars, weil er auch wußte, daß sie auf den letzten Drücker ankamen. Am Eingang zückten sie kurz ihre Ausweise, durchschritten die kleine Vorhalle zur Treppe und stiegen bis in den zweiten Stock auf.

"Muß das immer das letzte Zimmer des Ganges sein, das man sucht?", moserte Schumann. Kevin hörte ihn nicht. Bald standen sie vor der Tür, neben der ein Schild mit dem Hinweis `Bauer, Dr., Gerichtsmedizin´ stand. Kevin trat ohne anzuklopfen ein. Schumann, auf dem Fuße folgend, erblickte sogleich ein kleines, grauhaariges Männchen hinter einem völlig unaufgeräumten Schreibtisch, das ihnen erschrocken entgegen sah. Seine Miene entspannte sich allerdings sofort, als es Kevin Braun erkannte.

"Hallo Kevin, mein Freund. Wie geht's dir? Komm rein!" Kevin schüttelte ihm die Hand und stellte ihm Schumann vor. Er klärte ihn darüber auf, daß sie an dem Fall der Maria Werners arbeiteten. Bauer bot ihnen Platz an und entschuldigte sich für die Unordnung, wobei er mit einigen hastigen aber unkontrolliert anmutenden Bewegungen Ordnung in das Chaos zu bringen versuchte, indem er lose Blätter von einem Ort an einen anderen schob, so daß es danach nicht viel anders aussah, als vorher..

"Können wir von dir schon etwas über Maria Werners erfahren?", fragte Kevin. Schumann sah sich derweil im Raum um. Seine Verwunderung galt kaum dem, was er sah, sondern vielmehr dem, was er nicht sah. Hier gab es nichts. Keine Blumen, keine Bilder an den Wänden, keine Auszeichnungen, Ehrungen, Urkunden, nicht irgendetwas. Nur weiße Rauhfasertapete, die ihre Jahre schon gesehen hatte. Teppichboden, zwei gepolsterte Sitzflächen auf gebogenen Chromgestellen fixiert, ein hell- und dunkelbrauner Schreibtisch mit echter Plastikmaserung, auf dem nichts lag außer unendlich vielen Papieren, ein paar Ordner und Sammelmappen, zwei medizinische Nachschlagwerke in Grün, eine kleine Nachttischlampe, ein Telefon und ein Fax. Deren Kabel fielen an der Seite des Schreibtisches ineinander verknäult herunter und verloren sich irgendwo unter der Heizung, die sich unterhalb des Fensters, das den Hintergrund zum Schreibtisch bildete, befand. Was für ein Glück, dachte Schumann, daß es in diesem Raum ein so großes Fenster gab, das zudem wohl auch nur deshalb so sauber war, weil es hier bestimmt einen Fensterputzdienst gab. Glück auch deshalb, weil das dunkelgefärbte Glas der Deckenlampe darauf hindeutete, daß sie wohl nicht mehr funktionieren dürfte, - oder zumindest lange nicht mehr in Betrieb gewesen war, weshalb das Licht hier ohne das große saubere Fenster recht spärlich ausgefallen wäre. Alles in allem war der Raum mehr eine Stapelkammer; mehr ein Aufbewahrungsort mit bibliothekarischer Mühleimerfunktion als das Büro eines Forensikers. Auf Besuch war Bauer hier jedenfalls eindeutig nicht eingestellt.

"Maria Werners, ja. Mit der bin ich noch nicht ganz fertig." Bauer rieb sich nachdenklich das runde Kinn. "Was genau willst du denn wissen?"

"Haben sie schon einen Bericht geschrieben?", fragte Schumann.

"Nein, noch keinen Bericht. Wie gesagt bin ich noch nicht ganz fertig. Was ihr wohl schon wissen dürftet, ist, daß sie schwanger war. Im dritten Monat. Moment mal ..." Er fing an, in dem Wust von Papieren auf seinem Schreibtisch herum zu wühlen, bis er schließlich eine rote Mappe irgendwo heraus zog.

„Also, hier haben wir's..." Er las kurz, überlegte, kratzte sich am Kopf, rückte sich seine Brille zurecht und rieb sich den Nacken. "Schlimme Sache. Sehr ungewöhnlich. Offensichtlicher Genickbruch. Der Dens Axis und das

Transversum atlantis sind schlicht und ergreifend durchbrochen ...“

"Der was...?“, fiel Kevin ein.

"Dens Axis. Das ist der Zahnfortsatz des Atlas, des ersten Halswirbels. Wenn der und das Querband des Atlas brechen, beziehungsweise reißen, dann ist Ende ..Tja, und dann die aufgetrennte Rückenpartie von unterhalb des zweiten Halsgelenkwirbels an bis runter zum Steißbein. Nicht sehr fachmännisch ausgeführt ... Mehrfach zertrümmerte Wirbelsäule, Bruchstellen am oberen und unteren Brustwirbel, verschiedentlich aus dem Rippenverbund gewaltsam herausgelöst ...“ Dr. Bauer rückte sich nochmals seine Brille zurecht.

"Braucht man dafür sehr viel Kraft?“, wollte Schumann wissen.

"Kommt drauf an. Eine Frau schon. Der Rippenkopf sitzt nur in einer Schale sozusagen, allerdings sind mehrere Tuberculum costac, ähm, also einige Rippenhöckerchen gebrochen. Demnach wurde an den Rippen regelrecht gerupft. Allerdings ...“ Er schüttelte unsicher den Kopf.

"Was?“

"Hm, allerdings glaube ich, daß die Frau zu dem Zeitpunkt schon länger tot war.“

"Wie lange?“, hakte Braun nach.

"Nun ja, zwei bis drei Stunden. Nachdem der Mörder ihr das Genick gebrochen hat, muß sie erst eine Weile auf dem Bauch gelegen haben. Das ist deutlich an den Totenflecken am Hals und im Brustbereich zu sehen.“

„Können sie sagen, wie lange sie tot war, als man sie gefunden hat?“, fragte Schumann.

"Mit ziemlicher Genauigkeit: vier Tage. Das ergab sich zum einen aus dem Zustand ihres Darminhaltes, zum anderen aus dem Zustand des Rückgangs der rigor mortis.“

Bauer!“, fuhr Kevin seinen alten Mentor ungeduldig an.

"Totenstarre.“

"Was passierte ihrer Meinung nach dann?“ Kevin wurde merkwürdig unruhig und begann auf seinem Stuhl zu zappeln. Schließlich stand er auf und ging in dem kleinen Raum auf und ab.

"Nun, was der Mörder in der Zwischenzeit gemacht hat, kann ich nicht sagen. Jedenfalls hat er sich nicht an der Leiche vergangen. Soviel ist sicher. Auch hat er sie weder vor noch nach dem Eintreten des biologischen Todes körperlich mißhandelt oder traktiert. Keine Hämatome, keine sonstigen äußeren Verletzungen. Irgendwann, also nach zwei bis drei Stunden, hat er ihr Hemd an der Hinterseite aufgerissen, mit einem sehr scharfen Gegenstand, gut möglich mit einem Skalpell, die Epidermis zerschnitten, mit beiden Händen die Wirbelsäule in Höhe des oberen und unteren Vertebrae thoracicae, ahem, - des Brustwirbels umfaßt, und dann - tja, dann heftig daran gerüttelt und gezerrt, bis sie aus dem Rippenverbund heraus gebrochen ist. Dabei sind einige Wirbel gebrochen ... Geht's euch gut?" Kevin winkte ab. "Jaja, geht schon." Er sah auf Schumann, den das Szenario deutlich mitnahm. "Was ist mit einem Gen-Test? Ist der schon angesetzt? Wann kann ich da mit einem Ergebnis rechnen?"

„Meine Güte, Kevin!", Bauer winkte gemütvoll ab. "Du hast es aber eilig. Zuerst mal brauchen wir Material. Das wird schon noch einige Tage dauern. Sobald sich da was tut, gebe ich dir persönlich Bescheid. Aber ich denke, es wird euch interessieren, daß in den Fötus der Frau hineingestochen wurde. Etwa mit einer Stricknadel oder ähnlichem. Das kann man deutlich an Verletzungen an der Scheidenwand und am Muttermund erkennen. Mehr kann ich dazu allerdings im Augenblick auch noch nicht sagen."

"Meinen Sie, Maria Werners wollte das Kind abtreiben?", wollte Schumann wissen, der sich langsam wieder erholte.

"Ob sie es wollte, weiß ich nicht. Jedenfalls mußte das geschehen sein kurz bevor der Zellverfall eingesetzt hat."

"Also hat sie es sich entweder selbst gemacht, oder ist gezwungen worden, es sich selbst wegzumachen, - oder jemand anderes hat es für sie getan, jemand, der sie danach noch getötet hat ...", schlußfolgerte Kevin. Dr. Bauer stimmte ihm kopfnickend zu.

"Verdammt!"

Kevin sah seinen Partner an. Ihre Augenpaare trafen sich und sie waren sich völlig einig: sie hatten es mit einem komplett Wahnsinnigen zu tun. Aber andererseits gab es bis jetzt wenigstens noch keinen Hinweis auf einen Serienkiller. Und Martinez? Der machte nicht den Eindruck, als könnte er so wahnsinnig sein. Vielleicht im Affekt?! Manchmal sind die undenkbarsten Dinge möglich. Ein Motiv hatte er allemal. Sein Alibi war nicht besonders. Aber war ihm dieser Mord, eine Tat von dieser Abscheulichkeit wirklich zuzutrauen?

"Im Moment kann ich euch nicht viel mehr sagen, tut mir leid." Bauer schloß die Mappe und nahm seine drahtgestelle Brille endlich von der Nase.

"Okay." Kevin klatschte abschließend in die Hände. "Was ist mit Drogen? Alkohol? Tabletten? Irgendwas sonst?"

"Gar nichts. Das untersuchen wir immer zuerst."

"Tja, gut, dann war's das erst mal. Ich danke ihnen, Doktor. Sie melden sich? Wegen des Gentests ..." Bauer nickte. Schumann und Kevin gingen zur Tür. "Machen sie's gut, Doc. Und schöne Größe an ihre Frau!" Bauer winkte flüchtig, etwas überrascht vom plötzlichen Aufbruch der beiden.

"Danke. Übrigens,", rief er ihnen mit erhobener rechter Hand hinterher, aber Kevin hatte die Tür schon wieder hinter sich verschlossen. "... ich bin nicht gar nicht verheiratet...", flüsterte Bauer nur noch zu sich selbst.

"Meinst du nicht, es wäre für Bow etwas zu heiß in deinem schwarzen Wagen?", fragte Schumann mit einem leicht vorwurfsvollen Unterton, als sie das Gebäude verließen und wieder auf den von strahlendem Sonnenschein überfluteten Stiftsplatz traten.

"Doch, sicher!", gab Kevin zurück "Aber ich kann sie ja schlecht mit in die Forensik nehmen. Laß uns jetzt zu diesem Detektivbüro fahren!" Bow freute sich natürlich, als sie Kevin kommen sah. Aber sie hechelte heftig und hatte offensichtlich großen Durst. Kevin ließ sie kurz aussteigen, damit die Hündin wenigstens ein bißchen frische Luft schnappen konnte. "Mein altes tapferes Mädchen!" Schumann streichelte ihr über den Kopf, als wolle er sie trösten. Dann sprang sie auch schon wieder in den Wagen und Kevin und Schumann folgten ihr. "Das wird unsere letzte Station für heute!", versprach Braun ihr. "Danach gibt's anständig was zu saufen für uns. Kommst du mit, Schumann? Wir könnten hinterher noch ins Café T fahren!"

"Klar; immer. Bringen wir erst mal das hinter uns. Wo, sagtest du, ist dieses Büro?"

"Karl-Legien-Straße. Hausnummer 265. Muß irgendwo unten am Hafen sein." Kevin steuerte den Wagen vom Parkplatz runter wieder auf die Welschnonnenstraße, wo er leider nicht auf die Gegenspur kam, weil ein Grünstreifen die beiden Richtungen trennte. Also fuhr er über den Wilhelm-Suttner-Platz drüber und drehte kurzerhand nach links über die durchgezogene Linie um. Er spürte Schumanns Blick von der Seite.

"Na und. Wer weiß, wann wir sonst in die andere Richtung drehen können ...", murrte er rechtfertigend. Jetzt hatten sie die Maisonne wenigstens im Rücken, die sich anläßlich des sich ankündigenden Sommers scheinbar um so mehr anstrengte, die Aufmerksamkeit auf sich zu ziehen. Manchmal war es eben einfach zuviel des Guten.

"Kann nicht sehr weit sein, oder?", sagte Schumann.

"Nein, ein paar Minuten." Kevin wußte in etwa, wo er lang mußte, denn am Hafen lag die Zehnthof-Spedition, mit der er schon einmal zu tun hatte. Er fuhr einfach die Römerstraße entlang unter der Autobahn hindurch, rechts in die Werftstraße und dann wieder links in die Karl-Legienstraße.

"Hier muß es irgendwo sein." Kevin suchte nach den Hausnummern der wenigen Gebäude der Straße. Rechts lag ein großes altes, aber von innen modernisiertes Gebäude, in dem der Call-Service der Bank 24 untergebracht war. Erst einige hundert Meter weiter, als sie schon am Ende der Straße angelangt waren und schon kaum mehr damit rechneten, auf so etwas wie ein wohn- oder bürofähiges Haus zu stoßen, erschien ihnen zur linken Hand das Haus Nummer 265. Ein gelbes Eckhaus, neben dem ein nicht umzäunter Garten lag. Hinter dem Haus selbst lag ebenfalls ein großes Grundstück. An der Front hatte das einstöckige Häuschen nur eine Eingangstür und ein Fenster, aus dem man, durch den seitlich vorbeiführenden Kranenweg hindurch, direkt auf den Rhein sehen konnte, der zur Zeit noch leichtes Hochwasser führte. Kevin machte den Motor aus und ließ den Wagen bis kurz vor die Haustür ausrollen.

"Vermutest du hier irgendetwas?", wollte Schumann wissen. "Schließlich können wir noch nicht sagen, ob dieser Mel überhaupt etwas mit dem Fall zu tun hat."

"Ich weiß nicht." Kevin sah starr auf das Haus. "Irgendwie habe ich so ein komisches Gefühl. Kann's nicht genau erklären. Aber ich glaube, daß dieses Detektivbüro eine ganze Menge mit diesem Fall zu tun hat." Er schwieg eine Weile, bis er Schumann entschlossen ansah. "Also, gehen wir rein?"

„Klar."

Bow blieb natürlich, wie so oft, im Pick-up. Sie spitzte zwar die Ohren und richtete den Kopf auf, als sie merkte, daß ihre Leute ausstiegen, aber sie hatte sich schon daran gewöhnt, daß sie meistens nicht mitkommen durfte. Dafür verfolgte sie jeden Schritt von Kevin, der mit Schumann zunächst vor der Haustüre stehen blieb. Sie sahen auf das Namensschild: "Detektei Mel" stand da mit Hand und Filzstift geschrieben. Schumann drückte die Klingel. Ein dumpfer Summton war im Inneren des Hauses hörbar. Sie warteten eine Weile, aber nichts rührte sich.

"Versuch's noch mal!", meinte Kevin. Schumann klingelte, aber wieder geschah nichts.

"Wohl keiner da.", konstituierte Schumann enttäuscht. Kevin schien das allerdings noch nicht zu befriedigen.

"Hör zu,", sagt. er. "Ich schau mir das Haus mal von hinten an." Schumann hob zweifelnd die Augenbrauen und runzelte die Stirn. "Nein,", beruhigte Braun ihn sofort, "ich will nicht einsteigen. Ich schau mir nur mal das Grundstück an, und vielleicht gibt es ein Fenster, durch das man einen Blick ins Innere werfen kann, okay?! Bleib du hier und paß auf."

Kevins Blick war ein fragender, mit dem er sich Schummanns Zustimmung erbat. Man merkte diesem jedoch an, daß das nicht eben seine Art war, doch er sah ein, daß sie schließlich nicht ganz umsonst hierher gefahren sein sollten. Und vielleicht entdeckte Braun ja irgendwas. Was auch immer. Also verschwand Kevin um die Ecke, sah sich kurz um, ob ihn jemand beobachten konnte, doch dem war in dieser ruhigen Ecke nicht so. Der Zaun des zum Hause gehörenden Gartens war ziemlich straff gezogen, so daß er ihn auch leicht überwinden konnte. Auf der anderen Seite angekommen landete er in einem Beet, das offensichtlich schon die besten Jahre gesehen hatte. Hier säte und erntete jedenfalls keiner mehr. Es standen keine Gartengeräte herum, die Vegetation konnte sich ungehindert ausbreiten. Faule Äpfel und jede Menge Unkraut auf dem Boden. Die Rückseite des Hauses bildete eine Fensterfront, an ihrer rechten Seite eine gläserne Terrassentür. Kevin näherte sich ihr vorsichtig und spähte in das Haus. Zu seiner Enttäuschung war wirklich nichts besonderes zu sehen. Ein bescheiden eingerichtetes Wohnzimmer einer durchschnittlichen deutschen Familie, Holzparkettboden, weiße Wände mit Holzschnitzereien und einigen bedeutungslosen Bildern an der Wand. Er wollte schon gerade wieder kehrt machen, als ihn ein Lichtblitz im von ihm nicht einsehbaren hinteren Teil des Hauses aufmerksam werden ließ. Doch noch bevor er richtig begreifen konnte, was er da eigentlich gesehen hatte, bekam er die Antwort auf die noch nicht gestellte Frage.

Ein Schuß donnerte von der Frontseite des Hauses her. Kevin wurde sofort klar, daß jemand plötzlich die Haustür geöffnet hatte. Er hatte nur das dadurch einfallende Tageslicht im Haus gesehen.

Schumann!, blitzte es in seinem Hirn! Sofort lief er auf den Zaun zu, übersprang ihn ohne Rücksicht auf die etlichen Schürfwunden, die er sich dabei und bei seinem Sturz auf der anderen Seite zuzog, rollte sich geschickt ab, sprang auf und wetzte durch den weichen Boden des Eckgartens zur Hausfront. Er hörte Bow im Wagen aufgeregt bellen. Als er nach wenigen Schritten etwas unbedacht der Gefahren, die dort auf ihn hätten lauern können, aber voller Angst und Sorge um die Ecke schnellte, erblickte er seinen Partner, blutend auf dem Boden liegend, ohne daß ihm die rennende Person aufgefallen wäre, die zumindest seinen Blickwinkel schnitt.

"Schumann! Verdammt, was ist passiert?"

""Ach scheiße! Scheiße!", brüllte Schumann. "Die Tür ging auf. Der Typ steht da, schießt mir ins Bein und rennt los.

Lauf! Los, lauf ihm nach. Er ist zum Rhein runter!" Er zeigte in Richtung Rheinufer, wo ein Fahrradweg lang führte.

"Was ist mit dir? Kommst du klar?", wollte Kevin wissen.

"Jaja, ist nur ein Durchschuß. Nicht so schlimm. Sieh zu, daß du den Typ kriegst!" Kevin sah kurz auf die Wunde am Oberschenkel. Dann überlegte er, ob er Bow mitnehmen sollte. Aber sie war für solche Verfolgungen nicht ausgebildet. Nein, er kam besser alleine klar. Das alles schoß ihm nur im Bruchteil einer Sekunde durch den Kopf. Dann sprang er auf und lief in Richtung Rheinufer. Die Hitze der Nachmittagssonne drückte ihm sofort den Schweiß aus allen Poren. Er lief an der Buswendestation im Leinpfad vorbei auf den Fahrradweg. Dort standen einige Bänke, auf denen einige Passanten das schöne Wetter genossen. Jetzt standen sie da und richteten ihre Blicke nicht mehr auf den Rhein, das andere Rheinufer oder in ihre Bücher, sondern hielten sich vor Entsetzten die Hand an den Mund und zeigten Kevin wild gestikulierend und rufend die Richtung an, in der der Mann gelaufen sei. Kevin sah sie aber nicht, denn es gab nur diese eine Richtung. Und er hetzte so schnell er konnte den Weg hinunter. Ein Fahrradfahrer lag umgestürzt am Wegrand. Offensichtlich hatte ihn der Flüchtige beiseite gestoßen. Für Kevin war klar, daß es sich dabei entweder um Mel oder seinen Assistenten van der Kerken handelte. Und wenn er floh, dann mußte es dafür ganz offensichtlich einen Grund geben.

Der Fahrradweg ging nur knappe zweihundert Meter weit. Dann führte er auf den Parkplatz der Rheinterrassen. Hier hatte der Ruderverein Blau-Weiß-Bonn eV. in der „Kajüte" sein Stammlokal. Kevin blickte sich kurz um. Jede Menge Autos standen auf dem Parkplatz. Keine Menschen. Im letzten Augenblick erspähte er jedoch einen Schatten schräg links auf der anderen Seite des Parkplatzes. Dort führte eine kleine Fußgängerbrücke über einen Bach, der in den Rhein strömte. Kevin spurtete dort hin, überquerte die Brücke und kam nach weiteren zwanzig Metern an eine kleine Dorfkreuzung. Rechts von ihm, etwa fünfzig Meter entfernt, sah er gerade noch, daß der Flüchtige einen Wagen anhielt.

Da war einer dieser Hubbel für Autos, zur Verkehrsberuhigung. Das Hindernis war so hoch, daß die Autos dort sehr langsam fuhren. Ideal, um ein Auto anzuhalten. Der Flüchtige hatte die Fahrertür des PKW geöffnet, den Fahrer herausgezerrt, der wehrte sich allerdings, ein Schuß, der Mann bricht auf der Straße zusammen, der Typ steigt ein und gibt Vollgas. Kevin sprang im letzten Augenblick zur Seite. Sofort lief er auf den Verletzten zu. Der krümmte sich unter lautem Wehklagen. Er hatte eine Kugel in die linke Schulter bekommen. Kevin rief den Schaulustigen, die sich schnell versammelt hatten zu, sie sollten die Polizei und den Krankenwagen rufen. Er selbst hielt den nächsten Wagen mit vorgehaltener Pistole an. Der Mann in dem Fahrzeug schimpfte, hupte, stieg schließlich aus und machte ein unglaubliches Gezeter.

"Tut mir leid, Polizeieinsatz. Ihr Wagen ist beschlagnahmt. Wenden sie sich an die Kripo Bonn..." Damit zeigte er noch kurz seinen Ausweiß, stieg ein und gab Gas, ohne die Tür noch richtig zu schließen, die durch den Ruck des Anfahrens allerdings zu fiel.

"Sind wir hier in Amerika?", rief ihm der Besitzer des beschlagnahmten Toyotas hinterher. Aber Kevin konzentrierte sich schon auf die enge Estermannstraße. Augenscheinlich eine Einbahnstraße, doch der Eindruck täuschte, wie er bald feststellte. Er konnte den flüchtigen Passat vielleicht dreihundert Meter vor sich sehen. Kevin hielt die Rechte auf der Hupe, mit der Linken das Lenkrad. Er touchierte beim Ausweichen einige parkende Fahrzeuge und hatte ernsthafte Schwierigkeiten, die Spur überhaupt zu halten, ohne in einer Hauswand zu landen. Sein Tacho zeigte bereits 90 km/h an. Aber dem Passat ging es nicht besser. Kevin sah, wie ihm ein alter Mercedes entgegenkam, dem er kaum ausweichen konnte. Aber der bremste auch nicht. Im letzten Moment erst steuerte der Mercedes in Höhe des Zweimühlenwegs in eine vorstehende Ecke eines Fachwerkhauses, während der Passat auf den Bürgersteig raste und einen dort parkenden Mini auf die Seite räumte. Seine Stoßstange und Glassplitter flogen über den Asphalt. Kevin gewann dadurch Zeit, wichtige Sekunden. Schnell kam er dem flüchtigen Passat näher. Der gab jedoch sofort wieder

Gas, schnellte wenige Augenblicke später mit über achtzig Sachen rechts in die Werftstraße hinein. In hundert Metern folgte eine Ampel. Kevin preschte mit dem kleinen Toyota Corolla ebenfalls rechts um die Ecke, zwang einige Autos, die aus Richtung Römerstraße kamen, zur Notbremsung und sah, daß der Passat sich auf der Geradeausspur in Richtung Josefshöhe einordnete. Aber er sauste lediglich an der Linksabbiegespur vorbei, die eine rote Ampel hatte, und fuhr ohne Rücksicht auf Verluste mitten auf der Kreuzung nach links ab Richtung Autobahn. Entgegenkommende Autos mußten bremsen, drehten sich und eines rutschte in das zuvorderst an der Ampel stehende Auto. Ein weiteres krachte hinterher. Kevin versuchte ebenfalls über die Geradeausspur die Kreuzung zu überqueren, jedoch durch die ineinander krachenden Autos war ihm der Weg versperrt. Er bremste, riß das Lenkrad scharf rechts herum, der Wagen brach hinten aus, lenkte nach links dagegen, trat wieder auf das Gaspedal, fuhr ein paar Meter geradeaus, zog dann die Handbremse und schwenkte das Lenkrad wieder nach links. Der kleine Wagen drehte sich um seine eigene Achse. Sofort hatte er den ersten Gang wieder drin, gab Gas und überquerte unter heftigem Poltern die Straßenbahnschienen, um auf die Gegenspur zu kommen. Autos hinter ihm wie auch auf der Gegenspur mußten hart bremsen und fuhren ineinander. Das erreichte jedoch Kevins Bewußtsein nicht. Nur Sekunden später bog er rechts ab in die Herseler Straße, die der Passat in Richtung Autobahn gefahren war. Aber Kevin sah ihn nicht mehr. Keine Spur mehr von ihm. Er verlangsamte seine Fahrt enttäuscht und ließ den Wagen am Straßenrand ausrollen. Geradeaus konnte er in die Innenstadt gefahren sein. Über die Graurheindorferstraße hatte er in jeder Richtung eine Möglichkeit, abzubiegen. Oder er war direkt hier auf die Autobahn gefahren, entweder in Richtung Siegburg oder aber in Richtung Koblenz. Kevin schlug mit beiden Händen auf das Lenkrad. "Toll! Verdammte Scheiße!", rief er wütend und sah durch sein Seitenfenster ins Leere. Eine ganze Minute verstrich. Sein Hirn arbeitete auf Hochtouren. Gedanken an eine verpaßte Chance, Gedanken an einen verpatzten Einsatz, jede Menge Blechschaden, jede Menge Ärger, jede Menge Berichte. Wen hatte er jetzt, zumindest von hinten, gesehen? Mel selbst oder seinen Gehilfen, van der Kerken, - wenn nicht beide dieselbe Person waren...

Wie auch immer: jedenfalls hatten sie etwas nicht unwesentliches zu verbergen. Warum sonst klaut man ein Auto und flüchtet derart halsbrecherisch, verletzt einen unschuldigen Passanten schwer und schießt sogar einen ermittelnden Polizisten an?

Mein Gott, Schumann!, schoß es Kevin Braun durch den Kopf. Sirenen von Polizei und Krankenwagen holten ihn in die Wirklichkeit zurück. Was war mit seinem Partner? Er blickte über die Schulter hinter sich, ob die Straße frei war, legte einen Gang ein und kehrte zügig zum Haus in der Karl-Legien-Straße zurück. Als er dort ankam, standen dort schon ein Krankenwagen, zwei Polizeiwagen und ein ziviles Fahrzeug mit Blaulicht auf dem Dach. Die Tür zum Haus Nummer 265 stand offen. Der Krankenwagen fuhr gerade ab, als einige Beamte in Zivil aus dem Haus traten. Kevin hielt seinen Wagen an, erkannte Buschhoven, den Leiter der Kriminaldienststelle in Bonn, und ging direkt auf ihn zu.

"Braun! Sind sie auch noch verletzt?", sprach ihn Buschhoven sofort an.

"Nein. Bei mir ist alles klar. Aber sie können sofort eine Ringfahndung ausgeben. Nach einem neueren, silbergrauen Passat, Kennzeichen BN-TB 667." Buschhoven sah einen der Beamten an, der Brauns Aussage mitgehört hatte, und gab ihm einen Wink.

"Was ist mit Schumann? Wie geht es ihm?"

„Ach, der hat nur ein kleines Loch. Nicht weiter schlimm. In ein paar Tagen ist er wieder auf dem Damm. - Was ist denn überhaupt passiert?" Buschhoven wollte mit Kevin alleine reden und zog ihn etwas zur Seite. Aber Kevin drängte darauf, in das Haus zu gehen.

"Ich würde mir gerne alles ansehen. Kommen sie mit. Ich erzähle ihnen drinnen, was passiert ist." Buschhoven war einverstanden. Braun ging vor, inspizierte das Innere des Hauses und erklärte dem Bonner Leiter, was vorgefallen war.

Was er allerdings vorfand, war nicht eben viel. Der Flur war so gut wie leer, außer einer alten Garderobe aus Holz, die an der Wand angebracht war. In der Küche stand nur eine

Spüle, im Becken ein Rest alten Spülwassers, darüber ein Hängeschrank, in dessen Innerem ein paar Tassen und Teller standen, die ebenfalls auf Fingerabdrücke untersucht werden sollten. Eine Kaffeemaschine, ein Mülleimer, gefüllt mit verrotteten Kaffeefiltern, ein kleiner gewebter Läufer auf dem Kachelboden. Nach hinten erstreckte sich das Wohnzimmer. Im Hintergrund die große Glasfront, die den Blick in den Garten zuließ. Hier stand nur ein kleiner Schrank mit einer Schublade, daneben ein kleiner, einfacher Schreibtisch, auf dem nichts lag. Keine Papiere, kein Schreibwerkzeug. Nur ein Telefon mit Anrufbeantworter und ein Telefax. Kevin inspizierte die Geräte und stellte fest, daß außerdem eine Anrufweiterschaltung installiert war.

„Können Sie bitte feststellen lassen, wohin die führt?!", bat er Buschhoven.

„Wird schon gemacht!" Kevin nickte zufrieden und suchte auf dem Anrufbeantworter vergeblich nach hinterlassenen Mitteilungen. Im Schrank fand er einige Briefköpfe der Detektei Mel, einigen unbedeutenden Schriftwechsel mit Martinez, ein paar Quittungen, deren Herkunft kaum festzustellen war, ein Stempel, Kugelschreiber. Aber nichts über weitere Aktivitäten der Detektei.

„Sehr merkwürdig.", flüsterte er. Buschhoven sah ihm interessiert über die Schulter. „Keinerlei Unterlagen über das, was sich in dieser Detektei sonst abspielt. Scheint mir so, als ob dieser Laden hier nur so eine Art Aushängeschild darstellt. Keine Auftragsordner, keine Rechnungen oder Berichte. Die scheinen hier nicht einmal auf Besuch von Kundschaft eingerichtet zu sein." Ein Beamter kam zum Wohnzimmer herein. „Wir haben unten noch was gefunden!", sagte er zu Braun. Er und Buschhoven gingen in den Flur, von dem aus eine Treppe nach unten zu den Kellerräumen führte. Dort fanden sie in einem Fahrradkeller, der ebenfalls einen Aufgang zum Gartengrundstück hatte, Metallregale, die gefüllt waren mit mehreren Ferngläsern, Fotoapparaten, verschiedene Objektive, Walkie Talkies und sogar einem Nachtsichtgerät. Handschuhe lagen da herum, Schreibblöcke, ein angebrochenes Päckchen Zigaretten,

Minispione für Steckdosen, Magnetspione, Abhörgeräte und diverses Zubehör.

„Naja,", sagte Buschhoven, „einiges scheint sich hier schon abgespielt zu haben."

„Fragt sich nur, wozu?", wandte Kevin ein. „ Ich frage mich immer mehr, wer eigentlich wirklich hinter dieser Detektei steckt. Martinez macht Geschäfte mit diesem Mel, den er allerdings noch nie gesehen hat. Sondern nur diesen van der Kerken, der aber in Köln wohnt, die Aufträge für Mel an Land zieht und wohl auch mit Hilfe der Werners durchführt. Und als wir hier aufkreuzen, schießt einer von denen einen Beamten nieder und flüchtet ohne Rücksicht auf Verluste. Warum?"

Buschhoven zuckte die Schultern.

„Braun, es wird langsam spät. Sie hatten einen langen und anstrengenden Tag. Sie sollten jetzt nach Hause fahren." Er ging in Richtung Treppe, um das Haus zu verlassen, als er innehielt und sich noch einmal Kevin zuwandte. „Im übrigen: sie haben ja jetzt keinen Partner. Jedenfalls vorläufig. Wir haben da eine Polizeiobermeisterin, die die Karriereleiter hinauf will. Ich schicke sie für morgen früh nach Euskirchen. Sie treffen sie dann dort. Sie wird sie begleiten und sie bei ihren weiteren Ermittlungen unterstützen, solange Schumann nicht einsatzfähig ist. Und Braun: bitte keine Widerrede!"

Kevin schluckte es. Wenn es denn unbedingt sein mußte. Natürlich wäre er lieber alleine losgezogen, wenn schon ohne Schumann. Aber damit hatte man sich abzufinden, wenn es die Behörde vorschrieb. Den Kampf gegen solche Einschränkungen seiner Mitbestimmung gab Kevin Braun langsam auf, zumal er letzten Endes ohnehin verschwendete Energie war. Und noch während Buschhoven die Treppen hinauf stieg, kam Kevin ein Gedanke. Schnell stiefelte er hinterher, mogelte sich im Flur an dem verwunderten Buschhoven vorbei, was bei dessen Figur nicht gerade einfach war, lief nach draußen und sah sich erregt um.

„Wo ist eigentlich der Mülleimer?", fragte er den Beamten, der gerade aus der Haustür heraus kam. Doch der schien nicht zu verstehen und runzelte die Stirn.

„Na die graue Tonne! Abfall! Müll! Wo ist die Mülltonne?"

„Gute Frage. Keine Ahnung. Hab´ sie nicht gesehen." Kevin verzog genervt die Mundwinkel. Hektisch blickte er sich vor dem Haus um. Hier gab es keine Möglichkeit einer Mülltonne. Eilig schritt er wieder durch das Haus ins Wohnzimmer zur Glastür, die auf die Terrasse hinter dem Haus führte. Dort sah er sie stehen. Eine graue Mülltonne, derart vollgestopft mit Müll, daß der Deckel nicht mehr richtig zuging. Kevin ging hinaus, klappte ihn nach hinten zurück und begann den Abfall zu durchwühlen. Kein gewöhnlicher Hausabfall, kein Dreck, sondern alles nur Papiere. Zerrissen. Akten, Unterlagen, Ermittlungsergebnisse, Aufträge, Korrespondenz, eben alles, was eine Firma ausmacht. Nur nichts wichtiges. Was Kevin fand, war zum Teil Monate zurück datiert. Er schloß aus den Anschriften, daß es sich größtenteils wohl um private Kundschaft handelte. Observative Ermittlungen für mißtrauische Ehepartner, gewöhnliche Einschleusungen bei kleineren Firmen, in denen das Inventurergebnis zu sehr vom Soll abwich und ähnliches. Warum hatte das jemand in diese Mülltonne geworfen? Abgesehen davon, daß zumindest die Abrechnungen für die Steuer interessant waren. Und selbst wenn die Steuer sie nicht sehen sollte, wäre es sehr unklug, derartige Unterlagen einfach in die Mülltonne zu werfen. Das machte man nur mit Unterlagen, die uninteressant genug waren. Die keinen mehr interessierten. Kevin kam der Gedanke, daß das Büro geräumt werden sollte. Hier hatte jemand aufgeräumt! Was er jetzt noch sah, war nur der Rest, den sie nicht mehr geschafft hatten. Also brauchte er auch gar nicht mehr weiter suchen, denn alles, was hätte wichtig sein können, war mit Sicherheit schon entfernt worden. Seine Vermutung bestätigte sich durch die spätere Feststellung, daß keine verwertbaren Fingerabdrücke im gesamten Hausinnenbereich gefunden werden konnten. Alles war sauber und wie neu. Aber warum machte das jemand? Wem brannte es da unter den Fingernägeln? Und warum ausgerechnet gerade jetzt? Van der Kerken war der einzige Anhaltspunkt für Kevin. Er mußte ihn finden, denn in ihm und in der Verbindung, die er zu Martinez hatte, vermutete er den Schlüssel zu dem ganzen Fall.

Von der anderen Seite des Hauses her, an der Straße, hörte Kevin Bow in seinem Pick-up bellen. Ohne länger nachzudenken verließ er das Haus und öffnete Bow eine Wagentür. Schnurstracks kam sie heraus gesprungen, wedelte heftig mit ihrem buschigen Schwanz und begrüßte ihn, indem sie an ihm hochsprang und ihre Nase der seinen entgegen streckte.

„Na, mein altes Mädchen. Du hattest heute auch einen schweren Tag! Komm, Bow, wir gehen jetzt spazieren." Als hätte sie ihn verstanden –und warum auch nicht- lief sie in Richtung Rheinufer und setzte sich sofort zum Pinkeln auf die Wiese. Scheinbar hatte sie es wirklich eilig gehabt, dachte Kevin und bekam wieder ein schlechtes Gewissen, weil er sie solange alleine im Auto gelassen hatte. Aber diesmal war es gut so gewesen. Wer weiß, was mit ihr alles hätte passieren können, wenn er sie diesmal mitgenommen hätte. Er beobachtete die Hündin, wie sie hocherfreut über die Wiese sprang und neugierig das ans Ufer platschende Wasser inspizierte. Bis zur Rheinterrasse gingen sie. Dort genoß Kevin in aller Ruhe einen Tee und versuchte sich zu sammeln. Als er schließlich zu seinem Wagen zurück kehrte, waren alle Beamten schon weg und das Haus versiegelt. Jetzt freute er sich auf sein Zuhause. Bow sprang auf den Beifahrersitz und blieb dort aufrecht und mit fragendem Blick sitzen. Ja, Schumann kam heute nicht mehr mit zurück. Stattdessen würden sie morgen eine Frau bei sich haben, was Kevin Braun nicht unbedingt behagte.

„Hoffentlich mag sie Hunde!", sagte er zu Bow und fuhr los.

7

Die Bombe
Als der schwarze Pick-up gegen zweiundzwanzig Uhr die Escher Heide hinunter rollte, erblickte Kevin Braun schon das große Wohnmobil mit Darmstädter Kennzeichen in seiner Einfahrt. Dabei wußte er nicht, ob das Grund zur Freude oder Grund genug war, wieder zu drehen und die Nacht mit Bow im Wald zu verbringen. Aber naja, vielleicht konnte ihn der

Besuch ablenken, obwohl dadurch auch wieder Erinnerungen in ihm wach wurden, die ihm nicht unbedingt willkommen waren.

Kevin drehte den Wagen auf dem seiner Einfahrt gegenüber gelegenen Weg, der steil bergauf in den Wald führte, und parkte dann am Straßenrand vor seinem Haus. Bow ahnte, daß jemand da war, sprang dementsprechend neugierig aus dem Auto und lief zur Haustüre, wo sie winselnd auf Kevin wartete. Doch bevor er das eichende Portal erreichte, öffnete es sich. Eine junge Frau stand im Rahmen und lächelte ihn verlegen an. Kevin stockte. Etwas kleiner als er sah er sie dort stehen, die Beine leicht eingeknickt, den Kopf in den Nacken gedrückt und mit einem so bestechenden Lächeln, daß man ihr kaum böse sein konnte, und wenn man es noch so sehr wollte. Sie war so hübsch wie eh und je. Ihr mahaghoni-farbenes Haar fiel in sanften Wellen über ihre zarten Schultern, ihre Augen glänzten, als sie Kevin sahen, ihr Gesicht strahlte, und ihre Hände hielten sich unsicher am Rahmen der Haustür fest.

„Hallo Kevin.", sagte sie mit leiser Stimme und ließ ihn dabei nicht aus den Augen.

„Hallo Sarah.", gab Kevin mit festem Unterton zurück, um ihr vorzumachen, daß er mit ihrem Eindringen nicht unbedingt einverstanden war, wenn er sich dennoch eigentlich darüber freute. Sie war Chefin einer kleinen Agentur, die für mittlere und mittlerweile auch größere Firmen Homepages gestaltete und pflegte. Offenbar schien sich damit gutes Geld verdienen zu lassen, wie Kevin an ihrem Wohnmobil festmachen zu können glaubte. Bow schnüffelte an Sarahs Hand, an ihrer Hose, ließ sich oberflächlich streicheln und verschwand dann im Haus. Kevin blieb am Eingang nochmals stehen und blickte tief in ihre Augen. Dann ging auch er hinein.

„Du änderst deine Gewohnheiten nie." Sarah versuchte die Situation etwas aufzulockern. „Ich habe den Schlüssel unter der Vase im Vorgarten gefunden."

„Dachte ich mir!" Kevin zog die Schuhe aus und ging ins Wohnzimmer. Auch dort hatte er ein großes Fenster, durch das man auf das große Grundstück hinter dem Haus sah. Er blieb abwartend mitten im Raum stehen, legte die Hände in die Hüften und beobachtete Vögel.

„Bist du böse deswegen?", wollte Sarah wissen. Kevin drehte sich langsam zu ihr um, überlegte einen Augenblick und ließ sich durch ihren Anblick ein Lächeln entlocken.

„Nein. Nicht direkt böse, Sarah. Entschuldige." Er fuhr sich müde mit seiner Rechten durch die Haare. „Ich bin überrascht. Dich hatte ich allerdings nicht erwartet. Ich bin gerade am Anfang eines schweren Falles. Ich weiß nicht recht weiter, und ..." Er stockte, als sei er sich nicht sicher, ob er aussprechen könnte, was er wollte.

„Und ...?", hakte Sarah nach. Kevin zögerte einen Augenblick. Dann wich er ihr aus.

„Meine Terrassentür wäre übrigens auch offen gewesen. Nur damit du nicht gleich den Schlüsseldienst holst, wenn der Schlüssel mal nicht mehr unter der Vase liegt ... Also, nun bist du da. Warum? Was machst du hier?" Er ging zum Barschrank, schenkte zwei Martini ein, holte aus dem Kühlfach in der Küche Eiswürfel und reichte ihr eins der Gläser. Noch auf ihre Antwort wartend nippte Kevin an seinem Glas, wobei er sie weiterhin ansah. Sie wirkte unsicher, spielte mit ihren Fingern, als könne sie sich nicht entschließen, mit einer Erklärung heraus zu rücken.

„Ich wollte dich halt mal besuchen." Sie wich nun seinem Blick aus und ging, ihm den Rücken zuwendend, zum großen Fenster, so daß er sie unbemerkt betrachten konnte. Und natürlich fiel ihm ihre gute Figur auf, die in den engen Jeans und dem bordeaux-farbenen Pullover steckte. Natürlich fand er sie hübsch. Natürlich fand er, daß sie ein Typ war, auf den die Männer fliegen.

„Einfach so?", fragte Kevin ungläubig nach.

„Einfach so."

Eine Weile schwiegen sie, bis Sarah sich herum schwang, einen unsicheren Schritt auf Kevin zu machte und scheinbar etwas sagen wollte.

„Ja?", horchte Kevin nach.

„Ach nichts. Ist schon gut."

„Nun komm schon. Gibt´s Probleme? Kann ich dir helfen?" Als hätte er ihr ein Stichwort gegeben kam sie nun auf ihn zu, legte ihre Arme ganz leicht um seinen Hals und den Kopf auf seine Brust.

„Kevin ..."

„Was?" Kevin erwiderte ihre Umarmung zwar nicht, aber mit seichten Handbewegungen strich er ihr über das Haar.

„Kann ich eine Weile hier bleiben?" Sarah spürte, wie ein winziger, fast kaum spürbarer Ruck durch Kevin ging, der ihr bedeutete, daß sie wahrscheinlich schon zu weit gegangen war. Er faßte sie an den Schultern und drückte sie sanft eine Armlänge von sich, um in ihr Gesicht sehen zu können.

„Sarah, du weißt ..." Er richtete seinen Blick von ihr weg auf ein Seitenfenster, hinter welchem ebenfalls nur Wald zu sehen war. Dabei atmete Kevin tief ein, als fiele es ihm schwer, weiter zu reden. „ ... du weißt, daß ich alleine bleiben will!" Er hatte es kaum ausgesprochen, als sie sich aus seinen Händen löste und sich einige Schritte von ihm zurück zog.

„Kevin! Es wird Zeit, daß du darüber hinweg kommst! Sie ist tot!"

„Sie ist nicht tot!"

„Sie IST tot, Kevin. Jasmin ist tot! Und du holst sie nicht mehr zurück, indem du so zu machst!"

„Was weißt du denn schon?!"

„Ich weiß eine Menge!" Ihre Stimme erhob sich jetzt. Sie schrie fast. „Mir fehlt sie auch, Kevin. Sie fehlt uns allen." Kevin drehte sich um, wieder und wieder, immer in eine andere Richtung. Wie ein kleines Kind suchte er nach einem Ausgang, als würde es ihm plötzlich zu eng. „Du mußt lernen, sie zu vergessen und wieder *dein* Leben zu leben!"

„Sie war mein Leben, Sarah. Was verstehst du schon davon?"

„Und sie war meine Schwester, Kevin Braun! Schon vergessen? Sie war mir der allerliebste und wichtigste Mensch in meinem Leben. Aber sie ist von uns gegangen und wir müssen damit fertig werden. Auch du, sonst zerstörst du dir dein Leben nur. Wann begreifst du das endlich?" Sarah legte ihre Hände auf das Gesicht, um die Tränen zu verdecken, die ihr schon über die Wangen liefen. Sie schluchzte, stand da, unfähig, sich weiter zu bewegen, während Kevins Blick von ihr zu der verwunderten Bow und wieder zurück zu Sarah wanderte.

„Ich bin noch nicht soweit.", sagte er mit leiser, gebrochener Stimme.

„Wann denn? Wie lange soll ich denn auf dich warten? Du weißt, was ich für dich empfinde. Aber ich kann nicht mein Leben zerstören, indem ich ewig auf dich warte. Verstehst du das?"

„Dann warte nicht auf mich. Lebe dein Leben! Außerdem war sie deine Schwester, Sarah. Deine Schwester! Wie kannst du mich ... lieben ... das ist nicht fair gegen sie ..."

„Sie ist tot, Kevin! Mein Gott!" Verzweifelt ließ sie sich in einen der Sessel fallen und zog die Beine an ihren bebenden Leib. Nein, Kevin verstand es nicht. Nach einer Weile ging er zur Terrassentür und öffnete sie. Bow verschwand sofort in den Garten. Kevin folgte ihr nachdenklich.

„Bleib´, solange du willst.", sagte er beim Herausgehen. Aber Sarah sah ihn nicht an. Sie griff nach ihrem Martiniglas, das sie zuvor auf dem Tisch abgestellt hatte und trank es hastig aus. Draußen war es mittlerweile schon dunkel geworden. Bow war irgendwo in der Dunkelheit verschwunden und nur noch durch Geräusche, die sie im Gebüsch verursachte, auszumachen.

Freitag morgen. Kevin war nicht ganz klar, ob er durch die schon sehr warmen Sonnenstrahlen, die sein Gesicht erreichten, wach geworden war, oder durch die auffällige Abwesenheit von Bow. Er hatte sich auf der Wiese in einen Schlafsack eingerollt und die Nacht wieder unter freiem Himmel verbracht. Mit zusammengekniffenen Augen stemmte er seinen Oberkörper hoch, noch völlig müde und unwillig, sich dem Tag zu stellen. Seine Augen hielten Ausschau nach der elfjährigen Husky-Hündin, doch keine Spur von ihr. Wahrscheinlich war sie bereits irgendwo weiter hinten im Wald am Ende des Grundstückes oder drinnen bei Sarah. Denn Sarah konnte, genau wie einst ihre Schwester, jeden schnell begeistern und für sich gewinnen. Mit dieser Vermutung sollte Kevin auch Recht behalten. Gerade als er sich aus seinem Schlafsack geschält hatte und auf die Beine kam, trat Sarah mit Bow aus der Tür auf die Terrasse, hielt sich wegen der blendenden Morgensonne eine Hand schützend vor die Augen und schmunzelte ein wenig.

„Guten Morgen, Herr Kriminalhauptoberwahnsinnskommissar! Ihr Typ wird verlangt."

„Was? Wer denn? Wieviel Uhr ist es überhaupt?" Gähnend streckte er seine Arme in die Luft und sog die frische Atemluft in seine Lungen.

„Es ist jetzt genau halb neun. Und vor der Tür steht eine junge Dame, die von sich sagt, daß sie Polizeiobermeisterin ist, Tanja Siebert heißt und gerne zu Kevin Braun möchte."

Kevin bemerkte sehr wohl den zynischen Unterton in Sarahs Stimme und blinzelte belustigt zu ihr herüber.

„Keine Panik. Das ist mein neuer Partner. -- Wieso ist die denn hier?" Er ließ den Schlafsack einfach liegen, begrüßte die herankommende Bow und bahnte sich seinen Weg zur Haustüre. Als er sie dort stehen sah, mußte er sie erst einmal mustern. Sie war höchstens einssechzig groß, schlank, sportlich, blondes kurzes Haar. Sie sah sehr vorlaut aus, fand Kevin, und hatte eine zwar niedliche, aber viel zu spitze Nase, die mit Sommersprossen übersät war.

„Guten Morgen. Ich bin Kevin Braun. Möchten sie mit uns frühstücken? Kommen sie doch herein!" Sie reichte ihm ihre Hand und stellte sich ebenfalls vor.

„Hallo auch. Ich bin Tanja Siebert. Wir arbeiten eine Weile zusammen?", begann sie etwas schüchtern.

„Ja, so sieht´s aus. Mein Partner ist gestern angeschossen worden und ich werde ein bißchen Hilfe in diesem Fall brauchen." Er ging zur Seite, um ihr Platz beim Eintreten zu machen.

„Ich weiß. Man hat mich angerufen."

„Aber warum sind sie hier? Ich dachte, ich treffe sie in Euskirchen." Tanja Siebert sah ihn erstaunt und mit großen Kulleraugen an.

„Also erstens", antwortete sie eine Idee zu forsch. „habe ich sie gestern noch angerufen und ihnen auf´s Band gesprochen, daß ich sie zuhause abholen komme, - und zweitens", sie räusperte sich hinter vorgehaltener Hand, „sollten wir uns wenn schon dann um acht in Euskirchen treffen. Jetzt ist es – naja – halb neun durch." Kevin schmunzelte verlegen und zuckte leicht mit den Schultern, als wolle er sich damit entschuldigen, brachte aber kein dazu Wort hervor. Sie half ihm dafür aus der Patsche, indem sie irgendetwas sagte.

„Sie leben aber sehr schön und zurückgezogen hier!"

„Vor allem zurückgezogen ...", murmelte Kevin und wies ihr mit einer Handbewegung den Weg ins Wohnzimmer. Dort kam ihnen Sarah und Bow entgegen.

„Darf ich vorstellen:", begann Kevin die Damen vorzustellen. „Das ist Sarah, eine gute Freundin," Sarah kommentierte seine Anrede ´gute Freundin` mit einem verzweifelt unbilligenden Blick. „Tanja Siebert, mein neuer Partner, - und das ist Bow, meine treue Begleiterin auf allen Pfaden. Ich hoffe, sie haben nichts gegen Hunde!"

„Solange der Hund nichts gegen mich hat.", erwiderte sie lächelnd. Kevin und Sarah lachten ebenfalls.

„Nein, nein.", beruhigte sie Kevin. „Bow ist eine absolut friedliebende Hündin. So wie Schlittenhunde eben sind. Außerdem ist sie schon über elf Jahre alt und hat die wildesten Zeiten hinter sich. Nicht wahr Bow-Mädchen? Was halten sie jetzt von Frühstück?"

„Sicher. Gerne. Aber sie wissen, daß wir heute noch einiges vorhaben?" Kevin sah sie erstaunt an. „Ich habe mir die Akte angesehen und ihren ersten vorläufigen Bericht gelesen. Außerdem habe ich gestern abend noch mit Buschhoven gesprochen. Er hat mir erzählt, was geschehen ist. Mit Schumann meine ich. Und da sind noch viele Fragen offen."

Kevin sah zu Sarah herüber, die auf ironische Weise bewundernd die Lippen zusammen preßte.

"Richtig, da sind noch viele Fragen offen. Vor allem die, ob sie Kaffee oder Tee zum Frühstück haben möchten!", entgegnete Sarah.

„Tee, bitte."

„Sehr gut. Ist schon fertig." Nachdem Kevin sich kurz gewaschen hatte, nahmen sie an dem bereits gedeckten runden Eßtisch Platz, der in einem offenen Raum links neben dem Wohnzimmer stand.

„Ich schlage vor, wir nennen uns beim Vornamen. Ich bin Kevin." Er reichte ihr die Hand.

„Und ich Tanja." Sie sah ihn an und lächelte. Sarah schmeckte das überhaupt nicht, als sie merkte, wie diese Polizieobermeisterin Kevin dabei anblickte. Deswegen sagte sie dazu auch nichts und bot Tanja erst einmal nicht ihren Vornamen an. Am liebsten hätte sie stattdessen jetzt den heißen Tee über ihre alberne, viel zu weite, ekelhaft gelbe Baumwollhose geschüttet. Braun bekam davon nichts mit.

Sie machten ein bißchen Smalltalk und freundeten sich in der nächsten halben Stunde so gut an, daß es eine Zusammenarbeit ermöglichte.

„Langsam sollten wir uns aber auf den Weg machen.", regte Kevin an. Sarah schwieg dazu. Sie fragte nicht, ob sie noch bleiben oder besser fahren sollte. Diese Frage wäre jetzt auch nicht zu klären gewesen. Und außerdem konnte Tanja Siebert ruhig denken, daß sie hier, wenigstens für eine Weile, bei Kevin wohnte. Kevin sah ihr allerdings diese Gedanken an und wollte seinerseits mit ihr noch ein kurzes Wort wechseln. Sie standen vom Tisch auf und gingen in den Flur.

„Tanja, vielleicht wäre es möglich, daß sie mit Bow schon mal vorgehen? Hier, meine Autoschlüssel, steigen sie schon mal ins Auto ein. Ich komme gleich nach." Tanjas Blick zuckte von Kevin zu Sarah, zu Boden und wieder zu Kevin. Sie verstand, lächelte etwas verlegen, nahm die Autoschlüssel und ging, sich nur mit einem verkniffenen Lächeln bei Sarah verabschiedend. Aber Sarah wurde es auch peinlich, so daß die Situation nicht so mißlich war, wie sie durchaus hätte sein können. Kevin wartete, bis er die Haustüre zuschnappen hörte. Er streichelte Sarahs Gesicht mit seinen Augen.

„Du findest sie sehr hübsch, nicht wahr?", wollte Sarah wissen.

„Du etwa nicht?", antwortete er ihr mit einem leisen Lächeln auf den Lippen.

„Doch, leider.", gab sie zu. Kevin umfaßte ihre Hüften und zog sie an sich heran. Ihre Wangen berührten sich, sie schloß die Augen und genoß seine Wärme. „Komm schnell wieder heute und laß uns reden." Kevin schwieg dazu und atmete tief ein. Was gab es schon viel zu reden? So wie es war, war es für ihn gut. Das war auch nicht zu ändern. Jedenfalls noch nicht. Und wäre sie nicht Jasmins Schwester gewesen, er hätte sich längst gänzlich von ihr getrennt.

„Bis heute abend irgendwann.", sagte er zu Sarah, als ein gewaltiger Knall die Haustüre aus den Angeln riß und ihre Glieder erstarren ließ. Instinktiv riß Kevin seine Freundin zu Boden und bedeckte sie mit seinem Körper. Glas zersprang überall und flog durch die Luft. Trümmerteile unbekannter

Herkunft krachten gegen die Hauswand, hochgeschleuderte Teile fielen auf das Hausdach zurück. Sekunden dauerte es, bis der Donner verhallte. Noch während Kevin Sarahs Kopf auf den Fußboden drückte, hob er spähend den Kopf, um etwas erkennen zu können. Alles was er sah, waren allerdings herumfliegende kleinere Schrotteile. Erst gut eine Minute nach dem Knall erhob sich der Polizist und rannte zur Haustür hinaus. Sarah blieb völlig entsetzt und starr auf dem Boden liegen. Draußen bot sich ihm ein Bild der Verwüstung. Sein Wagen war explodiert! Vor dem Haus stand nur noch ein brennender Trümmerhaufen. Der Holzzaun war weggeflogen, Erde aufgewühlt. Sämtliche Fensterscheiben im Umkreis von gut fünfzig Metern waren unter dem Druck der Explosion zerborsten. Und Tanja? Ihr war wohl nicht mehr zu helfen... – Und Bow! Wo war Bow? Kevin geriet in Panik. Tanja war offensichtlich mit dem Auto in die Luft geflogen. Zumindest war sie verschwunden. Aber wo war Bow? Wild blickte Kevin um sich. Überall lagen Trümmer, zerbrochenes Holz, Sarahs Wohnmobil war ganz zerrissen, Nachbarn aus der unmittelbaren Umgebung kamen angelaufen. Kevin suchte die Straße ab. Nichts. Vielleicht war sie weggelaufen. Hatte sich erschrocken bei dem Knall. Er rief ihren Namen, wollte in den Wald hinein laufen, als ihn Sarah vom Haus her rief.

„Kevin! Kevin, sie ist hier. Komm schnell." Gleichzeitig erleichtert und besorgt drehte Kevin um und lief zum Haus zurück. Der Wagen brannte noch und die Schaulustigen wurden immer mehr. Warum hat es nicht die erwischt, schoß es Kevin wütend durch den Kopf. Er erblickte Bow wenige Meter links von der Haustür im Dreck liegend. Sie hatte offenbar etwas abbekommen, aber sie lebte! Denn sie versuchte verzweifelt, den Kopf zu heben, als wolle sie um Hilfe rufen. Doch ihr Körper gehorchte ihr wohl nicht. Sarah war schon bei ihr und streichelte ihren Bauch, als Kevin sich vor ihr hinkniete. Bow blutete an einigen Stellen. Kevin tastete sie dort ab, um festzustellen, wie groß ihre Wunden waren.

„Sie hat Glassplitter abbekommen. Und zwar einige. Schnell! Ruf den Tierarzt an! Minister. Ja, so heißt der wirklich: Minister. Sag ihm was passiert ist und daß ich mit Bow vorbeikomme. Er soll den OP freimachen." Kevin gab ihr die Telefonnummer des Tierarztes, unterfaßte Bow vorsichtig, um sie hoch zu heben und lief mit ihr zu den nächsten Nachbarn rüber.

„Ich brauche ihren Wagen, schnell." So schnell hatte Braun seine Nachbarn noch nie rennen gesehen. Eigentlich hatte er jetzt auch erwartet, mit seinem Anliegen auf Widerstand zu stoßen, doch sein Nachbar sprang wie von der Tarantel gestochen in sein Haus und kam mit dem Autoschlüssel zurück. Der Wagen, ein VW Kombi, stand glücklicherweise in einer Garage und war so verschont geblieben von der Explosion.

Zwei Stunden später kehrte Kevin mit der noch betäubten Bow zurück. Vor seinem Haus stand die Feuerwehr, Polizei natürlich, noch mehr Schaulustige und sogar ein Auto vom Euskirchener Wochenspiegel.

„Verdammt, Braun, wo stecken sie bloß", fuhr ihn Wißkirchen, sein Hauptkommissar aus Euskirchen, ungehalten an. „Ihr Wagen wird in die Luft gesprengt, die Siebert stirbt dabei – und sie – sie laufen mit ihrem Hund zum Arzt. Du meine Güte, Braun, ihre Nerven ..."

„Sie können mich mal, sie Arschloch!" schnauzte Kevin zurück und lief an ihm vorbei ins Haus, um Bow unterzubringen. Sarah kam ihm entgegen gelaufen.

„Na endlich, Gott sei Dank! Wie geht es ihr?"

„Sie wird es überstehen. Kannst du dich um sie kümmern?"

„Na klar."

Vorsichtig legte Kevin seine Bow, die ihre Augen noch immer geschlossen hielt, auf dem Sofa ab und lief sofort wieder nach draußen.

„Wohin willst du?", rief ihm Sarah nach.

„Was erledigen.", sagte Kevin und ließ es darauf beruhen. Wißkirchen kam ihm wieder entgegen und überhäufte ihn mit Fragen. Doch auch ihn ließ Kevin einfach stehen und rannte durch den Vorgarten an den vielen Gaffern vorbei hinüber zu seinem Nachbarn. Dort stand das Auto, mit dem sie mit Bow beim Tierarzt gewesen waren. Kevin stieg ein, ließ den Motor an, setzte ohne auf Passanten zu achten zurück und fuhr mit durchdrehenden Reifen an der Menge vorbei die Straße hinauf, um sodann in Richtung Autobahn zu verschwinden.

„Verdammt, wo will denn der hin?", rief Wißkirchen einem seiner Beamten zu. Dann eilte er ins Haus, um Sarah die gleiche Frage zu stellen. Doch Kevin hatte sie genau aus diesem Grund im Unklaren darüber gelassen, so daß sie nun auch keine Auskunft darüber geben konnte.

„Los, Fahndung raus!", fauchte er einen uniformierten Beamten an, der gleich in Bewegung kam. „Ich will wissen, wo der hinfährt! Braun wird jetzt wohl kaum auch noch spazieren fahren."

Während die Spurensicherung noch mit Kevin Brauns Pick-up beschäftigt war, Sarah sich um Bow kümmerte und die Menschenmenge darüber spekulierte, ob es sich um einen terroristischen Anschlag, einen Meteoriteneinschlag oder um eine Fehlzündung in Brauns Auto handelte..., - während dessen raste Braun mit Höchstgeschwindigkeit, mit allem, was der Wagen hergab, über die A1/A61 in Richtung Köln. Jetzt reichte es ihm. Jetzt wollte er es wissen. Was hatte es mit diesem van der Kerken auf sich? Kevin war sich sicher, daß die Autobombe von ihm stammte, nachdem sie das Detektiv-Büro ausgehoben hatten. Und diesen van der Kerken knöpfte er sich jetzt vor. Cohnenhof. Das hatte auf der Visitenkarte gestanden, die er von Martinez bekommen hatte. Cohnenhof. Dort wohnte der Holländer. Der Name kam Kevin bekannt vor, hatte darüber schon mal in der Zeitung gelesen. Irgend so ein Abschreibungs- oder Anlageprojekt. Alter Gutshof, luxusrenoviert, vermietete Eigentumswohnungen als Renditeobjekte für Anwälte und Zahnärzte. Irgendwo am Stadtrand im Kölner Norden, irgendwo in Langel, direkt am Rheinufer gegenüber von Leverkusen gelegen. Konnte nicht schwer zu finden sein. Die Autobahn war frei. Kevin raste in die Ausfahrt Köln-Fühlingen. Hier kam er auf die Schnellstraße, die zum Fühlinger See und durch das große Industriegebiet im Kölner Norden führte. An deren Ende bog er rechts ab und kam nach Kasselberg. Von da ging es über die Alte Römerstraße nach Langel. Wirklich ein fünfhundert Seelen Dorf, durch das nur diese eine Straße führte. Der Cohnenhof mußte hier irgendwo sein. Aber erst fast am Ende des Dorfes angelangt sah Kevin ihn. Von außen altes Backsteingemäuer, in das Gelände hinein gesehen allerdings alles gärtnerisch sehr ordentlich und nobel gestaltet. Direkt daneben sogar ein überdachtes Parkplatzgelände mit einer Einfahrt zu einer darunter gelegenen zusätzlichen Parkfläche. Braun hielt Ausschau nach einem Wagen mit holländischem Kennzeichen. Jedoch vergeblich. Aber selbst wenn er van der Kerken nicht antreffen würde, so würde er hier doch auf ihn warten. Solange, bis er kam. Er stellte den Wagen mit Euskirchener Kennzeichen am Dorfende ab, wo es eine Fähranlegestelle und einen kleinen Parkplatz gab. Das Stück zurück ging er zu Fuß. Es wurde mittag und das Dorf war mausetot. Hier mußten sich wirklich Has´ und Fuchs Gute-Nacht sagen. Am Cohnenhof angekommen versperrte ihm nun ein grünes Metalltor den Eingang. Daneben ein Klingelbrett. Hier wohnten tatsächlich eine Menge Leute, obwohl man das von außen gar nicht so sah. Kevin suchte es ab und fand bald seinen Holländer. D. van der Kerken. Er klingelte. Nichts geschah. Auch beim zweiten Versuch nicht. Er übersprang das Gitter und sah sich forschend um. Mit seiner wüsten Kleidung, die er schon seit gestern trug, in der er eine Nacht verbracht und eine Explosion überstanden hatte, machte er nicht gerade den Eindruck eines interessierten Käufers. Doch das war ihm jetzt egal. Geradeaus waren drei oder vier Eigentumswohnungen nebeneinander. Rechts von ihm ein mindestens vier Meter hohes hölzernes Tor. Dort ging er hindurch. Dahinter kam ein großer Innenhof zum Vorschein, von dem aus man zu den verschiedenen Wohneinheiten gelangen konnte. Kevin mußte wohl oder übel alle Namensschilder lesen, um heraus zu finden, wo van der Kerken wohnte. Doch er hatte gleich am Anfang Glück. An der zweiten Haustür rechts fand er das Namensschild. Hier klingelte er nochmal. Nichts passierte. Er sah sich um. In der

Mitte des Innenhofes war, quadratisch angeordnet, eine vielleicht fünfzig Zentimeter hohe Mauer gezogen worden. Die Sonne schien. Also beschloß er, sich dort zu plazieren und zu warten. Bald kam auch jemand aus dem betreffenden Haus. Eine Frau, Mitte vierzig, äußerlich spontan und aufgeschlossen, - genau der richtige Interview-Partner für Kevin, dachte er bei sich.

„Entschuldigung, hallo!", rief er und sprang von seiner Mauer auf. Die Frau blieb stehen, lächelte ihn flüchtig an und machte sogar einen Schritt auf ihn zu.

„Entschuldigen sie, ich möchte zu Denis van der Kerken. Der wohnt doch hier, ja?" Er bemühte sich, seinen vertrauenswürdigsten Augenaufschlag seinem Aussehen entgegenzusetzen, um überhaupt Antwort zu bekommen.

„Ja, der wohnt hier. Gleich hier unten. Da die offene Terrassentür, die geht zu seiner Wohnung. Die steht immer offen. Aber er müßte eigentlich auch da sein, weil ich eben noch sein Auto draußen stehen sehen habe." Sie suchte in Kevins Gesichtsausdruck danach, ob er noch mehr Auskunft haben wollte und gab ihm durch ihre Mimik zu verstehen, daß sie dazu auch gerne bereit gewesen wäre.

„Ich danke ihnen! Dann werde ich mal da klopfen!", sagte Kevin und strich sich, Verlegenheit spielend, mit beiden flachen Händen über die Oberschenkel. „Danke auch ..." Mit einem Schritt rückwärts wendete er sich von der Frau ab, die noch etwas erwiderte und dann endlich durch das große grüne Tor verschwand. Kevin stand bereits an der Schwelle der Terrassentür. Ein weißer Vorhang verdeckte ihm die Einsicht in das Innere der Wohnung. Erst vorsichtig, dann fester und schließlich unüberhörbar laut klopfte er gegen die Scheibe der Tür und rief nach van der Kerken. Doch nichts rührte sich. Kevin bekam einen trockenen Mund. Mit seiner Zunge mußte er unentwegt seine Lippen befeuchten. Unruhig sah er sich um, ob ihn jemand beobachtete. Aber er wußte, wenn dies der Fall wäre, dann konnte das unbemerkt durch so viele Fenster geschehen, ohne daß er das mitbekam. Also rieb er sich sein Kinn, überlegte kurz und stieg dann im Bruchteil einer Sekunde in die Wohnung ein. Blitzschnell schob Braun die Gardine hinter sich wieder vor den Eingang und ließ seine Augen durch den Raum schweifen, in dem er sich befand. Offenbar das Schlafzimmer. Direkt an der Terrassentür ein Schreibtisch wie er auszusehen hatte: nicht so leer wie in dem Bonner Büro, sondern mit unüberschaubarem Papierkram übersät, Telefon und Telefax, Computer. Dahinter, neben der Tür zum Flur, ein französisches Bett, rechts und links an den Wänden Plakate mit Abbildungen von Bildern, die aus van Goghs phantastischem Pinsel stammten. Rechts hinter ihm ein kleines Regal, in dem Wäsche lagerte. An der Decke ein bewegungsloser Ventilator mit Lampe, dessen vier Flügel mit furniertem Holzmuster beklebt waren. Es war still in der Wohnung. Kevin schlich sich in geduckter Haltung auf den kleinen und sehr dunklen Flur zu. Rechts war die Wohnungstür, links führte eine Tür ins Bad. Kevin konnte jetzt schon in das große Wohnzimmer hinein sehen. Ihm gegenüber lag ein mannshohes Fenster, das in vielleicht vierzig mal vierzig Zentimeter große Quadrate unterteilt war und sich über bestimmt vier Meter Länge erstreckte. Es zeigte zur Dorfstraße hinaus und war mit einem langen Vorhang bedeckt. Links stand eine Sesselgarnitur um einen grauen, nicht gerade sehr anspruchsvollen Wohnzimmertisch herum, auf dem eine Vase mit schon verwelkten Blumen, deren Blütenblätter auf dem Tisch lagen, ihr Dasein fristete. Kevin machte einen weiteren vorsichtigen Schritt vorwärts, um den rechten Teil des Wohnzimmers einsehen zu können, vermutete er bislang auch, daß van der Kerken tatsächlich doch nicht da war. Doch Braun irrte! Als er das Wohnzimmer ganz betrat, sah er die Leiche in der Wohnküche rechts von ihm auf dem Boden liegend. Die Wohnküche war vom restlichen Zimmer durch eine offene Bar getrennt. Auf ihr standen zwei Gläser, die nach Kevins erster Einschätzung einen Rest von Sekt enthielten. Daneben ergoß sich Blut über die Platte der Bar, dessen verschmierte Spur nach unten bis zur Leiche führte. Und die hatte ein Fleischermesser in der Brust, welches offensichtlich aus dem Küchenblock stammte, der auf der Arbeitsplatte stand. Kevin schenkte dem Rest des Raumes zunächst keine Beachtung mehr und näherte sich der Leiche. Er war sich sicher, daß es sich dabei um van der Kerken handelte, den Mann, den er gestern noch verfolgt hatte. Ob der jedoch auch für die Autobombe verantwortlich war, bezweifelte Kevin nun wieder. Der Anblick war nicht gerade angenehm. Das Blut wohl auch noch nicht so alt, vielleicht sieben oder acht Stunden, schätzte Kevin. Er ging zurück ins Schlafzimmer, um sich vom dortigen Schreibtisch einen Stift oder etwas ähnliches zu holen, damit er nichts anfassen mußte. Van der Kerken - insofern er es denn war- lag auf dem Rücken. Seine Augen standen weit offen. Seine blonden Haare entsprachen denen desjenigen, den Kevin gestern in Bonn verfolgt hatte. Auch seine Körpergröße konnte durchaus stimmen. Er hatte lange Beine und war ziemlich schlank bis durchtrainiert. Eine Hand umfaßte noch den Griff des langen Messers, das fast bis zum Anschlag in seiner Brust steckte. Offensichtlich hatte er auf dieser Seite und der Mörder auf der anderen Seite der Bar gestanden, als dieser zugestochen haben muß. Van der Kerken ist dann zunächst auf die Bar und schließlich langsam zu Boden gesunken. So sah es Kevin. Der Mörder muß ihm beim Sterben zugesehen haben. Braun ging wieder in das Schlafzimmer zurück, um von dem Telefon aus, das auf dem Schreibtisch stand, die Polizei zu rufen. Während er wartete, bis sich jemand am anderen Ende der Leitung meldete und er durchgab, was er gefunden hatte, wanderte sein Blick über die Papiere, die völlig ungeordnet herumlagen. Dabei fiel Kevin ein Blatt auf, welches so zentral lag, daß es ihm vorkam, als wäre es als letztes geschrieben oder zumindest hierher hingelegt worden. Er ging um den Schreibtisch herum, um die handschriftliche Notiz richtig lesen zu können. Dort stand auf holländisch geschrieben: *„Maak de leeuw niet wakker als hy slaapt; en waag het niet, hem interlaten slapen als hy wakker is!"* Da Kevin aufgrund seiner früheren Verbindungen ein bißchen holländisch sprach, konnte er zumindest den Sinn des Textes übersetzen mit: „Wecke den Löwen nicht wenn er schläft; und wage nicht ihn einzuschläfern, wenn er wacht!" Bevor die Polizei eintraf, steckte er kurzerhand den Zettel in seine Hosentasche. Dann ging er zurück ins Wohnzimmer, wo er wartete und sich derweil umsah. Dabei fiel ihm ein Pilotenkoffer auf, der unmittelbar neben dem Sofa stand, wo man ihn nicht unbedingt auf Anhieb entdeckte. Kevin setzte sich und öffnete ihn. Darin befand sich ein Videoband, vielmehr eine Adapterkassette, auf der ein Aufkleber mit der Aufschrift „Für Mel" haftete. In der Adapterkassette lag eine kleinere Kassette, die aus einer Videokamera stammen mußte. Er tat sie zurück in die Tasche und kramte nach den anderen Dingen. Eine Fototasche, die aus dem Kaufhof in Euskirchen stammte. Neugierig öffnete Kevin sie. Was er dann allerdings sah, erschrak ihn heftig. Die entwickelten Bilder zeigten ihn, Kevin Braun, in seinem Auto vor der Polizeistation in Euskirchen, ein weiteres mit Bow in einem Park, und noch eines, geschossen auf dem Parkplatz des Extra-Marktes in Bad Münstereifel. Keine weiteren Notizen. Braun erstarrte das Blut in den Adern. Ein leises `Verdammt´ entglitt seinen Lippen. Was hatte er damit zu tun? Wer hatte diese Fotos gemacht? Und warum hatte van der Kerken diese Fotos? Kevin Braun wurde es ganz anders. Der Fall nahm sehr merkwürdige Formen an. Schnell steckte er auch noch die Fotos ein, kramte die Videokassette wieder aus der Tasche und suchte nach weiteren Dingen darin. Aber außer ein paar Formularen und Rechnungen fand sich nichts.

Die Kölner Polizei traf ein. Kevin gab sich zu erkennen, gab die geforderten Informationen, verwies auf die Kripo Euskirchen, bat um Unterstützung was die Untersuchung der Leiche betraf und verabschiedete sich kurzerhand. Von den Fotos, dem Zettel und der Videokassette erfuhr niemand etwas. Kevin schmuggelte sie unter seinem Pullover mit nach draußen, stieg in den Wagen seines Nachbarn ein und fuhr ab. So schnell wie möglich nach Hause, um sich anzusehen, was auf der Videokassette war. Als er dort ankam, war wenigstens wieder Ruhe eingekehrt. Die Schaulustigen hatten sich wieder verzogen, die Feuerwehr war noch mit einigen Aufräumarbeiten beschäftigt, ein Polizeiwagen stand noch vor der Tür, zwei uniformierte Beamte, die sich gerade von Sarah verabschiedeten an der Eingangstür. Braun stellte den Passat wieder vor der Garage seines Nachbarn ab und kam durch seinen Vorgarten, als die Beamten ihn erblickten.

„Kommissar Braun! Endlich! Wir haben sie gesucht. Buschhoven will sie unbedingt sprechen. Und Wißkirchen ist stocksauer, weil sie einfach verschwunden sind."

„Ich bin auch stocksauer. Jemand treibt da ein böses Spiel mit mir." Die Beamten verstanden kaum, was Kevin damit meinte und ignorierten die Bemerkung.

„Wir sollen sie nach Euskirchen mitnehmen."

„Kommt nicht in Frage. Ich hab´jetzt keine Zeit. Ich muß mich um eine Menge Sachen kümmern." Er deutete auf sein demoliertes Haus.

„Ist alles schon in die Wege geleitet worden. Handwerker sind schon unterwegs, von der Versicherung kommt heute noch einer raus. Sie kriegen sogar ein neues Auto, Kommissar!" Die Beamten sahen sich einander flüchtig an. Kevin erkannte, daß er ihnen im Augenblick nicht ausweichen konnte.

„Was ist mit Tanja Siebert? Ist sie tot?" Einer der Beamten nickte bestätigend und senkte seinen Kopf. Kevin biß sich bedauernd auf die Unterlippe und bat sie, einen Moment zu warten.

„Ich muß mir erst was anziehen und nach meiner Hündin sehen. Dann kann´s losgehen." Damit ließ er die beiden Beamten stehen und ging zur Haustür.

„Kommissar Braun!", rief einer der beiden Uniformierten, ein Polizeimeister.

„Ja?"

„Ist bei ihnen auch alles in Ordnung?"

„Klar. Sicher." Das leise `Idiot´, das Kevin beim Hereingehen ins Haus flüsterte, hörte der Mann nicht mehr. Sarah kam ihm entgegen und fiel ihm um den Hals. Er umarmte sie ebenfalls und drückte sie dabei fest an sich.

„Kevin, ich ..." Schnell legte er ihr einen Finger auf den Mund und deutete ihr an, nicht zu sprechen. Sie schlossen beide die Augen und blieben eine Weile so im Flur stehen.

„Wie geht es Bow?", wollte Kevin dann wissen.

„Es geht ihr gut. Sie ist zwar noch schwach, aber auch schon wieder wach. Du brauchst dir um sie keine Sorgen zu machen." Kevin sah sie an. Sehr wohl hatte er verstanden, daß er sich stattdessen um sie, Sarah, Sorgen machen sollte. Er lächelte tröstend und löste sich aus ihrer Umarmung, um nach Bow zu sehen. Noch immer lag sie auf dem Sofa, blinzelte ihm mit ihren kleinen blauen Augen entgegen und wedelte mit dem Schwanz. Schon lange hatte sie seine Stimme vernommen und sich auf ihn gefreut, war aber immer noch unfähig, sich zu bewegen.

„Bow, mein altes Mädchen!" Kevin kniete neben dem Sofa nieder, streichelte ihr über den Kopf und vergrub seine Nase in ihrem Nackenfell, was sie offensichtlich ebenso genoß wie er. „Gott sei Dank, daß du lebst. Du wirst schnell wieder gesund. Mein tapferes Mädchen!" Sarah stand hinter ihm und war durchaus gerührt. Wie sehr beneidete sie Bow um die Liebe dieses Mannes. Wie sehr wünschte sie sich, daß auch ihr diese Liebe zuteil werden würden. Aber daran war im Moment nicht zu denken. Und als hätte Kevin ihre Gedanken gelesen oder gespürt, richtete er sich plötzlich auf, nahm ihren Kopf zärtlich in seine Hände und küßte sie sanft auf die Lippen.

„Ich bin froh, daß du jetzt da bist. Kannst du noch eine Weile bleiben? Ich glaube, ich brauche jetzt jemanden, der mir hilft." Sarah nickte bedächtig.

„Natürlich. Du ahnst nicht, wie gerne ich hierbleibe." Sie streichelte seine Wange und lächelte.

„Hör zu.", sagte Kevin. „Ich muß nach Euskirchen. Mir einen neuen Wagen besorgen. Danach komme ich erst einmal wieder her und dann räumen wir ein bißchen auf, okay? Ich werde etwas einkaufen und wir machen uns ein ruhiges Wochenende. Ich muß viel nachdenken."

„Hört sich gut an." Sarah ließ ihn gehen und wendete sich Bow zu, die schon so weit war, daß sie wieder aufstehen wollte. Jedoch nur der Geist war willig, das Fleisch aber noch schwach. Also blieb sie liegen und genoß die kraulende Hand in ihrem Fell.

„Übrigens war da ein Brief in deinem Briefkasten. Er liegt in der Küche." Doch Kevin hatte sie schon nicht mehr gehört ...

8

Im Lande Fantastiliens

Denn ganzen Freitag über hatte Kevin Braun Berichte zu schreiben, Erklärungen abzugeben, sich zu rechtfertigen. Samstag über waren die Handwerker im Hause und setzten wenigstens neue Fensterscheiben ein. Er, Sarah und Bow, die mittlerweile auch wieder auf den Beinen war, nutzten die Gelegenheit für einen kleinen Ausflug in die Tiefeifel. Das frühlingshafte Wetter bescherte ihnen einen wolkenfreien Himmel und herrliche Temperaturen. Sie schauten sich die Dauner Maare und das Wildschutzgehege in Hellenthal an. Sonntag fuhr Kevin ins Mechernicher Krankenhaus, um Schumann zu besuchen. Der war bereits wieder in guter Stimmung und sie brachten es fertig, eine lustige Runde zu sein. Mitte nächster Woche sollte er entlassen werden, vom Dienst sei er aber noch mindestens bis zum Ende der Woche befreit, sagte er. Die Schilderungen Kevins kommentierte er mit Ratlosigkeit. Vor allem Tanja Sieberts Schicksal war furchtbar. Sie war noch so jung gewesen und hatte noch alles vor sich gehabt. An ihrer Stelle hätte jetzt auch Kevin tot sein können, denn ihm galt der Anschlag offensichtlich. Wie sich später herausstellte, hatte die Zentralverriegelung seines Wagens die Explosion ausgelöst, als Tanja den Pick-up aufschloß. Ihr Leichnam wurde im Graben auf der anderen Straßenseite gefunden, bis zur Unkenntlichkeit zerfetzt und in mehrere Stücke gerissen. Von den Fotos und dem Video mit noch unbekanntem Inhalt erzählte Kevin seinem Partner noch nichts, da er selbst nicht wußte, was er damit anfangen sollte. Schumann bot ihm seinen Opel Vectra an, „damit du mal mit einem anständigen Auto durch die Gegend fährst.", scherzte er. Aber Kevin lehnte mit dem Hinweis auf sein ihn verfolgendes Pech dankend ab. Schließlich fahre er jetzt einen polizeieigenen Passat Kombi mit zivilem Kennzeichen.

„Warst du eigentlich schon bei der Frau von Martinez?", erkundigte sich Schumann.

„Oje, nein. Wann denn auch? Seitdem wir in Bonn waren, überschlagen sich die Ereignisse. Ich bin froh, wenn das Wochenende so ruhig zu Ende geht, wie wir es verbracht haben. Aber morgen werde ich ihr einen Besuch abstatten. Ich würde sie sowieso viel lieber alleine sprechen. Nicht, wenn ihr schnöseliger Mann dabei ist." Schumann lachte beipflichtend und bedankte sich nochmal für seinen Besuch, der kein Pflichtbesuch war.

„Ich hoffe, du bist bald wieder mit von der Partie, damit wir den Fall schnell hinter uns bringen.", sagte Kevin, verabschiedete sich von seinem Partner und fuhr wieder nach Hause. Er verbrachte den Rest des Tages mit Sarah grillend im Garten, spielte mit Bow und weidete seine Augen am Sonnenuntergang dieses schönen Maiwochenendes. Als die Dunkelheit einbrach, wurde es auch kühler.

„Komm, laß uns ins Haus gehen.", schlug Sarah vor und zupfte Kevin am T-Shirt. Der war schon wieder in Gedanken versunken und blickte zu den Sternen.

„Weißt du, daß das Licht dieser Sterne schon viele Lichtjahre alt ist?" Natürlich wußte Sarah das, antwortete aber nicht und ließ Kevin den Augenblick lang träumen.

„Wenn das Licht hier auf unsere Netzhaut trifft,", fuhr er bedächtig fort, „dann kann es sein, daß das Leben in diesen fernen Welten schon lange nicht mehr existiert. Was wir sehen, ist eigentlich nur eine Täuschung, eine Illusion. Und die Wahrheit werden wir niemals erfahren. Die Wahrheit liegt irgendwo dort oben im Dunkeln, irgendwo dort zwischen den Sternen, wo wir niemals hinkommen...so weit weg von uns..."

„Spielst du auf etwas bestimmtes an, Kevin?"

„Was? Oh nein." Er drehte sich ruckartig zu ihr herum, als hätte er erst jetzt bemerkt, daß sie überhaupt da war. Er schwenkte sein Glas, das er in der rechten Hand hielt, umher.

„Ich meine nur so. Wie wenig wir doch eigentlich wissen. Wie klein wir und unsere bescheidene kleine Welt doch ist. Wie unbedeutend. Wir laufen umher, scheinbar völlig willkürlich und unkontrolliert, gehen irgendwelchen kleinen Dingen nach, die keiner nachvollziehen kann, rennen von einem Ort zum anderen, sind ständig mit irgendwelchen geheimnisvollen Sachen beschäftigt, wie Ameisen in einem großen Haufen. Wir machen uns Sorgen, manchmal freuen wir uns auch, wir ärgern uns über den Nachbarn oder den Verkehrsrowdie, jagen dem Geld und dem Glück hinterher, philosophieren über den Sinn des Lebens, erforschen Räume, die wir nie körperlich erreichen werden, glauben an Gott und die Unsterblichkeit der Seele, - und wozu das alles? Wieso ist es so wichtig, alles zu wissen, wenn wir mit diesem Wissen oft nichts anfangen können, wenn dieses Wissen unser Leben oft noch schwerer oder unbegreiflicher macht?" Sein Blick wanderte von den Sternen hinunter zu ihr. Ihre Augen ruhten schon lange auf seinen Lippen. Sie sahen sich lange schweigend an, bis Kevin sein Glas auf den kleinen Gartentisch stellte und auf sie zuging. Behutsam nahm er sie in die Arme und sog ihren lieblichen Duft in sich auf. Sarah schloß die Augen für einen Moment. Sie hatte Angst. Angst, wieder zurück gestoßen zu werden, Angst, sich wieder falsche Hoffnungen zu machen, Angst, diesen Mann niemals so glücklich machen zu können, wie es ihre Schwester geschafft hatte.

Kevin nahm sie bei der Hand und suchte in ihrem Gesicht nach einer Antwort auf seine tiefsten Fragen. Sogleich bemerkte er jedoch auch, daß er sie dort nicht finden würde, daß Sarah ihm nicht die Antworten geben konnte auf Fragen, die nur für Kevin existierten. Langsam ging er ins Haus und zog sie sanft hinter sich her. Sie stiegen gemeinsam die Treppe hinab ins Souterrain, wo sich Kevins Schlafzimmer befand. Sarah zögerte einen Augenblick und blieb auf dem letzten Treppenabsatz stehen.

„Bist du sicher, daß du das möchtest?", fragte sie ihn mit zitternder Stimme. Kevin sagte nichts. Schweigsam wendete er sich ihr zu, umfaßte ihre Hüften und kam ihrem Gesicht ganz nahe. Seine Augen wanderten schnell von ihrem Mund zu ihren Augen und wieder zurück. Seine Lippen suchten die ihren. Sarah blickte ihn verwirrt an. Ohne das sie es merkte krallten sich ihre Finger in seine Oberarme. Und sie spürte seine Lippen bald auf den ihren. Wie ein Wasserfall rauschte es in ihr von oben nach unten herab. Ihre Lider schlossen sich, ihre Füße hoben vom Boden ab. Kevin nahm sie auf die Arme und hob sie sanft in das weiche Bett. Langsam öffnete er ihre Bluse und zog sie ihr aus. Sie trug keinen BH darunter. Während Kevin sich auszog, entledigte sich Sarah hektisch ihrer Hose und schloß diesen Mann in ihre Arme. Ihre warmen Körper preßten sich sehnsüchtig aneinander, ihre Lippen verschmolzen zu einer Masse, ihre Vereinigung war der Dammbruch für sie, ein wilder Aufschrei für ihn, ein Schmerz, ein langes Schwert, das sich durch den Körper bohrte, ein Stoß, der in den Abgrund führte, an dessen Ende ein helles Licht schien ... Und sie schliefen, sich in den Armen liegend und erschöpft, ein.

Doch Kevins Schlaf hielt nicht lange an. Ein Stich in seinem Kopf weckte ihn auf. Stöhnend hielt er sich eine Hand auf die Stirn und versuchte im Dunkeln etwas zu erkennen. Sarah hatte nichts mitbekommen. Sie lag zugedeckt neben ihm und schlief den Schlaf der Gerechten. Kevin beobachtete sie und spürte eine Art Unbehagen. Was hatte er getan? War das gut? Seine Gefühle fuhren Achterbahn mit ihm. Daher rührte wohl auch der Schmerz in seinem Kopf. Was gewesen war, durfte aber nicht sein. Und wie war das noch mit den Sternen dort oben und der Wahrheit, so weit weg und unergründlich? Oder hatte er heute abend nur zuviel getrunken? Vielleicht sogar alles nur geträumt? Der Ausdruck in Sarahs Gesicht, den er jetzt im Halbdunkeln undeutlich erkennen konnte, ließ andere Schlüsse zu. Kevin wurde unwohl. Leise hob er die Bettdecke zur Seite, stieg unmerklich aus dem Bett zur Treppe hinauf. Bow hatte ihn bereits wahrgenommen und kam ihm mit wedelndem Schwanz entgegen. Doch Kevin schenkte ihr außer einem flüchtigen Streicheln keine weitere Beachtung. Wankend ging er auf den Barschrank zu und machte sich einen Drink, den er in einem Zug leerte. Er holte tief Luft, streckte den Kopf in die Höhe und kippte dabei fast um. Noch einmal. Und noch einmal. Bis er fast kaum mehr stehen konnte. Nach dem sechsten Glas gab er auf. Der Ohnmacht nahe wankte er völlig betrunken zur Toilette, als ihm der Brief einfiel, den Sarah Freitag erwähnte. Kevin schaltete das Licht ein. Der Brief lag in einem Brotkörbchen, in dem sonst nur noch Zettelchen aufbewahrt wurden, bis er sie wegschmiß. Es stand kein Absender darauf. Auch klebte keine Briefmarke daran. Also wurde der Brief von jemandem persönlich hinterlegt. Kevin bemühte sich, seine Sinne zusammen zu bekommen, um das, was er sah, überhaupt zu begreifen. Reichlich ungeschickt öffnete er den Umschlag, wobei er ihn eigentlich ganz zerriß, und zog einen kleinen Zettel daraus hervor, auf dem nur wenige Zeilen mit Schreibmaschine geschrieben standen. Er blinzelte mit den Augen und versuchte verzweifelt, sein Wanken unter Kontrolle zu halten, um den Inhalt lesen zu können: „Hallo Bruder! Scheint so, als gehörten wir zu den Todgeweihten! Das wußte auch schon unser Vater, nicht wahr?! Deshalb hat er sich zugesoffen und sterben müssen. Du hast sie auf dem Gewissen, Kevin. Und deshalb läuft jetzt alles so drunter und drüber. Maria Werners war ein Fehler. Und daß sie schwanger wurde war eben Pech. Und schließlich war sie auch nur ein Werkzeug von Jancke. Aber der ist nun ja auch tot – Bruder! Wy zien ons in de hel!", was soviel hieß wie: Wir sehen uns in der Hölle! Kevin knickte ein. Er schloß die Augen und blies den letzten Rest Luft aus seinen Lungen heraus. Was war nun das schon wieder? Auf jeden Fall zuviel! Damit konnte er überhaupt nichts mehr anfangen. Und warum war ein gewisser Jancke tot? Wer war *das* denn? ... Was hatte der denn überhaupt mit diesem Fall zu tun? Er hatte diesen Namen seines Wissens noch nie gehört. Oder doch?? Aber Kevin wollte und konnte jetzt nicht weiter darüber nachdenken. Dazu war er gar nicht mehr in der Lage. Er losch das Licht in der Küche und tappste, sich an der Wand entlang tastend, ins Wohnzimmer zurück. Dort, an der Stereoanlage, lag die Videokassette aus dem Pilotenkoffer in van der Kerkens Wohnung. Mit der Fernbedienung schaltete er den Fernseher ein und legte die Kassette in den Videoschacht. Den Ton ließ er mit Rücksicht auf Sarah aus. Zuerst Schnee. Dann einige Aufnahmen von ihm mit Bow an der Polizeistation in Euskirchen und sogar hier in der Escher Heide, aus dem Wald heraus aufgenommen. Schließlich auch noch eine Aufnahme von Maria Werners, wie sie über den Vorplatz des Kaufhofs in Euskirchen spaliert, lebhaft und lachend in die Kamera winkt, um dann im Warenhaus zu verschwinden. Danach wieder Schnee. Kevins Augen blieben starr auf den Bildschirm gerichtet. Sein Körper war bewegungsunfähig, seine Gedanken kreisten um das Gesehene. Gespenstig spiegelte sich der schwarz-weiß flackernde Bildschirm auf seinem Gesicht wieder. Kevin glaubte bald, Jasmins Stimme zu hören. Ja, ganz deutlich hörte er sie! Sie kam aus dem Fernseher. Von irgendwo ganz tief dort drin. Jasmin! Wo war sie?

Kevin streckte seine Hand aus und berührte die knisternde Oberfläche des Bildschirms. Betrogen ihn seine Sinne? Wieder hörte er weit entfernt ihre Stimme. Schemenhaft erkannte er sogar ihr Gesicht. Sie war dort.

„Jasmin!", rief er ängstlich . „Jasmin, wo bist du?" Aber sie antwortete nicht, sondern rief um Hilfe. Die Fernbedienung glitt ihm aus der anderen Hand und polterte auf den Parkettboden. Er erhob sich ruckartig, etwas zu schnell, weswegen ihm jetzt sehr schwindelig wurde. Kevin drohte das Gleichgewicht zu verlieren, torkelte zurück gegen den Barschrank. Noch immer hörte er die Stimme Jasmins und raufte sich mit beiden Händen die Haare, wobei er sich mit den Armen die Ohren zudrücken wollte. „Nein!", schrie er laut, „Nein, ich will das nicht!" Aber die Stimme kam nicht aus dem Fernseher. Sie war in seinem Kopf. Kevin streckte ihn hoch und verkrampfte völlig, jeder Muskel war angespannt, ein kleiner Junge rief ihn, dessen Stimme er jedoch nicht erkannte, er stieß gegen die Lehne eines Sessels, was ihn fast zu Fall gebracht hätte, stolperte gegen ein Schränkchen, auf dem eine Vase stand, die herunterfiel und zerbrach. Kevin stampfte in den Scherben herum. Einiges Blut, das sich über den Boden ergoß, verschmierte er mit seinen willkürlich tänzelnden Füßen.

Kevin!", rief eine deutliche Stimme. „Kevin, was machst du?" „Jasmin! Ich bin hier. Jasmin ..."

„Kevin, ich bin`s, Sarah! Hörst du mich? Was ist mit dir?" Sie war durch seine Schreie und das Getöse wach geworden und stand hilflos im Eßzimmer, während Kevin sich ständig im Kreis drehte und alles umzuwerfen drohte. Ihre Worte drangen nur schwer in ihn ein. Aber sie verfehlten ihre Wirkung nicht.

„Sarah?", winselte er zweifelnd. „Jasmin? Sarah? ... Oh Gott, Sarah ..." Dann brach Kevin zusammen. Sarah sprang ihm zur Seite und fing ihn gerade noch bevor er auf den Boden schlug auf. Unter großer Mühe hievte sie ihn in einen Sessel und machte sich große Sorgen, allenthalben wegen seines penetranten Mundgeruches, der auf übermäßigen Alkoholkonsum schließen ließ. Sie besah sich seine Füße, die jede Menge Schnittwunden aufwiesen, welche jedoch schnell wieder aufhörten zu bluten.

Nachdem Sarah den Fernseher ausgeschaltet hatte, lief sie in die Küche, um ein Glas Wasser zu holen, das sie Kevin einzuträufeln versuchte. Doch er lag schon im tiefsten Schlaf. Sogar richtig friedlich sah er aus. Sein Kopf war nach hinten gelegt, die Augen fest verschlossen, wie ein kleines Kind schluckte und schmatzte er hin und wieder, seine Arme fielen zu beiden Seiten wie überflüssig schlaff herunter. Sie holte eine Decke aus dem Schlafzimmer und deckte ihn damit vorsichtig zu. Für sich selbst hatte sie auch Bettzeug mitgebracht, weil sie es sich auf dem Sofa bequem machen wollte. Eine Uhr zeigte halb fünf. Die Morgendämmerung kündigte sich am Osthimmel schon an. Jetzt war es wieder ganz still. Bow, das alte Mädchen, schaute mit ihren blauen Augen noch ganz ängstlich von der Terrasse her durch das Fenster. Ihre Ohren waren noch immer flach zur Seite abgewinkelt und ihre Schwanzspitze berührte fast ihren

Bauchnabel, so sehr war sie erschrocken beim Anblick des Geschehenen. Daher zog auch sie es vor, den spärlichen Rest der Nacht draußen auf der Wiese unter einem schützenden Baum zu verbringen.

Er konnte das Gesicht des großen Mannes, der vor ihm stand nicht erkennen. Es lag im Dunkeln, weil er vor der Sonne stand. Das hatte den Vorteil , daß er nicht vom bleißenden Sonnenlicht geblendet wurde. Allerdings machte ihm der Mann auch Angst. Er hielt etwas in der Hand. Ein Stück Stoff oder ein Handtuch, das naß war. Er wedelte damit herum, drohte, holte schließlich weit aus und klatsche es Kevin kräftig ins Gesicht. Kevin zuckte weg, doch der Treffer war unvermeidlich. Zu seinem Erstaunen tat es ihm jedoch nicht weh. Im Gegenteil, er empfand es sogar irgendwie als angenehm. Der Mann lachte laut und holte erneut aus. Da dies Kevin unheimlich erschien, wollte er erneut ausweichen. Doch es mißlang. Wieder zog sich das nasse Handtuch quer durch sein Gesicht. Er kniff die Augen zusammen, preßte die Lippen aufeinander und drehte den Kopf. Dabei verlor der Kopf seinen Halt und rutschte zur Seite. Damit öffnete Kevin ruckartig seine Augen und erblickte Bow, die neben ihm stand und gerade dabei gewesen war, sein Gesicht abzulecken.

„Bow! Meine alte Bow ..." Er spürte einen heftigen Schmerz in seinem Hirn, der ihm sehr unbehaglich war. Sogleich rieb er sich die Augen und versuchte verzweifelt, seine Situation zu begreifen. Wie war er hierher in den Sessel gekommen? Und warum lag Sarah auf dem Sofa? Es war schon neun Uhr durch und die Sonne stand schon hoch. Es würde ein sehr warmer Tag werden. Er gähnte lange und rappelte sich dann, steif am ganzen Körper, hoch und streckte sich. Leise schlich er, verfolgt von Bow, die sich freute, Kevin wieder in seinem Normalzustand zu sehen, ins Bad und entschied sich für eine kalte Dusche. Schließlich rasierte er sich auch mal wieder und zog etwas elegantere Sachen an. Nachdem er dann noch einen Schluck Saft und eine Banane zu sich nahm, kramte er schwarze Schuhe aus dem Schuhschrank in der Diele heraus und stellte fest, daß sie noch geputzt werden mußten. Dabei geriet er so in Eifer, daß er Sarah gar nicht bemerkte, die jetzt, eingehüllt in einen Morgenmantel, neben ihm stand.

„Na, haben wir einen Date?", scherzte sie ein wenig mißtrauisch. Kevin schaute zu ihr auf und lächelte.

„Arbeit, Sarah. Nur die Arbeit. Was war denn diese Nacht los? Ich kann mich an überhaupt nichts erinnern."

„Oje. Na, ich hoffe, du weißt wenigstens noch, daß wir zusammen im Bett waren?!" Er antwortete ihr nicht, beendete seine Arbeit zur Wiederherstellung der Schuhe in einen akzeptablen Zustand und richtete sich, noch immer mit starken Kopfschmerzen, langsam auf, weil das Pochen in seinem Hirn dasselbe zum Platzen zu bringen drohte. Sarah verschränkte ihre Arme vor der Brust, lehnte sich gegen die Wand der Diele und schaute ihn abwartend an.

„Nicht jetzt. Später.", gab er ihr zu verstehen. Sarah versuchte erst gar nicht doch ein Gespräch anzufangen. „Und du, mein kleines Mädchen,", fuhr Kevin fort, sich dabei an Bow wendend, die die ganze Zeit neben ihnen gestanden hatte und ahnte, daß Kevin im Aufbruch begriffen war. „Bleibst du heute bei Sarah?" Er streichelte ihr über das Fell und klopfte ihr liebevoll auf das Hinterteil. Verstanden hatte Bow Kevins Worte wohl kaum, waren sie doch auch sehr ungewöhnlich, und guckte daher umso erstaunter, als er die Tür öffnete und alleine hinausgehen wollte. Sarah holte Luft, weil sie doch noch etwas sagen wollte, aber Kevin drückte ihr einen Finger seicht auf die Lippen, blickte ihr eine Weile in die noch sehr verschlafenen Augen, drehte sich dann um, ging und zog die Tür hinter sich zu. Sie ließ sich mit dem Rücken dagegen fallen und schloß die Augen, während sie dem immer leiser werdenden Geräusch des wegfahrenden Autos noch nachhorchte.

Kevin Braun ließ das Autoradio ausgeschaltet, um sich gedanklich auf das Interview mit der Frau von Martinez vorzubereiten. Die Fahrt dauerte etwa zwanzig Minuten. Hinter dem Eifelbad in Bad Münstereifel bog er, von Eicherscheid kommend, links ab, vor dem Stadttor wieder links die Serpentinen hoch, um dann rechts in Richtung Colonia-Schule den steilen Hang hoch zu fahren. An dessen Ende machte der Weg eine scharfe Rechtskurve und führte in die Ashfordstraße, der Nobelgegend von Bad Münstereifel. Auf der Kuppe dieses Hügels fand er die verklinkerte und verwinkelte Villa von Martinez auf der linken Seite. Sie hatte noch eine Etage oben drauf gesetzt bekommen, eine große Terrasse war an der Front eingerichtet und davor befand sich bis zur Straße hin eine noch größere Wiese. Rechts neben dem Haus eine Doppelgarage, vor der ein weißer Kombi stand. Es war schon kurz nach zehn, Martinez mußte also schon unterwegs sein. Demnach war seine Frau dann wohl zuhause. Kevin parkte den Wagen auf der dem Haus gegenüberliegenden Straßenseite und blieb noch eine Weile darin sitzen. Dabei beobachtete er nachdenklich die Villa und ihre Umgebung. Alles war sehr friedlich, still und wie ausgestorben. Wenn man bedenkt, dachte sich Kevin, wieviel Schmutz in Wirklichkeit hinter diesen edlen Fassaden steckte, dann bestand da eigentlich kaum ein Unterschied zu den Normalsterblichen. Damit stieg er aus seinem Wagen, marschierte durch die Einfahrt zum seitlich gelegenen Hauseingang und klingelte.

Als die Tür bald darauf geöffnet wurde, stand ihm eine sehr pausbackige, vollschlanke Frau Ende vierzig gegenüber, die den größten Teil ihrer pechschwarzen Haare unter einen Kopftuch verbarg. Daraus und aus ihrer gesamten äußeren Erscheinung schloß Kevin, daß dies die Putzfrau sein mußte.

„Guten Morgen. Kann ich ihnen helfen?", fragte sie mit ausnehmender Freundlichkeit und fast akzentfrei. Dennoch, so schätze er, hörte man ihr die türkische Abstammung an.

„Guten Morgen." Kevin war bemüht, ihre Freundlichkeit zu erwidern. „Ich möchte gerne zu Frau Martinez."

„Haben sie einen Termin?", wollte sie mit einem Unterton in ihrer Stimme wissen, der Kevin assoziierte, daß das viele wollten.

„Tja, nein, einen Termin habe ich nicht. Aber sie wird mich empfangen."

„Das glaube ich kaum. Frau Martinez ist sehr beschäftigt.", sagte diese Putzfrau jetzt sehr bestimmt und wahrnehmbar gereizt. Kevin versuchte es noch einmal.

„Es ist aber sehr wichtig. Würden sie mich ihr jetzt bitte melden?", verlangte er jetzt ebenfalls sehr ungeduldig geworden. Das war doch wirklich zu blöd.

„Vielleicht rufen Sie sie einfach an. Ihre Nummer haben Sie ja bestimmt!", keifte die Putze und wollte schon die Türe wieder schließen, als Kevin sich endlich genötigt sah, zum letzten, von ihm nach Möglichkeit immer vermiedenen Mittel zu greifen. Er holte aus der Innentasche seiner Jacke seinen Dienstausweis und rieb ihn der Person unter die Nase.

„Kriminaloberkommissar Braun, Kripo Euskirchen. Ich möchte zu Frau Martinez. Würden sie mich bitte melden? Jetzt!" Kaum durch den Ausweis aus der Ruhe gebracht prüfte sie diesen mit einem gewissenhaften Blick, schloß die Tür und verschwand wortlos. Eine Minute später ging die Tür wieder auf und Frau Martinez stand ihm gegenüber.

„Entschuldigen Sie!"; sagte sie ausgesprochen höflich und reichte ihm die Hand zum Gruße. Kevin erwiderte die Geste und steckte den Ausweis wieder ein. „Kommen sie doch bitte herein. Es tut mir leid, daß sie Schwierigkeiten hatten, aber ohne Anmeldung ..."

„Kein Problem. Ich bin daran gewohnt." Ohne zu fragen, wieso er solche Probleme gewohnt sei, gab sie den Weg zur Diele frei, schloß die Tür hinter ihm und ging vor. Ihre Art zu gehen und ihre Figur glichen durchaus dem eines Models. Dabei schätze Kevin sie auf mindestens Mitte fünfzig. Sie war einen ganzen Kopf kleiner als er und ihr mit warmen Farben dezent geschminktes Gesicht wies stark ausgeprägte Sorgenfalten auf ihrer Stirn und unter den dunklen Augen aus. Wie Raoul Martinez, ihr Mann, hatte auch sie eine sehr braune Hautfarbe und langes, allerdings zu einem Knoten zusammen gebundenes, pechschwarzes Haar, was ihr einen sehr südländischen Carmen-Touch gab, obwohl sie als gebürtige Eiflerin offensichtlich deutscher Herkunft war.

„Wenn sie mir hier entlang folgen wollen ..." Sie schritten durch den Flur, an dessen spärlichen Wänden Bilder in sehr aufwendigen Rahmen hingen, wobei Kevin den Verdacht hegte, daß die Rahmen wohl teurer gewesen waren, als das, was sie enthielten. Sowas nannte man wohl Naive Kunst.

Rechts eine Tür, die zu einem eingerichteten Kinderzimmer führte, daneben eine Tür zur Gästetoilette. Der gegenüber, zu Kevins linker Hand, befand sich ein offener Raum, der das Arbeitszimmer mit Bibliothek sein mußte. Und geradeaus, dort, wo sie nun hingingen, schien das große Wohnzimmer zu sein, neben dessen Eingang eine Treppe in das obere Stockwerk führte. Dem Wohnzimmer war ein Eßzimmer vorgelagert. In dessen Mitte stand ein langer, rechteckiger antiker Tisch, um den wiederum acht Stühle desselben Typs herangerückt waren. Die Wand zur linken Seite war völlig jungfräulich belassen und nur mit einer großen Blume verziert, deren gewaltige Blätter nahezu bis unter die Decke reichten. Kevin ging an dem Tisch vorbei und erblickte zu seiner Rechten staunend, daß sich der Raum dort noch mindestens über acht oder neun Meter erstreckte. Hier stand ein verhältnismäßig kleiner Glastisch mit goldfarbenem Gestell in der Mitte, zwei dunkelbraune und mit Sicherheit sündhaft teure Ledersessel und dem dazu gehörigen Sofa, das so riesig war, das dort bestimmt eine ganze Fußballmannschaft Platz hatte. Dahinter ein großes Fenster zur Wiese und der Straße hinaus. Die Wände waren mit

127

albernen Gestecken aus Trockenblumen behangen, in einer Ecke des Kopfendes hauchte die Abbildung einer nackten Frau aus Marmor dem Besucher ein einladendes Hallo entgegen.

„Bitte, nehmen sie Platz. Was kann ich ihnen zu trinken anbieten?" Kevin nahm auf einem der ledernen Sessel Platz.

„Oh nichts, danke schön. Oder vielleicht ein Glas Wasser, - wenn sie haben ..." Er wirkte sehr verlegen in dieser erdrückenden Umgebung, so angefüllt mit Luxus, so langweilig, so steril. Warum trat man Menschen mit soviel Respekt und Demut entgegen, nur weil sie so lebten wie diese Frau? Hier gab es eigentlich nichts, was des Respektes oder der Bewunderung würdig gewesen wäre. Die Türkin war auch nicht mehr aufgetaucht.

Frau Martinez brachte ihm ein Glas Wasser, natürlich aus Kristall, und nahm ihm gegenüber in dem anderen Sessel Platz. Kevin hatte seinen Platz so gewählt, daß er gleichzeitig aus dem großen Fenster sehen konnte. Während Frau Martinez ihn noch beobachtete, wanderten seine Augen durch den Raum. Ein Handy auf einer Komode, drei exakt gefaltete Kissen in passenden Naturfarben auf dem Sofa, ein persischer Teppich auf dem hellbraun gekachelten Boden, so wie übrigens die ganze Parterre gekachelt war, und ein paar Pflanzen, die meist sehr groß waren und in großen Übertöpfen aus Keramik steckten, die ihrerseits auf dem blanken Boden standen. Nur einige Kakteen und Porzellanfiguren aus Japan schmückten die kniehohe Fensterbank.

„Gefällt es ihnen?", fragte Frau Martinez und überschlug ihre Beine langsam aber nicht provokativ. Kevin wußte darauf kaum zu antworten, ohne zu lügen. Aber das wollte er auch nicht. Also wich er der Frage aus.

„Ich wußte gar nicht, daß sie Kinder haben."

„Kinder? Wieso? Nein ... ach, sie meinen wegen des Kinderzimmers?" Sie zeigte mit einer schwenkenden Armbewegung in die Richtung des Raumes und griff sich dann an die Stirn. „Nein, nein. Das haben wir nur einmal eingerichtet. Aber daraus ist nie etwas geworden. Und jetzt bin ich zweiundvierzig. Jetzt ist es dazu wohl zu spät." Kevin spürte, daß sie es so sagte, damit er sie vom Gegenteil zu überzeugen versuchte. Doch er ließ es. Stattdessen wunderte sich Kevin über ihr Alter. Auf den ersten Blick hatte er sie älter eingeschätzt, halt so um die fünfzig. Aber im Schätzen war er nie sehr gut.

„Aha,", bemerkte Kevin. „Und sie wissen, warum ich hier bin?" Er nippte jetzt erst einmal an seinem Glas Wasser, bevor er die richtigen Fragen stellte. Doch Frau Martinez war offensichtlich eine sehr geduldige Person.

„Naja, ich denke wegen des Todes dieser – wie hieß sie doch gleich – Werners? Komischer Nachnahme."

„Kannten sie Maria Werners persönlich?" Ihm entging das Zucken in ihren Augen nicht, als Kevin diese Frage stellte. Ja, ganz sicher hatte sie sie gekannt.

„Nein, nur dem Namen nach. Ich wußte, daß sie für meinen Mann arbeitet."

„Entschuldigen Sie, wenn ich das so direkt erwähne, aber haben sie auch gewußt, daß ..."

„ ... daß die beiden ein Verhältnis hatten?", unterbrach sie ihn schnell. „Natürlich habe ich das gewußt."

„Woher?"

„Ach wissen sie, so etwas entgeht einer Frau nicht." Sie machte einen sehr sicheren Eindruck und Kevin war bemüht, sie aus der Fassung zu bringen, damit sie vielleicht ein bißchen lockerer plauderte.

„Sie meinen, sie haben es ihm angemerkt, wenn er von ihr nach Hause kam – in der Art? Haben sie mit ihrem Mann Geschlechtsverkehr, Frau Martinez?"

„Ich bitte sie. Ich glaube kaum, daß ich auf diese Frage wirklich antworten muß." Da hatte sie recht! Kevin mußte sich einen anderen Weg suchen.

„Nein, sie müssen darauf nicht antworten. Aber vielleicht sagen sie mir, was sie davon halten, daß ihr Mann glaubt, sie leiden unter Verfolgungswahn, weil sie große Angst haben, er könnte ihnen fremdgehen." Sie überlegte einen Augenblick und griff dann nach einer Schachtel Zigaretten, die auf dem Tisch lag.

„Rauchen sie?"

„Nein danke. Also wie ist es? Haben sie Gründe für ihre ..."

„Maria Werners ist doch der beste Beleg dafür, daß ich nicht unter Wahnvorstellungen leide, oder? Schließlich ist er doch zu ihr ins Bett gestiegen!" Sie zündete sich die Zigarette mit einem goldenen Feuerzeug an und zog heftig an dem Glimmstengel. Kevin fand nicht, daß sie nervös war. Vielmehr brauchte sie das jetzt wohl zum Abreagieren.

„Und haben sie auch solche Belege dafür, daß ihr Mann schon früher einmal fremdgegangen ist?"

„Hören sie, was soll das?" Nun wurde sie ungeduldig, stand auf und sah aus dem großen Fenster hinaus, womit sie Kevin den Rücken zukehrte und er ihren Gesichtsausdruck nicht bewerten konnte. „Mir scheint,", fuhr sie fort, „daß es hier mehr um mich und mein Verhältnis zu meinem Mann geht, als um die Ermordung dieses Mädchens." *Dieses Mädchens* hatte sie gesagt. Das stieß Kevin auf. Das hörte sich so schwesterlich, so freundschaftlich an.

„Immerhin, rein theoretisch – und ich meine nur theoretisch – wäre das Fremdgehen ihres Mannes ein gutes Motiv." Ruckartig drehte sie sich herum und sah Kevin strafend und böse an. Sie drückte ihre Zigarette im Aschenbecher aus, vergrub ihre Hände, zu Fäusten geballt, in den Hüften und stellte sich so aufrecht hin, wie es ihr irgend möglich war.

„Das wäre höchstens ein Grund, meinen Mann umzubringen, diesen ..."

„ ... diesen was? Sie mögen ihn wohl nicht sehr?" Sie schwieg und drehte sich wieder zum Fenster. „Maria Werners ist auf sehr brutale Weise umgebracht worden. Man hat ihr das Genick gebrochen und ihr anschließend die Wirbelsäule mehrmals auseinander gerissen. Können sie sich vorstellen, daß ihr Mann zu einer solchen Tat fähig sein könnte?"

„Fragen sie ihn doch selbst. Ich kenne diesen Mann nicht." Mit dieser Aussage schloß sie zumindest nicht aus, daß Martinez der Mörder sein könnte, denn sonst hätte sie die Frage mit einem klaren Nein beantworten können.

„Also schön. Kommen wir noch einmal auf ihre Ehe zurück. Was mich interessiert ist, woher sie zu wissen glauben, daß ihr Mann und Frau Werners eine Beziehung hatten. Sie hatten nämlich gar keine!" Sie wendete sich ihm wieder zu und ihre Augen wurden ganz groß.

„Das haben sie doch eben selbst gesagt."

„Sie haben das gesagt, nicht ich! Und ich frage mich, wie sie darauf kommen." Kevin lockte sie jetzt heraus und war sehr gespannt auf ihre Reaktion.

„Sie hatten ein Verhältnis. Ich weiß das eben."

„Sie können es nicht wissen, weil es nicht so war."

„Natürlich war es so!" Sie schrie Kevin dabei sogar an.

„Nein!", blieb Kevin hart.

„Aber ich habe Beweise!" Das war es. Das wollte Kevin hören.

„Was sind das für angebliche Beweise?" Kevin stand nun auch aus seinem Sessel auf, steckte seine Hände in die Hosentaschen und ging zu ihr ans Fenster. Dabei sah er ihr von der Seite ins Gesicht. „Was sind das für Beweise?", wiederholte er. Sie biß sich auf die Lippen und begann an ihren Fingernägeln zu kauen. Eine ganze Weile überlegte Frau Martinez, ob sie darauf antworten sollte.

„Ich habe Fotos.", sagte sie schließlich so leise, als ob sie ein Geheimnis verraten würde.

„Das kann ich mir aber kaum vorstellen. Kann ich die mal sehen?"

„Ich habe sie weggeschmissen."

„Das ist aber schade, Frau Martinez. Das ist wirklich schade. Wieso haben sie sie weggeworfen? Brauchten sie die Fotos nach Maria Werners´ Tod nicht mehr?" Sie erschrak und wurde sich bewußt, daß sie Braun damit ein weiteres Motiv geliefert hatte. In ihrem Kopf arbeitete es spürbar heftig.

„Nein, ich habe sie schon vorher weggeworfen, weil ich bekommen hatte, was ich wollte."

„Und woher hatten sie die Fotos?", fragte Kevin. Wieder überlegte sie sehr lange für eine Antwort. Sie blickte Kevin plötzlich an und ließ ihre Augen auf seinem Gesicht ruhen. Fast schien es ihm, als würde sie mit diesem Blick nach Hilfe rufen. Doch er kannte diese Blicke zur Genüge aus seiner Laufbahn als Kriminalbeamter. Alle, die ein schlechtes Gewissen hatten, guckten entweder so oder machten ein furchtbares Gebrüll, weil sie ja so unschuldig waren. Aber diese Frau war eigentlich für beides zu intelligent. Also wartete er ihre Antwort ab.

„Ich bekam sie von ihr.", sagte sie schließlich und atmete flach aus, als wäre sie erleichtert.

„Von ihr?", fragte Kevin nach, als wisse er nicht, wen sie meinte.

„Ja, von dieser Maria Werners selbst. Sie hat sie gemacht – oder wenigstens machen lassen – und sie hat sie mir auch gegeben, - persönlich. Zufrieden?" Damit hatte Kevin jedoch nicht gerechnet. Jetzt mußte er sich erst einmal wieder in seinen Sessel setzen. Das war ihm doch eine ungeahnte Überraschung. Wenn es denn stimmte, denn die Fotos existierten wohl nicht mehr.

„Demnach haben Sie sie doch persönlich gekannt und eben gelogen?"

„Ja. Genau wie Sie!" Sie hatte ihn durchschaut. Aber das war jetzt auch egal.

„Wie sind sie an sie herangekommen und vor allem warum?" Obwohl Kevin das Warum natürlich klar war. Doch im Zusammenhang mit dem Wie stellte sich diese Frage auf interessante Weise neu.

„Spielt das wirklich noch eine so große Rolle?", wollte sie sichtlich ermüdet wissen.

„Sicher. Sie müssen mir schon einen Anhaltspunkt geben, warum sie diejenige mit dem nur zweitbesten Motiv sind, Maria Werners zu ermorden." Seine Hemmschwelle, bestimmte Dinge unmittelbar auszusprechen, hatte er nun überwunden. Und seine Erwähnung des `nur zweitbesten Motivs´ hinterließ bei der in die Jahre gekommenen Frau ihre Wirkung.

„Wieso das Zweitbeste? Wer hätte denn das Erstbeste?"

„Ihr Mann!" Braun sah sie jetzt ganz fest an, um sich keinen ihrer Gesichtszüge entgehen zu lassen.

„Mein Mann? Wieso denn der? Der dürfte es doch eher am meisten bedauern, daß sie tot ist."

„Sie war schwanger.", ließ er die Katze aus dem Sack.

„Oh." Das war alles, was sie dazu sagte. Eine hochzuckende Augenbraue, ein abgesenkter Mundwinkel und dieser Ausdruck der Verwunderung. Nicht mal nach einer neuen Zigarette griff sie. Aber damit hatte sie auch nicht gerechnet. Kevin unterbrach das eingetretene Schweigen durch weitere Vermutungen.

„Wenn sie davon gewußt haben, liegt der Anspruch auf das erstbeste Motiv bei Ihnen. Ansonsten bleibt dieser Schwarze Peter bei ihrem Mann."

„Selbstverständlich habe ich davon nichts gewußt. Aber wenn er es gewußt hat ... mein Gott!" Sie hielt sich entsetzt eine Hand vor den Mund und fing jetzt an zu spielen, dachte Kevin.

„Also könnte er es doch gewesen sein?" Sie schüttelte den Kopf.

„Ich weiß es nicht. Ich – weiß – es - nicht."

„Angenommen, nur mal angenommen," er stand wieder auf und ging auf sie zu. Zwar wich sie zurück und verlagerte ihre Position ausweichend ins Eßzimmer, aber Kevin blieb ihr auf den Fersen. „ ... nur mal angenommen, Maria Werners hätte das Kind bekommen und Ansprüche gestellt: was wäre dann geschehen?"

„Das wäre überhaupt nicht auszudenken. Ich wäre gesellschaftlich ruiniert! Mein Mann natürlich auch. Aber in seinem Metier bedeutet das wohl keinen Weltuntergang. Ich hätte mich scheiden lassen müssen. Und das in meinem Alter! Bitte! Stellen sie sich das vor." Kevin versuchte es sich vorzustellen. „Und wenn er nicht als Gentleman sich selbst ein Ende gesetzt hätte, dann hätte das mein Vater getan." Sie sprach es aus und sah Kevin erschrocken an. „Nicht, daß sie jetzt denken, mein Vater könnte etwas damit zu tun haben. Ich meine nur, er hätte meinem Mann den Hals herumgedreht, wenn er von so etwas erfahren hätte." Kevin sagte dazu nichts. Er sah Frau Martinez einfach nur an. Sie wanderte nachdenklich um den Tisch, kehrte ins Wohnzimmer zurück, nahm wieder im Sessel Platz und starrte ins Leere. Kevin blieb diesmal wo er war und wollte seine Fragen nun doch aus der Distanz stellen.

„Frau Martinez, ich denke, sie werden Verständnis dafür haben, wenn ich sie jetzt frage, wo sie vorletzten Donnerstag abend waren?"

„Donnerstag abend? Tja, da muß ich überlegen. Das ist lange her. Also – Donnerstag ... ja, da hatte mein Mann abends noch eine Besprechung. Ich war hier zuhause. Alleine. Leider."

„Niemand kann das bezeugen?"

„Nein. Leider nicht. Aber ich war hier zuhause."

„Was haben sie gemacht?"

„Nun, fern gesehen, ein Buch gelesen, etwas getrunken. Ich konnte mir ja denken, wie die Besprechung meines Mannes ausgesehen hat."

„Können sie sich erinnern, was sie im Fernsehen gesehen haben?" Sie überlegte einen kurzen Moment.

„Jaa, da war so ein Film, wie hieß der noch? Ach ja, `Das Schweigen der Lämmer´. Interessanter Film."

„Gibt´s in jeder Videothek.", flüsterte Kevin hämisch.

„Danach bin ich dann auch ins Bett gegangen, weil ich ziemlich müde geworden war von dem ganzen Sekt." Kevin klatschte behutsam in die Hände. Das war natürlich recht dürftig. Sie blieb verdächtig. Von hier aus nach Euskirchen zu fahren, einen Mord zu begehen und wieder zurück zu fahren, das würde durchaus in dieser Zeit gehen. Allein, daß der Mörder relativ kräftig gewesen sein muß, sprach gegen diese Frau, so wie der Autobombenanschlag, den sie sicher nicht verübt hatte, wenn es in ihrer Vergangenheit nicht noch eine geheime Agentenausbildung gegeben hatte, so wie sie auch schwer in Zusammenhang zu bringen war mit dem Tod von van der Kerken.

„Wie sind sie an Maria Werners gekommen?"

„Bin ich nicht. Ich habe mich lediglich an eine Detektei gewendet. Die haben sie im Kaufhof irgendwie untergebracht, damit sie meinem Mann näher kommt und versucht, ihn zu verführen. Das ist ihr in jeder Hinsicht gelungen!"

„War das die Detektei Mel in Bonn?"

„Ja genau. Sie kennen diese Detektei auch?"

„Na sicher." Kevin vergrub seinen schwer gewordenen Kopf in seinen mittlerweile feuchten Händen. „Mit wem haben sie da gesprochen?"

„Mit einem Holländer. Van der Kerken. Aber getroffen habe ich eigentlich nie jemanden. Das lief alles telefonisch."

„Und woher hatten sie die Telefonnummer?"

„Stand im Express." Kevin seufzte und ließ resigniert den Kopf hängen. Der Kreis zog sich immer enger um diesen Mel, den niemand kannte und der bis jetzt immer als einziger übrig blieb. Diesmal war er derjenige, der sich schweigsam ans Fenster stellte. Ein Kind spazierte ballspielend über die Straße, eine Katze übersprang gerade einen Holzzaun, um in einen Garten zu gelangen.

„Haben sie schon eine Rechnung beglichen? Eine a-Konto-Zahlung oder sowas?"

„Nein, tut mir leid. Ich habe auch noch keine Rechnung erhalten."

„Das kann ich mir denken." Frau Martinez wurde jetzt wieder etwas versöhnlicher.

„Glauben sie, daß diese Detektei etwas mit dem Mord zu tun haben könnte?" Kevin wendete sich ihr zu, kommentierte ihr gespieltes Interesse mit einem smarten Lächeln und rieb sich das Kinn.

„Wäre möglich." Mehr sagte er dazu nicht. „Okay, Frau Martinez. Ich habe erst einmal keine weiteren Fragen, aber ich muß sie – und ihren Mann ebenso – bitten, sich zur Verfügung zu halten. Außerdem hätte ich ganz gerne ihre Eltern gesprochen."

„Meine Mutter ist tot, Gott hab´ sie selig."

„Mein Beileid. Sagen sie ihrem Vater bitte, daß er mich anrufen soll." Er überreichte der nun sichtlich erleichterten Frau seine Visitenkarte und ging zur Tür. Dabei kam er wieder an dem Kinderzimmer vorbei und blieb nochmals kurz stehen.

„Wollten sie keine Kinder, hatten sie keine Zeit, oder – ging´s nicht ..."

„Ein bißchen von allem.", gab sie mit gesenktem Haupt zurück.

„Und sie wußten tatsächlich nicht, daß Maria Werners ein Kind mit an Sicherheit grenzender Wahrscheinlichkeit von ihrem Mann bekam?" Er behielt sie genau im Auge. Aber sie sagte nichts. Frau Martinez hob nur unschuldig die Schultern und schüttelte den Kopf.

„Also gut. Einen Gruß an ihren Mann und ihre Haushaltshilfe." Kevin öffnete sich selbst die Tür und schritt in die warme Sonne hinaus, ohne daß Frau Martinez noch ein Wort des Grußes hinzu fügte. Schweigsam schloß sie hinter ihm die Tür, was Kevin Braun durchaus merkwürdig vorkam. Aber er nahm es nur noch zur Kenntnis, dachte sich nichts dabei. Ein Blick auf seine Uhr verriet ihm, daß es schon Mittagszeit war. Zeit, Bow zu holen und etwas essen zu gehen. Sicher würde Sarah liebend gerne mitkommen.

9

Ein Erdbeben

Als Kevin Braun den Passat Kombi vor seiner Hauseinfahrt in Fahrtrichtung drehen wollte, verabschiedeten sich gerade zwei Männer in blauen Arbeitsanzügen von Sarah und stiegen in ihren Laster ein, auf dessen Ladefläche sie ihr Wohnmobil gehievt hatten. Der Wagen war ziemlich demoliert. Sarah sagte noch etwas zu ihnen und hielt sich dann, sprachlos über den Anblick, beide Hände an die Wangen. Langsam stieg Kevin aus, grüßte die abfahrenden Männer in ihrem LKW mit einem seichten Kopfnicken und wurde als erstes von Bow bemerkt.

„Da bist du ja wieder. Wie war´s?", rief Sarah mit einem breiten Lächeln.

„Ach, es ging so. Ich komme nicht so recht weiter. Ich habe keine Ahnung, wo ich ansetzen soll."

„Na komm!", tröstete sie ihn und hakte sich bei ihm ein. „Laß uns erst einmal einen Tee trinken, okay? Und dann erzählst du mir alles. Komm." Sie gingen ins Haus, wo Kevin sich, obwohl noch Mittag, wie erledigt von einem arbeitsreichen Tag auf das Sofa fallen ließ. Sein Kopf dröhnte noch von der letzten Nacht, an deren Geschehen er sich kaum erinnern konnte. Um seine Gedanken zu sammeln, legte er sich eine wärmende Hand auf die Stirn, damit die dadurch ausgelöste erhöhte Blutzirkulation im vorderen Stirnlappen, wo bekanntlich das Gedächtniszentrum liegt, eine bessere Durchblutung zur Folge haben konnte. Aber da war nur ein schmerzhaftes, dunkles Loch. Erst Sarah brachte etwas Ablenkung.

„Was ist das für ein Brief in der Küche? Er lag offen herum, deshalb habe ich ihn gelesen. Ist nicht schlimm, oder?" Kevin durchzuckte es. Er öffnete die Augen und starrte an die Decke. Der Brief! Er mußte ihn nochmal lesen, bei klarem Verstand sozusagen. Vielleicht hatte er seinen Inhalt ja auch nur geträumt.

„Oh bitte, gib mir diesen Brief, Sarah." Er richtete sich auf und streckte Sarah die Hand entgegen. Begierig nahm er den Brief und las ihn aufmerksam. Dann sank seine Hand in den Schoß. Verwirrt blickte er in den Garten. Sarah war bei ihm stehen geblieben und verstand natürlich nichts.

„Ich verstehe nicht, was darin steht.", sagte sie.

„Ich auch nicht.", flüsterte Kevin mehr zu sich selbst.

„Hat das was mit dem Fall zu tun, an dem du arbeitest?" Er sah sie ratlos an.

„Vielleicht. Keine Ahnung. – Ja. Und auch nein. Ich weiß nicht ..." Er stand auf und ging auf die Terrasse, um alleine zu sein. Sarah kümmerte sich derweil wieder um den Tee, den sie ihm dann eben draußen servieren wollte. Nachdem sie den Tisch gedeckt und einen Teller mit Plätzchen bereit gestellt hatte, setzte sich Kevin auch zu ihr.

„So habe ich dich noch nie gesehen, Kevin." Er reagierte nicht, rührte seinen Tee und trank vorsichtig. Sie schwieg ebenfalls eine Weile, um ihn sprechen zu lassen, wenn er wollte. Bald zehn Minuten dauerte es, ehe Braun sich wieder in die Realität begab und ihr den Fall schilderte.

„Eine Frau mußte sterben. Auf ziemlich grausame Weise, weißt du!?" Er sah sie dabei an, während er redete. „Und diese Frau war schwanger. Nun arbeitete sie für denjenigen, der möglicherweise der Vater dieses Kindes ist. Und der ist natürlich verheiratet. Mit einer Frau – übrigens die, bei der ich heute morgen war – die umkommt vor Eifersucht. Aber nicht etwa, weil sie ihren Mann so sehr liebt, sondern weil sie Angst hat, gesellschaftlich unterzugehen, wenn herauskommt, daß ihr Mann eine andere hat oder sich gar scheiden lassen will, oder ähnliches. Der Witz ist, daß diese Frau eine Detektei beauftragt hat, ihren Mann auf seine Treue hin zu überprüfen. Die schicken eine, eben die Tote, Maria Werners, unter einem anderen Vorwand dorthin, die verknallt sich jedoch ernsthaft in den Typ, wird schwanger und stirbt. Also: wer kann der Mörder sein? Der Ehemann? Weil sie schwanger war, aber vielleicht nicht abtreiben oder überhaupt mehr wollte? - Die Frau oder sogar ihr Vater, die, wenn es denn so sein sollte, den Mord mit Sicherheit haben ausführen lassen, was bisher kaum zu beweisen ist? Und dann überprüfen wir, Schumann und ich diese Detektei. Dabei wird Schumann angeschossen. Der Mann, der dafür verantwortlich war, sah dem sehr ähnlich, den ich in Köln tot in seiner Wohnung gefunden habe: Denis van der Kerken, ein Holländer, über den wohl alle Geschäfte der Detektei liefen. Den eigentlichen Inhaber, ein gewisser Mel, kennt offensichtlich niemand. Keiner hat ihn gesehen, keiner hat je mit ihm gesprochen. Möglich, daß Mel und van der Kerken ein und dieselbe Person wären. Dagegen spricht jedoch die Autobombe, die irgend jemand gelegt haben muß..."

„Und wenn das der Ehemann gemacht hat?" Sie bemerkte Kevins zweifelnden Blick. „Naja, er hat´s vielleicht nicht selbst gemacht. Solche Leute kann man doch kaufen."

„Ja, wäre möglich. Allerdings traue ich ihm das nicht zu. Der Typ ist ein Schmalspurmacho. Der nimmt zwar, was er kriegen kann, aber der macht sich garantiert nicht die Hände schmutzig."

„Manchmal sind Leute aber so. Und du kannst nicht in sie hinein sehen." Kevin lächelte. Sarah hatte sicher recht. Und er würde diese Möglichkeit auch nicht ganz außer Acht lassen können. Dennoch: als Mörder kam Martinez nur bedingt in Frage.

„Weißt du,", fuhr Braun fort, „in so einer Situation setzt die Routine ein. Jetzt muß erst einmal Martinez, der Ehemann, nach seinem Alibi für den Mord an van der Kerken befragt werden, das gleiche bei seiner Frau, - und dann muß erst noch geklärt werden, ob sich ermitteln läßt, aus welchen Kreisen die Bombe an meinem Auto stammt. Offensichtlich war das ein Profi. Jetzt muß man sehen, ob man heraus finden kann, woher die Materialien für die Bombe stammen, ob es ein Baumuster gibt, das dem eines bekannten Bombenlegers ähnelt, und so weiter." Er leierte das regelrecht herunter und machte dabei ausschweifende Handbewegungen. „Aber darum kümmere ich mich nicht mehr. Das erledigen zum Glück andere."

„Und was willst du jetzt machen?" Sarah fielen seine zusammen gekniffenen Augenbrauen auf. Sie spürte das Maß seiner inneren Unruhe.

„Ich weiß es nicht. Da tauchen so viele Fragen auf, die ich mir nicht erklären kann. Warum schießt jemand gleich auf Schumann? Wir hatten doch noch gar keinen konkreten

Verdacht, es sei denn, wir sind auf ein Wespennest gestoßen. Dann die Bombe. Wieso? Schließlich galt sie mir. Jemand wollte also mich töten! Bin ich für jemanden schon so gefährlich?"

„Für Martinez!", wandte Sarah schnell ein. Aber Kevin schüttelte den Kopf.

„Wir werden noch sehen, ob der Gentest beweist, daß er der Vater ist. Bis dahin glaube ich es nicht."

„Wer dann?"

„Tja, das ist die große Frage. Es muß noch jemanden geben. Jemand, den wir noch nicht kennen. Mel zum Beispiel. Und falls ich mit ihm richtig liege, so ist einerseits die Frage, warum er Maria Werners tötete, und desweiteren, warum er nun auch van der Kerken das Licht ausschaltete und auch mich töten wollte."

„Was ist mit dem Brief?", fragte Sarah leise, als hätte sie Angst, Kevin damit fürchterlich aufzuregen. Dabei stellte sie fest, wie sich Kevins Gesichtsausdruck zusehends rasch verdusterte.

„Den kann ich mir jetzt überhaupt nicht erklären. Das ist derart ominös – ich weiß nicht, was ich ... ich ... weiß nicht ..." Er sah auf die Tischplatte, seine Augen schlossen sich. Sarah kam es fast vor, als begänne er zu weinen. Aber sie war sich nicht sicher und legte ihm eine Hand auf den Arm.

„Kevin?"

„Mir geht´s gut!", sang er mehr als er es sagte. Sarah biß sich auf die Unterlippe.

„In dem Brief spricht dich jemand mit `Bruder´ an. Hast du einen Bruder? – Kevin?" Er antwortete ihr nicht. Stattdessen begann er leise zu schluchzen. Was war nun mit ihm los? Sarah fröstelte es. Nicht zuletzt, weil sie an letzte Nacht dachte, in der sie Kevin so merkwürdig angetroffen hatte. Nur da war er aber völlig betrunken gewesen. Davon konnte nun kein Rede sein. Sie strich ihm mit einer Hand über das Haar und nahm mit der anderen die seine. Bow hatte sein Schluchzen ebenfalls bemerkt, stand jetzt auch neben ihm und legte ihre Schnauze sorgenvoll auf seine Oberschenkel, wobei sie abwechselnd zu ihm herauf und auf die hinab hängende Tischdecke schielte.

„Ich möchte dir helfen, Kevin! Aber das geht nur, wenn du mich läßt." Er reagierte nicht.

Dann stand er plötzlich auf. Riß fast den ganzen Tisch dabei um.

Bow lief erschrocken und geängstigt zur Seite und starrte Kevin an.

Er hielt die Augen geschlossen

Wirbelte mit den Armen um sich.

Tänzelte.

Zog die Arme an die Brust und ballte seine Hände zu Fäusten.

Dabei schrie eine verzweifelte Stimme, die tief aus seiner Seele kam.

„Ich kenne diesen Jancke nicht! Ich weiß, verdammt nochmal, nicht, wer das ist. Ich habe keinen Bruder. Ich habe keinen Bruder.", schrie er immer wieder. Sarah sorgte sich, daß es die Nachbarn hören konnten. Also stand sie auf, packte Kevin und zog ihn in das Haus. Er ließ sich widerstandslos mitschleifen und torkelte in das Wohnzimmer hinein.

Bow blieb draußen.

Ein Gewitter zog auf. Es wurde dunkel und dunkler. Von einer Sekunde zur anderen begann es in Strömen zu regnen. Es krachte. Der Donner erschütterte sogar den Boden so sehr, daß er spürbar erzitterte. Kevin wollte ein Licht anmachen. Aber er hatte Angst. Konnte sich kaum bewegen. Hörte nur die Stimmen wie aus weiter Ferne. Nicht, was sie sagten. Nur Stimmen. Er bekam keine Luft mehr. Schnappte nach Luft. Die Luft war hier sehr schlecht. Er röchelte. Er mußte einen Spalt öffnen, um Luft zu bekommen. Aber seine Glieder waren steif. Er bewegungslos. Kevin spürte sich nicht mehr, verlor die Kontrolle über seinen Körper. Schweißperlen, kalte Schweißperlen, rannen über sein Auge, tropften und fielen auf seine vor der Brust gefalteten Hände, die zitterten.

Wieder donnerte und krachte es, daß es Kevin durch alle Glieder fuhr. Der Blitz schlug in seinem Kopf ein. Drang bis in die hintersten Winkel seiner Gedanken, zerschlug seinen Willen, zerschlug seine Seele, war so hell, daß er Dunkelheit machte, war so schmerzhaft, daß er ihn taub machte, war so wütend, daß er ihn schließlich unempfänglich machte. Kevin drückte mit den Armen gegen die Klappe. Licht drang durch einen Spalt.

Es war jetzt wieder überall ganz still.

Leise und mit völliger Ruhe in seinen Augen streckte er seinen Kopf etwas hervor. Eine Hand kam ihm entgegen. Langsam, wie in Zeitlupe, nahm er sie nur wahr. Sie streichelte über seine nassen Wangen. Und sie war angenehm kühl. Er genoß es, diese weiche Hand in seinem Gesicht zu spüren. Sie deckte ihn zu, hielt ihn warm und geborgen. Er versuchte zu erkennen, woher sie kam. Die Hand.

„Pschscht, ist ja gut, ich bin bei dir, alles vorbei, ich bin da, Kevin. Sarah bleibt bei dir." Kevin hob seine Lider. Er sah in ihr hübsches Gesicht. Ihre zarten Augen, ihr zarter Mund, alles in ihrem Gesicht war so zart. Ihre Stimme kam aus dem Himmel. Von weit oben.

„Jasmin ...", japste Kevin, unfähig einer klaren Artikulierung.

„Sarah. Ich bin Sarah. Jasmin ist nicht hier. Sie ist weit weg." Kevin schloß wieder die Augen. Er wälzte seinen Kopf hin und her, gequält und leidvoll verzogen sich seine Mundwinkel zum Kinn herab. Sarah nahm ihn fest in ihre Arme, seinen Kopf in ihrem Schoß vergraben. Sie streichelte ihn noch eine Weile und dann schien es, als schliefe er endgültig ein. Sarah dachte nicht nach. Sie verbarg die große Angst um ihre Unwissenheit über das, was gerade mit diesem Mann geschah, hinter ihrer Liebe zu ihm. Sie betrachtete sein Gesicht und fand, er wirke nun wie ein friedlich entschlummertes Kind. Aber Kevin schlief nicht, so wenig wie er wach war. Farben und Konturen in seinen Gedanken verwischten sich und verliefen ineinander. Alles erschien ihm unwirklich wie ein Aquarell, über das jemand ein Glas Wasser ausgeschüttet hatte. Schließlich verschwanden die Farben und mit ihr die Luft, die er zum Atmen benötigte. Es wurde dunkel um ihn. Ein leiser Wind wehte in sein Gesicht, der bald zu einem kräftigen Sturm wurde, gegen den er sich nicht wehren konnte. Seine Haare streckten sich darin und zogen damit seinen Kopf in den Nacken. Er spürte, daß er schwerelos wurde, weggerissen wurde, zu etwas hingezogen wurde. Auch wenn er die Wand um sich herum nicht erkennen konnte, so glaubte er sich dennoch sicher zu sein, in einem Tunnel zu schweben, welcher sich langsam immer enger zuzog, je mehr er sich dem Sog hingab. Kevin hatte keine Angst, aber auch keine Sicherheit. Er wehrte sich nicht und hätte es auch nicht gekonnt. Selbst wenn dies das Ende bedeuten würde. Er schloß fest seine Augen und merkte dabei erst, wieviel er noch wahrgenommen hatte von dem, was um ihn herum in der Dunkelheit geschah. Denn jetzt nun wurde es richtig dunkel um ihn herum. Jetzt nun ergab er sich voll und ganz dem Sog, wartete auf den Stoß, wartete auf einen Schlag, den Donner, der alles beendete. Doch der Donner kam nicht. Es blieb still.

Noch bevor Kevin damit beginnen konnte, diesen Augenblick, diesen Zustand zu genießen, klatschte sein Körper plötzlich auf. Ein Ruck durchfuhr seinen Körper. Obwohl der Untergrund doch weich gewesen sein mußte, spürte er die Stiche in seinem Kopf und seinem Rücken. Schmerzerfüllt wollte er aufschreien, brachte aber keinen vernehmbaren Ton hervor. So glaubte er vielmehr, daß dies der Übergang vom Leben zum Tode sein müßte und blieb regungslos liegen, sofern er sich dessen bewußt sein konnte, daß er überhaupt lag. Eine Weile. Sekunden. Tage. Jahre. Kevin wußte es nicht mehr. Seine Hand fuhr über sein Gesicht und in den Nacken. Die Bewegung machte es, daß er Gefühl in den Körper zurück bekam und den Untergrund, auf dem er Platz gefunden hatte, spürte. Kräftig sog er Luft in seine vom Aufprall leer gepreßten Lungen. Und es verwunderte ihn. Die Luft roch. Sie roch fein und klar, sanft und unaufdringlich. Sofort erinnerte er sich an einen Tag, an dem er mit seiner Mutter in einem japanischen Garten gewesen war. Dort hatte es auch so gerochen. Nach Rosen, nach Sträuchern, deren Namen er nie die Gunst hatte zu erfahren, nach Margeriten und Jasmin, nach Sandelholz und Rosmarin. So roch es hier auch, und seine Nase streckte sich hoch in die Luft. Wasser plätscherte irgendwo leise in einem kleinen Bach. Sogleich bemerkte er auch unter seinen Lidern das Farbenspiel in der Haut, als wenn man mit geschlossenen Augen in die Sonne schaute. Vorsichtig öffnete er sie, unsicher, was ihn erwarten würde. Alles war blau. Alles was er zu sehen bekam, war blau. Ein herrliches, wärmendes, behütendes Blau, das ihm entgegen strahlte. Zierliche Vögel durchstreiften es mit eiligem Flügelschlag, vielleicht auf dem Weg zur Liebsten. Kein Wind wehte. Kevins Neugier gebot es ihm, sich langsam aufzurichten, sofern dies seine Schmerzen zuließen, um seine Umgebung anzusehen. Aber der Anblick, welcher sich seinen Sinnen erschloß, ließ ihn alle Schmerzen schnell vergessen, ließ ihn die Frage vergessen, wie er hierher gekommen und wo er überhaupt sei. Er lag auf einer kleinen, in saftigem Grün stehenden Wiese, an deren Rändern ringsum alle nur denk- und riechbaren Blumen in den vielfältigsten Farben standen. Keine davon kannte er, jede einzelne davon roch er. Es erfüllte ihn mit Wärme und beinahe mit Glück. So wie die Schmetterlinge, deren mindestens zwei um jede Blüte flatterten. Bienen, die summten und eifrig ihren Geschäften nachgingen, zwitschernde Sperlinge und Spatzen, die die Wiese reichlich tief und geeilt überquerten, hektisch den Tag für ihr kleines Werk nutzend. Mit der empfundenen Schönheit und Ruhe verlor sich auch Kevins Verwunderung. Dies war die reale Welt. Wer mochte an ihr zweifeln wollen, sie in Frage stellen wollen? Er stand auf und reckte sich, als sei er aus einem langen, tiefen Schlaf endlich aufgewacht, weit in die Höhe, die Arme gen Himmel, dorthin wo keine Sonne war. Er gähnte ein wenig, hielt sich eine Hand vor den Mund und senkte dabei etwas verschämt den Kopf, als müsse er dieses vor all den anderen um ihn herum verstecken. Dabei glitt sein Blick an ihm herab. Der Atem stockte ihm. Kevins Augen weiteten sich, ebenso wie sein Mund, der jedoch keinen Laut hervor brachte. Er erschrak heftig. Was war mit ihm geschehen? Sein Hemd. Völlig blutverschmiert und zerrissen. Als er es begutachtend anfaßte, sah er auch seine Hände! Mit furchtbar langen Nägeln, schwarz darunter, Dreck, zerkratzte Finger. Und was war mit seiner Hose passiert? Eine schwarze Hose. Zerknittert, Zerrissen, Zerlumpt. Der Reißverschluß stand offen. Auch trug er keine Strümpfe und keine Schuhe über seinen Füßen, die es in Farbe und Aussehen den Händen gleich taten. Was war bloß aus ihm geworden? Wer war er? War das Kevin Braun? Seine Hände fingerten in seinem Gesicht herum. Er fühlte Bartstoppeln und warme Feuchtigkeit. Sofort begann er nach dem Bächlein zu suchen, das er eben gehört hatte. Als er es hinter einer kniehohen Rosenhecke fand, besah sich Kevin sein Gesicht auf der wenig unruhigen Oberfläche des Wassers. Und ihm schmerzte. Seine Eingeweiden zogen sich unwillkürlich zusammen, seine Augen schlossen sich und drückten ihre Lider verzweifelt aufeinander. Die Haut bröckelte von der Stirn und der Nase. Dieser lief eine Spur getrockneten Blutes bis hinunter zum Kinn und das war schon seit Tagen nicht mehr rasiert. Als er den Mund öffnete, stellte er fest, daß ihm die vorderen Zähne fehlten, die hinteren wackelten entweder oder waren völlig verfault, das Zahnfleisch schmerzte, war im ganzen Mund entzündet.

Was war mit ihm geschehen?

Kevin sank in die Knie. Hatte er nicht gerade das Paradies gefunden? Hatte er nicht den vollendeten Ort aller Glückseligkeit entdeckt, in dem so viel Ruhe und Muße steckte? Hatte er nicht einen Platz gefunden, an dem er zu sich selbst hätte finden wollen? In dieser schier unbegreiflichen Schönheit der Natur, mit allem was sie ausmachte: den Wiesen und duftenden Blumen, den herum schwirrenden Insekten und flatternden Vögeln und dem kleinen, plätschernden Bächlein, in dem zu baden dieser verführerisch einlud. Dem blauen Himmelsdach, das keine Sonne nötig hatte. Und er: er war nur die Spinne auf einer Orchidee! Ein vergammeltes Stück Abfall, hervorstechend und bizarr in seiner Erscheinung. War das seine Erkenntnis? Tränen bahnten sich ihren Weg aus Kevin Brauns Augenwinkeln. Immer stärker wurde sein Weinen, sein Schluchzen – sein Selbstmitleid. Er streckte seinen Kopf in Richtung Himmel und suchte nach dem Licht der Sonne. Doch es gab keine Sonne. Licht wohl, aber keine Sonne. Er wendete sich, drehte sich im Kreis, immer schneller und schneller, als könne er die Sonne, die sich vielleicht hinter ihm versteckte, dadurch überlisten. Aber sie blieb unentdeckt.

„Kevin ...", flüsterte eine seichte Stimme laut. Er hielt abrupt inne. Konnte Kevin sich sicher sein, diese Stimme gehört zu haben? Woher kam sie? Da war sie wieder: "Kevin!" Ja, jenseits der Berge! Von dort her hatte er die Stimme gehört. Kevin lief auf einen Abhang zu, übersprang einige Hecken und Büsche, stolperte fast und mußte plötzlich innehalten, weil sich hier ein Abgrund vor ihm auftat. Einen Moment lang blieb er fassungslos stehen. Sein Blick ergoß sich in ein weites Tal. Rechts und links davon ein übermächtig großes Gebirge, deren Gipfel mit Schnee bedeckt waren. In seiner Mitte erblühte ein reiches Land mit Plantagen, Leben und wahrgewordenen Träumen. Aber das war alles nichts im Vergleich zu dem, was Kevins staunenden Blick auf sich zog. Ein Berg, an seinem Fuße kreisrund, gleichmäßig und glatt und spitz nach oben zulaufend. Mitten in diesem riesigen Tal zog sich seine Spitze bis in den Himmel hinein, überragte bei Weitem alle anderen Gipfel der seitwärts liegenden Gebirge. Und diese Spitze war aus Gold. Aus purem, glänzendem Gold! Daher mußte das Licht kommen! Daher mußte es so scheinen, als wäre es Tag. Aber als Kevin diesen überwältigenden Anblick kaum richtig in sich aufgenommen hatte, wurde er sich seiner selbst wieder bewußt, seines eigenen Anblickes, seiner so verabscheuungswürdigen Gestalt, die so unannehmbar für diese Welt war, und senkte sein Haupt demütig. Er hatte diesen Anblick allein nicht verdient! Er war seiner nicht würdig. „Kevin!", säuselte wieder diese Stimme. „Kevin!" Er blickte wieder auf in Richtung Berg und suchte nach der Quelle.

„Hier, Kevin. Ich bin hier!" Seine Augen wanderten den unendlichen Weg den Berg hinauf. In Rage geraten zuckten sie hin und her, begierig, zu sehen, was sie sehen wollten. Und da war sie! Weit über dem Gipfel. Nochmal einen ganzen Berg hoch darüber. Eine weiße, buschige Feder, eine große Wolke, eine in sanften Nebel gehüllte Gestalt, die tanzte, mit langsamen, schwebenden Bewegungen auf ihn zu kam und sich wieder von ihm entfernte.

„Kevin ...", kam es aus der Gestalt hervor. „Kevin, komm zu mir! Ich brauche dich, Kevin. Komm zu mir, hörst du?" Er hatte zu atmen aufgehört. Um ihn herum wurde es dunkel. Nur noch ein Licht schien von dort oben.

„Jasmin!", brüllte er plötzlich hervor. „Jasmin, ich komme!", brüllte er mit lang gezogenen Worten. Und lief los, hinab in das Tal.

„Kevin, komm zu mir!"

Er achtete weder Stock noch Stein, vergaß alle Schönheit, alle Ruhe, vergaß den Geruch der Blumen und ihre Farben, vergaß die Schmetterlinge und die Bienen, vergaß den weiten blauen Himmel, vergaß all die quirligen Vöglein in ihm. Und rannte. Stolperte. Spürte keinen Schmerz. Stand auf. Rannte weiter. Trampelte über einen Busch. Schreckte ein Eichhörnchenpaar auf die Bäume, glitt ungestüm in einen Fuchsbau, rappelte sich auf, den Blick immer nach oben gerichtet, die Lippen nur zu einem Wort geformt. So rannte er immer weiter, bis er tief unten im Tal den Fuß des Berges erreichte. Unaufhaltsam stürmte er jenen hinauf. Kein Hindernis mehr. Nur noch nach oben. Keine Gedanken mehr. Nur noch eine Stimme in seinen Ohren.

„Kevin, komm zu mir!"

„Warte nur!", rief er hechelnd. „Warte, ich bin gleich da!" Schon erreichte er die goldene Spitze, drohte auf der glatten Fläche abzurutschen, nahm die Hände zur Hilfe und stützte sich wie ein Äffchen auf dem Boden ab. Dann schlug ihm eine Faust ins Gesicht. Die Faust war sein Spiegelbild! Das Spiegelbild auf dem goldenen Boden des Berges. Das Bächlein, das hatte er vergessen! Das Wasser, in dem er sich gesehen hatte. Sich, den Abschaum, den Verachtungswürdigen! So konnte er ihr doch nicht begegnen. Das wäre sein Tod. Nein, er war auf dem falschen Weg. Er mußte zurück.

„Kevin! Komm zu mir, Kevin!" Er sah zu ihr hinauf. Sie machte eine einladende Handbewegung, sie sah so zauberhaft, so unwiderstehlich aus, sie war ihm so nahe und doch so weit weg! Kevin lief weiter nach oben, wollte er doch eigentlich zurück, wieder nach unten laufen! Aber er konnte nicht anhalten. Eine Kraft trieb ihn nach oben. Die Spitze entfernte sich von ihm, je näher er ihr kam, das Tal entfernte sich zehn Schritte von ihm für einen jeden, den er machte! Hektik brach in ihm aus. Er sah von Panik ergriffen nach unten, sah zurück. Blickte wieder nach oben.

„Jasmin! Was soll ich tun?"

„Komm zu mir, Kevin. Komm herauf!" Er lief und lief, rannte, schwang sich Schritt für Schritt weiter nach oben, fürchtete sich wie vor der Hölle, haßte sich, rannte weiter und weiter ... und übersah den weit und breit einzigen, auf diesem riesigen, unendlich hohen Berg liegenden kleinen Stein, der auf seinem Weg lag. Kevin trat gegen ihn mit der ganzen Wucht der Geschwindigkeit, die er angenommen hatte. Mit der ganzen Kraft, die in diesen Beinen steckte. Ein Blitz durchfuhr ihn von der Sohle bis zum Scheitel. Kevin hatte das Gefühl, der nackte Fuß würde ihm davon fliegen und sah sich im Bruchteil einer Sekunde in der Luft herum wirbeln. Er schloß die Augen, um wieder auf den Stoß des Aufpralls zu warten, auf den Schlag, den Donner, der alles beendete, der ihn von diesem verzichtbaren Leben weg zu einem ersehnten Tode hin führte. Doch der Donner kam auch diesmal nicht.

Stattdessen nahm wieder der Wind zu und streckte seine Haare über seinen Hinterkopf hinaus. Kevin öffnete seine Augen. Er flog. Direkt den Berg hinauf. Direkt auf sie zu! Stieg höher und höher. Sein Herz begann zu jubeln, denn er kam ihr nun näher. Immer schneller. In wenigen Augenblicken, die ein ganzes Leben ausmachten, war er schließlich bei ihr, flog durch ihre Nebel hindurch und weiter ... unfähig, seinen Flug auch aufzuhalten, war er für den kurzen Blick ihrer beider Augen bei ihr, sah sie ganz nah, spürte ihre Stimme in seiner Seele vibrieren, griff nach ihrer Hand und sah, wie sie die ihre nach ihm ausstreckte. Doch sie berührten einander nicht. Lautlos fegte er an ihr vorbei, stieg immer höher auf, tauchte geradewegs in den grau gewordenen Himmel, durch ihn hindurch und weiter, wo er schließlich ungehört in der ewigen Schwärze der Nacht verschwand ...

10

Umleitung

Das Telefon klingelte. Sarah hob nicht ab. Als der Anrufbeantworter an ging und Kevins Ansage abspielte, legte der Anrufer wieder auf. Wenig später klingelte Kevins Handy. Diese Nummer hatte außer der Polizei, sie selbst und Schumann niemand. Also war es wohl sehr wichtig, schloß sie und ging schließlich dran. Es war Schumann.

„Hallo auch, ist tatsächlich jemand zu Hause? Wer ist denn da am Apparat? Habe ich die richtige Nummer gewählt?"

„Keine Panik. Hier ist Sarah am Handy von Kevin Braun. Mit wem spreche ich?"

„Schumann, Kripo Euskirchen. Eigentlich hätte ich gerne Kevin gesprochen."

„Hallo Schumann. Ich darf doch Du sagen?! Also ich bin eine Freundin von Kevin. Und der ist im Moment, wie soll ich sagen, etwas krank."

„Aha! Was hat er denn?"

„Wenn ich das nur wüßte. Du bist der Partner von Kevin, nicht wahr? Dann bist du der, der angeschossen wurde, ja?"

„Ja, richtig. Aber ich bin heute morgen aus dem Krankenhaus entlassen worden. Eigentlich hatte ich damit gerechnet, daß Kevin mich hier abholt. Hatte ein paarmal versucht, ihn zu erreichen, aber bei euch geht ja nie einer dran. Habe dann beim Amt Bescheid gegeben, daß ich ab heute wieder im Einsatz sein werde, auch wenn ich mich laut Doc noch zurück halten soll, und dachte deswegen, - naja – daß mich Kevin halt ..." Er unterbrach sich selbst, weil er auf eine Erklärung von Sarah hoffte. Die kam allerdings nur zögerlich.

„Mit Kevin geht etwas sehr merkwürdiges vor, glaube ich. Er hatte gestern so eine Art Nervenzusammenbruch oder so. Ich weiß es nicht."

„Warst du mit ihm im Krankenhaus?", fragte Schumann hastig nach.

„Nein, nein. Ich habe mehr das Gefühl, es lastet etwas auf seiner Seele. Da gibt es im Zusammenhang mit eurer Ermittlungsgeschichte ein paar komische Zusammenhänge, die Kevin offenbar nicht verkraftet, wenn ich das mal so sagen kann. Und gestern ist er irgendwie durchgedreht, plötzlich bewußtlos geworden und in eine Art Delirium verfallen. Er bekam Schweißausbrüche, hat ziemlich unverständliche Dinge gefaselt und wieder von Jasmin geredet."

„Jasmin?"

„Eine frühere Freundin von ihm." Sie stockte. "Meine Schwester." Es entstand für eine Weile ein eisernes Schweigen. Schumanns polizeiliche Intuition riet ihm jetzt zurecht, zu schweigen. Das da noch mehr kam, ahnte er bereits.

„Sie ist gestorben vor einigen Jahren. Bei einem Autounfall. Kevin war sehr in sie verliebt. Ich glaube, es war so etwas wie die Liebe seines Lebens und er trauert ihr heute noch nach. Er redet nie über sie, aber sie ist trotzdem für ihn allgegenwärtig."

„Das muß schwer für dich sein!", bemerkte Schumann und traf damit ins Schwarze.

„Sicher.", flüsterte Sarah und Schumann spürte, daß er besser nicht weiter danach fragte, weil sie schwer darunter zu leiden hatte und ihrerseits offenbar sehr in Kevin verliebt war.

„Und warum glaubst du stand sein *Zusammenbruch*, wie du gesagt hast, in Zusammenhang mit unseren Ermittlungen?"

„Ich weiß nicht genau." Sie hielt sich angespannt und leicht genervt eine Hand an ihre heiße Stirn. „Ich glaube, es ist besser, wenn du ihn das selber fragst. Willst du nicht vorbei kommen?"

„Ist er denn schon wieder auf den Beinen?"

„Im Moment schläft Kevin noch. Aber es ist schon nach zwölf. Ich werde ihn jetzt wecken. Keine Ahnung, was er dann macht. Ich könnte ihm auf jeden Fall sagen, daß du kommst." Schumann überlegte nicht lange.

„Okay, ich bin unterwegs. Ich stehe noch in der Eingangshalle vom Marienhospital in Euskirchen. Bin dann so in einer halben Stunde bei euch." Dann legte er auf.

Sarah schaltete das Handy aus und legte es wieder auf den schweren eichenen Wohnzimmertisch. Ihr sorgenvoller Blick wanderte zu Boden, als könne sie durch das Parkett hindurch auf den unter ihr im Souterrain liegenden Kevin sehen. Wie konnte sie ihm bloß helfen? Was brachte ihn an diesem Fall so aus der Fassung? Das mit Jasmin ließ sich ja noch nachvollziehen, aber die Geschichte mit einem vermeintlichen Bruder und diesem Jancke ..., das nicht.

Sie machte leise das Radio an, in dem SWR 3 lief, deckte schnell den Tisch im Eßzimmer mit Käse und Brot, setzte Wasser für Tee auf und schlich sich dann die Treppen hinunter an Kevins Bett. Zärtlich strich sie ihm mit der Hand über die feuchte Stirn und legte einige Haare aus seinem Gesicht. Dann küßte sie zuerst leise seine Wangen, seine Nasenspitze und sein Kinn. Schließlich berührten ihre Lippen die seinen und blieben fragend auf ihnen liegen. Kevin regte sich. Er spürte ihre Lippen und erwiderte noch sehr müde den Kuß. Seine Hände räkelten sich unter der Bettdecke hervor und fühlten nach ihren Hüften. Sie lächelte, als er so ins Leben zurück kam.

„Wie geht es dir?", fragte sie flüsternd, ohne ihre Lippen von den seinen zu nehmen. Kevin hielt die Augen geschlossen. Er versuchte gar nicht erst zu reden, sondern deutete mit seinen Händen an, daß er sie in die Arme schließen wollte. Sie ergab sich in der Bitte und preßte sich feste auf ihn. Kevins genießendes Seufzen sagte ihr, daß es ihm sehr wohl gut ging.

„Schumann hat angerufen. Er ist auf dem Weg hierher!" Nun öffnete Kevin die Augen.

„Oje, dann muß ich wohl aufstehen.", rief er. Sarah ließ von ihm ab und setzte sich wieder aufrecht, ihre Augen auf ihn gerichtet. Mit einer eleganten Bewegung strich sie sich ihr langes Haar aus dem Gesicht und schenkte Kevin ein Lächeln.

„Was ist passiert gestern? Was war los? Ich – ich kann mich an gar nichts erinnern!"

„Vielleicht sollten wir später darüber reden.", sagte Sarah beschwichtigend.

„Habe ich etwas Dummes getan?", wollte Kevin von ihr wissen. Sie antwortete darauf nicht. Sarah schüttelte nur lächelnd den Kopf. Aber Kevin ahnte, daß da etwas war, worüber man reden mußte. Nun gut, vielleicht war jetzt wirklich nicht der rechte Augenblick, darüber zu reden.

„Also gut.", sagte Kevin, das Thema vorläufig abschließend und schob sich an Sarah vorbei aus dem Bett. „Was sagt Schumann denn? Ist er aus dem Krankenhaus?"

„Ja. Er dachte, daß du ihn abholst ..." Sie sahen sich einen Augenblick lang ohne Worte an.

„Was hast du ihm erzählt?"

„Das ich nicht weiß, was mit dir los ist und daß es möglicherweise etwas mit diesem Fall zu tun hat." Kevin streifte sich die Jeans und ein weißes T-Shirt über. Mit seinen achtunddreißig Jahren war er noch wirklich sehr gut gebaut, befand Sarah mit einem abschätzenden Blick.

„Was meinst du damit?"

„Na, deine Reaktion auf diesen Brief." Sie hielt inne und sah aus dem kleinen Fenster des Souterrains, weil sie sich nicht sicher war, ob sie weiterreden sollte.

„Der Brief?", fragte Kevin mehr rhetorisch. „Wegen diesem Namen. Jancke ..."

„Und wegen der Erwähnung eines Bruders ...", fügte Sarah leise hinzu. Kevin unterbrach ruckartig das Zubinden seiner Armbanduhr und sah auf Sarah herab, die fast wie zusammen gekauert noch auf der Bettkante saß. Dann kniete er sich langsam zu ihr, ohne sie aus den Augen zu lassen.

„Hast du davon auch Schumann erzählt?", wollte er wissen.

„Nein. Was hätte ich ihm schon sagen sollen, ohne es ihm auch erklären zu müssen, - was ich nicht hätte tun können!" Kevin erhob sich wieder und ging nachdenklich einmal um das Bett herum.

„Hör zu,", sagte er dann wieder, diesmal ohne Sarah anzusehen. „Kein Wort davon zu Schumann. Das ist allein meine Angelegenheit. Ich weiß noch nicht, was das alles zu bedeuten hat. Aber ich werde es heraus finden. Und solange: kein Wort davon, okay?". Seine Stimme klang verändert und er sah sie jetzt sehr fordernd an. Mit Augen, die nicht die Seinen zu sein schienen, so daß dieser Blick ihr fast Angst machte, weil da ein Fremder zu ihr sprach. Sie hob wie abwehrend die Hände.

„Okay, okay. Kein Problem. Wie du meinst." Kevin blieb stehen, sah die Beklommenheit in ihr und daß er ihr wohl Angst gemacht hatte, stieß dann einige Luft aus, als hätte er den Atem für einen Augenblick angehalten, faßte sie schließlich behutsam am Arm, um sie zu sich hoch zu ziehen, umarmte sie und küßte vorsichtig ihren Hals. Sarah schloß die Augen und legte ihre Arme um ihn. Aber ihre Angst war noch nicht verflogen.

„Ich habe den Tisch gedeckt.", sagte sie schließlich und sie gingen beide nach oben. Nur wenige Minuten später klingelte es. Schumann stand in der Tür.

„Hi Kev!", rief er strahlend und streckte die Arme begeistert aus. Bow war herangelaufen gekommen, wedelte eifrig mit dem Schwanz und sprang zur Begrüßung an Schumann hoch. „Aah, wenigstens einer der an mich denkt! Na Bow, altes Mädchen, wie geht es dir denn?" Er streichelte sie mit ebensolcher Heftigkeit und freute sich auch wirklich, die Hündin wiederzusehen.

„Komm rein!", sagte Kevin und gab seinem Partner den Weg frei. „Wir haben gerade angefangen zu frühstücken. Du trinkst sicher einen Tee mit!"

„Klar. Mein Gott, arbeitest du noch bei der Polizei? Um ein Uhr frühstücken ..." Sie lachten beide augenzwinkernd und gingen ins Eßzimmer, wo Sarah vom Tisch aufstand. Kevin stellte sie vor.

„Ihr hattet ja bis jetzt nur telefonisch das Vergnügen. Also: Schumann, das ist Sarah. Sie wohnt augenblicklich hier ... und Sarah, das ist mein Freund und Partner Schumann. Der hat keinen anderen Namen. Setz dich! Sarah? Haben wir noch Tee für den Mann?"

„Ja sicher." Sie reichte Schumann verlegen die Hand zum Gruße und stand auf, um die Teekanne aus der Küche zu holen. Dabei zwinkerte Schumann Kevin unverhohlen zu, als wolle er ihn zu dieser Frau beglückwünschen. Kevin aber schmunzelte nur unmerklich und tat so, als würde er dies nicht mitbekommen.

„Kevin! Laß uns reden. Was ist los mit dir? Muß ich mir Sorgen machen?"

„Ach Quatsch. Nein, nein. Ist alles klar. Ich bin überarbeitet. Muß nur vielleicht über ein paar Dinge nachdenken. Nichts, wessentwegen du dir Sorgen machen müßtest ..." Schumann beobachtete seinen Freund und Kollegen. Und er kannte ihn gut genug, um zu wissen, daß Braun ihm etwas verschwieg, daß er wieder mal zu eigensinnig und zu introvertiert war, um zu erzählen, was los war.

„Sarah sagte am Telefon etwas von merkwürdigen Zusammenhängen in Bezug auf unsere Ermittlungen, die dich ein wenig durcheinander gebracht haben ..." Sarah kam gerade mit dem Tee wieder. Kevin sah sie an und schüttelte mit dem Kopf. Sie schüttete Schumann Tee ein.

„Danke."

„Ach, da sind nur einige Dinge, die ich nicht verstehe. Der Tod von van der Kerken. Deutet eigentlich auf diesen Mel als Mörder hin. Die tote Maria Werners, die für Mel gearbeitet hat und schwanger war. Dieser Martinez, dessen Rolle überhaupt nicht zu deuten ist. Ich frage mich, ob er uns wirklich alles erzählt hat oder ob wir ihn nicht unterschätzen und der uns ganz gewieft abgefertigt hat."

„Das macht dich so krank?" Schumann hob ernstlich zweifelnd eine Augenbraue. Sarah verfolgte aufmerksam das Gespräch. Bow saß neben Kevins Partner und hoffte auf eine Gabe.

„Schumann, bitte. Da stimmt so vieles nicht. Und wir wissen im Grunde noch überhaupt nichts! Wir haben nicht gut genug recherchiert!" Da stimmte Schumann ihm kopfnickend zu. „Wir brauchen einen neuen Anhaltspunkt!"

„Und wo glaubst du finden wir den? Hört sich so an, als hättest du dir Gedanken gemacht." Sarah hielt Schumann wortlos den Brotkorb hin, aber er winkte dankend ab.

„Ich denke, wir sollten den Tod von van der Kerken näher untersuchen. Maria Werners bringt uns nicht weiter. Ich glaube, es geht in dieser Geschichte um mehr als nur eine schwangere Frau."

„Das denke ich allerdings auch!", warf Schumann ein.

„Gut. Also vielleicht – Vorschlag – kümmerst du dich um van der Kerken und ich sehe mich noch einmal in der Umgebung von Maria Werners um. Es muß einfach Freunde oder wenigstens Bekannte in ihrem Umfeld gegeben haben, die vielleicht irgendetwas wissen über das, was sich da abgespielt hat."

„Was ist mit den Eltern? Wissen die nichts?", gab Sarah zu Bedenken. Kevin nickte.

„Ja. Die möchte ich auch noch mal aufsuchen." Schumann schwieg. Natürlich war er an der Aufklärung interessiert. Aber er hatte nicht übersehen, daß Kevin geschickt vom Thema abgelenkt hatte. Schumann entschloß sich, es vorläufig dabei zu belassen, da er spürte, daß er ohnehin nicht weiterkam.

„Schön, dann fahre ich heute noch nach Köln, statte der Kripo einen Besuch ab und unterhalte mich mal mit dem Beamten, der die Untersuchung leitet."

„Vielleicht kannst du dir auch noch mal die Wohnung ansehen.", sagte Kevin.

„Pflichtprogramm.", erwiderte Schumann und warf Bow das von ihr langersehnte Stück Käse zu, an dem er selbst nur ein bißchen genascht hatte.

- - „Kreische."

„Wie? Kreische?"

„Ja, Ralf Kreische. Sitzt auf 312. Ich sag ihm, daß Sie kommen." Schumann befand sich im Waidmarkt, dem Kölner Polizeipräsidium, und fragte sich nach dem Untersuchungsbeamten im Fall van der Kerken durch. 312 bedeutete, daß er in den dritten Stock mußte. 312 bedeutete allerdings auch, daß er ins Drogendezernat mußte. Entweder hatten die hier auch zuwenig Leute, oder aber er war wieder der letzte, der etwas erfuhr, was alle anderen schon wußten. Als er bei 312 ankam, klopfte er höflich an.

„Herein!", klang es bestimmt, aber höflich und – vor allem – sehr motiviert. Schumann trat ein und fühlte sich wie zuhause. Schließlich schien jedes Büro bei der Polizei auszusehen, wie jedes andere auch: billiger Velourteppich, zwei Schreibtische am Kopfende aneinander gestellt, mindestens zwei Telefone auf Telefonschwenkarmen, von denen eines ständig klingelte, ein Telefax, ehemals weiße Rauhfasertapete, ein großes Bild vom Dom mit Hohenzollernbrücke, ein anderes, das Roman Herzog zeigte. Dichte, grün wuchernde Blumen schmückten allerdings den an sich sehr wenig mit Tageslicht beleuchteten Raum, ein Spotlight brannte zusätzlich.

Kreische saß am rechten Schreibtisch, schaute über seinen Brillenrand auf zu Schumann und wendete sich nur kurz grüßend wieder seiner Schreibmaschine zu. Schumann nahm schweigend und unaufgefordert auf dem Stuhl Platz, der dem linken Schreibtisch zugeordnet war. Oh Gott, hoffentlich hatte er es hier nicht mit einem Schreibtischhengst zu tun.

„Ich hasse Berichte!", schnaufte dieser wütend, womit Schumanns Annahme sofort und sicher widerlegt wurde. Er wartete zwei, drei Minuten, dann riß der Mann namens Kreische das Blatt aus der Schreibmaschine, zerknüllte es verzweifelt und schmiß es in den Papierkorb. Dem Geräusch nach mußten dort schon mehrere solcher Papierknüddel liegen.

„Was kann ich für Sie tun, Herr ...?", wollte Kreische wissen.

„Schumann. Kripo Euskirchen. Ich denke, man hat Sie informiert? Sie arbeiten doch am Mordfall van der Kerken?"

„Van der Kerken? Ja, ja – richtig. Und was kann ich da für Sie tun?", wiederholte er.

„Nun, ich denke, der Mord steht im Zusammenhang mit einem Mordfall, den wir in Euskirchen bearbeiten."

„Das hätten wir auch telefonisch abklären können ...". Kreische nahm seine Brille ab und betrachtete Schumann in typischer Polizeimanier sehr aufmerksam und als wisse er absolut nicht, was dieser von ihm wolle.

„Ich halte den persönlichen Kontakt für besser.", sagte Schumann bestimmt. Es schien das ewige Spiel zwischen Stadtbulle und Dorfbulle zu werden. „Und so weit wir wissen, war van der Kerken der Mittelsmann für eine Detektei, deren Identität noch völlig im Dunkeln liegt." Jetzt beugte sich Kreische vor.

„Aha. Naja, das ist interessant. Die Staatsanwaltschaft hängt übrigens auch schon an dem Fall. Und soweit wir wissen, war van der Kerken in Drogengeschäfte verwickelt." Schumann kommentierte mit erstauntem Schweigen. Deshalb also das Drogendezernat. „Es gilt im Augenblick als sicher, daß er als Kurier für einen gewissen Jancke arbeitete, der in Holland die Einkäufe abwickelte. Wir hatten einen Informanten eingeschleust, der van der Kerken schon seit Wochen auf der Spur war. Uns fehlten jedoch noch die richtigen Beweise. Von einer Detektei wissen wir überhaupt nichts. Das ist ja echt was Neues. Was ist denn da abgelaufen?"

„Wissen wir auch noch nicht so genau. Es gibt da eine Detektei Mel in Bonn. Allerdings keine Telefonbucheintragung, keine Gewerbeanmeldung, nichts. Für diese Detektei hat eine Maria Werners gearbeitet. Die ist tot. Offensichtlich ermordet. Das Problem ist: wir haben bis jetzt keine eindeutigen Motive und keine Detektei. Dieser Mel scheint überhaupt nicht zu existieren, jedenfalls kennt ihn keiner persönlich, keiner hat ihn je gesprochen, geschweige denn ihn gesehen. Als wir die Detektei durchsuchen wollten, bin ich angeschossen worden und der Schütze, wahrscheinlich van der Kerken, wie wir heute annehmen, konnte fliehen. Kurz darauf wäre mein Partner fast einer Autobombe zum Opfer gefallen, durch die jedoch leider eine junge Polizisten starb. Sie haben bestimmt davon gehört ...

Als wir van der Kerken aufsuchten, fand mein Partner die Leiche in seiner Wohnung."

„Ach, dann ist Kevin Braun ihr Partner?", unterbrach Kreische, der bis dahin aufmerksam zugehört hatte.

„Ja. Und jetzt wird die Sache natürlich erst recht interessant, weil wir einen toten Drogendealer, einen unbekannten Detekteiinhaber und eine tote schwangere Detektivin haben."

„Sie meinen diese ... Maria Werners? Die war schwanger?"

„Richtig,", sagte Schumann. „die war schwanger. Nach der Aussage der Eltern haben wir zwar einen Verdächtigen. Allem Anschein nach dürfte sich dieser Verdacht aber nicht bestätigen. Wenn Sie mir nun erzählen, daß van der Kerken Drogendealer war, ändert das natürlich wieder alles."

„Also, er war kein richtiger Dealer. Er war Kurier. Hat wohl hier und da mal Drogen in Köln und Düsseldorf vertickt, aber im Wesentlichen war er Kurier für diesen Jancke."

„Was ist mit diesem Jancke? Haben Sie den?", wollte Schumann wissen. Kreische lachte etwas verschmitzt auf.

„Ja und Nein."

„Was heißt das?" Kreische stand auf, drehte ziemlich angeberisch einen Bleistift durch seine Finger und ging übertrieben aufrecht und langsam auf einen Aktenschrank zu. Schumann fiel Kreisches starkes Hohlkreuz auf, durch das er die Brust genauso weit nach vorne streckte, wie sein Hinterteil nach hinten. Seine Jeans wurde gehalten von einem breiten schwarzen Nietengürtel mit einem auffällig großen Verschluß, der ein Harley Davidson – Emblem zeigte. Kreische öffnete eine mittlere Lade, wühlte in den Aktenordnern und zog schließlich einen heraus. Den schmiß er aus vielleicht zwei Metern Entfernung Schumann vor die Nase.

„Werfen Sie ruhig mal einen Blick rein!" Schumann nahm die Akte und öffnete sie. Einige Berichte und Formulare, die er ungelesen zur Seite legte. Darunter Fotos. Sie lagen verkehrt herum. Deshalb drehte sie Schumann um hundertachtzig Grad und wurde ziemlich blaß. Kreische beobachtete ihn dabei.

„Kein schöner Anblick, wie?" Schumann nickte beipflichtend. Die Fotos zeigten eine Frau, deren Gesicht völlig zerschmettert war und einen Mann mit hohem Körpergewicht, mehrfach von Kugeln getroffen, deren Einschläge deutlich erkennbar und alle nochmals einzeln auf separaten Fotos zu sehen waren. In dem Gesicht des toten Mannes stand noch immer der Schmerz und das Entsetzen.

„Ist das Jancke?" Kreische antwortete nur mit einem Schließen der Augenlider, das Schumann zwar nicht sah, weil sein Blick auf die Fotos geheftet war, deutete sein Schweigen aber als bejahende Antwort.

„Wo ist das passiert?"

„In Holland. Didam. Direkt hinter der Grenze. Die Frau ist – oder war seine Freundin, eine Holländerin. Ihr gehörte auch das Haus. Jancke ist Deutscher, deswegen wurde das Ganze von den holländischen Kollegen an uns heran getragen. Da van der Kerken laut unseren Informanten mit ihm zusammen gearbeitet hat, haben wir den Fall übernommen. Wir waren kurz davor, den ganzen Haufen hochgehen zu lassen."

„Und wann ist das passiert?"

„Der Bericht liegt dabei." Kreische wirbelte mit seiner rechten Hand und zeigte auf die Blätter, die Schumann beiseite gelegt hatte. Er suchte nach dem Bericht und las nach.

„Hmm, laut Autopsie liegt der Todestag nur zwei Tage hinter dem Todestag von Maria Werners. Fast eine Woche später stirbt van der Kerken. Räumt da vielleicht jemand auf?" Schumann legte den Bericht hin und schaute auf Kreische. Der hielt die Hände in die Hüften gelehnt und zuckte mit den Schultern.

„Wär' möglich. Vielleicht will jemand die Drogengeschäfte übernehmen, vielleicht haben wir es auch mit einem Ausgeflippten zu tun ..."

„Was glauben Sie?"

„Ich denke, es geht um Drogengeschäfte. Vielleicht hat van der Kerken Jancke kalt gestellt. Können wir aber im Moment noch nicht beweisen. Vielleicht hat er sich aber auch mit seinem hauptsächlichen Geschäftspartner und Finanzier derart überworfen, daß der ihn loswerden wollte. Übrigens hat der eine ziemlich große Firma im Euskirchener Kreis."

„Was??" Schumanns Erstaunen ließ seine kleinen schmalen Augen ganz groß und rund werden. „Und wo? Wer ist das?"

Kreische überlegte. Jedoch mehr, ob er mit dieser Information rausrücken sollte, ohne daß es zu einem Kompetenzgerangel kam.

„Nun kommen Sie schon, Kreische!", wetterte Schumann. „Der Fall geht uns beide an."

„Na schön. Der Typ heißt Josef Grubauer und hat eine Müllbeseitigungsfirma. Nennt sich Grubauer Umweltdienste, Müllcontainer - Abfall - Müllhalde - Müllverbrennung und so weiter. Schon mal gehört?" Schumann mußte verneinen.

„Sitzt in Kall, irgendwo in der Nähe eines kleinen Kaffs

namens Sötenich, - oder so. Die Adresse steht auch irgendwo in dem Bericht.", fuhr Kreische fort und zeigte dabei auf die Akte. Schumann legte sein Kinn nachdenklich in eine Hand und strich sich mit einem Zeigefinger über den Mund.

„Was sagt die Ballistik?", fragte er.

„Gibt keine eindeutigen Hinweise. Könnte also auch ein Auftragskiller gewesen sein."

„Tja, dasselbe wie bei meinem Beinschuß. Das Projektil haben wir gefunden. Aber wenn es van der Kerkern war, der da auf mich geschossen hat, dann schoß er auch mit einer nicht registrierten Waffe. Für einen Waffenschein ist er ohnehin nicht gemeldet gewesen."

„Selbstredend.", ergänzte Kreische seufzend.

„Was werden Sie in Bezug auf Grubauer unternehmen?", wollte Schumann wissen.

„Da verhalten wir uns erst mal ganz still. Der merkt ja auch was los ist und wird seine Fühler erst mal ausstrecken und sich sonst nicht rühren. Außerdem braucht der ein paar neue Mitarbeiter."

Schumann überlegte noch einen Augenblick, stand dann plötzlich auf, schrieb sich noch die Adresse von diesem Grubauer auf einen Notizzettel, den er rasch einsteckte, verabschiedete sich schnell mit einem flüchtigen Händedruck und einem `Danke´ bei Kreische und verschwand zur leichten Verwunderung des Drogenpolizisten zügig durch die Tür.

Zwei Minuten später saß Schumann in seinem Opel Caravan und lenkte den Wagen über die Nord-Süd-Fahrt in Richtung Autobahn, um diesem Grubauer in Kall einen Besuch abzustatten. Davon erwähnte er Kreische gegenüber nichts. Darum verschwand er auch so schnell, um diesem nicht die Gelegenheit zu geben, ihn, Schumann, zu bitten, Grubauer vorläufig in Ruhe zu lassen. Außerdem konnte es nichts schaden, Grubauer auf den Zahn zu fühlen. Vielleicht wurde er nervös und beging einen Fehler, wenn er Dreck am Stecken hatte. Van der Kerkens Wohnung konnte sich Schumann jetzt unter diesen Umständen sparen.

Er fuhr die Ausfahrt Euskirchen-Wißkirchen ab, die B 266 in Richtung Kall, dort durch das Gewerbegebiet am Möbel Brucker vorbei bis nach Sötenich. Da gab es eine Kneipe mit dem Namen „Osmanische Herberge", die tatsächlich als Treffpunkt für Osmanen aus ganz Deutschland und sogar Holland und England galt und auch von solchen betrieben wurde, und die auf der selben Straße lag wie die Firma von Grubauer. Er kannte diese Kneipe und fand die Straße deswegen leicht, bog in Sötenich nach rechts über den Bahnübergang ab und fuhr die Straße noch etwa dreihundert Meter hoch. Am Ortsausgang, fast mitten im Wald gelegen, befand sich, sehr unscheinbar, die Firma Grubauer Umweltdienste. Schumann steuerte den Wagen auf den Besucherparkplatz, der verdächtig leer war. Aber des Rätsels Lösung gab ihm die Uhr. Es war schon kurz nach fünf. Die Sekretärin kam gerade aus dem Verwaltungsgebäude und ging auf den letzten auf dem Hof stehenden Wagen zu.

„Entschuldigung,", sprach Schumann sie sofort an. „Hier ist wohl keiner mehr? Ich muß zum Chef, zum Herrn Grubauer. Ist der wohl noch da?"

„Tut mir leid, aber da kommen Sie ein bißchen spät! Herr Grubauer ist schon zuhause. Da müßten Sie morgen wiederkommen!", antwortete sie sehr freundlich. Schumann griff nach seinem Ausweiß, was er eigentlich hatte vermeiden wollen.

„Kripo Euskirchen, entschuldigen Sie. Aber ich muß dringend mit Herrn Grubauer sprechen. Wo ist denn `zuhause´ ?" Die Sekretärin war einen Moment sehr verwirrt und blickte sich irritiert um, als müsse sie feststellen, ob sie noch anderweitig beobachtet würde.

„Naja, Herr Grubauer wohnt ...". Sie zögerte, sah aber Schumanns fordernden Blick, der ihr sagte, daß es vor ihm kein Entrinnen gab. „... er wohnt in Krekel. Das Haus direkt am Ortseingang links, neben dem kleinen Antiquitätengeschäft."

„Hinter dem Hotel?", fragte Schumann nach.

„Ja, genau.", bestätigte die Sekretärin und sah Schumann bald darauf in seinen Vectra verschwinden und den Hof hinaus fahren. Bis Krekel waren es über Sistig nur wenige Kilometer. In der Einfahrt stand ein schwarzer Jeep und ein kleiner Anhänger. Hinter dem Haus befand sich ein riesiges Grundstück, auf dem man von der Seite her einige Pferde weiden sehen konnte. Schumann fuhr vor, entdeckte an der Haustüre keine Klingel, sondern nur eine Glocke und betätigte sie.

11

Das Wespennest
Sarah hatte für heute nachmittag beschlossen, zusammen mit Bow auf den Friedhof zu gehen. Nachdem die beiden

Männer aufgebrochen waren, begann sie erst einmal damit, etwas aufzuräumen. Bow lag unter dem Wohnzimmertisch und beobachtete sie dabei, das Radio war aus. Sie saugte den Boden ab, ging mit einem feuchten Tuch über Fernseher und Schrank, legte ein wenig Wäsche zusammen, goß die Blumen. Und sie merkte es kaum selbst, wie sie am Bücherregal stehen blieb und eine ganze Weile verharrte. Ihr Blick wurde gefesselt von einem Notizbuch, das darin stand, ein Notizbuch, das sie einst Jasmin schenkte. Völlig unauffällig zwischen Thomas Manns Zauberberg und einem kleinen Band mit Kafkas Erzählungen. Am oberen Rand ragte ein Bild heraus. Langsam streckten sich ihre Finger nach dem Buch und zogen es vorsichtig heraus, als könne es dabei zerbrechen. Sarah legte es in ihre rechte Hand und schlug es mit der linken irgendwo in der Mitte auf. Sie erkannte Jasmins Schrift. Es waren Briefe. Briefe an Kevin. Briefe über sie, Sarah, Briefe über ihre Gedanken und Gefühle. Sie schlug die Seite auf, in der das Bild lag und mußte das Buch in die Horizontale drehen, weil es ein Querformat war. Es zeigte ihre Schwester mit Kevin, sie lachten und küssten sich dabei, im Hintergrund Dünen, ein Strand, das Meer. Sarah schloß die Augen. Aber sie konnte ihre Tränen nicht unterdrücken. Sie preßten sich unter ihren Lidern hervor und liefen ihre rot glühenden Wangen herab, bis sie ihre Lippen erreichten, wo ihre Zunge das Salz schmeckte. Sarah schloß das Buch wieder und stellte es zurück. Ihre Augen suchten nach Bow. Erst jetzt bemerkte sie, daß Bow ihren Kopf gehoben hatte und sie von ihrem Platz aus unter dem Tisch beobachtete. Sarah klopfte sich auf die Oberschenkel und rief nach ihr. Bow kam sofort. Ihr Schwanz wedelte. Sie hob ihre Nase in die Höhe und berührte Sarahs feuchte Nasenspitze, die sich zu der Hündin herunter gebeugt hatte. Zärtlich strich ihre Zunge darüber, gleich so, als wolle sie Sarah trösten. Sarah lächelte und drückte die Hündin an sich.

Kevin Braun war bereits kurz nach Schumann, der sich auf den Weg nach Köln gemacht hatte, aufgebrochen, um noch einmal die Eltern der toten Maria Werners aufzusuchen. Dazu mußte er nach Erftstadt-Erp. Die Mutter öffnete ihm die Tür, erkannte ihn nicht sogleich, ließ ihn dann aber eintreten. Kevin kannte den Weg ins Wohnzimmer und grüßte den Vater der Toten Detektivin, der, die Zeitung lesend, vor dem laufenden Fernseher saß. Irgendeine Talkshow lief.

Volksverdummung ersten Ranges, schoß es Kevin durch den Kopf und dachte dabei an einen möglichen Titel wie etwa: Ich griff ihr unter die Bluse und bekam eine Ohrfeige. Was habe ich falsch gemacht? ... Der Vater blickte auf und grüßte ihn, ohne aufzustehen oder die Zeitung aus der Hand zu legen.

„Guten Tag, Herr Werners. Ich komme wegen einiger Fragen, die noch offen sind und hoffe, daß Sie mir weiter helfen können."

„Klar, wenn ich kann. Nehmen Sie doch Platz.", sagte der Vater wie beiläufig und zeigte auf einen Sessel, in dem ebenfalls Zeitschriften lagen. Kevin legte sie auf den Tisch und nahm Platz, ohne den Vater aus den Augen zu lassen. Irgendwie kam er ihm vor, als hätte er mit der ganzen Angelegenheit nichts mehr zu tun, als würde sie ihn nichts mehr angehen. Die Mutter hockte sich neben ihren Mann auf die Sessellehne und lächelte. Sie lächelte überhaupt die ganze Zeit. Der Mann legte nun die Zeitung aus der Hand und sah Kevin unverwandt an.

„Also?", sagte er herausfordernd. „Gibt es etwas Neues?"

„Nicht viel.", sagte Kevin mit tiefem Bedauern in der Stimme. „Viele Dinge sind noch ganz unklar." Die Frau lächelte immer noch. „Vor allem wissen wir immer noch zu wenig über die Beziehung Ihrer Tochter zu dieser Detektei."

„Dazu kann ich Ihnen kaum etwas sagen.", sagte der Mann und Kevins Blick auf die Mutter verriet ihm, daß sie noch weniger dazu hätte sagen können. Offensichtlich war sie gerade dabei, die Kontrolle über die Wirklichkeit zu verlieren.

„Vielleicht können Sie mir aber etwas über die Freunde Ihrer Tochter sagen. Oder Bekannte, mit denen sie sich traf?" Die Eltern sahen sich kurz an. Dann wendete sich der Vater wieder an Braun.

„Tja, sie hatte eine Weile einen Freund. Über ein halbes Jahr lang. Ist aber schon eine Weile her. Danach fing sie ja was mit diesem Kaufhoftypen an. Freunde? Keine Ahnung. Sie hatte wohl eine Freundin oder sowas. Die kam aus Euskirchen. War einmal zusammen mit ihr hier .."

„Mit Maria?" Kevin fiel auf, daß Marias Name von den Eltern nie genannt wurde.

„Ja sicher."

„Kennen Sie ihren Namen?"

„Nein, den Namen weiß ich nicht!", beteuerte der Vater.

„Susanne Keller!", rief die Mutter. Sofort blickte ihr Mann sie scharf an und sie zog sich wieder in sich zurück wie ein kleines Kind, das eine vorlaute Bemerkung gemacht hatte.

„Susanne Keller?", hakte Kevin nach.

„Ja, die war mal hier, daran erinnere ich mich auch. Aus Euskirchen." Als sei das alles nicht so sehr bedeutungsvoll griff der Vater wieder nach seiner Zeitung und begann weiterzulesen. Kevin sah ihn verwundert an, während sein Blick zu der lächelnden Frau wanderte. Sie schien dem allem überhaupt nicht mehr richtig folgen zu können. Er setzte noch einmal an, um eine Frage zu stellen, hielt aber dann inne und dachte sich, daß es irgendwie keinen Sinn mit diesen beiden habe. Die Frau war überhaupt nicht mehr erreichbar und der Mann schien mit der ganzen Geschichte auch nichts mehr zu tun haben zu wollen. Interessierte es sie nicht, ob man den Mörder ihrer Tochter nun fange oder nicht? Menschen konnten sehr merkwürdig sein!

„Nun denn,", sagte Kevin schließlich und gab damit auf. „dann danke ich Ihnen für Ihre Hilfe und – mache mich dann wieder auf den Weg." Damit stand er etwas verlegen auf und wartete auf eine Reaktion. Doch der Vater nickte nur zur Kenntnis nehmend den Kopf. Frau Werners erhob sich, um ihn zur Tür zu begleiten. Als Kevin den Türrahmen erreichte, blieb er stehen, wendete sich nochmals dem Vater zu und griff sich nachdenkend an die Stirn.

„Da fällt mir noch eine Kleinigkeit ein!", sagte er und machte eine kleine Pause, um die Aufmerksamkeit von Herr Werners zu erlangen. Der legte die Zeitung zwar auf die Knie und wendete den Kopf ein wenig, sah aber nur auf den von der Decke her beleuchteten, mahagonifarbenen Wohnzimmerschrank, womit er Kevin lediglich sein Ohr zu wandte.

„Ihre Tochter hatte doch eine Katze. Wo ist die eigentlich geblieben?" Der Vater verharrte ohne Regung in seiner Position, die Mutter bekam eine rote Gesichtsfarbe. Als keiner was sagte, ergriff sie das Wort.

„Vater, wo ist bloß die Katze abgeblieben?" Nach ein paar endlos lautlosen Sekunden drehte sich der Vater zu ihr und nahm sogar seine Brille von der Nase.

„Die ist doch rausgelaufen, als wir in die Wohnung sind! Ist mir doch durch die Beine entwischt ...", sagte er etwas unwirsch und nur an seine Frau gerichtet, als ob er sich deswegen schuldig fühle und es ihm peinlich sei, sich nicht weiter um das Tier gekümmert zu haben.

„Keine Ahnung, wo die jetzt ist!", fügte er abwinkend hinzu und las weiter in seiner Zeitung, ohne auf Braun zu achten, der ihm die Frage gestellt hatte. Frau Werners sah auf Braun und zuckte leicht mit den Schultern, wobei sie unsicher ihre Mundwinkel verzog. Kevin wurde nun auch etwas ungehalten und ging zur Tür, öffnete sie selber und verabschiedete sich leise von Frau Werners, ohne sie dabei anzusehen. So sehr man aufgrund ihrer Situation Verständnis für diese Leute haben mußte, dachte sich Kevin, so wenig kam er mit dieser Sorte Mensch klar. Aber er war Ermittlungsbeamter, da durfte das für ihn keine Rolle spielen ...

Während der Fahrt nach Euskirchen bekam er per Handy die Adresse der Susanne Keller. Sie wohnte in der Kessenicher Straße, nahe der Fußgängerzone, also mitten in der Innenstadt, also wieder kein Parkplatz. Außerdem wußte er nun über sie, daß sie achtundzwanzig war und sogar eine Akte hatte. Vor drei Jahren wurde sie zu einem Bußgeld verurteilt wegen eines Vergehens gegen das Betäubungsmittelgesetz. Nichts besonderes also. Hoffentlich war sie überhaupt zuhause. Kevin Braun kam von der Ringstraße her und fand tatsächlich wenige Meter von ihrem Haus entfernt einen Parkplatz. Plötzlich kamen ihm Bow und Sarah in den Sinn. Sie waren gerade auf dem Friedhof, mochten wohl auch wieder auf dem Heimweg sein. - Er liebte sie ...

„S. Keller" stand auf dem Namensschild. Kevin klingelte und es wurde ihm bald darauf aufgemacht. Er mußte ein Stockwerk hoch durch das Treppenhaus und erblickte dann in einer Tür stehend Susanne Keller. Sie hatte blonde lange Haare, schien ein bißchen blaß und von pummeliger Statur, machte aber einen sympathischen Eindruck. Kevin mochte sie kaum als schön bezeichnen, aber wenn man auf diesen Typ stand, dann hatte sie wohl kaum Probleme, einen Mann abzubekommen, dachte er. Als sie ihn sah, lächelte sie sehr freundlich, als wäre sie darin geübt.

„Ja bitte?", erkundigte sie sich nach dem Grund für Kevins Erscheinen. Der holte seinen Ausweiß heraus und war ebenfalls bemüht, ihr freundlich zu erscheinen.

„Braun, Kripo Euskirchen.", sagte er leise, damit es nicht gleich das ganze Haus mit bekam. Ihr Gesichtsausdruck verfinsterte sich umgehend. Und tatsächlich schob sie ihren Kopf etwas in den Hausflur, um zu sehen, ob jemand sonst noch da war. „Ich komme wegen Maria Werners. Sie war eine gute Freundin von Ihnen. Kann ich herein kommen?" Sie sah mehr auf Kevin als auf seinen Ausweiß, musterte ihn kurz von oben bis unten, als könne sie an ihm ablesen, ob sie ihn auch wirklich herein lassen könnte und öffnete ihm dann die Tür. Kevin schob sich an ihr vorbei und blieb im Flur stehen, um zu warten, bis sie die Tür wieder verschlossen hatte und ihn in das Wohnzimmer führte. Susanne Keller sprach in der Zeit kein Wort. Mit einer Handbewegung deutete sie ihm den Weg an.

„Das hat aber lange gedauert, bis sie mal bei mir aufkreuzen.", sagte sie kurz und überraschte Kevin damit ein wenig.

„Wenn sie darauf gewartet haben, warum sind Sie dann nicht bei uns aufgekreuzt?", gab Kevin etwas schnippisch zurück. Sie quittierte mit einem femininen Augenaufschlag. Kevin konnte nicht sagen, ob er sie mochte oder nicht. Etwas war an ihr, das ihn anzog, und anderes, das ihn jetzt schon abstieß.

„Möchten Sie etwas trinken?", fragte sie versöhnlich. Kevin lehnte dankend ab. Sie lud ihn ein, in einer Ecke des Wohnzimmers Platz zu nehmen, wo eine Rattangarnitur bestehend aus einem Tisch und drei Korbsesseln stand, die geschmackvoll mit Yuka-Palmen und anderem wuchernden Grün eingerahmt war. Kevin folgte der Einladung und besah sich genau sein Gegenüber.

„Darf ich fragen, was Sie beruflich machen, Frau Keller?"

„Ich bin Kellnerin im Portobello. Sie kennen das Portobello?" Kevin schmunzelte.

„Nur dem Namen nach. War noch nie drin." Als ob Kevin in eine Discothek gehen würde.

„Na, dann sollten Sie das mal nachholen. Ist ein schöner Schuppen mit vielen interessanten Leuten."

„Das glaube ich. Und die Hälfte davon würde mich wahrscheinlich erkennen. Und plötzlich fliegt mir von hinten versehentlich ein Glas Bier in den Nacken, dann stolpert einer über mich, wobei sein Knie wie zufällig in meiner Magengrube landet, ... nein danke." Er lachte durchaus dabei und Susanne Keller verstand.

„Lassen Sie uns über ihre Freundin, - ihre ehemalige Freundin Maria Werners reden! Wie eng war ihre Beziehung denn?" Susanne Keller blickte kurz auf die Tischplatte, dann in Kevins Augen und wieder auf die Tischplatte. Ja, sie hatten eine relativ enge Beziehung, soviel war Kevin jetzt schon klar.

„Sie war meine beste Freundin. Und ihr Tot hat mich zuerst ziemlich fertig gemacht."

„Haben Sie sie im Portobello kennen gelernt?"

„Gott nein! Maria war keine Frau, die in Discotheken ging. Da gehen doch nur Kinder, Zuhälter und Nutten hin, hat sie immer gesagt. Damit wollte sie nichts zu tun haben. Das war ihr zu dumm."

„Woher kannten Sie denn Maria?"

„Wir haben uns in einer Computerschule kennen gelernt. EDV-Weiterbildung und so. Ich bin nämlich eigentlich Bürokauffrau und suche auch ständig nach einem besseren Job ..."

„Und wann haben Sie sie zuletzt gesehen?"

„Oje, das muß ... warten Sie ... nicht so einfach, weil wir uns leider in letzter Zeit nicht mehr so oft gesehen haben. Das muß ... ungefähr eine Woche vor ihrer ... Ermordung gewesen sein." Man merkte ihr an, daß es ihr schwerfiel, es auszusprechen. Kevin ließ sie einen Augenblick in Ruhe, damit sie sich wieder fangen konnte.

„Haben Sie eine Vermutung, was hinter dem Mord an Maria Werners stecken könnte? Oder wer vielleicht ein Motiv dafür haben könnte?" Sie sah Kevin scharf an, als mache sie ihm einen Vorwurf wegen dieser Frage.

„Nein!" Jetzt griff Susanne nach einem Taschentuch, welches sie von einer Ablage unter dem Rattantisch hervor holte. Kevin wartete einen Augenblick, um ihr Gelegenheit zu geben, weiter zu erzählen. Doch sie schwieg.

„Aber sie wußten, daß Maria im dritten Monat schwanger war?"

„Na sicher. Jeder wußte das!"

„Jeder?", fragte Kevin erstaunt nach. „Ich dachte, sie kannte kaum jemanden!" Susanne wurde unsicher. Sie verbarg ihr Gesicht etwas, indem sie es nach unten hielt und sich ihre Nase putzte. Sie dachte nach, was sie nun darauf sagen konnte.

„Mit jeder meine ich halt ihre Eltern, Joachim, ihren Typen aus dem Kaufhof ..."

„Moment, Stop! Wer ist Joachim? Und sind sie sicher, daß ihre Eltern auch davon wußten? Und wer, zum Teufel, ist der Typ aus dem Kaufhof?" Kevin wußte natürlich nur zu genau, wen sie damit gemeint hatte, schob ihn aber nach, um zu sehen, auf welche Frage sie zuerst antwortete und welche sie vielleicht ausließ.

„Also ganz sicher wußten ihre Eltern davon." ...was sehr merkwürdig war, dachte Kevin. „Die haben nämlich damals ein Riesentheater deswegen gemacht. Der Vater ist völlig ausgeflippt!"

„Und warum?"

„Na, weil sie ihm nicht sagen wollte, wer der Vater des Kindes war."

„Warum nicht?"

„Weiß ich nicht, das hat sie nicht einmal mir gesagt. Vielleicht sollten Sie das ihren Ex fragen, den Joachim."

„Wieso weiß der davon?" Sie ächzte und stöhnte, um anzudeuten, daß ihr die Fragerei nun auf die Nerven ging. Aber sie sah auch die Notwendigkeit bald ein. Susanne stand auf, ging zum Eisschrank und nahm eine Flasche Früh heraus. Sie hielt sie fragend Kevin hin. Der schüttelte nur den Kopf.

„Bin im Dienst. Also: wieso sollte Joachim davon wissen?"

„Na weil der ihr Exfreund ist. Die haben sich auch nach der Trennung noch gut verstanden. Ich meine: sehr gut. Wenn Sie wissen, was ich meine ..." Sie wedelte mit der offenen Flasche in der Luft herum, daß Kevin befürchtete, es könnte etwas Bier auf den Boden schwappen. Aber sie hatte die Flasche voll im Griff.

„Sie meinen, sie haben auch danach noch miteinander geschlafen?"

„Ja sicher. Auch noch, als sie schon mit dem Kaufhof-Typen unterwegs war." Sie nahm wieder bei Kevin Platz.

„Konnte sich Maria nicht entscheiden?"

„Blödsinn. Ich weiß nicht genau, was da für ein Spiel abgelaufen ist. Aber über eines bin ich mir ganz sicher: daß Maria das nicht mehr unter Kontrolle hatte."

„Könnte Joachim dann der Vater des Kindes gewesen sein?" Kevin gab sich jetzt sehr liebevoll, fast väterlich.

„Auf gar keinen Fall. Jedenfalls nach Marias Aussage. Dasselbe habe ich sie nämlich auch gefragt. Sie hat nur geantwortet, daß sie das Joachim nie antun würde. Dafür sei ihr Joachim zu schade. – Ich weiß nicht, worum es dabei ging." Kevin glaubte ihr. Sie machte deswegen sogar einen ziemlich resignierenden Eindruck. „Ich wollte ihr helfen, weil ich spürte, daß sie zum Schluß große Probleme hatte, aber sie ließ mich nicht an sich ran. Sie zog sich immer mehr zurück, verstehen Sie? Deshalb sahen wir uns auch in letzter Zeit nicht mehr so oft."

„Sie sind einmal wegen Verstoßes gegen das BTMG verurteilt worden, richtig?" Kevin sagte das ganz vorsichtig und gab sich Mühe, keinen vorwurfsvollen Unterton zu benutzen. Sie schaute ihn nur gequält an.

„Hatte Maria auch mit Drogen zu tun?", wollte er schließlich wissen.

„Nein, nicht daß ich wüßte. Sie hat wohl mal mit mir etwas geraucht, aber daß sie Drogen genommen hätte, kann man so nicht sagen." Susanne sah auf ihre Uhr und blickte aus dem Fenster, als wolle sie damit andeuten, daß sie noch Besuch empfange.

„Also schön,", Kevin klatschte sich dabei leicht auf die Knie und stand langsam auf, um ihrem Begehren, nun alleine sein zu wollen, nachzugeben. „und wo kann ich diesen ... Joachim finden?"

„Knott. Joachim Knott. Der wohnt in der Frauenberger Straße 20. Neben dem Computerladen. Müßte eigentlich auch jetzt zuhause sein. Er arbeitet nachts als Taxifahrer. Studiert Geschichte ... oder Medizin, weiß nicht genau." Susanne Keller runzelte die Stirn und rieb sich die Augenbrauen, als habe sie Kopfschmerzen. Ihre Augen trafen Kevin nicht mehr. Er hatte sie ausgereizt und ließ sie deshalb jetzt auch in Ruhe.

„Ich danke ihnen für ihre Hilfe,", sagte er beim Herausgehen und verzichtete darauf, ihr noch die Hand zu geben, weil sie dazu auch nicht mehr bereit war. „Wenn ihnen noch etwas einfällt, egal, wie wichtig oder unwichtig es ihnen erscheinen mag, rufen Sie mich bitte an. Hier ist meine Telefonnummer." Sie nahm seine Visitenkarte und nickte müde mit dem Kopf. Darauf schloß sie die Tür und Kevin hörte noch, wie sie einen Riegel vorschob. Er machte sich seinerseits auf den Weg zu Joachim Knott. Es war jetzt schon siebzehn Uhr durch. Kurz überlegte Braun, ob er vorher noch versuchen sollte, Sarah zu erreichen. Doch er tat es nicht. Stattdessen ließ er sogar seinen neuen VW Passat, den er von der Polizei bekommen hatte, in der Kessenicher Straße stehen und beschloß zu Fuß zu gehen. Durch die Fußgängerzone und die Vuevenstraße hindurch brauchte er etwa zwanzig Minuten. Auf sein Klingelzeichen hin öffnete ihm Knott, wenn auch ganze zwei Minuten später. Kevin konnte sein Glück heute kaum fassen. Wann traf man schon immer alle an? Er stiefelte die Holztreppe durch einen alten Flur hinauf und sah links im Türrahmen einen verschlafenen, vielleicht sieben-, oder achtundzwanzigjährigen Jüngling stehen, der sich, noch völlig benommen, die Augen rieb.

„Ja?", stöhnte er Kevin entgegen, ohne ihn wahrscheinlich sehen zu können, da er die Augen immer noch so gut wie verschlossen hielt.

„Braun von der Kripo Euskirchen. Entschuldigen Sie, wenn ich Sie geweckt haben sollte, aber ich hätte gerne mit Joachim Knott gesprochen. Sind sie das?" Er sparte sich den Ausweiß, da Knott ohnehin nichts sah.

„Ja sicher." Er gähnte und hielt sich dabei die Hand vor den weit aufgerissenen Mund, der nur aus großen, schwülstigen Lippen zu bestehen schien. „Und worum geht's?"

„Um Maria Werners!" Knotts Gähnen zerfiel. Urplötzlich öffneten sich seine Augen und sahen Braun verwundert und hellwach an.

„Oh Mann! Kommen Sie rein, Mann. Ich hab´ gerade geschlafen. Ich fahre Taxi, wissen Sie. Und mir geht es heute überhaupt nicht gut." Er machte die Tür hinter Kevin zu und schlürfte ins Badezimmer. Von dort redete er laut weiter, so daß Kevin ihn hören konnte, während er sich in seiner Wohnung umsah.

„Ich wasche mich nur kurz. Machen Sie es sich bequem. Ich muß mir auch was anderes anziehen. Oh Gott, mein Schädel!", brummte er mehr zu sich selbst. „Tut mir leid, wenn´s nicht so aufgeräumt ist, aber meine Haushälterin ist zur Zeit leider krank ..." Kevin schmunzelte und besah sich die Sachen, die so herum lagen. War alles nicht gerade sehr stilvoll eingerichtet. Die Küche sah vom Schmutz her aus wie eine Großküche, lag aber verborgen in einer um die acht Quadratmeter großen Nische mit einem Fenster, das in einen Innenhof zeigte, in dem ein altes Klappfahrrad und drei übervolle Mülltonnen standen, zwischen denen mehrere kleine Ausländerkinder spielten. Nur durch einen kleinen Tisch und zwei alte Holzstühle abgetrennt lag zu deren anderer Seite das Wohnzimmer, oder wie immer man das bezeichnen wollte. Textilien, frische und ungewaschene, ein Badminton-Schläger, Zeitungen, ein angebrochener Farbeimer, der sicher schon länger da stand, weil eine kleine Blume auf ihm ihr Dasein fristete ohne die geringste Aussicht auf eine Überlebenschance, und dazwischen ein tragbarer Fernseher, der auf einer HiFi-Anlage jenseits des Sofas stand, auf dem ein Stoffkissen und eine wahrscheinlich noch warme Wolldecke zerwühlt herum lag. Den Tisch zierte ein überquellender Aschenbecher und James Joyce´ Ulysses, sowie eine halbvolle Glaskanne mit Kaffee, der sicher nicht erst von gestern war.

„Sieht ein bißchen wüst aus, he?" Knott trottete in den Raum und wollte die Stereo-Anlage einschalten.

„Sie lesen Ulysses´?", fragte Kevin mit leicht respektablem Unterton.

„Naja, ich versuch´s. Aber wissen Sie, der ist eigentlich für Normalsterbliche nicht lesbar. Den kann man nicht einfach so lesen. Oder wissen sie, was es zu bedeuten hat, wenn er den Childs-Mordfall erwähnt und dann, als er das bezeichnende Streichholz anzündet, sagt: ... moment ... wo war es ... ah, hier: ...Jenes steinerne Bildnis in erstarrter Musik, gehörnt und schrecklich. Abbild des Göttlichen der Menschengestalt, jenes ewige Symbol der Weisheit und Prophetie, welches, wenn überhaupt nur etwas, was Bildnergeist und Bildnerhand in Marmor schuf, Seelenverklärtes und Seelenverklärendes,..."

„ ... zu leben verdient, zu leben verdient. Vielibus Dankibus ...!", entgegnete Kevin. Knott sah ihn erschrocken und sogleich begeistert an.

„Ja, richtig. Sie haben es auch gelesen? Das `Vielibus ...´ kommt aber erst später von Lenehan. Wow, ein Bulle, der den Ulysses kennt! Ich fasse es nicht!"

„Ich kenne ihn nicht, obwohl ich ihn gelesen habe. Sogar mit Begeisterung. Aber verstanden habe ich ihn kaum." Kevin wendete sich dem Bücherregal zu, daß neben dem Türrahmen stand. Knott blickte ihn noch immer sehr verwundert an. Da standen noch andere Bücher, die Braun schätze. Victor Hugos „Die Elenden", ein Buch über Wittgenstein, Kants Kritik und ein paar gesammelte Werke namhafter deutscher Dichter und Schriftsteller. Daneben viel über Geschichte und Kunst.

„Sie studieren Geschichte?", fragte Kevin den noch flaumbärtig Scheinenden, der nun dabei war, einen frischen Kaffee zu machen. Mittlerweile lief das Radio im Hintergrund.

„Ja! Möchten Sie auch Kaffee?"

„Nein, danke sehr." Kevin legte die Zeitschriften, einen Focus und eine Geo, aus dem Sessel auf den Boden, da er nicht wußte wohin sonst, und nahm wartend Platz. Joachim hatte jetzt eine Jeans und einen oliv farbenen Pullover an. Strümpfe trug er allerdings keine. Kevin fiel auch auf, daß es hier nicht stank, was man bei dem Durcheinander durchaus hätte annehmen können. Sein Blick fiel auf eine Wasserpfeife, die neben dem Bücherregal auf dem alten Parkettboden stand. Der Tisch und die Sitzgarnitur waren allerdings mit einem alten Teppich indischer oder asiatischer

Machart unterlegt. Knott schaltete die nun vorbereitete Maschine ein und wendete sich dann Kevin zu.

„Maria Werners also, hm? Deswegen sind Sie hier? Wie kann ich ihnen helfen?" Der Junge machte auf Kevin Braun einen ganz schön gewieften und selbstsicheren Eindruck. Wie jemand, der zumindest um sich selbst sehr gut Bescheid weiß. Seine Art, mit welcher Direktheit er auf den Polizisten zuging, gefiel Kevin, warnte ihn aber gleichzeitig vor ihm.

„Für jemanden, dessen Ex-Freundin, mit der er sicher noch vor nicht allzu langer Zeit geschlafen hat und die vor erst knapp zwei Wochen umgebracht wurde, bestialisch umgebracht wurde, wie ich hinzufügen darf, - für so jemanden sind Sie aber ziemlich cool!" Kevin provozierte. Knott stieß sich mit seinem Hinterteil von der Küchenanrichte ab und schlich langsam auf Kevin zu, ohne zu reden oder ihn aus den Augen zu lassen. Dann beugte er sich, als er kurz vor ihm stand, leicht zu ihm über und sagte: „Was glauben sie, soll ich denn sonst tun? Mich kreischend vor Sie hinwerfen und sie anflehen, mir meine geliebte Maria wiederzubringen? – Hm??" Kevin war beeindruckt, atmete kaum. Allerdings hielt er auch seinem Blick stand und hegte im Stillen die Ansicht, daß sich hinter Knotts gerade gemachter Aussage schon eine unbestimmte Verzweiflung ausdrückte.

„Was ist? Was macht Sie so wütend?"

Knott erhob sich wieder, streifte mit einer Hand seine Haare nach hinten, die daraufhin trotzdem wieder in seine Stirn fielen und machte einige Schritte zurück, wobei er nachdenklich aus dem Fenster sah. Kevin ahnte, daß er überlegte, was er sagen sollte.

„Ich weiß nicht viel.", sagte Joachim schließlich und setzte sich auf das Sofa. „Da lief irgendeine Erpressung." Mit einer kurzen Pause gab er Kevins Erstaunen Zeit und fuhr dann fort: „Wir haben uns getrennt, weil sie da auf einen anderen Typen scharf war, der sie ganz verrückt gemacht hat. Ich weiß nicht, wer das war. Ehrlich!"

„Wer wurde erpreßt?"

„Na, Maria!"

„Wie?" Kevin beugte sich vor, als wolle er Joachims Worte besser verstehen.

„Naja, Maria wurde erpreßt. Was dachten Sie denn? Das sie jemanden erpreßte? Dafür war sie viel zu... jedenfalls traue ich ihr das nicht zu." Nun schwieg er zunächst und sah verstohlen auf die gegenüber liegende Wand, an der ein

Kalender mit Kunstdrucken aus der Renaissance hing. Das Mai-Blatt zeigte Albrecht Dürers Bild von Kaiser Maximilian I. Erst die brodelnde Kaffeemaschine, die nun fertig war, belebte den Dialog wieder.

„Und womit wurde sie erpreßt?", fragte Braun nach. Joachim zuckte mit den Schultern, stand auf und ging in die Küche.

„Keine Ahnung. Wirklich nicht! Wollen Sie auch Kaffee?"

„Nein danke, sagte ich schon. Aber das sie erpreßt wurde, das wissen Sie sicher?"

„Ja."

„Und weshalb? Von wem? – Nun kommen Sie schon: jetzt können Sie auch die Katze aus dem Sack lassen. Sie wollen es doch ohnehin erzählen." Joachim sah ihn gequält an.

„Ach wissen Sie, ...". Er machte eine kurze Pause. „Ich will damit eigentlich nichts zu tun haben. Das ist eine beschissene Geschichte. – Sie hat mit ziemlich vielen Leuten rumgevögelt. Tja, so ist das. Und dann war sie irgendwann natürlich schwanger ..."

„Von Ihnen?", warf Kevin ein.

„Nein."

„Woher wissen Sie das? Sie haben doch auch mit ihr geschlafen. Auch, nachdem sie nicht mehr zusammen waren."

„Sie war aber nicht von mir schwanger, okay?" Seine Stimme wurde lauter und aggressiv im Ton. „Ich habe sie auch danach gefragt. Sie hat mir nicht geantwortet, nur gesagt, daß ich auf jeden Fall nicht der Vater bin und ich mir darüber keine Gedanken machen sollte. Sie hatte da was mit einem Holländer, van der Kerken, ich nehme an, der ist der Vater! Gewesen zumindest."

„Van der Kerken? Was wissen Sie über den?" Joachim merkte, wie sich Kevins Aufmerksamkeit steigerte und dieser Name sein Interesse weckte. Er schüttete sich einen Becher Kaffee ein, goß Milch und Zucker in reichlichen Mengen nach und rührte behäbig darin.

„Ist ein ziemlich arroganter Penner. Aber Maria hat wohl auch mit ihm geschlafen. Schließlich war der ihr Drogenlieferant."

„Maria hat also auch Drogen genommen?"

„Nein, nicht so oft. Aber sie hat sie verkauft – an mich. Später hab ich die Sachen selbst bei van der Kerken gekauft. Sie verhaften mich doch jetzt nicht deswegen? Ich leugne alles!!"

„Was?" Kevin sah auf den asiatisch anmutenden Teppichboden.

„Na schön. Jedenfalls hatten die beiden auch mal was miteinander. Ich weiß das, weil er oft die ganze Nacht über bei ihr war und morgens erst weggegangen ist."

„Haben Sie Maria so sehr geliebt, daß Sie die ganze Nacht Wache vor ihrem Haus gestanden haben?" Joachim ließ die Frage unbeantwortet und schlürfte an seinem Kaffeebecher, den er mit beiden Händen festhielt. „Andere Frage: hat van der Kerken Maria Werners erpreßt?" Joachim blickte von seinem dampfenden Kaffeebecher auf und sah Kevin in die Augen.

„Ich denke ja. Wenn sie tatsächlich von ihm schwanger war, dann hat er sie erpreßt, weil sie was mit diesem Kaufhof-Typen hatte, der ganz wild auf sie war. Wenn sie von dem Kaufhof-Typen schwanger war und van der Kerken das vielleicht wußte, dann hat er sie damit erpreßt, die Ehe von dem Kaufhof-Typen auffliegen zu lassen ..."

„Woher wissen Sie das?"

„Sie hat mir die Kaufhof-Geschichte erzählt. Nicht alles, aber da lag für sie einiges im Argen. Ich habe sie eigentlich nur erzählen lassen und mir nichts dabei gedacht."

„Was geht wohl in einem Menschen vor, der denjenigen liebt, der einem aber nur von solchen Sachen erzählt? Hat Sie da nicht manchmal die Wut gepackt?" Kevin stocherte nun in seinen Gefühlen herum und war gespannt, ob er ihm ein Motiv darbieten würde. Aber Joachim durchschaute das Spiel.

„Hey, kommen Sie! Ich töte niemanden. Maria und ich waren nur noch gute Freunde ..." In dem Augenblick ging die Klingel und sowohl Kevin als auch Joachim durchfuhr ein leichter Blitz, so angespannt waren sie beide in das Gespräch vertieft gewesen. Joachim sprang auf, als wäre er froh über die Ablenkung.

„Einen Augenblick." , sagte er und lief in den Flur. Ein Türsummer, Schritte, die die Treppe hinauf kamen.

„Hi Arsim! Komm rein. Ich hab´ Besuch. Der ist aber gleich weg."

„Hallo du. Na, wie gehen? Müssen reden."

„Gleich, gleich!", wimmelte Joachim ab. Sie traten in das Wohnzimmer. Arsim, ein Albaner aus dem Kosovo, vielleicht gerade mal vier- oder fünfundzwanzig Jahre alt, dunkle Bundfaltenhose, weißes Kellnerhemd und goldene Armbanduhr, lichtes Haar in der Stirn, blieb im Türrahmen stehen, erspähte scheu Kevin Braun im Sessel sitzend und

170

ihn musternd, sah verwundert zu Joachim herüber und dann wieder auf Kevin, jetzt mit dem Finger auf ihn zeigend.

„He, das ist ein Bulle!"

„Ich weiß.", entgegnete Joachim sanft. „Er ist wegen Maria hier." Kevin ließ den Kosovo-Albaner nicht aus den Augen.

„Sie kennen Maria auch?", wollte er sogleich von ihm wissen.

„Ich nix niemanden kennen. Komme später wieder. Tschuss.", sagte er kurz, drehte sich um und wollte gehen. Doch Kevin hielt es für eine gute Idee, ihn zurück zu halten.

„Einen Moment mal, he, zurück!"

„Laß mich in Ruhe, du Arschloch!", rief die helle Stimme aus dem Flur. Blitzschnell sprang Kevin auf, hechtete in den Flur, war mit einem Satz bei dem Albaner und ergriff ihn an der Schulter. Der jedoch entschlüpfte ihm, indem er sich ruckartig nach unten beugte, Kevin dann mit einem wuchtigen Schlag gegen die Brust an die Wand schleuderte und nach der Tür griff. Joachim stürmte hinzu. Kevin rappelte sich sofort auf und versuchte den Albaner wieder zu erwischen. Der war jedoch sehr flink, trat gegen Kevins Schienbein und bahnte sich in dem engen Flur mit einem gekonnten Bodycheck den Weg durch die Tür. Kevins Faust traf ihn noch in die Rückenpartie, wohl mehr aus Verzweiflung, dem quirligen Albaner nicht beikommen zu können, und wollte ihm in den Treppenabgang nachlaufen, doch da klammerte sich Joachim an ihn und hielt ihn zurück.

„Laß ihn, Bulle! Laß ihn!"

„Hey, bist du verrückt geworden? Laß mich los!", brüllte Kevin mit hochrotem Kopf. Joachim ließ ihn sofort los. Aber unten klappte schon wieder die Haustüre zu. Der Albaner war weg.

„Der weiß nichts.", beruhigte Joachim den aufgebrachten Polizisten, der, über das Treppengeländer gelehnt, dem Flüchtenden nachsah. „Der ist harmlos. Der kauft ab und zu nur ein paar Sachen, sonst nichts. Der ist Ausländer und hat Angst, in Sachen reingezogen zu werden. Ein kleiner Fisch. – Vergiß es." Damit wandte sich Joachim, wohl wissend sein Ziel erreicht zu haben, ab, ging in seine Wohnung zurück und schloß die Tür hinter sich zu. Kevin stand noch eine kurze Weile da und dachte nach. Dann klopfte er gegen die Tür und rief Knotts Namen. Niemand machte ihm auf, nichts war zu hören.

„Also schön, Knott, ich möchte, daß Sie einen Gen-Test machen. Morgen noch. Und außerdem hätte ich gerne ihre Aussage darüber, wo Sie zur Tatzeit waren. Kommen Sie morgen zur Polizei nach Euskirchen. Wenn nicht, werde ich

Sie vorladen lassen. Alles klar?" Er wartete noch einige Sekunden auf eine Antwort, die aber nicht mehr kam. Damit machte Kevin sich dann auf den Heimweg. Es war schon spät ...

12

Lautlose Schwingen

„Hallo Sarah. Kannst du mir bitte Kevin mal an den Hörer geben?" Sarah erkannte Schumanns Stimme.

„Hallo! Tut mir leid, aber Kevin ist noch nicht zuhause ..."

„Was? Wo treibt der sich denn noch rum? Es ist mittlerweile halb elf!"

„Keine Ahnung. Versuch´s doch mal über sein Handy!"

„Hab´ ich schon. Kann aber auch da keinen erreichen. Hat er sich vielleicht mal zwischendurch gemeldet?"

„Nein, leider nicht. Mache mir auch schon Sorgen. Ich habe gedacht, er hätte sich noch mit dir getroffen."

„Hm, - sag ihm bitte, er soll sich melden, wenn er zurück ist, okay?"

„Okay." In ihrer Stimme klang wirklich große Sorge mit und sie legte den Hörer wieder auf. Bow hatte es sich schon im Schlafzimmer bequem gemacht. Da Sarah auch müde war, bereitete sie sich für das Bett vor und schlief bald ein.

Sekunden später, so schien es ihr, läutete erneut das Telefon. Sie öffnete nach dem Wecker blinzelnd ihre schläfrigen Augen und stellte fest, daß es bereits halb fünf morgens war. Außerdem lag Kevin neben ihr, der offensichtlich so tief und fest schlief, daß er das Telefon nicht hörte. Da Bow sich auch nicht rührte, zweifelte Sarah kurzfristig an ihrem Hörsinn. Erst als sie Kevin wachrüttelte, fand sie sich in ihrer Wahrnehmung bestätigt.

„Kevin! Telefon! Du mußt ran gehen!" Kevin Braun öffnete erschrocken die Augen, sah erstaunt und verworren in Sarahs Augen, hörte das Telefon und schwang sich sofort aus dem Bett.

„Wir müssen uns mal eines neben das Bett stellen ...", murmelte er so vor sich hin, die Treppe aus dem Souterrain herauf laufend.

„Ja hallo? Braun ..." Er bemerkte, daß er noch seine Unterhose an hatte. Das verwunderte ihn sehr, da er sonst nie mit Unterhose, sondern immer nackt ins Bett ging. Wieso hatte er vergessen, sie auszuziehen?

„Na endlich, Mann! Wo bist du gewesen?"

„Schumann? Meine Güte, weißt du wie spät es ist?"

„Halb fünf! Warum willst du das jetzt wissen? Hast du keine eigene Uhr?"

„Oh Gott!" Kevin verdrehte die Augen und knetete sie mit seinen noch müden Fingern. „Warum rufst du nicht morgen früh an?"

„Wir haben morgen früh! Und wir haben wieder einen Toten."

Jetzt schaltete sich endlich Kevins Polizistengehirn ein.

„Wieso? Wer?"

„Die Frau von Martinez. Habe gerade den Anruf von Wißkirchen bekommen. Wir müssen hin!"

„Ach du Scheiße!", kühmte Braun und überlegte ob es noch draußen oder nur in seinem Hirn so dunkel sei. „Na schön. Wir treffen uns dort?"

„Yep."

Kevin bemühte sich leise zu sein, um Sarah nicht zu wecken. Aber das erledigte Bow bereits für ihn, weil sie aufmerksam geworden war und beim Aufspringen mit ihrem dichten Schwanz über Sarahs Gesicht strich, was sie endgültig wach machte. Sarah hatte das Gespräch zwar im Halbschlaf mitbekommen, sich allerdings keine Gedanken über seinen Hintergrund gemacht. Dazu war sie noch viel zu benommen um diese Uhrzeit. Jetzt jedoch stand sie auf und schlich hinter Bow her zu Kevin, der sich schon im Badezimmer befand.

„Was ist denn los?"

„Wir haben wieder eine Tote. Ich treffe mich mit Schumann dort."

„Soll ich dir schnell ein Frühstück machen?" Sie besah sein Gesicht, als es sich gerade vom Becken erhob und im Spiegel auftauchte, nachdem er mit kaltem Wasser versucht hatte es zum Leben zu erwecken. Falten zogen sich seitlich der Nasenflügel zu den Mundwinkeln, die stets etwas nach unten abliefen. Auch an den seitlichen Augenrändern und auf der Stirn bekam er zusehends Falten. Sie standen ihm, fand Sarah, auch wenn sie zeigten, daß er langsam in die Jahre kam. Wohl, weil sie ihn auch mochte, - weil sie ihn liebte.

„Nein, danke. Ich muß sofort los. Danke ..." Sarah verschränkte die Arme vor ihrer Brust, weil ihr ein wenig fröstelte, und blickte auf die dunkelblauen Kachelmuster am Boden. Nach einer Weile sagte sie dann: „Ich habe mir gestern abend Sorgen gemacht. Wo warst du? Wann bist du nach Hause gekommen?"

173

„Wenn du auf jede Frage die du stellst wirklich eine Antwort haben willst, dann mußt du sie einzeln stellen!", antwortete Kevin mit einem smarten Lächeln. Auch Sarah lächelte.

„Polizistenweisheit?"

„Sicher.", bestätigte er. Nach einer Weile fuhr er fort: „Bin noch ein bißchen spazieren gegangen, um in Ruhe nachdenken zu können."

„Den ganzen Abend?", hakte Sarah nach. Nun hielt Kevin inne und sah sie im Spiegel an. Sie blickten sich in die Augen. Dann drehte er sich zu ihr um.

„Ja. So gut wie. Aber ... was ist der Grund für deine Frage? – Eifersüchtig?" Sarah antwortete zunächst mit einem Augenaufschlag.

„Es ist halt ungewöhnlich!" Kevin bürstete nun die Haare ein wenig durch, legte die Bürste wieder zur Seite und ging auf Sarah zu. Behutsam entknotete er ihre Arme, strich ihr über die Wange und setzte ihr einen zarten Kuß auf den Hals, den sie mit geschlossenen Augen entgegen nahm.

„Mach dir nicht so viele Gedanken. Ich muß einen sehr merkwürdigen Fall lösen und ich habe gestern etwas Ablenkung gebraucht. Ich weiß nicht einmal mehr richtig, was ich gesehen habe, als ich spazieren war. Es ist nichts davon in mein Bewußtsein vorgedrungen." Sie nahm es hin und erwiderte einen flüchtigen Kuß.

„Soll ich Bow mitnehmen?"

„Laß sie nur hier. Es ist schön, wenn sie hier ist." Damit verschwand Kevin noch im Dunkeln und fuhr zur Ashfordstraße in Bad Münstereifel, dem Wohnsitz der Familie Martinez.

Als er etwa eine viertel Stunde später dort ankam, stand der Vectra von Schumann tatsächlich schon da. Außerdem zwei Krankenwagen, ein Notarzt-Fahrzeug, drei Polizeiwagen, zwei zivile Einsatzwagen und sogar die Jungs von der Spurensicherung waren da, wie Braun aus dem Mercedes Sprinter schloß, der direkt vor der Einfahrt des großen, in kaminrot gekachelten Hauses stand. Er parkte direkt dahinter und warf einen verächtlichen Blick zu den Fenstern der Nachbarhäuser hinüber, die voll mit neugierigen Gesichtern waren. Auch am Eingang zur Hofeinfahrt stand ein älteres Ehepaar, nur mit Morgenmänteln und Pantoffeln bekleidet, im Weg, und lugte zu dem Haus hinüber, in der Hoffnung, irgendetwas Weitererzählenswertes zu erspähen. Kevin schob sich an ihnen vorbei, wobei er sich dafür noch höflich entschuldigte, daß er die Herrschaften dabei etwas zur Seite drängeln mußte.

„Sind Sie von der Polizei?", wollte die alte Dame wissen. Kevin, als er über ihren Kopf hinweg sah, weil sie sehr klein war, fiel auf, daß es zu dämmern begann. Er blieb kurz stehen und sah zum Himmel. Er war wolkenklar, es würde also wieder ein schöner Tag werden.

„Ja, das bin ich.", sagte Kevin zu der Frau.

„Dann wissen Sie bestimmt schon, was passiert ist, nicht wahr? Haben die sich nun gegenseitig umgebracht?" Sie streckte ihre neugierige Nase Kevin soweit entgegen, wie es ihre Körperhaltung eben zuließ, ohne daß sie vorne über fallen mußte. Er blieb kurz stehen und sah die alte Dame an.

„Wie kommen Sie darauf?"

„Naja, so wie die sich manchmal gestritten haben. Da tät´s nicht wundern! Stimmt's, Josef?" Dabei klopfte sie ihrem Gatten mit einer flachen Rückhand auf die Brust. Der erschrak darüber so sehr, daß er bald nach hinten gefallen wäre. Zustimmend und leise brummend nickte der Gatte mit dem Kopf, ohne seinen Blick von dem Haus zu lassen.

„Wie oft haben sich die Martinez´ denn gestritten?", wollte Kevin wissen, fest in dem Glauben, daß er der Aussage der beiden nicht allzu viel Glauben schenken konnte.

„Oh, regelmäßig!"

„Und sicher wissen Sie auch, worum es dabei ging!" Die alte Dame wurde etwas verlegen und schaute zu ihrem Mann herüber, der ihren Blick allerdings nicht erwiderte.

„Ach wissen Sie,", sagte die Alte und wendete sich wieder Kevin zu, „so genau will man das ja gar nicht wissen. Das geht einen ja auch nichts an."

„Aha.", murmelte Braun.

„Jedenfalls war es manchmal ganz schön laut da drin! Er, also der Herr Martinez, hat ja auch immer lange gearbeitet, wissen Sie, und seine Frau, die Frau Martinez, die war ja dann auch den ganzen langen Tag alleine. Und Kinder haben die ja auch keine. Ich glaube, die hat sich einfach gelangweilt. Und er hat einfach zuviel arbeiten müssen. Und das alles für seine Frau, die sich nur langweilt. Ist doch kein Leben! ..."

„Ja, da haben Sie sicher recht.", stimmte Kevin ihr flüchtig zu, ließ sich zu einem amüsierten Lächeln hinreißen und beschloß, sich nun nach Schumann umzusehen. Der kam aber gerade aus dem Haus, weil er Kevins Wagen hatte vorfahren, ihn aber nicht ins Haus kommen sehen.

„Hey Kevin! Kommst du? Oder gibt´s was wichtiges?"

175

„Komme." Als er auf Schumanns Höhe war, legte der eine Hand auf Kevins rechte Schulter und ging so neben ihm her ins Haus.

„Was war los, Junge? Du warst ja vom Erdboden verschwunden gestern."

„Ach was ... ich weiß auch nicht. War in Schönau und hab´ ein paar Runden um den See am Witscheider Hof gedreht. Hab gar nicht mitbekommen, wie spät es eigentlich war. Irgendwann wurde ich dann heute morgen von einem furchtbaren Klingeln geweckt ..." Sie schlängelten sich an den Beamten vorbei, die in der Haustür standen und kopfnickend grüßten. „Und was war bei dir? Bist du in Köln weiter gekommen?"

„Oja, ein bißchen. Erzähl´ ich dir aber später. Kuck dir erst einmal diesen Mist hier an. Ich nehme an, du weißt wo es ist?"

„Wo was ist? Das Wohnzimmer? Ja. Ist sie dort?"

„Nicht ganz. Ihre Haare liegen dort. Sie hat sie sich vielleicht selbst abgeschnitten. Der Rest von ihr liegt in der Badewanne." Kevin sah seinen Partner sehr skeptisch an.

„Sieh mich nicht so an! Sie hat sich erst kahl rasiert, Tabletten geschluckt, vielleicht LSD oder Amphitamine, hat sich in die Badewanne gesetzt und sich die Pulsadern aufgeschnitten."

„Meine Güte, muß die fertig gewesen sein.", kommentierte Braun die Ausführungen Schumanns. Er folgte zunächst dessen Wink mit der Hand in Richtung Badezimmer. Das befand sich im ersten Stockwerk. Die Treppe war aus blankpoliertem Eichenholz und so glatt, daß eine Schnecke hier verhungert wäre. Im oberen Flur war der Boden ebenfalls weiß marmoriert gekachelt, die Einrichtung sehr spärlich, auf pseudokünstlerische Weise sehr spärlich. Kevin sah nach rechts. Dort standen die Beamten von der Spurensicherung in der Tür zum Bad. Sie grüßten sich wortlos. Er ging hinein und sah zu der Wanne. Vollgelaufen. Blutrot. Ein nackter Körper. Frau Martinez, eindeutig, wenn auch ohne Haare. Die Augen noch weit offen, als wäre sie mit Erschrecken gestorben. Auch der Mund war leicht geöffnet, ihre Finger ausgestreckt, im Wasser neben dem Körper ruhend. Beide Pulsadern an den Handgelenken klafften weit auf. Kevin betrachtete den Körper eine Weile und merkte dabei nicht, daß es still um ihn wurde, als warte man auf sein fachmännisches Urteil. Erst Schumann unterbrach die kurze Stille.

„Was ist? Was denkst du?" Als würde Kevin gewaltsam aus seinen Gedanken gerissen, sah er sich ruckartig nach Schumann um und kratzte sich am Hinterkopf.

„Naja, sieht aus,", sagte er nach einer weiteren kleinen Weile und mit behäbigen Worten. „sieht aus, als wär´ ihr das Sterben nicht eben gut bekommen." Schumann runzelte die Stirn. „Ich meine, sie hat gelitten. Die Augen, der Mund, die Hände. Siehst du die Schürfwunde an ihrer Hüfte? Sie hat sich dort heftig gestoßen. Oder sie wurde geschlagen ..."

„Du meinst ..."

„Wär´ immerhin möglich. Wo ist Martinez?"

„Sitzt unten im Wohnzimmer. Ist ziemlich fertig. Er hat sie heute morgen entdeckt, als er nach Hause kam."

„Heute morgen?" Kevin sah auf seine Uhr. „Es ist jetzt erst kurz vor sechs!" Schumann zuckte mit den Schultern.

„Ich habe auch noch nicht mit ihm gesprochen. Die Kollegen kümmern sich um ihn."

„Können wir sie aus dem Wasser holen?", rief eine Stimme von hinten.

„Einen Augenblick noch.", erwiderte Kevin. Er wollte noch einen Blick durch das Bad werfen. „Mordwaffe?"

„Was heißt `Mordwaffe´ ? Meinst du, man hat sie umgebracht?", fragte Schumann. Kevin sah auf die Anrichte mit den vielen Schminksachen, einem großen Spiegel, jede Menge Bürsten, warum brauchten Frauen immer so viele Bürsten, und den verschiedensten teuren Parfums.

„Ist mir nur so raus gerutscht. Macht der Gewohnheit. Aber mit irgendwas muß sie sich ja die Pulsadern aufgeschnitten haben – wenn sie es denn selbst war ... Außerdem sind beide aufgeschnitten. Dazu gehört viel, wenn du verstehst, was ich meine!" Schumann nickte bedächtig.

„Ich schätze, die Klinge oder was auch immer liegt im Wasser." Kevin sah seinen Partner an. Sie verstanden sich so gut, daß sie nun völlig schweigsam untereinander abmachten, wer seinen Arm ins Wasser lassen sollte. Sie taten es beide. Nachdem sie ihre Jacken ausgezogen und einem der Beamten übergaben hatten, tauchten sie in das rote Wasser ein und suchten um den Hüftbereich der Leiche herum vorsichtig nach einem Schnittwerkzeug. Die anderen Beamten blinzelten sich mit einem nur angedeuteten und zurückgehaltenen Grinsen an. Schumann wurde schließlich fündig.

„Ich hab´ was!" Vorsichtig versuchte er es aufzufischen, zog es aus der Blutsuppe heraus und hielt es zur Betrachtung hoch.

„Ein Teppichmesser.", stellte er flüsternd fest. Kevin wusch sich erst den blutrot gefärbten Arm im Spülbecken ab und bedeutete einem der Beamten, das Messer zu sichern.

„Da werden wohl kaum noch Fingerabdrücke drauf sein."

„Glaub ich auch nicht.", bestätigte Schumann. „Und dann kriegt man sowas noch überall zu kaufen. Also du meinst:...kein Selbstmord?" Kevin verzog sein Gesicht zu einer ahnungslosen Maske, was tiefe Falten um seine Mundwinkel zog.

„Wer weiß. Ich will es nur nicht ausschließen. Sich beide Pulsadern aufzuschneiden, dazu gehört schon was ... Laß uns mal zu Martinez gehen. Mal hören, was der dazu sagt."

„Ihr könnt sie raus holen."

Nun wurde es noch einmal hektisch auf dem Flur, als die Beamten sich daran machten, die Leiche fort zu schaffen. Die meisten waren eigentlich schon gegangen, Bilder waren geschossen, nach Fingerabdrücken wurde hier und da noch gesucht, der Raum wurde gesichert. Kevin und sein Partner, er voran, gingen wortlos die Treppe hinunter. Jeder hing so seinen Überlegungen nach, während Kevin außerdem die Müdigkeit in seinen Knochen spürte, als hätte er kaum geschlafen. Oft ging es ihm in letzter Zeit so. Dadurch wurden ihm nicht nur die Beine schwer, sondern auch seine Gedanken. Tief schwarz war es manchmal in ihm und er hatte sich sehr zu konzentrieren, um den Dingen überhaupt folgen zu können. So kam es auch, daß er zunächst, als sie ins Wohnzimmer kamen, an die große Terrassentür ging und sie öffnete, um ein paar kräftige Züge der frischen Morgenluft einzuatmen. Sie war noch kalt und fast frostig, aber sie tat ihm gut. Er hörte auch das Vogelgezwitscher, das bereits eingesetzt hatte. Die Sonne stand schon am Horizont in Lauerstellung, der Himmel zeigte sein schönstes Blau in der Morgendämmerung. Die Schaulustigen, die zwar weniger geworden waren, fielen ihm gar nicht auf. Sein Sinn stand ihm in diesem Augenblick nur nach der Kühle des Morgens und der gerade aufgehenden Sonne, die sich noch hinter den Bergen dieser hügeligen, baumbewachsenen Landschaft versteckte. Von hier aus hatte man einen weiten Überblick in die Gegend hinein. Etwas weiter links, in Richtung Norden, konnte er fast den Giersberg sehen, wenn nicht die Häuser der gegenüberliegenden Seite ihm die Sicht versperren würden. Der lag knappe drei- oder vierhundert Meter Luftlinie vom Zentrum Bad Münstereifels entfernt. Aber dort gab es ziemlich viele Wildschweine. Und eine alteingesessene Herrschaft, die ihr kleines Schlößchen mitten in den Wald gesetzt hatte, umgeben von einem wunderschönen Park. Dort herrschte eine solche Ruhe und Abgeschiedenheit, daß man kaum glauben mochte, nur einen Steinwurf von allem Geschehen weg zu sein. Kevin war dort früher oft spazieren gegangen. Zusammen mit Jasmin. Oft hatten sie im Schatten der alten Mühle gesessen, die zum Schloß gehörte. Oft einfach nur in der Sonne gelegen, hin und wieder besucht von irgendwelchen Katzen, die zum Haus gehörten, oder einem alten Hund, einem Beagle, der hier seine letzten Tage genoß. Oft waren sie hier in tiefe Gespräche und Betrachtungen vertieft gewesen, oder sahen sich manchmal eine unendliche Weile lang einfach nur an. – Lange ist das her. Kevin kam es vor, als wäre es in einem anderen Leben gewesen. Als träume er es wie ein anderes Leben. Mehr noch: dieses andere Leben wollte ihm zur Wirklichkeit werden, so daß er nicht mehr unterscheiden konnte zwischen dieser ihm eigenen Wirklichkeit und der Realität. Und dessen war sich Kevin sogar meistens bewußt, ohne es allerdings ändern zu wollen. Es schien ihm besser so. Es war wie eine Betäubung des Schmerzes, der schon vor langer Zeit einen tiefen Stachel in seine Seele gesetzt hatte.

„...Möchten Sie denn noch ein Glas Wasser?", sagte Schumann gerade zu Martinez. Kevin schloß die große Glasschiebetür wieder, weil zuviel kalte Luft in den Raum zog, und wandte sich um. Alle anderen Beamten hatten bereits den Raum verlassen. Martinez saß in einem der großen Ledersessel, die mit dem Rücken zur Wand standen. Seine Augen waren klein, den Schlips hatte er sich aufgezogen, die ersten beiden Hemdknöpfe geöffnet. Seine Hände, an deren einem Gelenk eine große schwere goldene Uhr hing, am vierten Finger der anderen ein großer goldener Ring, fuchtelten nervös mit einem leeren Glas herum. Er verneinte die Frage Schumanns und sah, in sich zusammen gekauert, auf den Boden. Seine Haare wirkten etwas zerwühlt. Er machte den Eindruck, als wäre er ziemlich aus der Bahn geworfen worden. Kevin nahm ihm gegenüber auf dem Sofa Platz und legte müde den Kopf nach hinten. Dann sah er auf Schumann und beobachtete Martinez. Schumann stand noch. Er lehnte sich mit den Händen auf die Lehne des zweiten Sessels und hielt seine Augen auch auf Martinez gerichtet.

„Mein Schwiegervater wird mich umbringen!", flüsterte der Spanier.

„Wie?" Schumann beugte sich vor, als könne er Martinez so besser verstehen.

„Er wird mich töten. Er hat mich immer gehaßt."

„Vielleicht erzählen Sie uns erst einmal, was geschehen ist.", sagte Kevin in sehr väterlichem Ton, wählte dabei aber absichtlich die Formulierung: `was geschehen ist´, statt etwa, wie er sie denn gefunden habe. Martinez blickte ihn flüchtig an und sah dann aus dem Fenster.

„Ich war die Nacht über weg. Mit Freunden – Geschäftspartnern. Heute morgen, so gegen halb fünf, kam ich nach Hause. Ich ging sofort ins Schlafzimmer, weil ich müde war ..." Er stockte kurz. „Meine Frau lag nicht in ihrem Bett. Das war an sich nichts ungewöhnliches. Es kam öfter vor, daß sie im Gästezimmer schlief oder aber einfach gar nicht da war." Martinez machte ein kurze Pause und rieb sich die Augen mit seinen durchaus sehr kräftigen Fingern. „Merkwürdig war nur, daß sie ihre Sachen auf der Komode liegen gelassen hatte. Darüber habe ich mich schon gewundert. Das hätte sie nie getan, wenn sie weggegangen wäre, oder selbst, wenn sie im Gästezimmer geschlafen hätte. Ich dachte mir, daß sie vielleicht im Bad ist ... aber es war gerade halb drei ... und ich ..." Es blieb ihm ein wenig die Luft weg. Er schluckte hastig und preßte die Hände vor das Gesicht, als wolle er so seine Gefühle unter Kontrolle kriegen.

„Weiter! Kommen Sie.", forderte Schumann ihn auf. Martinez brauchte noch eine Weile. Sowohl Kevin als auch sein Partner achteten genau darauf, ob der gewiefte Geschäftsmann ihnen eine Geschichte auftischte, oder ob er die Wahrheit sagte und seine Reaktion nicht aufgesetzt war. Das war sehr schwierig, denn Martinez war wirklich mehr als gewieft.

„Ich dachte nicht, daß sie um diese Zeit im Bad sein könnte. Dennoch ging ich nachsehen, bevor ich mich ausziehen wollte. Und dann ... tja ... da habe ich sie gefunden." Als er das sagte, hielt er die Augen geschlossen. Seine Hände klatschten leise auf seine Knie und er verharrte eine Weile so. Schumann und Braun blickten sich kurz an. Es schien, als wolle er sich bloß neu konzentrieren. Schumann stieß sich von der Sessellehne ab und schritt langsam zwischen dem

Sofa und dem großen Fenster hin und her. Kevin beugte sich zu Martinez vor.

„Wo waren Sie denn mit ihren Freunden?", wollte er von dem Spanier wissen.

„In Aachen. Wir waren in einem Lokal essen."

„Bis morgens um halb drei?" Martinez zuckte ganz unschuldig wirkend mit den Schultern.

„Wir waren bis etwa halb zwei da. Dann sind wir gefahren." Jetzt sah er die beiden Kripomänner an und versuchte einzuschätzen, in welcher Lage er sich befand. Das wurde ihm bald klar.

„Hören Sie,", sagte er mit einer zur Mahnung erhobenen Hand. „Ich hatte vielleicht nicht das beste Verhältnis zu meiner Frau, aber ich war heute abend essen, komme nach Hause und entdecke sie tot in der Wanne liegend. Das ist bestimmt nicht sehr angenehm."

„Weil Sie Angst vor ihrem Vater haben?", fragte Schumann. Martinez faßte dies aber als rhetorische Frage auf, weshalb er sie auch unbeantwortet ließ und Schumann nur einen verächtlichen Blick zuwarf.

„Ich nehme an, Sie können uns die Personen benennen, mit denen Sie essen waren?", sagte Kevin. Der Spanier überlegte einen Augenblick, bevor er antwortete.

„Ich glaube, jetzt ziehe ich besser meinen Anwalt hinzu!", sagte er mit fester Stimme.

„Sicher, das steht Ihnen frei. Sagen Sie mir nur eins!", entgegnete Schumann barsch und kam jetzt um das Sofa herum direkt auf Martinez zu, um sich auf seine Sessellehnen zu stützen und ihm aus nächster Nähe prüfend ins Gesicht zu sehen. „*Warum* ist Ihre Frau gestorben?"

Martinez war nicht der Mann, der sich so leicht fangen oder einengen ließ. Nach einem kurzen Blick in Schumanns Augen schob er sich an ihm vorbei aus dem Sessel heraus und ging, die Hände in die Hosentaschen steckend, bis ans andere Ende des Wohnzimmers, wo er durch die Terrassentür hindurch in Richtung Giersberg sah und den beiden Beamten so den Rücken zukehrte.

„Naja,", sagte er schließlich. „ ... das Leben meiner Frau war nicht gerade einfach. Sie hat sich das alles ganz anders vorgestellt. Ihr Vater hat ihr ganzes Leben bestimmt. Als sie mich heiraten wollte, statt eines ... eines wirklich reichen Mannes, da hat es zwischen den beiden richtig Streit gegeben." Er wendete sich wieder Braun und Schumann zu und wedelte mit seiner rechten Hand gestikulierend herum.

„Dann hat sich unsere Verbindung auch nicht als so fruchtbar heraus gestellt."

„Wie meinen Sie das?", fragte Kevin.

„Sie konnte halt keine Kinder bekommen. Allen ärztlichen Untersuchungen zum Trotz hat ihr Vater immer mir die Schuld dafür gegeben."

„Wollten Sie denn Kinder?" Martinez sah Kevin wie verblüfft an.

„Nein, auf keinen Fall. Also – ich jedenfalls nicht. Meine Frau natürlich schon. Und ihr Vater auch. Der war ganz wild auf Enkel, aber es mußten auch leibliche sein!"

„Was macht ihr Schwiegervater überhaupt? Sie haben mal erwähnt, er sei sehr reich.", unterbrach Schumann ihn.

„Das kann man wohl sagen. Der hat sein Geld aus Dreck gemacht, im wahrsten Sinne des Wortes. Er besitzt ein ziemlich großes Müllbeseitigungsunternehmen, hat mittlerweile mehrere Tochterunternehmen im europäischen Ausland, hier eine Holding, da eine Holding, und so viel ich weiß, plant er sogar an die Börse zu gehen." Schumann wurde jetzt ganz aufmerksam. Er hatte da plötzlich einen Verdacht, den er selbst für zu unglaublich hielt.

„Wo ist denn der Sitz des Unternehmens? Hier in der Eifel?"

„Nein, der Hauptsitz ist in der Nähe von Mettmann bei Düsseldorf. Aber er hat hier so eine Art Filiale. Dort ist er selber auch meistens. In der Nähe von Kall."

„Sötenich? Grubauer Umweltdienste?"

„Ja richtig! Woher wissen Sie ..."

„Bin ich Pizzabäcker?"

Kevin verkniff sich sein Schmunzeln nicht, auch wenn er die Bemerkung Schumanns für überflüssig hielt. Zudem wunderte er sich auch darüber, daß sein Partner davon wußte. Der allerdings hielt sich eine Hand vor den Mund, als könne er etwas nicht ganz fassen. Ihm war förmlich anzusehen, wie sein Kopf arbeitete. Für einen Augenblick schien Schumann ganz abwesend. Deshalb ergriff Kevin wieder die Initiative.

„Also gut.", sagte er und hob sich müde aus dem Sofa. Als er stand, streckte er die Hände weit nach oben und gähnte. Dann erblickte er Martinez, der ihn ganz verächtlich musterte und es wurde ihm peinlich. „ ... entschuldigen Sie, aber der ganze Fall raubt mir wirklich den letzten Schlaf ..." Martinez kommentierte seine Aussage mit einem Kopfschütteln und ging zur Bar, um sich einen Cognac einzuschütten. Das veranlaßte Kevin, nochmals auf seine Uhr zu sehen. Viel zu früh oder viel zu spät, je nach dem, wie man´s nahm.

„Dann wollen wir Sie in ihrer Trauer mal alleine lassen. Komm, Schumann. Laß uns frühstücken gehen. Und, Herr Martinez, Sie sind gut beraten, wenn Sie Ihren Anwalt anrufen. Wir brauchen alle Angaben, die der Überprüfung Ihres Alibis dienlich sind. Versteht sich von selbst, daß Sie sich zu unserer Verfügung halten sollen." Martinez reagierte nicht weiter, nippte nur an seinem Schwenker und hob das Glas anschließend wie zum Gruß.

„Ich denke, sie finden alleine heraus, meine Herren?"

„Sicher."

Der Spanier mit dem smarten Vornamen Raoul blickte ihnen noch einen Augenblick nach und ging dann wieder zum Fenster neben der Terrassentür, von wo aus er die beiden sich noch ein wenig unterhalten, dann in ihre Autos einsteigen und wegfahren sehen konnte. Das Haus war jetzt ganz leer und ruhig. Seine Augen blieben noch eine Weile an den leeren Parkplätzen haften. Erst als die Sonne langsam über den Bergrücken kroch und die ersten Strahlen ihn blendeten, ging er in den Flur und griff in eine Tasche seines Mantels. Martinez holte eine Schachtel Zigaretten hervor, setzte sich wieder in den Sessel, zündete sich eine Zigarette an, schloß die Augen, sog den Rauch tief ein, und nippte erschöpft an seinem Cognac. Die Zigarette tat ihm jetzt gut, gleichwohl sein ganzer Körper immer noch bebte.

„Woher weißt du das mit `Grubauer-Umweltdienste´?", war das Erste, was Kevin sagte, als sie beide in der Escher Heide vor Kevins Haus aus ihren Autos gestiegen waren.

„Ich glaube, es wird Zeit, daß wir einmal über gestern reden!", sagte Schumann und lief an dem immer noch verwunderten Kevin vorbei zur Haustür. Braun schüttelte etwas den Kopf, schloß die Türe auf, begrüßte Bow, die ihn direkt ansprang und dann auch zu Schumann lief. Sie schnüffelte an ihm und ließ sich kurz von ihm streicheln, so als ob sie damit zeigen wolle, daß sie auch ihn zur Kenntnis genommen habe. Sarah kam ihnen schon im Flur entgegen.

„Da seid ihr ja! Das ist schön." Sie umarmte Kevin und küßte ihn. „Setzt euch ins Wohnzimmer. Ich mache ein Frühstück."

„Genau darum hätte ich dich jetzt gebeten.", flüsterte Kevin und winkte Schumann, ihm zu folgen. Der grüßte ebenfalls Sarah mit einem Lächeln und schlich hinter Kevin her. Sie gingen in die Küche und Kevin öffnete einige Schranktüren, um Sachen heraus zu kramen. Ein paar davon drückte er Schumann in die Hand.

„Was macht ihr da?", rief Sarah aus dem Bad.

„Wir decken schon mal den Tisch.", entgegnete Braun und setzte auch noch Wasser für den Tee auf. „Na komm, setzen wir uns solange noch ins Wohnzimmer." Sie nahmen allerdings schon am Eßtisch Platz, der im offenen, an das Wohnzimmer angrenzenden Eßzimmer stand.

„Jetzt erzähl, Schumann."

„Nach der Reihe. Was gab es denn bei den Eltern der Werners?"

„Die machen mir immer noch einen ziemlich verstörten Eindruck. Die Mutter ist bestimmt schon jenseits von Gut und Böse, und der Vater – naja, der gibt mir Rätsel auf. Zum einen scheint er interessiert und hilfsbereit, dann wieder wendet er sich völlig ab, als würde ihn das alles nichts mehr angehen. Werd´ nicht ganz schlau aus dem ..." Er mache eine kurze Pause und sah nachdenklich auf sein Bücherregal, als könne er darin ein Buch finden, in dem die Lösung stände.

„Sie erwähnten dann eine Freundin. Susanne Keller. Die wußte aber auch nicht viel mehr, als wir ohnehin schon wissen. Sie hat mich nur auf einen Ex-Freund der Werners aufmerksam gemacht, einen Joachim Knott. Das war eine Type, sag´ ich dir! Die Wohnung ein einziger Saustall, alles ziemlich dürftig eingerichtet, der Junge ein echter Schluffen, machte aber trotzdem einen echt intelligenten Eindruck. Er kannte wohl auch van der Kerken. Wegen Drogen! Und er wußte, das Maria Werners schwanger war."

„Glaubst du, er könnte etwas mit der Sache zu tun haben?"

„Weiß nicht. Auf der einen Seite war er nahe an ihr dran, auf der anderen Seite traue ich ihm das nicht zu ... Aber wer weiß!"

„Du sagst, er kannte van der Kerken wegen Drogen?"

„Ja, er hat bei ihm wohl öfter Drogen gekauft. Und er hat ihn gehaßt. Jedenfalls hat er kein gutes Haar an ihm gelassen. Meinte, daß Maria Werners und van der Kerken durchaus auch was miteinander gehabt haben könnten." Schumann hob erstaunt die linke Augenbraue. „Außerdem hat er was von einer Erpressung gesagt."

„Was für eine Erpressung?"

„Er meint, Maria Werners wäre von van der Kerken erpreßt worden. Entweder, weil sie möglicherweise von ihm schwanger war und er die Beziehung zu Martinez hochgehen lassen wollte, oder aber weil er vielleicht wußte, daß Martinez der Vater war und er dessen Ehe hochgehen lassen konnte." Schumann lehnte sich zurück, verschränkte die Arme und sah aus dem Terrassenfenster, wo er aus seinem Winkel nur ein paar Büsche und über sie hinaus in den dahinter liegenden, lichten Wald sehen konnte.

„Worüber denkst du so angestrengt nach?", fragte Kevin seinen Partner. Sarah brachte noch Marmelade, Butter, und anschließend kam sie mit dem fertigen Tee und schenkte ihnen ein. Bow stand vor der Terrassentür und blickte auf Kevin. Er merkte es schließlich, stand auf und ließ sie hinaus, damit sie ihr Geschäft machen konnte. Sein Blick blieb dabei allerdings auf Schumann haften.

„Das van der Kerken mit Drogen zu tun hatte, bestätigt das, was ich zu hören bekommen habe."

„Aha! Und was ist das?" Sarah ging um den Tisch herum und setzte sich. Sie widmete ihre Aufmerksamkeit genauso Schumann, wie Kevin es tat. Auch wenn sie den Anfang verpaßt hatte, ahnte sie, daß die beiden Männer nun eine gewisse Spur verfolgten.

„Also ich war ja im Kölner Waidmarkt."

„Das ist das Kölner Polizeipräsidium ...", ergänzte Kevin, erklärend an Sarah gerichtet. Sie nickte.

„Und da konnte ich mit einem gewissen Kreische sprechen. Kreische ist aber vom Drogendezernat. Ich erzählte ihm von van der Kerken und er mir davon, daß sie denselben Mann auch verfolgten, allerdings halt wegen Drogen!"

„Und wieso hat Grubauer was damit zu tun?", warf Kevin ein.

„Warte! Sie hatten schon jemanden eingeschleust, der sich an van der Kerkens Fersen geheftet hatte. Unser Holländer war nämlich ein Drogenkurier für eine weitere Figur, einen gewissen Janckel!" Kevin verschluckte sich und hustete. Sein Messer fiel ihm aus der Hand und fiel scheppernd auf seinen Teller. Sarah zuckte zusammen und sah erschrocken auf Kevin.

„Entschuldige, aber ...." Braun griff nach einer Serviette und putzte sich den Mund ab.

„Was ist los? Hab´ ich was falsches gesagt?" Schumann war sichtlich irritiert und fixierte seinen Partner. Sarah sah zwischen den beiden hin und her, holte Luft, weil sie etwas zu Schumann sagen wollte, hielt aber dann doch noch inne.

„Nein, nein.", sagte Kevin, blickte dabei nicht mehr Schumann an, sondern nur noch auf den Tisch und vergrub die Hände im Schoß. Bow kam herein gelaufen, weil sie das Scheppern gehört hatte und sah neugierig und mit gespitzten Ohren über den Tisch. „Erzähl nur erst einmal weiter."

„Na schön. Van der Kerken also war Drogenkurier für diesen Jancke." Schumann bemerkte Kevins kurzen Augenaufschlag zu Sarah hinüber. „Und dieser Jancke wiederum hat Geschäfte mit Grubauer gemacht. Und der war auch das eigentliche Ziel der Ermittlungen des Kölner Drogendezernats. An ihn wollten sie dran. Er ist der große Boß im Hintergrund. Jancke war auch nur ein Einkäufer."

„War?"

„Ja, er ist tot. Ermordet. Vor etwa zwei Wochen."

„Verdammt!" Kevin schmiß seine Serviette auf den Tisch und stand auf. Noch bevor Schumann irgendetwas sagen konnte, lief er, gefolgt von Bow, zur Terrassentür hinaus in den Garten und schlenderte über die Wiese, die Hände jetzt in den Hosentaschen vergraben. Bow trottete neben ihm her und sah immer wieder zu ihm auf, aber er bemerkte sie erst, als sie ihn mit der Nase kräftig an der Stelle seiner Hose anstubste, wo er seine Hände versteckt hielt. Kevin blieb kurz stehen, sah zu ihr herab, lächelte flüchtig und gequält, streichelte dann zärtlich ihr Kopffell und knetete sanft ihre weichen Ohren. Plötzlich war es auch sehr still geworden. Selbst die Stimmen der Vögel, die eben noch durch die offene Glastür ins Eßzimmer gedrungen waren, drangen nicht mehr in Brauns Bewußtsein. Der Himmel schien nicht mehr blau, die Luft kaum mehr rein, frisch und kräftigend. Ein Druck baute sich in seinem Kopf auf, Wolken zogen sich zusammen, ballten sich zu riesigen Wällen und erzeugten wieder diese enorme, nahezu unaushaltbare Spannung, die einer Entladung bedurfte. Bilder von Jasmin tauchten auf und verschwanden wieder. Andere Bilder, die er nicht wirklich erkennen konnte, kamen und gingen. Gedanken, die er festhalten wollte, aber nicht konnte, liefen durch seinen Kopf wie an einem Laufband. Irgendetwas stimmte an dieser ganzen Sache nicht. Irgendetwas war so unklar, so unfaßbar im wahrsten Sinne des Wortes, daß es ihm so schien, als fehle ihm nur jegliche Konzentration, um die Dinge zu sehen, die es zu sehen galt, - als raube ihm jemand oder etwas diese Konzentration, oder verbiete ihm den Zugang dazu. Und keine noch so große geistige Anstrengung, kein noch so großer Kraftakt machte es ihm möglich, eine Antwort auf ein paar bestimmte Fragen zu finden.

„Wer ist Jancke?"

Die Jagd

Kevin erschrak heftig unter diesen Worten. Schumann stand direkt hinter ihm. Er hatte seinen Partner nicht kommen gehört.

„Wer zum Teufel ist Jancke?", wiederholte Schumann. Nach ein paar Sekunden strömte Kevins Blut wieder und er drehte sich langsam zu seinem Hintermann um. Wortlos standen sie sich gegenüber. Keiner sprach ein Wort. Ihre Augen hielten sich gebannt fest. Dann gab sich Kevin einen Ruck und er ging an Schumann vorbei ins Haus zurück.

„Hey! Was ist ...", rief Schumann.

„Komm mit. Ich muß dir was zeigen.", sagte Kevin leise und gefaßt, ohne stehen zu bleiben. Schumann folgte ihm ins Haus zurück, hintendrein Bow. Sarah war am Tisch sitzen geblieben, hatte allerdings ein angefangenes Toast liegen gelassen und schlürfte an ihrem Tee. Sie sah Kevin wieder herein kommen und versuchte in seinem Gesicht zu lesen. Sein Ausdruck sagte jedoch nichts. Jedenfalls nicht viel. Und das er nicht viel sagte, schien ihr ein anfängliches Zeichen für seine Resignation. Soviel zeigte ihr sein Ausdruck wenigstens. Er schritt an ihr vorbei ohne sie anzusehen und ging in die Küche. Sarah war klar, was er dort wollte. Schumann trat ein und blickte sie fragend an, worauf sie mit Schulterzucken und aufeinander gepreßten Lippen antwortete. Er blieb stehen. Kevin kam nach einem Augenblick zurück und hielt einen Zettel in der Hand, den er Schumann reichte.

„Lies!", sagte er und setzte sich wieder an den Eßtisch, wo er nach seiner Teetasse griff, ohne jedoch aus ihr zu trinken. Schumann nahm den Zettel zögernd entgegen. Er war sich keineswegs darüber im klaren, was das alles zu bedeuten hatte. Ruhig nahm auch er wieder am Tisch Platz, entfaltete den Zettel und las. Kevin und Sarah sahen sich während dessen stumm an. Schließlich legte Schumann den Zettel wieder auf den Tisch, griff ebenfalls nach seinem Tee, nahm einen Schluck, stellte die Tasse wieder ab und blickte auf Kevin. Er erwiderte zunächst seinen Blick und senkte seine Augen dann wie ein kleines Kind nach unten.

„Du hast einen Bruder?", fragte sein Partner ihn.

„Nein. Habe ich nicht."

„Und von wem ist dieser Brief dann?" Kevin schüttelte benommen den Kopf.

„Was war mit deinem Vater? Du hast mir nicht erzählt, daß er ..."

„Ich will darüber auch nicht reden!", unterbrach Kevin. „Er ist erschossen worden. Ich war noch klein, weiß davon eigentlich nichts." Sarah stand auf, räumte ein paar Sachen zusammen und trug sie in die Küche. Es war ihr peinlich dabei zu sitzen. Sie spürte, daß Kevin litt. Dann kam sie doch zurück und legte einen Arm um die Schultern ihres Freundes. Schumann überflog den Zettel noch einmal.

„Also schön. Jemand schreibt dir diesen Zettel. Kein Hinweis auf einen Absender, nichts. Hier steht: `... Maria Werners war ein Fehler. Und daß sie schwanger wurde war eben Pech. Und schließlich war sie auch nur ein Werkzeug Janckes. Aber der ist nun ja auch tot...´ Hmm, tja, - vielleicht will dich jemand verunsichern. Jedenfalls wußte der Briefeschreiber gut Bescheid. Du kennst also keinen Jancke...?" Kevin blickte jetzt ziemlich genervt zu Schumann auf.

„Nein, Gott nochmal, ich kenne keinen Jancke!" Schumann stand auf und ging im Wohnzimmer im Kreis herum. Dabei hatte er sogar seine Hände auf dem Rücken gefaltet. Sarah setzte ihre Aufräumarbeit fort, Kevin blieb sitzen und streichelte Bow, die ihre Schnauze besorgt auf seinen Oberschenkel gelegt hatte und ihn unsicher ansah.

„Was hast du dir denn gedacht, als du diesen Brief bekommen hast?", wollte Schumann wissen. „Abgesehen davon, daß ich es sehr merkwürdig finde, daß du es nicht für nötig gehalten hast, mir davon zu erzählen!"

„Tut mir leid, Schumann, ich weiß es nicht. Mich hat das genauso ins Grübeln gebracht wie dich jetzt. Vielleicht will mich wirklich jemand verunsichern. Vielleicht will jemand andere verunsichern. Dich zum Beispiel. Vielleicht will jemand einen Verdacht auf mich lenken."

„Welchen Verdacht, Kevin?", sagte Schumann schnell und sah Kevin fest an.

„Das ich mit der ganzen Sache etwas zu tun habe ..."

„Und warum?"

„Das ist die Frage. Ich weiß es nicht." Sarah stellte ein mitgebrachtes Tablett voll und trug es in die Küche.

„Möchte jemand noch Tee?" Beide bejahten.

„Naja", nahm Schumann seine Gedanken wieder auf. „Jedenfalls hat der Briefeschreiber sowohl dich und Maria Werners als auch Jancke gekannt. Und außerdem, wenn ich das richtig lese, haben die beiden letzteren sich dann auch gekannt. Wer kommt dafür in Frage?"

„Van der Kerken.", gab Kevin zurück. „Unter Umständen auch Grubauer?" Schumann zuckte mit den Schultern. Das war ihm zuwenig.

„Was ist mit diesem Joachim? Könnte der ...", fragte Schumann seinen Partner.

„Nein, glaub ich nicht. Der ist nur Konsument. Da steckt mehr dahinter." Sie schwiegen eine Weile, bis Sarah mit neuem Tee kam. Sie goß drei Becher ein und setzte sich zu Kevin an den Tisch.

„Was war eigentlich mit Grubauer? Du warst doch bei ihm."

„Grubauer? Das ist ´ne Marke! Der Kerl ist vierundsechzig. Hat aus dem Nichts ein ziemlich großes Unternehmen aus dem Boden gestampft und sich leider auf ganz üble Geschäfte eingelassen. Seine Frau ist schon vor ein paar Jahren gestorben, Frau Martinez war die einzige Tochter. Grubauer weiß genau, daß Martinez miterbt, weil seine Tochter ja Alleinerbin ist. Davor hat er große Angst. Er hält Martinez für berechnend und falsch. Traut ihm nicht für den Pfennig. Der alte Mann ist zwar ein gewiefter Fuchs, aber auch ein Hitzkopf!"

„Was hast du ihm denn gesagt, weshalb du kommst?"

„Das, was ist. Das es im Umfeld seines Schwiegersohnes einen Mord gegeben hat und ich einiges über Martinez wissen wollte. Aber Grubauer schien bereits bestens über alles informiert zu sein und war ganz cool. Der gibt sich keine Blöße!"

„Wird Kreische nicht sauer sein, weil du ihn aufgescheucht hast?"

„Die Sache ist doch ohnehin erst mal für ihn gelaufen. Die Leute, über die Kreische an Grubauer wollte, sind tot. Er fängt jetzt wieder von vorne an." Kevin blickte bei den Worten Schumanns auf.

„Möglicherweise ist Grubauer dafür verantwortlich. Kann sein, daß er die Lunte gerochen und aufgeräumt hat. Wenn da noch mehr gelaufen ist, wovon wir nichts wissen ..."

„Dann fehlt aber immer noch die Beziehung zu der Werners. Da unterbricht sich die Kette immer wieder, egal von welcher Seite man den Fall aufrollt. Es ist zum verrückt werden."

„Vielleicht habt ihr noch jemanden übersehen. Vielleicht gibt es im Hintergrund noch jemanden, den ihr nicht kennt.", sagte Sarah und war bemüht, den beiden irgendwie zu helfen.

Denn das Schumann Kevin in die Zange nahm, das war irgendwie lächerlich.

„Natürlich gibt es noch jemanden!", fügte Schumann ein.

„Mel! Diesen verdammten Mel können wir nicht ausmachen. Wir haben nicht den geringsten Anhaltspunkt. Langsam glaube ich nicht einmal, daß er überhaupt existiert. Möglicherweise war er auch nur eine Erfindung von van der Kerken."

„Aber wer hat dann van der Kerken getötet?", sagte Kevin und fuhr sich mit beiden Händen von der Stirn bis zum Nacken durch die Haare. Schumann stoppte seine Kreiselbewegung und machte einen Schritt auf Kevin zu.

„Jaah, wer hat dann van der Kerken getötet? Laß uns mal ein bißchen zusammen fassen was wir haben. Drei Tote: Maria Werners und Jancke, der zwei Tage nach ihr stirbt. Eine Woche danach van der Kerken. Maria Werners hatte ein Verhältnis mit Martinez, dessen Frau sich deswegen offensichtlich umbringt und deren Vater wiederum Martinez haßt. Außerdem hatte sie einen Boß, den wir nicht kennen und war schwanger. Von wem, wissen wir allerdings auch noch nicht. Also eine schwangere Tote, zwei tote Drogendealer, eine tote betrogene Ehefrau. Und einen anonymen Brief, aus dem mindestens hervorgeht, daß du einen Bruder hast ..."

„Stimmt. Das ich allerdings diesen Jancke kenne, geht daraus nicht eindeutig hervor!"

„Da hast du wohl recht. Das ist nicht eindeutig. Aber warum schreibt dir dieser Jemand das? Egal jetzt. Jedenfalls haben wir außerdem noch eine Erpressung, von der wir annehmen müssen, daß sie stattgefunden hat und daß sie Martinez in jedem Fall hätte in Schwierigkeiten bringen können. Wer hat ein Motiv für Maria Werners?" Schumann sah niemanden an. Er ging im Kreis herum und redete. Bow hatte es sich an den Füßen Kevins bequem gemacht und aalte sich auf dem glatten Parkettboden. „Zunächst mal sicher Martinez. Sein Alibi für die Mordnacht ist keines. Aber wenn er es wirklich war, was hat er mit Jancke und van der Kerken zu tun? Van der Kerken kennt er wegen der Detektei Mel. Jancke vielleicht durch seinen Schwiegervater, der Geschäfte mit ihm gemacht hat. - - Angenommen, daß Maria Werners sterben mußte, weil sie etwas wußte oder hatte oder wollte, was für sie so gefährlich war, daß sie selbst die Gefahr nicht mehr abschätzen konnte ..."

„Du meinst, daß sie vielleicht etwas über die Drogengeschäfte wußte?"

„Vielleicht. Aber vergiß nicht, daß sie ebenfalls erpreßt worden sein soll. Wegen des Kindes in ihrem Bauch? Dein Freund Joachim hat uns das erzählt. Was, wenn es doch so war, daß Maria Werners jemanden erpreßte? Beispielsweise Martinez wegen des Kindes, oder aber van der Kerken oder sogar Grubauer wegen der Drogengeschäfte? Dann haben eine Menge Leute ausreichend Motive, Maria Werners das Licht auszublasen!"

„Aber man hat sie nicht nur einfach umgebracht. Sie ist zerfleischt worden! Das war das Werk eines Wahnsinnigen!"

„Könnte ein Ablenkungsmanöver sein. Um uns auf eine falsche Spur zu bringen. Und dennoch: offen bleibt, wer dann die beiden anderen tötete. Bei der Frau von Martinez müssen wir zunächst davon ausgehen, daß sie sich wirklich selbst das Leben genommen hat. Denken wir uns noch folgendes: egal, wer letzten Endes der Vater des Kindes von Maria Werners war oder ist; ihr Tod muß unweigerlich im Zusammenhang mit dem Tod der beiden anderen stehen. Wenn dem aber so ist, so kann es dabei nur um Drogen gehen. Entweder hat Jancke sie getötet oder töten lassen und ist dann von van der Kerken umgebracht worden, woraufhin Joachim Knott als verliebter Gockel van der Kerken umgebracht hat ..."

„Glaubst du das wirklich? Ich denke nicht, daß er die Werners noch so sehr geliebt hat."

„ ...oder aber van der Kerken hat sie getötet und mußte deswegen durch Martinez wiederum sterben, - aber du hast recht. So vernarrt war er sicher auch nicht, daß er dafür seine Karriere auf´s Spiel gesetzt hätte. Und wenn van der Kerken und Jancke wegen Drogen sterben mußten, etwa, weil Grubauer dabei seine Finger im Spiel hat, was hat das dann mit Maria Werners zu tun?"

„Diese Maria Werners", mischte sich Sarah nun ein. „die hat doch für diese Detektei Mel gearbeitet. Den habt ihr ja die ganze Zeit raus gelassen. Was ist, wenn der vielleicht ... der Vater ... ist ... und sie vielleicht tötet, weil sie plötzlich mit Martinez zusammen ist ..."

„ ... oder van der Kerken tötet, weil er sie anbaggert oder erpreßt ...", ergänzte Kevin.

„ ... und gleich noch Jancke dazu umbringt, weil er mit ihm wegen van der Kerken in Streit gerät ...", fügte Schumann auch noch hinzu. „Das wäre zu schön und zu einfach. Wir wissen noch gar nicht, ob Mel, wenn er denn nicht van der Kerken ist, überhaupt Jancke kennt. Denn bis jetzt gibt es keinen Hinweis darauf, ob dieser Geist etwas mit van der Kerkens Drogengeschäften zu tun hat."

„Das ist aber wohl anzunehmen.", sagte Sarah. Kevin sah an ihr vorbei auf die leere, weiße Wand.

„Ja, vielleicht. Aber wir haben noch keinen Mel. Wir können noch nicht sagen, wer das ist. Auf jeden Fall ist es jemand, der eine Detektei hat und im Auftrage von Martinez´ Frau die Maria Werners unter einem Vorwand im Kaufhof einschleust, damit sie den auf seine Treue hin überprüft. Das geht schief, sie stirbt, ein weiterer Mitarbeiter der Detektei stirbt, und der Typ, mit dem der die Geschäfte gemacht hat, stirbt auch. Ach, verdammt ... ich krieg das nicht zusammen." Schumann gab seine Kreisbewegung nun endgültig auf und ließ sich in einen der Sessel fallen. Ein Blick auf die Wanduhr über der Stereoanlage sagte ihm, daß es schon zehn Uhr war. Er spürte eine starke Müdigkeit in sich aufsteigen. Kevin erhob sich von seinem Stuhl und verließ das Zimmer in Richtung Bad. Sarahs und Schumanns Blicke streiften sich gelegentlich und unsicher. Sie sagten aber beide nichts. Als Kevin zurück kehrte, gesellte er sich auf den Boden zu Bow, die nur müde den Kopf hob. Er schloß die Augen und schob seine Nase in ihr Fell. Sarah lächelte und sah, wie ernst Schumann dabei blieb. Der beobachtete Kevin nämlich sehr nachdenklich und stand dann schließlich auf, um sich neben seinen Partner zu knien.

"Du hängst sehr an ihr, nicht wahr?", sagte er mit fast väterlicher Stimme.

„Das kann man wohl sagen.", antwortete Kevin und kraulte Bows Bauchfell. Sie genoß es ganz offensichtlich.

„Wie lange kennen wir uns jetzt schon, Kevin?" Braun schaute auf zu seinem Partner. Diese Frage hatte durchaus nichts Gutes zu bedeuten. Da er in seinem Gesicht jedoch kein Unheil lesen konnte, blieb Kevin versöhnlich und ging auf seine Frage ein.

„Ein paar Jahre sind´s schon. Warum?" Schumanns Knie knacksten etwas, als er die Beine wieder durchstreckte. Er ging zum Terrassenfenster und setzte sich auf die niedrige Fensterbank. Sein Blick streifte über die Tannen, die Birke, die weiter hinten stand und deren dicker Stamm sich knapp zwei Meter über dem Boden auffällig teilte, und zu den langsam größer werdenden Rhabarberblättern, die am rechten Rand des Grundstückes wucherten.

„Weißt du, ich vertraue dir.", sprach er ruhig und mit dem Blick nach draußen weiter. „Ich denke, wir können uns auch gegenseitig vertrauen. Du bist für mich zu einem Freund geworden. Einem sehr nahen Freund. Es gibt nichts, was ich dir nicht erzählen würde."

„Was soll das jetzt?", unterbrach ihn Kevin etwas aufgebracht. Seine Hände hörten auf, in Bows Fell zu kraulen. „Glaubst du ernsthaft, es gibt irgendetwas, was ich dir nicht erzählt habe?"

„Kev! Versetz dich in meine Lage ..."

„Das tue ich. Und ich vertraue dir ebenfalls!"

„Aber dieser Brief – die Tatsache, daß wir diesen Mel nicht finden können – ein angeblicher Bruder – deine nächtlichen Spaziergänge ..."

„Moment Moment Moment! Da komm ich jetzt nicht ganz mit. Was haben meine nächtlichen Spaziergänge damit zu tun?"

„Hey, ihr beiden!", fuhr Sarah dazwischen. „Jetzt kommt mal runter und beruhigt euch."

„Nein, das will ich jetzt wissen!"

„Ausgerechnet in der Nacht, in der die Frau von Martinez stirbt, bist du verschwunden ...", platzte es aus Schumann heraus. „Wenn ich dich nach einem Alibi für die Todeszeit der Martinez fragen würde, hättest du keines!..." Kevin erstarrte. Sarah hielt sich eine Hand vor den Mund. Stille. Niemand bewegte sich oder wagte gar noch ein Wort zu sagen, bis Kevin langsam auf Schumann zuging und seinen Partner mit einem eisigen Blick fest nagelte.

„Willst du damit etwa behaupten, daß ich ... irgendetwas mit dem Tod von ... nein! Das tust du doch nicht, oder?" Schumann erwiderte seinen Blick ängstlich. Ja, er war verunsichert. War er doch zu weit gegangen? Nein, das konnte nicht sein. Das war einfach zu unwahrscheinlich. So tief konnte sein Partner in dieser Geschichte nicht drin hängen. Das ergab überhaupt keinen Sinn. Nicht Kevin! Er senkte seinen Blick.

„Tut mir leid.", sagte er beschämt. „Du hast recht, das ist dumm!" Kevin stimmte zu.

„Ja, das ist es in der Tat. – Verdammt!"

Das Telefon klingelte und unterbrach so die mörderische Stille. Keiner der beiden Männer reagierte darauf. Sarah stand also auf und nahm ab.

„Kevin, es ist für dich. Kripo!" Kevin ging rückwärts zum Telefon, ohne Schumann aus den Augen zu lassen, der immer noch aus dem Fenster sah und sich ärgerlich über sich selbst sein unrasiertes Kinn rieb.

„Braun. – Ja. – Okay, gut. – Ja. Bis gleich." Er legte auf. „Wir müssen nochmal sofort zu Martinez in die Ashfordstraße. Scheint so, als wolle Grubauer seine tote Tochter rächen und sich an Martinez vergreifen! – Hey, Schumann ..." Er ging zu ihm und legte ihm eine Hand auf die Schulter. „Hey, Partner! Du bist mein Freund. Und du kannst mir vertrauen." Schumann sah zu ihm auf.

„Ich weiß.", sagte er und ging aus dem Zimmer hinaus. Sarah kam zu Kevin herüber und streichelte seine Wange.

„Er ist Polizist, Kevin. So wie du."

Kevin nickte leise. „Ja, aber vielleicht bin ich es nicht wert ...", flüsterte er mehr zu sich selbst und erzwang sich ein Lächeln. Sarah runzelte die Stirn, weil sie diese Worte nicht ganz verstand. Doch bevor sie deswegen eine Frage stellen konnte, lief Kevin an ihr vorbei und verließ das Haus. Sie fuhren mit Schumanns Vectra. Schumann hatte absichtlich darauf bestanden, damit sie zusammen in einem Auto saßen. Als sie an ihrem Ziel ankamen, die Fahrt war recht wortarm verlaufen, sahen sie schon das große Polizeiaufgebot um das Haus herum. Schumann machte sich natürlich keine Mühe mehr einen Parkplatz zu finden, sondern hielt den Wagen direkt vor einer mit großen Bruchsteinen erzeugten Verkehrsberuhigung, in deren Mitte ein junger Baum gepflanzt war. Sie stiegen aus und liefen zum Wagen des Einsatzleiters hinüber, der direkt vor dem Haus mit einigen anderen Polizisten, Zivilfahndern und einigen Scharfschützen in Schußwesten herum stand.

„Was ist los? Das ist ja ein Riesenaufgebot!", rief Schumann durch die Menge. Brombach, der Einsatzleiter, drehte sich herum, sah die beiden Neuankömmlinge und winkte sie zu sich. Er war vierfacher Familienvater, dreiundfünfzig und mit dem obligatorischen grauen Haar versehen, wohnte bei Arloff in einem schönen Eigenheim und freute sich auf seine Pensionierung. Aber seinen Job machte er genauso gut wie gerne. Das sagte jedenfalls seine Frau immer von ihm, wenn sie mit ihm angeben wollte.

„Schumann! Braun! Kommt hier rüber. Hier ist es interessant." Sie drückten sich an den anderen Polizisten vorbei, die damit beschäftigt waren, die Schaulustigen wegzuschicken.

„Hallo Erich!", rief Schumann. Die beiden kannten sich auch schon eine Weile. „Wie ist die Lage?" Kevin inspizierte das

Umfeld. Straßensperren waren kaum nötig, da die aufgelaufenen Autos und Passanten den Weg am Haus vorbei ohnehin versperrten. Im Haus selbst schien es völlig ruhig. Hinter dem großen Terrassenfenster an der Hausfront war alles dunkel. Die Fenster im oberen Stockwerk waren mit herunter gelassenen Jalousien verdeckt. Der Schornstein rauchte nicht. Kevin fiel auf, daß Martinez´ Wagen, ein bordeaux-farbener Jeep vom Typ Chrysler, den er heute morgen noch vor der Garage hatte stehen sehen, nicht da war.

„Es stehen keine Autos vor der Tür!", bemerkte er zu Brombach.

„Ja, den Mercedes von Grubauer haben wir aus der Einfahrt geschafft.", klärte der Einsatzleiter ihn auf.

„Und wo ist der Wagen von Martinez? Ein Jeep!"

„Keine Ahnung. Den haben wir hier nicht gesehen." Brombach wendete sich wieder Schumann zu. Kevin hob die Augenbrauen und sah wieder zum Haus hinüber, wobei er ein Ohr freihielt für die Unterhaltung zwischen seinem Partner und Brombach.

„Also: was geht hier ab?", wollte Schumann erneut wissen.

„Vor einer Stunde etwa kam der Anruf von Nachbarn, sie hätten hier ein Auto, wohl den Mercedes von Grubauer, mit quietschenden Reifen vorfahren sehen, dann sei ein Mann ins Haus gelaufen und es wären dort Schüsse gefallen. Wir sind sofort ausgerückt, kamen hier an und sahen den Mercedes da ..." Er zeigte jenseits der Straßensperre auf einen metallic-farbenen 280 SE. „ ... mitten in der Einfahrt stehen. Der Motor lief sogar noch, die Handbremse war angezogen."

„Und ihr glaubt, er ist noch drin?"

„Ich denke schon. Ob jemand erschossen wurde, wissen wir natürlich noch nicht. Wir haben versucht, drinnen anzurufen, aber es hebt niemand ab."

„Ich denke, wir sollten rein gehen!", sagte Kevin aus dem Hintergrund.

„Der ist bewaffnet, wir wissen nicht, wie es da drin aussieht. Das könnte gefährlich sein.", warnte Brombach. „Wir können genauso gut warten, bis er von alleine raus kommt."

„Und wenn er sich selbst eine Kugel in den Kopf jagt?", gab Kevin zu bedenken.

„Warum sollte er das tun?"

„Weil seine Drogengeschäfte gerade auffliegen, weil seine Tochter tot ist, weil er denkt, daß Martinez sie umgebracht

195

hat, weil er Martinez ohnehin nicht leiden kann und weil er ihn mittlerweile wahrscheinlich sowieso ..."

„Kevin!" Schumann hielt ihn zurück. Kevin zeigte sich angesichts der Ignoranz und Trägheit von Brombach etwas gereizt.

„Er hat nichts mehr zu verlieren.", fügte Schumann hinzu, um Brombach über die Situation des Firmenbosses aufzuklären. Brombach griff unter seine Schußweste in eine Hemdtasche und holte ein Päckchen Camel ohne Filter hervor. Ohne welche anzubieten, was Schumann und Braun ohnehin als Nichtraucher abgelehnt hätten, zündete er sich eine an und blies nachdenklich den eingesogenen Qualm wieder aus.

„Chef, die Leute fragen, wann sie hier wieder durch können.", rief ein Polizist aus dem Hintergrund. Brombach sah zuerst Schumann fragend, dann den Polizist scharf an. Der wußte den Blick durchaus richtig zu deuten und tat weiter seine Arbeit. Kevin wendete sich kurz vom Geschehen ab und sah hinüber zum Giersberg. Es war schattig geworden und man konnte hinter den Bergrücken, über denen eben noch die Sonne gestrahlt hatte, eine tiefe schwarze Wolkenbank von Nordosten her aufkommen sehen. Es würde Regen geben.

„Okay, dann gehen wir eben rein. Hermann!" Er streckte seinen Kopf in die Höhe, um Sichtkontakt mit Hermann zu bekommen. Hermann war der Gruppenführer der Scharfschützen. „Wir gehen rein. Informier´ deine Leute. Es wird nur geschossen, wenn der Typ auf die Leute schießt, klar?" Hermann nickte und gab einige Handzeichen. Die anderen Polizisten drängten die Passanten weiter weg oder schickten sie in ihre Häuser. Brombach rief noch drei weitere Beamte mit Schutzwesten und Maske zu sich.

„Also hört zu: Ich schlage vor, daß Jörg, Mark und ich von vorne ran gehen. Dieter, du holst dir noch den Sven und kommst von der Ostseite her zum Haus. Mach uns ein Ablenkungsmanöver an der Frontscheibe. Jan und Michael sollen sich jetzt schon mal von hinten anpirschen, so daß wir drei Angriffspunkte haben und er nicht mehr weiß, wo er zuerst reagieren soll. Aber Achtung! Wir wissen nicht, ob er vielleicht seinen Schwiegersohn noch, oder aber sich selbst erschießen will. Wir wollen auf jeden Fall versuchen, ihn oder beide lebend da raus zu holen. Habt ihr verstanden?" Alle nickten wortlos.

„Gut, dann los!"

„Hey, moment!", rief Braun und hielt Brombach am Ärmel fest. „Wir kommen mit. Schließlich ist das unser Fall."

Brombach verleierte die Augen und ging genervt einen Schritt zurück.

„Braun. Wir sind hier nicht in Amerika. Wir holen euch die Leute da schon raus."

„Trotzdem, ich komme mit!", sagte er bestimmt und trotzig wie ein kleiner Junge, der Angst hat, daß man ihm das Spielzeug wegnehmen könnte.

„Ich halte es auch für besser, wenn wir mitkommen!", mischte sich Schumann ein. „Grubauer kennt mich. Martinez, wenn er noch lebt, wird sich bedeutend wohler fühlen, wenn wir dabei sind. Komm, Brombach, wir können nur helfen." Brombach musterte die beiden. Und er ahnte, daß er sie kaum aufhalten konnte, es sei denn, er drohte ihnen mit einem Disziplinarverfahren. Aber Brombach war kein Bürokrat.

„Na schön. Dann geht ihr mit Jan und Michael von hinten rein. Aber erst auf mein Zeichen, kapiert? Und nehmt euch vorher eine Schußweste!" Schumann und Braun waren einverstanden. Während sie sich dann über das rechte Nachbargrundstück mit den beiden anderen Polizisten zur Hinterseite des Hauses aufmachten, pirschten sich zwei weitere von der linken Seite her an, um im richtigen Augenblick die Frontscheibe als Überraschungseffekt einzuschmeißen und durch sie hindurch in das Haus einzusteigen. Brombach und ein fünfter Polizist gingen zwar vorsichtig, aber nicht unbemerkbar in Richtung der Haustür, die seitlich zum Haus und gegenüber zur Seitenwand der Garage lag. Vier Scharfschützen hatten sicherheitshalber in zwei auf der gegenüberliegenden Straßenseite und zwei nebenan liegenden Dachstuhlfenstern Position bezogen. Ihre Gewehrläufe waren auf die unteren Fenster und den Hauseingang gerichtet. Erst jetzt, da die Männer ihre Ausgangsstellungen sicher und im Schutze des allgemeinen Durcheinanders erreicht hatten, sicherte die Polizei auf der Straße das Gelände noch weiträumiger ab. Brombach wurde darüber informiert. Braun und Schumann, sowie die beiden Polizisten hatten leichte Schwierigkeiten, das Gartengrundstück hinter dem Haus zu erreichen. Der Zugang wurde ihnen wegen eines dichten Baumgeflechtes und einem dort hindurch mehrfach gespannten Stacheldrahtes, den das Geflecht bereits heillos umwuchert hatte, versperrt. Sie halfen sich daher mit einer Räuberleiter gegenseitig, um auf das Garagendach zu gelangen und von dort auf der anderen Seite in das hinter gelegene Grundstück einzudringen. Dort angekommen schlichen sie sich auf die mit Kieselsteinplatten ausgelegte Terrasse bis hin zur Eingangstür, die ebenfalls aus Glas war. Niemand riskierte einen Blick in das Haus, sondern sie warteten, wie abgesprochen, auf ein Signal Brombachs. Kevin und Schumann gingen in die Knie und hockten sich hinter den beiden Polizisten hin, mit dem Rücken an die Wand gelehnt. Beide kramten nun ihre Pistole heraus, entsicherten sie und hielten sie mit beiden Händen und nach oben gerichtetem Lauf fest. Schumann atmete tief ein. So etwas machten sie nicht jeden Tag. Und Schumann machte es auch durchaus nicht gerne. Selbst Braun bekam eine feuchte Stirn. Sie wünschten sich beide, daß es bald vorbei wäre. Dann hörten sie leise das Knacksen in den Ohrstöpseln von Jan, der den Funk hatte. Jan sah zu den anderen herüber, nickte mit dem Kopf, bestätigte mit einem leisen `Okay´ und hob die Faust mit aufgerichtetem Daumen. Es ging los. Sie hörten das Scheppern von der Front des Hauses her. Dieter oder Sven, einer von beiden, hatte jetzt die große Scheibe mit einem Beil zerdeppert und wahrscheinlich eine Blendgranate in das Wohnzimmer geworfen. Im gleichen Augenblick drangen Brombach und seine beiden Polizisten durch die zuvor leise und fachmännisch von ihm geöffnete Haustür ein, um direkt in Richtung Wohnzimmer zu stürmen. Zeitgleich dazu nahm Michael zwei Schritte Anlauf, rannte einfach durch die Glastür hindurch, wobei er sich lediglich ein wenig duckte und das Gesicht mit einem vorgehaltenen Arm schützte, und rollte sich in dem Zimmer dahinter auf dem Boden ab. Jan, Braun und Schumann stürmten hinterher. Von vorne hörten sie schon die anderen Beamten herein stürmen. Innerhalb weniger Sekundenbruchteile wurden alle unteren Räume eingeschlossen der Küche und des Bades abgesucht. Nichts. „Nach oben! Los, los!", reif Brombach und wedelte mit seiner Pistole wild in der Luft herum. Die Beamten stürmten die Treppe hinauf. Jede Sekunde war jetzt kostbar. Schnell verteilten sie sich. Zwei rechts, zwei links entlang. Braun und Schumann blieben auf dem Treppenabsatz stehen.

„Schlafzimmer gesichert!", klang es von rechts.

„Büro gesichert!", von links. Noch zweimal. „Gesichert." , „Gesichert." Brombach kam auf Schumann und Braun zugelaufen.

„Nichts. Sieht so aus, als hätten wir sie irgendwie verpaßt. Die müssen irgendwie raus sein!"

„Was ist mit einem Keller?", fragte Schumann.

„Aach Gott! Jan, Sven, Dieter: Keller!" Schumann und Braun rannten wieder herunter, hinter ihnen die drei Polizisten und Brombach hinterher. Sie fanden die Tür zu der großen Abstellkammer neben dem Flur. Sie hatten sie eben schon durchsucht, aber niemandem war die Luke aufgefallen, die im Boden eingelassen war. Von dort führte eine Treppe in einen Keller. Als Dieter sich jedoch nach dem Griff der Luke bückte, vernahmen die Beamten ein Geräusch, etwa so, als wenn ein Aufzug in Gang gesetzt würde.

„Was ist das?", fragte Brombach und lauschte. Kevin und Schumann sahen sich an.

„Das Garagentor!", schrie Kevin.

„Der Wagen von Martinez!", fügte Schumann eilig hinzu. Grubauer hatte sich hier wohl versteckt. Und während sie oben suchten, mußte er durch die zerbrochene Glastür nach hinten heraus gerannt sein, um von dort in die Garage zu gelangen, wo offensichtlich der Wagen von Martinez abgeblieben war. Alle neun rannten durch den Flur zur Haustüre hinaus. Aber es war schon zu spät. Als das Garagentor erst halb geöffnet war, startete der Chrysler, gab Vollgas und donnerte durch das Tor hindurch. Mit lauten Getöse zerbarst es in tausend Stücke. Die Polizisten, die sich noch auf der Straße befanden, sprangen zur Seite. Ungeachtet ihrer nahm der Jeep mit durchdrehenden und quietschenden Reifen die Kurve von der Einfahrt zur Straße und schleuderte dabei gegen einen Einsatzwagen und zwei weitere Autos. Er fuhr rechts herum, also in Richtung des Colonia-Schulungszentrums, das weiter bergab lag, rammte einen dritten Polizeiwagen, der sich durch die Wucht quer zur Straße stellte, und verschwand zwei Sekunden später hinter der nächsten Kurve.

„Nicht schießen! Nicht schießen!", hatte Brombach gebrüllt und die Hände dabei gehoben, als er auf die Straße rannte. Einige Beamte auf der Straße hatten ihre Waffen schon gezogen, waren in die Knie gegangen und legten an. Aber es fiel tatsächlich kein Schuß.

„Verdammt, der hat uns glatt noch alle Autos demoliert!", schimpfte der Einsatzleiter und täuschte vor, seine Pistole auf den Boden werfen zu wollen. Braun und Schumann sahen sich kurz an.

„Wieviele saßen in dem Auto?", rief Schumann.

„Zwei.", antwortete ihm einer der Beamten, die auf den Wegfahrenden schon gezielt hatten.

„Komm, ich denke, ich weiß, wo er hinfährt!", sagte Schumann und zog Kevin am Ärmel in Richtung seines Vectras, der so günstig hinter einer steinernen Verkehrsberuhigung stand, daß er nichts abbekommen hatte. „Hey, wo wollt ihr hin?", rief Brombach ihnen hinterher.

„Wir melden uns!", gab Kevin zurück und schwang sich schnell in das Auto, um nicht auf weitere Fragen oder Aufforderungen eingehen zu müssen. „Gib Gas!"

Schumann warf den Rückwärtsgang ein, trat das Gaspedal durch und fuhr ein Stück rückwärts. Dann zog er die Handbremse, riß das Lenkrad herum, so daß sich der Wagen um hundertachtzig Grad drehte und trat blitzschnell die Kupplung, während er schon wieder den zweiten Gang einlegte und den Hang hinunter preschte.

„Nicht schlecht. Hast noch nichts verlernt.", lobte Kevin. Sein Partner lächelte und hob gekünstelt arrogant eine Augenbraue. Im Rückspiegel sah er den zeternden Brombach.

„Und wo fahren wir jetzt hin?"

„Nach Sötenich. Ich wette, Grubauer will dort Martinez `entsorgen´."

„Du meinst, in seiner Firma?"

„Genau." Schumann bog unterhalb des Schulungszentrums rechts auf die Kreisstraße, die aus Bad Münstereifel hinaus den Berg hoch in Richtung Nöthen führte. Dabei nahm er einem von links kommenden Ford Fiesta die Vorfahrt und landete halb auf der Gegenspur. So gut es ging tastete Kevin nach seinem Handy, um die Zentrale anzurufen und ihnen zu sagen, wohin sie fuhren und daß sie eine Einheit dorthin schicken sollten. Schumann gab Vollgas, was bei den Kurven in dieser Gegend nicht ganz ungefährlich war, aber der Chrysler war noch nicht in Sicht.

„Wie willst du fahren?", fragte Kevin.

„Ich nehme den schnellsten Weg. Über Nettersheim und dann Richtung Kall. Eigentlich müßten wir ihn da irgendwo kriegen." Doch Schumann verschätzte sich. Er überholte mit durchaus riskanten Manövern einige LKW und andere PKW. Am Industriegebiet in Kall angekommen bog er bei Möbel Brucker links ab und raste mit über hundertzwanzig Sachen an der Bahnlinie entlang Richtung Sötenich. Bis dorthin waren es nur noch wenige Kilometer.

„Vielleicht ist er durch die Karpaten über Eiserfey gefahren.", versuchte Braun seinen Partner zu trösten, der sich nun schon ernsthafte Sorgen um seine Prognose machte.

„Wenn er überhaupt dorthin fährt, wohin ich dachte ... Schätze, wir brauchen einen Plan!", rief Schumann und sah in kurzen Abständen zu Kevin herüber, der sich Gedanken machte.

„Wir fahren jetzt auf jeden Fall weiter zur Firma. Ich weiß nur nicht, wie es da aussieht. Du warst doch schon da."

„Ja. Ich fahre auf den Hof, halte vor dem Bürogebäude und warte, bis du einmal um das Haus herum bist. Dann gehen wir zusammen rein."

„Einverstanden."

14

Das zweite Zuhause

Kurz vor dem Opel-Autohaus bremste Schumann scharf ab, bretterte nach rechts über die Bahnlinie und folgte dann dem Straßenverlauf nach links. Als er an der Osmanischen Herberge vorbei kam, zeigte der Tacho schon wieder neunzig an.

„Hier ist es gleich.", bereitete er Kevin vor, der seine Waffe zog und entsicherte. Nach zweihundert Metern bog Schumann ungeachtet der entgegenkommenden Fahrzeuge links ab in die kleine Zufahrtsstraße, die direkt auf das Gelände der Firma führte. Beide atmeten tief ein und wieder aus, als sie den Chrysler Jeep vor dem Bürogebäude stehen sahen. Wenigstens Schumanns Prognose hatte hingehauen. Die Beifahrertür des Jeeps stand offen. Schumann machte den Wagen sofort aus, damit man sie nicht ankommen hörte und drehte den Zündschlüssel wieder herum, um das Lenkradschloß nicht einrasten zu lassen, stoppte den Wagen dann direkt hinter Martinez´ Jeep, stieg aus und lief zu ihm hin, weil er nachsehen wollte, ob der Wagenschlüssel noch drin war. In der Zeit verschwand Kevin zur rechten des Gebäudes und vergewisserte sich, daß es keinen Hinterausgang gab, durch den Grubauer wieder flüchten konnte. Jede Menge verbogenes Drahtgeflecht, Bruchsteine und Baumüll flog hier herum. Kevin mußte aufpassen nicht zu stolpern. An der Rückseite des Hauses tastete er sich mit dem Rücken an die Wand gelehnt über die Schuttberge. Eine Treppe führte abwärts zu einer Holztüre, die wohl eine Art Kellereingang sein mußte. Er stieg hinab. Die Tür war allerdings verschlossen.

Ein! Motorengeräusch ließ Schumann herumfahren. Jemand hatte eine Containerpresse angeworfen. Er spannte den Hahn seiner Pistole und schlich in gebückter Haltung nach links zu den Abfallbergen und den massenweise herumstehenden Containern, von denen nur einige voll waren, die meisten allerdings leer. Nach dreißig Metern, unterhalb eines Lastenkranes sah er dann Grubauer. Er saß in einer kleinen Kabine, die sich langsam drehte. Offensichtlich hatte er noch nicht mitbekommen, daß die beiden Polizisten da waren. Schumann wollte schnell handeln, um das Überraschungsmoment auf seiner Seite zu haben. Aber noch während er auf die Kabine zu lief, sprang Grubauer schon wieder heraus und entfesselte den an einen Stahlmast angebundenen Martinez. Er faßte nach seinem rechten Arm, drehte ihn ihm auf den Rücken und drückte ihm den Lauf einer Magnum an den Hals. So kam er nun direkt auf Schumann zu.

„Verschwinde, Bulle!", schrie er, ohne daß er Schumann hätte sehen können. Doch er mußte zumindest wissen, daß Schumann da war.

„Grubauer! Gib auf! Was soll der Scheiß? Damit kommst du niemals durch!", rief Schumann zurück. Er kam hinter einem Container hervor und ging direkt auf Grubauer zu. Martinez sah sehr schlecht aus. Seine südliche Bräune war gänzlich verschwunden, sein Gesicht zu einer geängstigten Grimasse verzogen, dicke Schweißperlen liefen an seiner Stirn ab. Kein Wunder, denn Martinez blutete, wie Schumann sofort erkannte, an der rechten Schulter. Sicher eine Schußwunde. Grubauer hatte also schon auf ihn geschossen. Und mit Sicherheit in der Absicht, ihn nur zu verletzen. Das Töten sollte wohl erst hier passieren. Langsam und qualvoll.

„Hör zu, ich will nichts von dir, Bulle. Du hast damit gar nichts zu tun. Warum setzt du dich nicht in deinen Wagen und fährst einfach wieder?!"

„Du weißt, daß das nicht geht. Das kann ich nicht machen!" Schumann ging weiter auf ihn zu. Grubauer drückte den Arm von Martinez stärker, so daß dieser unter den Schmerzen heftig zusammen zuckte. Noch verdammt viel Kraft, der alte Mann, dachte sich Schumann.

„Bleib stehen!", rief Grubauer drohend. „Schmeiß die Waffe weg!" Schumann befolgte seinen Befehl, warf die Pistole in den Dreck und hob demonstrativ die Hände. Aber er ging weiterhin langsam auf Grubauer und seine Geisel zu.

„Grubauer, wenn du jetzt aufgibst, kriegen wir das geregelt."

„Quatsch nicht! Ich geh für den Rest meines Lebens in den Knast. Und bleib endlich stehen sonst stirbt der Affe hier zuerst!"

„Das muß er doch sowieso. Wenn du mich auch noch erschießt, kommst du wegen Polizistenmord dran." Grubauer schwieg dazu. Nervös blickte er um sich. Er wußte offenbar nicht mehr so genau, was er jetzt machen sollte.

„Dieser Schweinehund hat meine Tochter auf dem Gewissen!"

„Hab ich nicht, verdammt nochmal. Was kann ich dafür, wenn die blöde Kuh ...", wehrte sich Martinez.

„Halt die Fresse, du Penner!", schrie Grubauer ihn an und drückte die Waffe nun entschlossen an seine Schläfe. Schumann hob abwehrend die Hände.

„Grubauer, warte! Laß uns reden. So einfach ist das nicht." Er spürte, daß sich die Situation nun änderte und ging einen weiteren Schritt auf den alten Mann zu, um ihn abzulenken und ihn in dem Glauben zu lassen, daß Schumann die einzige Bedrohung für ihn darstellte. In dem Augenblick kam Braun um einen der hinteren Container herum gefegt, mußte vielleicht noch sechs oder sieben Meter zurücklegen und stürmte was das Zeug hielt von hinten auf Grubauer zu. Der reagierte nicht schnell genug, wollte sich herumdrehen, erinnerte sich aber an Schumann, der drei Meter vor ihm stand, stieß Martinez kräftig von sich weg und zielte mit der Magnum auf Schumann. Aber Schumann warf sich geistesgegenwärtig zu Boden, so daß der Schuß, den Grubauer abfeuerte, sein Ziel verfehlte. Kevin atmete nicht mehr, setzte zum Sprung an und überwand die letzten beiden Meter im Flug. Mit aller von ihm aufzubietenden Wucht stürzte er auf Grubauer, ergriff sofort die Hand, mit der er die Waffe hielt und riß ihn zu Boden. Beide fielen übereinander und rollten sich durch den Schlamm. Schumann hechtete nach seiner Pistole. Und noch als er nach ihr griff, sprang Kevin schon wieder hoch und auf Grubauer. Er drehte ihn auf den Rücken und zog seine beiden Arme nach hinten, um ihm direkt Handschellen anzulegen. Grubauer leistete keinen sonderlichen Widerstand mehr. Schumann entspannte sich.

„Okay, das war's.", sagte er und blickte sich nach Martinez um. Der rappelte sich gerade wieder auf, nachdem er an einem der Container in Deckung gegangen war und hielt sich die linke Hand an die blutende Schulter. Bestimmt mußte er schon einiges an Blut verloren haben. Sein torkelnder Gang sprach dafür.

„Ich ruf den Krankenwagen.", versprach Schumann ihm und lief zum Auto. Kevin zog Grubauer hoch und schleppte ihn auch dorthin. Als er ihn rein setzen wollte, hielt sein Partner ihn zurück.

„Kevin, setz den Typ bitte in den Jeep. Der versaut mir die Polster!" In Gedanken grinste Kevin, äußerlich war er dazu nicht in der Lage. Aber er tat es, wie Schumann es wollte. Martinez kam hinzu.

„Ich danke ihnen! Ich schätze, sie haben mir das Leben gerettet." Kevin schloß die Tür des Jeeps und drehte sich zu Martinez herum. Er sah ihm mit äußerst ernster Miene tief in die Augen. Nach einer Weile blickte er wieder zu Grubauer in den Jeep und öffnete die Tür zum Wagen, damit dieser hören konnte, was Kevin nun sagte.

„Herr Martinez, ich nehme Sie vorläufig fest wegen des Verdachts des Mordes an Maria Werners. Los, einsteigen!" Martinez blieb der Mund offen stehen.

„Was? Das können Sie doch nicht tun. Ich bin unschuldig!"

„Einsteigen, Martinez!", forderte ihn Kevin in einer sehr bestimmten Tonart auf.

„Dann will ich mit meinem Anwalt sprechen."

„Den können Sie gleich anrufen." Martinez stieg in den Wagen und setzte sich neben Grubauer, der ihn keines Blickes würdigte. Doch man merkte an seinem Gesichtsausdruck, daß es ihm für eine gewisse Befriedigung galt, daß sein Schwiegersohn als ein des Mordes Angeklagter neben ihm saß und festgenommen war. Im gleichen Augenblick kamen zwei Polizeiautos mit Blaulicht die Zufahrtsstraße herunter gefahren. Das Martinshorn des Unfallwagen war in der Ferne auch schon zu hören. Die Beamten hielten rechts und links von Schumanns Auto und liefen sofort auf Schumann und Braun zu.

„Brauchen Sie Hilfe? Sind Sie verletzt?"

„Danke, nein. Alles klar. Nehmen Sie die beiden da drin mit. Sie sind beide verhaftet. Überführen Sie sie am besten direkt nach Bonn.", sagte Schumann und sah sich nach seinem Partner um. „Wir kommen auch jetzt nach Bonn.", fügte er hinzu und bedeutete Kevin mit einem Kopfnicken, daß sie abfahren sollten. Sie stiegen ein und er ließ den Motor an.

„Du kannst Martinez nicht verhaften. Uns fehlen die Beweise.", fuhr Schumann seinen Partner gleich an, als sie im Auto alleine waren.

„Ich weiß. Ich wollte ihn nur haben. Die sind jetzt mit den Nerven am Ende. Und ich bin sicher, daß Martinez mehr weiß, als er bis jetzt zugegeben hat. Mal sehen, was er uns ihn Bonn alles erzählt, wenn er weiß, daß er kurz davor steht, in den Knast zu gehen. Schließlich hat er noch einiges zu verlieren." Schumann musterte seinen Kollegen nachdenklich von der Seite und steuerte den Wagen wieder auf die Straße in Richtung Kall. Diesmal fuhr er über die Wallenthaler Höhe auf die Autobahn A 1, und dort über das Bliesheimer Kreuz auf die A 61bis zur Abfahrt Rheinbach, um bei Meckenheim-Nord wieder auf die A 565 nach Bonn zu fahren. Das war nicht der kürzeste, aber der einfachste und schnellste Weg. Es war schon nach Mittag und sie bekamen beide allmählich Hunger.

Schumann setzte den Wagen auf dem Parkplatzgelände des Polizeipräsidiums ab. Im Foyer kam ihnen eine junge Polizistin entgegen. Sie hatte ihre schulterlangen, schwarzen Haare streng nach hinten gebunden und eine goldgerahmte Brille auf. Ihrem Blick nach mußte sie eine sehr ernste Person sein.

„Sie sind bestimmt Schumann und Braun, ja? Buschhoven erwartet sie bereits."

„Hat die Kantine schon auf?", wollte Kevin wissen.

„Sicher. Aber erst müssen Sie zu Buschhoven!", sagte sie, als sie eigentlich an den beiden schon vorbei und wieder auf dem Weg in eine obere Etage war. Die beiden fuhren mit dem Aufzug in die zweite Etage. Dort war Buschhovens Büro. Sie traten ein, ohne anzuklopfen. Der Leiter der Kriminaldienststelle Bonn war gerade dabei, sich eine bestellte Pizza auszupacken.

„Klar, kommt nur rein. Bei mir braucht man nicht anklopfen ...", sagte er lakonisch, ohne seine Augen auf die beiden zu richten.

„Hallo Chef. Guten Appetit."

„Danke."

„Sollen wir später wiederkommen? Dann gehen wir auch erst essen.", fragte Schumann.

„Nichts da. Setzen!" Er zeigte auf die beiden Stühle, die auf der anderen Seite seines Schreibtisches standen. Eine blonde Sekretärin, bestimmt mindestens fünfundvierzig und noch Jungfrau, dachte Schumann, betrat den Raum durch eine Seitentür, grüßte kopfnickend, legte Buschhoven einige Akten auf den Tisch und verschwand wieder durch dieselbe Tür, durch die sie gekommen war. Braun und Schumann sahen auf die mit Champignons und Broccoli belegte Pizza

und dann sich gegenseitig an. Die Pizza duftete wirklich gut
...

„Ich hoffe, es stört Sie nicht, wenn ich ..." Buschhoven deutet mit beiden Händen auf die Pizza.

„Oh nein, gar nicht.", versicherte Braun und schluckte so laut, daß man es hörte.

„Gut gut.", fuhr Buschhoven fort. „Es gibt ein paar Ergebnisse, die ich ihnen mitteilen möchte. Also da wär zunächst mal der Gentest von diesem ... wie hieß er doch gleich ..." Er suchte mit den Augen zwischen seinen diversen Unterlagen, die über den Tisch verstreut waren, während er mit beiden Händen ein großes Stück seiner Pizza festhielt und auf einem Stück kaute.

„Martinez.", beeilte sich Schumann zu sagen.

„Richtig, Martinez. Der Test war negativ, das heißt, er kann als Vater ausgeschlossen werden." Schumann und Braun kommentierten beide gleichzeitig das Ergebnis mit einer gerunzelten Stirn. „Außerdem hat sich auch gestern dieser Joachim Knott gemeldet. Das war ihr Kandidat, Braun, richtig? Der hat auch eine völlig falsche Blutgruppe."

„Nach welcher Blutgruppe suchen wir denn?", wollte Braun wissen.

„AB Rhesus negativ wurde bei dem Fötus festgestellt. Maria Werners hat die Blutgruppe A Rhesus positiv, also suchen wir nach jemandem mit der Blutgruppe B oder AB Rhesus negativ. Und das ist ziemlich selten." Er nahm einen weiteren Bissen. „Außerdem hat Bauer festgestellt, daß bei dem Kind eine Trisomie 21 vorlag."

„Trisomie 21? Was ist das?", fragte Schumann.

„Mongolismus. Könnte nicht ganz unwichtig für ein Motiv sein. Findet mal heraus, bei welchem Arzt die Werners war, damit wir vielleicht in Erfahrung bringen, ob sie selbst davon schon gewußt hat. Aber wahrscheinlich nicht. Das läßt sich nämlich nur bei einer Fruchtwasseruntersuchung herausfinden." Schumann und Braun staunten über Buschhovens Detailwissen.

„Hab ich von Bauer.", kommentierte er ihre Blicke. Das Telefon klingelte. Eilig putzte er sich die Hände mit einer Papierserviette ab und meldete sich. Ohne viel zu sagen legte Buschhoven bald wieder auf und lehnte sich mit gefalteten Händen vornüber auf den Schreibtisch. „Eure Fangemeinde ist eingetroffen. Grubauer sitzt unten im Verhörraum, Martinez ist noch auf der Krankenstation." Kevin stand sofort auf.

„Okay, wir kümmern uns jetzt direkt um die beiden. Mal sehen, was wir noch raus kriegen." Schumann stimmte zu und stand auch auf. Sie salutierten schlaksig vor Buschhoven und gingen hinaus.

„Ich hab hier aber noch eine Untersuchungsliste für euch ...", rief der Leiter ihnen nach.

„Später.", sagte Schumann und schloß die Tür hinter sich. Wenige Minuten später kamen sie in den Verhörraum. Ein Polizist, der Wache stand, wurde von Kevin mit einem wortlosen Wink raus geschickt. Grubauer saß auf einem spärlichen Stuhl an einem beigefarbenen Bürotisch. Das Fenster hinter ihm war vergittert, aber auf Kippe geöffnet. Grubauer rauchte eine Zigarette. Er hielt demonstrativ seine Hände hoch, um die Handschellen zu zeigen, und fragte: „Muß das hier sein?" Niemand antwortete ihm. Kevin stellte sich hinter den alten Mann, ohne ihn aus den Augen zu lassen, Schumann zog sich einen an der Wand stehenden Stuhl heran und setzte sich seitlich von Grubauer an den Tisch.

„Hunger?", fragte er ihn.

„Nein. Kann ich einen Kaffee haben?"

„Vielleicht später."

„Ich will meinen Anwalt anrufen."

„Gleich. Erst unterhalten wir uns ein bißchen."

„Ich sage gar nichts ohne meinen Anwalt."

„Wozu brauchen Sie denn noch einen Anwalt? Sie landen ohnehin für den Rest ihres wertlosen, schmierigen Lebens im Knast!", provozierte Schumann ihn und siezte ihn jetzt wohl mehr aus Respekt vor seinem Alter. „Wir kriegen Sie dran wegen Freiheitsberaubung, versuchten Mordes und des illegalen Drogenhandels." Grubauer lachte laut auf.

„Den werden Sie mir nie beweisen können!"

„Nein? Aber den Rest schon, wie?" Grubauers Lachen verstummte wieder. Er sah Schumann einen Augenblick lang scharf an. Seine Augen blinzelten und versuchten sich in die Schumanns zu bohren. Doch Schumann hielt dem Blick stand. Als der alte Mann aufstehen wollte, stieß ihn Kevin wieder auf den Stuhl zurück. Grubauer nahm es hin und blieb mit seiner Aufmerksamkeit bei Schumann.

„Ich bin jetzt vierundsechzig Jahre alt, ich habe ein Unternehmen aus dem Nichts aufgebaut, ich habe mehr Dreck geschluckt und mehr Prügel eingesteckt und es mit den schlimmsten Typen zu tun gehabt, als Sie es sich in ihren schlimmsten Träumen je vorstellen könnten. Und ich habe meinen Kopf immer über Wasser gehalten, ich bin nicht untergegangen ..."

„Oh doch, das sind Sie! Sie wissen es nur noch nicht!", unterbrach Schumann.

„Quatsch! Sobald sich mein Anwalt um diese Sache kümmert, komme ich auf Kaution erst einmal raus. Denn ich bin ja alt und krank, verstehen Sie ... Und dann werden wir uns um Sie kümmern, Sie und Ihr Kollege. Sie werden nicht mal mehr ... nicht mal mehr ..." Ruckartig stand er auf und schrie: „...nicht mal mehr den Dreck aus meinen Containern sortieren. Sie werden den Bach runter gehen, abkacken, ..."

„Hey, hey!", mischte sich Kevin ein und packte den alten Mann am Kragen seines verschmutzten Jacketts. Er riß ihn herum und schleuderte Grubauer mit dem Rücken gegen die Wand. Dann stand er ihm so nahe, daß sich ihre Nasenspitzen fast berührten. „Du kleines Arschloch, was glaubst du wer du bist, hm, was glaubst du wer du bist, wenn ich mit dir fertig bin?" Schumann sprang hinzu und drückte Kevin von Grubauer weg. Er nahm ihn am Arm und zog ihn auf den Stuhl zurück. Aber Grubauer wendete sich nicht von Kevin ab und behielt ihn provozierend im Auge.

„Kevin!", rief Schumann ermahnend. „Bleib jetzt ruhig!" Kevin wendete sich ab und ging einige Schritte durch den Raum, wobei er immer wieder klatschend eine Faust in die hohle Hand schlug, so daß Grubauer es sehen und hören konnte.

„Also nochmal von vorne, Grubauer. Sie überschätzen Ihre eigene Position und unterschätzen die meine. Sie sind doch ein vernünftiger Mensch. Sehen Sie, wenn Sie mit uns zusammen arbeiten würden, können wir Ihnen helfen." Grubauer musterte Schumann mißtrauisch und zündete sich erneut eine Zigarette an. „Wir wissen längst,", fuhr Kevins Partner fort. „daß Sie Drogengeschäfte mit Jancke gemacht haben. Und wir können das auch hinreichend beweisen. Jedes Gericht wird Sie für Jahre verknacken. Und das Sie in ihrem Alter den Knast überleben, ist leider sehr unwahrscheinlich. Dann kommt noch die Sache mit ihrem Schwiegersohn dazu. Naja, das wird schon sehr schwierig für Sie werden." Grubauer sah in den Raum. Mit einem tiefen Zug sog er an der Zigarette und blies den Rauch in Richtung Decke aus. Als entspanne er sich, lehnte er sich in den Stuhl zurück.

„Sie wollen mir ein Geschäft vorschlagen?", fragte er Schumann.

„Kommt darauf an, wie kooperativ Sie sind, Grubauer. Wie gut kannten Sie zum Beispiel Denis van der Kerken?"

„Den habe ich überhaupt nicht gekannt." Kevin machte einen so plötzlichen Sprung aus seiner Ecke auf Grubauer zu, daß der erschrocken zusammen zuckte. Schumann hielt ihn mit einer Handbewegung zurück und sah weiter auf Grubauer.

„Okay, also ich habe ihn gekannt. Aber er war nur ein Kurier, ein kleiner Idiot, der sich manchmal unheimlich wichtig vorkam. Ich habe ihn nicht oft getroffen. Nur wenn er mir Waren, die Jancke eingekauft hatte, überbrachte, und selbst dann nicht immer."

„Wer hat Jancke getötet?", wollte Schumann wissen und vergrub sein Kinn in einer Hand.

„Keine Ahnung. Wirklich nicht. Van der Kerken hat mich kurz nach Janckes Tot angerufen und gesagt, er wüßte, wer das Schwein sei und er wolle ihn umnieten."

„Ohne zu sagen, wer das war?"

„Ja."

„Kennen Sie einen gewissen Joachim Knott?"

„Nie gehört den Namen."

„Oder einen gewissen Mel?" Grubauer sah auf, zeigte aber keine Anzeichen von Nervosität, wenn man davon absah, daß er immer wieder an seiner Zigarette zog.

„Auch nicht. Ist mir nicht bekannt."

„Jancke und Mel kannten sich aber offenbar. Und van der Kerken hat auch für Mel gearbeitet. In einer Detektei. Wußten Sie das etwa nicht?" Grubauer überlegte einen Augenblick.

„Doch, ich habe mal mitbekommen, daß er in einer Detektei arbeitet. Hat mich aber nicht interessiert, weil das Janckes Mann war und ich mich auf Jancke verlassen konnte. Warum sind Sie so an diesem van der Kerken interessiert?"

„Weil er wichtig ist im Zusammenhang mit dem Mord an Maria Werners ..." Schumann ergriff die Gelegenheit, um ihren Namen absichtlich und wie zufällig zu erwähnen. Grubauer reagierte darauf prompt.

„Maria Werners? Das war doch die Schlampe, die der van der Kerken abhängig gemacht hat. Erst hat er sie in die Kiste gezerrt, dann mit Drogen voll gepumpt und dann ... umgebracht? Ach, die dumme Nuß war es sowieso nicht wert ..." Jetzt platzte Kevin der Kragen. Mit drei Schritten war er bei Grubauer, schleuderte ihn vom Stuhl auf den Boden, packte ihn am Jackett und zog ihn wieder zu sich hoch. Dann schob er ihn mit der Brust voraus gegen eine Wand, krallte eine Hand in seine Haare und zog daran, bis der Kopf weit im Nacken lag.

„Du verdammter kleiner Wichser. Ich brech' dir das Genick! Sie hat niemals Drogen genommen, kapiert?", flüsterte er ihm ins Ohr, als hätte ihn der Wahnsinn ergriffen. Grubauer schwieg. Ihm rann nun der Angstschweiß aus der Stirn. Schumann kam dann endlich hinzu und redete auf Kevin ein.

„Kev! Laß es! Er ist es nicht wert. Verdammt, wenn du jetzt ... wenn du ihm jetzt das Genick brichst, dann bist du auch weg vom Fenster!"

„Ich will nicht, daß dieses Schwein noch länger seinen stinkenden Mist ausstreut! Ich brech' ihm jeden Knochen einzeln. Jeden einzelnen! Hast du gehört, du blödes Arschloch!" Mit diesen Worten preßte er sich noch näher an Grubauers Ohr, in das er kräftig hinein blies und zerrte kräftig an den wenigen Haaren, die Grubauer noch hatte.

„Schluß jetzt. Schluß jetzt!", rief Schumann und zwängte sich zwischen die beiden. Als er Grubauer aus Brauns Griff lösen konnte, schleuderte er ihn wieder zum Tisch herüber und fauchte seinen Partner an.

„Du bleibst jetzt hier stehen und rührst dich nicht mehr von der Stelle, kapiert?" Kevin antwortete nicht und sah nur feindselig auf Grubauer, der sich eiligst den Stuhl wieder hinstellte und an den Tisch setzte. Dabei merkte er, daß er an der Augenbraue blutete. Sie mußte aufgeplatzt sein, als Braun ihn gegen die Wand gedonnert hatte. Grubauer wusch sich seine blutbeschmutzten Finger an seinem Hemd ab.

„Das wird den Bullen teuer zu stehen kommen. Das wird dich deinen Job kosten, Junge!"

„Ich weiß überhaupt nicht, wovon Sie reden, Mann.", wendete sich Schumann an ihn. „Sie sind doch selbst schuld, wenn Sie so plötzlich aufspringen, über ihre eigenen alten Beine stolpern und auf den Boden klatschen. Da schlägt man sich leicht den Kopf auf."

„Leck mich doch!", flüsterte Grubauer. Aber Schumann kam schnurstracks auf ihn zu, lehnte sich mit ausgebreiteten Armen auf den Tisch und beugte sich ganz nah an das Gesicht des Alten heran.

„Das wird mein Partner tun, wenn Sie so weiter machen. Haben Sie das immer noch nicht begriffen?", sagte er leise und drohend. „Seine Tochter ist vor zwei Jahren an Drogen gestorben. Drogen, die man ihr eingeflößt hat. Und seitdem hat er eine Scheißwut auf alle Drogendealer. Er muß wegen seiner Aggressivität jedes Jahr für zweimal sechs Wochen in eine Therapie. Und er hat schon einmal bei einem Verhör einem Typen wie Ihnen beide Knie durchgeschlagen. Das geht hier manchmal sehr schnell und keiner hat was mit gekriegt. Sie wissen ja, wie das läuft. Und glauben Sie mir, ich habe auch eine Frau und zwei Kinder, und ich werde den Teufel tun, Sie jedesmal da raus zu holen." Schumann löste sich wieder vom Tisch und machte einen Schritt zurück. Grubauer sah an ihm vorbei auf Kevin. Der stand seitlich zu ihnen neben der Tür und rieb sich die Faust.

„Also schön, was wollen Sie wissen?" Schumann lächelte beglückwünschend.

„Alles über die Drogendeals, über Jancke, van der Kerken und Mel!"

„...okay...na schön, ich sage aus. Aber über diesen Mel kann ich ihnen nichts sagen. Den kenne ich wirklich nicht. Jedenfalls nicht persönlich."

„Gut, machen wir eine Pause. In einer Stunde geht es mit zwei anderen Kollegen weiter, Grubauer. Sie bleiben solange hier. Ich sorge dafür, daß Sie einen Kaffee bekommen. – Und keine Verarschung mehr..." Er drehte sich herum und winkte Kevin zu. Sie verließen beide den Raum und gingen schweigend einige Schritte den Flur entlang. Dann blieb Schumann stehen, Kevin auch, sie sahen sich einen Moment lang an, begannen ein leises Lachen und schlugen sich dann gegenseitig in die Hand.

„Funktioniert immer wieder.", sagte Kevin begeistert. „Und jetzt komm, ich habe Hunger!"

„Und danach knöpfen wir uns Martinez vor, wenn er nicht verblutet ist. Kreische wird sich freuen, daß wir ihm die Arbeit abgenommen haben."

„Aber denk dran: wir können Martinez wahrscheinlich nicht lange festhalten."

„Naja, seine Aussage brauchen wir trotzdem. Und die Tatsache, daß er nicht die richtige Blutgruppe hat, entlastet ihn noch nicht vom Verdacht des Mordes an Maria Werners."

„Stimmt.", entschied Kevin. Schumann legte ihm kameradschaftlich eine Hand auf die Schulter und folgte seinem Partner durch die Glasschwenktüre, die in die Polizeikantine führte. Es gab Sauerbraten mit Knödeln und einem Pudding als Nachtisch.

Eine halbe Stunde später tauchten sie in der Krankenstation auf. Raoul Martinez saß auf einer Behandlungsliege, die rechte Schulter verbunden und nicht mehr ganz so blaß. Sein

Gesicht erhellte sich sogar ein wenig, als er die beiden Beamten rein kommen sah.

„Ah, endlich kommt jemand!", sagte er und glitt von der Liegenkante herunter. Den rechten Arm steif vor den Bauch gehalten kam er auf Schumann und Braun zu. Kevin sprach ihn direkt an.

„Martinez, kommen Sie bitte mit. Wir gehen in einen anderen Raum. Sie müssen uns nun ein paar dringende Antworten geben." Martinez sagte nichts dazu und nickte nur mit dem Kopf. Er griff nach seiner Jacke, die über einer Stuhllehne aufgehängt war und folgte den Männern in eine andere Abteilung und ein geräumiges Büro mit einem Schreibtisch und drei Stühlen, die ungeordnet im Raum verteilt waren. Ein Computer war eingeschaltet, dessen Bildschirm zeigte aber nur einen Bildschirmschoner. Schumann legte den Hörer des Telefons neben die Gabel und drückte eine eins.

„Wie geht es Ihrer Schulter?", wollte er von Martinez wissen und bot ihm einen Stuhl an.

„Ich werde es wohl überleben." Der Spanier nahm Platz und sah auf den hinter dem Schreibtisch sitzenden Braun, der sich noch den Stuhl zurechtrückte und verzweifelt versuchte, die richtige Höhe einzustellen. Schumann setzte sich auf einen Stuhl neben Martinez.

„Also, Herr Martinez, fangen wir an.", begann Schumann. „Was wollen Sie uns freiwillig erzählen?"

„Was meinen Sie?" Martinez sah eigentlich für die Situation, in der er sich befand, sehr unverblümt auf Schumann, so als könne er sich überhaupt nicht vorstellen, weshalb er überhaupt hier sei.

„Fangen wir hinten an: bei Ihrem Schwiegervater. Er wollte Sie töten. Haben Sie schon Anzeige erstattet?"

„Ich bitte Sie!" Martinez sprach mit hervor gestreckter Brust und in dunklem Ton, ganz Gentlemen like.

„Haben Sie denn eine Ahnung, warum er sie töten wollte?"

„Sicher. Wegen seiner Tochter – meiner verstorbenen Frau. Natürlich gibt er mir die Schuld. Aber ich habe keine! Haben Sie mein Alibi überprüft?"

„Noch nicht, aber das dürfte sich heute noch erledigen.", sagte Kevin. Damit hatte er zunächst die Aufmerksamkeit wieder auf sich gelenkt, stand nun auf und stellte sich an das Fenster, wo er eine Weile nichtssagend nach draußen blickte.́ Schumann wartete ab und beobachtete Martinez´ Gesichtszüge, was dieser durchaus merkte. „Wir haben auch das Ergebnis Ihres Gentestes. Er war negativ. Herzlichen

Glückwunsch!", fuhr er fort, ohne sich herum zu drehen. Der Spanier verzog jedoch keine Miene. Sicher hatte er auch nichts anderes erwartet. Dann wendete sich Kevin ihm doch zu und lehnte sich auf den Schreibtisch. „Und dennoch, Martinez, sind Sie noch nicht aus dem Schneider. Wußten Sie von den Drogendeals Ihres Schwiegervaters?" Martinez überlegte eine Weile. Dann holte er Luft, um etwas zu sagen, wurde aber von Schumann unterbrochen.

„Erzählen Sie uns jetzt keinen Scheiß, Martinez. Ihr Schwiegervater ist weg vom Fenster und plaudert. Ihre Frau ist tot. Ihre Karriere dürfte damit fürs Erste auch beendet sein. Wenn Sie mit der ganzen Sache so wenig zu tun haben wie Sie behaupten, dann wollen wir jetzt was hören."

„Aber wenn ich zugebe, daß ich von den Geschäften meines Schwiegervaters etwas wußte, dann ..."

„Wir werden sehen ....", deutete Schumann an und sah auf Kevin, der mit Blick auf Martinez nickte.

„Kann ich mir eine Zigarette anmachen?", fragte Martinez sehr unterwürfig. Es schien, als würde er fallen. Schumann ließ ihn gewähren und schob ihm einen Aschenbecher hin.

„Natürlich wußte ich von den Drogengeschäften. Und ich war durchaus nicht damit einverstanden!", hob er deutlich hervor und unterstrich diese Bemerkung mit einem gehobenen Mittel- und Zeigefinger, zwischen denen die Zigarette eingeklemmt war. „Ich habe auch nichts damit zu tun gehabt und immer so getan, als ob ich davon nichts wüßte. Darüber wurde im Familienkreis auch nicht gesprochen. Meine Frau hat allerdings eine Zeit lang selbst Drogen genommen. Kokain. Sie war deshalb auch zu so einer Entziehungskur. Hat aber nicht viel geholfen, weil sie danach mit dem Alkohol angefangen hat."

Kevin setzte sich und lehnte sich entspannt in den Stuhl zurück, wobei er die Hände gefaltet vor den Mund hielt. Seine Augen blieben auf den Spanier gerichtet.

„Und sie hat sich selbst das Leben genommen. Sie werden für nichts anderes einen Beweis finden! Meine Frau hat ihren Selbstmord am Abend davor angekündigt. Wir hatten uns gestritten. Wieder einmal. Ich habe das nicht mehr ausgehalten und bin mit dem Wagen weg gefahren. Vom Auto aus habe ich ein paar Freunde angerufen, um mich abzulenken und mit ihnen weg zu gehen. Ich brauchte einfach Menschen um mich, denen ich vertrauen und mit denen ich reden konnte." Er machte eine kurze Pause, sah aus dem Fenster und rieb sich mit dem Handballen der Hand, in der er die schon fast abgebrannte Zigarette hielt, über eine Augenbraue.

„Sie hat mir erst an dem Abend alles erzählt. Wissen Sie nämlich, was sie gemacht hat? Sie hat diese Detektei Mel beauftragt, eine Frau auf mich anzusetzen! Um meine Treue und Loyalität auf die Probe zu stellen!" Schumann und Braun schwiegen darüber, daß sie davon schon wußten. „Und der Witz ist, daß ihr lieber Herr Vater sie dazu angestachelt hat. Ja, er ist dafür verantwortlich gewesen. Er hat ihr die Telefonnummer der Detektei gegeben und ihr gesagt, sie solle dort nachfragen, ob es möglich wäre, eine Frau auf ihren Mann anzusetzen, um zu überprüfen, ob er fremd gehen würde, wenn sich ihm die Gelegenheit biete. HaHa." Sein Lachen war sehr aufgesetzt und künstlich. Die Zigarette verbrannte ihm fast die Finger und er drückte den Rest im Aschenbecher aus.

„Und weiter?", fragte Kevin in die entstandene Pause, um den Redefluß von Martinez weiter fließen zu lassen.

„Tja, sie hat es tatsächlich geschafft, diese Maria Werners. War nicht übel. Abgesehen davon, daß es ihr in meiner ehelichen Situation auch nicht sehr schwer gefallen ist. Aber wie sie mir zugeführt wurde, das war schon ein starkes Stück. Dieser van der Kerken ruft drei- oder viermal an, erzählt mir, wieviel Personalklau es gibt – und in der Tat sahen unsere Bilanzen auch ganz nach hohen Diebstahlverlusten aus -, macht mir dann ein gutes Einstiegsangebot und so weiter. Naja, und dann war sie drin. Den Rest kennen Sie ja."

„Wußten Sie, daß van der Kerken Kurier für einen gewissen Jancke war, der den Einkäufer für Ihren Schwiegervater machte?", stocherte Schumann.

„Nein, natürlich nicht. Wenn ich davon jemals erfahren hätte, hätte ich ja jeden Braten gerochen!"

„Davon haben sie also zum ersten Mal gestern abend bei diesem Streit mit Ihrer Frau erfahren?"

„Das van der Kerken außerdem ein Kurier war? Nein, das hat mir mein Schwiegervater heute morgen erst erzählt, als wir im Haus waren. Kurz nachdem er auf mich geschossen hatte."

„In die Schulter?", fragte Kevin.

„Ja. Er wollte mich zu diesem Zeitpunkt wohl auch nur verletzen, damit ich mich nicht so leicht wehren konnte und er mich besser unter Kontrolle hat. Denn eigentlich wollte er mich mit dem anderen Müll in der Presse zerquetschen. Das hat er mir auch gesagt." Martinez schluckte und senkte seinen Kopf.

„Wußten Sie wirklich nicht, daß Maria Werners schwanger war?" Der Spanier ließ den Kopf zwar hängen, richtete seinen Blick aber seitlich auf Schumann, der ihm diese Frage gestellt hatte.

„Zuerst nicht. Sie hat es mir aber später erzählt, weil sie ... weil sie mich wirklich mochte." Er unterbrach sich kurz und zündete sich erneut eine Zigarette an. Dann schnaufte er leise und befeuchtete mit seiner Zunge seine zwar blutroten, aber ausgetrockneten Lippen.

„Möchten Sie ein Glas Wasser?", fragte Kevin.

„Nein, danke. Es geht schon. – Oder vielleicht doch." Schumann stand auf, ging ins Nebenzimmer und kam eine halbe Minute später mit einer Wasserflasche wieder zurück. Er nahm einen von den Plastikbechern, die neben einer Kaffeemaschine ineinander geschachtelt bereit standen und schenkte ihm etwas ein. Martinez bedankte sich mimisch und fuhr dann fort.

„Sie wollte die Beziehung zu mir beenden. Ich konnte das nicht verstehen, weil ich ja ohnehin die Hintergründe nicht kannte und habe sie immer wieder nach den Gründen gefragt, die sie mir lange nicht nennen wollte. Aber schließlich, wohl, weil sie mich nicht los wurde, hat sie es mir doch erzählt. Das Kind war von ihrem Chef, diesem Mel." Schumanns und Brauns Münder gingen automatisch auf und blieben es auch.

„Das hat sie Ihnen erzählt?", sagte Schumann eher rhetorisch.

„Ja. Sie war schon lange zusammen mit diesem Mel. Das hat innerhalb der Detektei für große Aufregung gesorgt. Van der Kerken muß deswegen ziemlich ausgerastet sein und war danach für einige Wochen verschwunden. Maria wußte rein gar nichts von seinen anderen Aktivitäten ... Sie wissen, was ich meine. Jedenfalls hat sie nie davon erzählt und deswegen glaube ich das auch nicht. Auch nicht, daß sie diesen – wie hieß er doch gleich?"

„Jancke.", flüsterte Braun.

„Jancke, ja – daß sie den kannte. Ich denke, nicht. Und irgendetwas ist dann schief gelaufen. Eines Tages kam sie bei mir an, völlig verheult, ein blaues Auge, war kaum in der Lage, unter ihren Tränen ein vernünftiges Wort zu sagen. Van der Kerken hatte sie erpreßt. Drohte ihr mit irgendwas, machte ihr große Angst ..."

„Was war das?", wollte Kevin wissen.

„Keine Ahnung. Zuerst wollte sie mir nichts erzählen, dann konnte sie nicht mehr. Sie blieb danach plötzlich einige Tage, acht, neun, zehn Tage weg. Und dann sind Sie bei mir aufgetaucht..." Martinez machte wieder eine Pause, weil er sichtlich ergriffen war. Es fiel ihm wirklich nicht leicht, davon zu reden. Darüber bestand kein Zweifel für Braun wie für Schumann. Martinez zog zweimal hintereinander kräftig an seiner Zigarette, die er dann ausdrückte. Er trank den Becher leer und lehnte sich resignierend zurück.

„Was haben Sie in der Zeit getan?"

„Nichts. Was sollte ich tun? In der Detektei hätte ich kaum deswegen anrufen können. Wenn sie sich nicht bei mir meldete und zuhause nicht erreichbar war, dann konnte ich sie gar nicht erreichen. Wahrscheinlich war sie dann in ihrer anderen Wohnung."

„Was? Was für eine andere Wohnung?" Schumann und Kevin beugten sich vornüber zu Martinez. Die Überraschung war ihm gelungen.

„Tut mir leid, das weiß ich leider auch nicht. Ich weiß nur, daß sie noch eine andere Wohnung hatte, in der sie mit Mel zusammen lebte – oder sich zumindest mit ihm dort traf. Die Wohnung wurde wohl auch von Mel bezahlt. Das hat sie mir erzählt, als sie mir gebeichtet hatte, daß sie mit ihrem Boß ein Verhältnis habe. Ihre Wohnung in Euskirchen benutzte sie eher selten."

„Deswegen ein drei Monate altes Päckchen Antibaby-Pillen ...", grübelte Kevin in sich hinein. Schumann nahm seine Bemerkung auch auf. Sie sagten beide erst mal gar nichts mehr. Martinez sah die Beamten an, als wundere er sich darüber, daß er ihnen etwas ganz neues mitgeteilt hatte.

„Sie wußten noch nichts von dieser Wohnung?", fragte er sehr vorsichtig, wie jemand, der nicht stören wollte.

„Nein. – Nein, wir wußten das nicht. Aber wir werden das überprüfen.", sagte Schumann gefaßt und stemmte sich aus seinem Stuhl. „Und Ihnen erst einmal danke, Herr Martinez. Das soll's für heute gewesen sein. Fahren Sie nach Hause und ruhen sich eine Weile aus."

„Sie meinen, ich kann gehen?" Er erhob sich ebenfalls aus seinem Stuhl und sah leicht auf Schumann herab, da er von beachtlicher Körpergröße war.

„Ja. Gehen Sie! Aber sorgen Sie bitte dafür, daß wir Sie jederzeit erreichen können. Komm, Kevin!" Kevin hatte die ganze Zeit geschwiegen und nur zugehört. Jetzt schwang er sich auch aus seinem Sessel und ging wortlos an Martinez vorbei. Er nickte ihm nur fast verlegen zu und folgte Schumann hinaus, der einen strammen Gang vorlegte. Die Tür ließ er hinter sich offen. Ohne ein weiteres Wort zu verlieren kamen sie zwei Minuten später bei Schumanns Vectra auf dem Parkplatz an, wo Kevin das Schweigen brach. „Morgen, Schumann, laß uns morgen erst hinfahren. Es ist schon drei Uhr durch und ich habe heute keine Lust mehr." Aber Schumann sah seinen Partner ohne jeden Ausdruck im Gesicht an. Langsam kam er um das Heck des Autos herum und baute sich regelrecht vor Braun auf.

„Nein! Wir fahren jetzt! Ich will wenigstens wissen, wo diese Wohnung ist, okay?" Kevin zögerte nur einen kleinen, unbedenklichen Augenblick.

„Okay." Sie stiegen ein und fuhren los in Richtung Euskirchen, Keltenring 1.

Durch den Berufsverkehr hindurch brauchten sie mehr als eine dreiviertel Stunde, bis sie an der Zuckerfabrik in Euskirchen vorbei und auf die große Ostkreuzung in Euskirchen zu fuhren. Schumann erwischte noch das Grün und bog hinter der darauf folgenden Aral-Tankstelle rechts ab. Unmittelbar dahinter ging es wieder rechts auf den Parkplatz des Hauses mit der Nummer 1. Das Namensschild war noch nicht abgemacht worden. Sie standen vor der verschlossenen Haustür und Schumann blickte fragend auf Kevin, der nur mit den Schultern zuckte.

„Ich hab keinen Schlüssel dabei. Klingel halt irgendwo.", wußte er nur zu raten. Schumann drückte auf einen Knopf, unter dem ein kleines Plastikschild mit der Aufschrift `Smajili´ stand. Nach einen kurzen Augenblick knackste es im Lautsprecher.

„Ja?"

„Kripo Euskirchen, würden Sie bitte die Tür öffnen!", sprach Schumann hinein, wobei er sich leicht beugen mußte. Kevin sah nach oben. Eine graue Wolkenschicht hatte den Himmel zugedeckt. Einzelne kleine Tropfen fielen auf sein Gesicht. Im Lautsprecher war plötzlich nur noch ein lautes Stimmengewirr von vielen Personen zu hören, die in einer unverständlichen Sprache offensichtlich heftig miteinander diskutierten.

„Haaallo!", versuchte Schumann auf sich aufmerksam zu machen und klopfte mit der Hand gegen den Lautsprecher. Dann meldete sich eine Stimme.

„Du morgen wiederkommen!", rief sie. Dann brach der Kontakt ab. Schumann konnte es nicht fassen. Er sah seinen

Partner schweigend und mit verwirrten Augen an. Kevin überfiel ein breites Grinsen.

„Versuch es halt woanders.", riet er. Schumann drückte alle Knöpfe, die es zu drücken gab, bis jemand aufmachte. Sie gingen in den Hausflur, während der Lautsprecher noch immer tönte: „Wer da?", „Hallo?" ... Sie stiegen über die Treppe hoch bis zur Wohnungstür von Maria Werners. Auf allen Stockwerken öffneten sich Türen, sahen Frauen oder kleine Kinder, meist ausländischer Herkunft, durch die Gitter des Treppengeländers nach unten.

„Kripo Euskirchen. Bitte gehen sie in ihre Wohnungen zurück!", brüllte Kevin so laut, daß es jeder im Hausflur hören konnte. Beschimpfungen und irgendwelches Kauderwelsch, das er nicht verstand, waren die Folge. Maria Werners´ Wohnungstür war noch versiegelt. Eigentlich hätte die Wohnung auch schon längst wieder freigegeben sein müssen. Aber diesmal war es ein Glück, daß die Mühlen der Bürokratie so langsam mahlten.

„Und was machen wir jetzt? Willst du die Tür eintreten?", fragte Kevin seinen Partner, der stehen geblieben war und sich jetzt ärgerte, nicht erst den Schlüssel aus dem nur wenige hundert Meter entfernten Polizeirevier geholt zu haben.

„Du hättest auch an den Schlüssel denken können.", sagte Schumann nicht ohne vorwurfsvollen Unterton, ging einen Schritt zurück, lief dann gegen die Tür und stieß sie ein. Kevin machte große Augen und atmete tief aus.

„Wenn das mal keinen Ärger gibt."

„Dann ruf doch die Polizei!"

„Das mache ich auch." Er griff nach seinem Handy, um die Euskirchener Kripo tatsächlich zu informieren. Allerdings, damit sie sich um den Schaden kümmerten. Ein Bericht war auf jeden Fall fällig. Die Wohnung war noch in dem Zustand, in dem sie sie am Tag des Leichenfundes vorgefunden hatten. Selbst der Blutfleck in der Küche war noch da. An der Stelle, wo mit Kreide die Umrisse der Toten auf den Boden gezeichnet waren. Es roch sehr muffig. Schumann öffnete ein Fenster. Braun ging inspizierend durch die Wohnung und betrachtete alles ganz genau.

„Wir suchen am besten in den Schränken.", schlug Kevin vor. Schumann ging in die Küche und sah zuerst in die Schubladen. Dann nahm er sich die Schubladen in den Kommoden des Schlafzimmers und die Schränke dort vor. Aber hier war mit Sicherheit nichts außer Wäsche und anderem Kleinkram vorzufinden. Außerdem, und das bestätigte die Aussage von Martinez, befand sich in den Schubladen tatsächlich merkwürdig wenig. Er ging zu Kevin ins Wohnzimmer und machte sich an den kleinen Schrank heran, auf dem das Telefon mit Anrufbeantworter stand. Sein Blick hinüber zu seinem Partner zeigte ihm, daß der auch noch keinen Hinweis gefunden hatte.

„He, Sie! Was machen Sie da?" Braun und Schumann erschraken. Ein Mann, so um die vierzig, stand, mit Unterhemd, ungebügelter, dunkelblauer, verfuselter Jogginghose und Pantoffeln bekleidet und mit einem Baseballschläger bewaffnet, drohend in beiden Händen haltend, in der Tür und hatte noch nicht einmal seine erkaltete Zigarettenkippe aus den Mundwinkeln genommen. Schumann und Kevin richteten sich auf und gingen mit beschwichtigenden Handbewegungen auf den Mann zu.

„Langsam, langsam, Mann. Wir sind von der Kripo!", klärte Kevin, der dem Mann am nächsten stand, auf und zückte vorsichtig seinen Ausweis, den er ihm hinhielt. Schumann tat es ebenso. Die Figur schielte auf die Ausweise, blickte auf die beiden Männer, brummte, und machte dann Anstalten, die Wohnung zu verlassen.

„Treten einfach die Tür ein! Wie bei den Nazis. Sind wir hier bei den Nazis?", rief er im Rausgehen und hinterließ einen ziemlich üblen Geruch nach Alkohol, Zigaretten und kaltem Schweiß. Schumann und Braun setzten ihre Suche fort. Wenige Minuten später sprang Schumann hoch.

„Ich hab was!" Kevin kam zu ihm gelaufen. Schumann hielt mit beiden Händen eine Klarsichtfolie fest, in der sich ein Mietvertrag auf ihren Namen lautend befand. Eine Wohnung in Mechernich-Kommern.

„Sehr gut!", gratulierte Braun. „Jetzt kommen wir der Sache näher. Auch gut, daß es in der Folie steckt. Ich würde sagen, wir nehmen es mit ins Revier und lassen es auf Fingerabdrücke untersuchen." Schumann stimmte zu. Im Flur kamen sie den Beamten entgegen, die schon mit einer Reparaturmannschaft, ein paar Schreinern, im Anmarsch waren. Sie grüßten flüchtig im Vorübergehen und fuhren zum Revier auf der Kölner Straße. Nachdem sie das Schriftstück abgegeben hatten, bestand Kevin darauf, daß Schumann ihn nach Hause bringen würde, weil arge Kopfschmerzen in ihm aufzogen und er sich hinlegen wollte. Schumann war durchaus einverstanden, weil er für heute auch genug hatte. Außerdem verschlechterte sich das Wetter mehr und mehr.

Es regnete bald richtig und Schumanns Scheibenwischer schmierten. Er schaltete das Licht ein. Sie verabredeten sich vor Kevins Haustür für morgen.

15

Der Countdown

Freitag morgen. Kevin hielt seine Augen noch geschlossen, obgleich er schon wach war. Kopfschmerzen hatten ihn gestern in den Schlaf begleitet und schienen auch jetzt nicht von ihm weichen zu wollen. Seine Ohren vernahmen leise das Tröpfeln kleiner Regentropfen, die vom Wind gegen das kleine Fenster des Souterrains geweht wurden. Sarah lag ganz dicht neben ihm. Ihre zarten Finger strichen über seinen Bauch, sie war ebenfalls schon wach. Mit einem sanften Brummeln drehte sich Kevin zu ihr und nahm sie in seine Arme. Sie lächelte und genoß es, indem sie sich noch fester mit ihrer Wange an seine Brust drückte und seine Umarmung erwiderte. So eng umschlungen blieben die beiden noch eine Weile liegen, ehe Bow hinzu kam und Kevin daran erinnerte, daß es bald Zeit sein könnte, Schumann zu erwarten. Mit ihrer feuchten Nase berührte sie seine unbedeckte Schulter und stubste ihn vorsichtig an. Kevin öffnete die Augen und sah zu Sarah, die die ihren noch geschlossen hielt. Dann blickte er auf Bow und streichelte sie dankbar. Die Zeiger der Uhr auf der kleinen Komode bestätigten seine Befürchtungen. Es wurde Zeit. Behutsam löste Kevin die Umklammerung, was Sarah mit Knurren kommentierte. Doch ehe sie etwas dagegen tun konnte, war er bereits über die Treppe nach oben verschwunden. Bow folgte ihm, weil sie wußte, daß nun auch sie raus in den Garten kam. Kevin öffnete ihr die Terrassentür, machte ebenfalls einen Schritt nach draußen, um ein wenig frische Luft einzuatmen, sah betrübt in den grauen Himmel und den Regen hinein und rieb sich, mit den Bauarbeitern in seinem Kopf ringend, schmerzgeplagt die Stirn und die Schläfen. Dann hörte er, wie sich von weitem ein Auto näherte. Das war bestimmt schon Schumann, der gerade von der Landstraße her in die Escher Heide eingebogen war. Kevin suchte noch einmal nach Bow, die noch dabei war, im Gebüsch und hinten bei den Tannen herum zu schnüffeln. Er kehrte ins Haus zurück und setzte Wasser für den Tee auf, bevor es klingelte.

Sarah war noch liegen geblieben. Die beiden Beamten verhielten sich daher absichtlich leise, um sie nicht aufzuwecken und nahmen in der schmalen Küche im Stehen ihren Tee zu sich. Bow kam irgendwann in die Küche gelaufen, um Schumann zu begrüßen und setzte sich dann, mit aufgespitzten Ohren den beiden Männern lauschend, aufrecht neben Kevin. Sie besprachen ihre Vorgehensweise und beschlossen, nicht erst zur Kripo nach Euskirchen zu fahren, sondern direkt zur zweiten Wohnung der Maria Werners. Denn die Fingerabdrücke, die man möglicherweise auf dem Mietvertrag noch finden konnte, waren kaum so wichtig wie das, was sie vielleicht in der Wohnung finden mochten. Allerdings würden sie vom Auto aus die Kripo anrufen müssen, um heraus zu bekommen, wer der Vermieter der Wohnung war, damit sie nicht wieder eine Haustüre zu demolieren hätten. Vom Auto deshalb, weil sie Sarah nicht um ihren Schlaf bringen wollten. Doch Sarah schlief schon lange nicht mehr. Sie lag auf dem Rücken und starrte die Decke an. Sie war versunken in ihre Gedanken und Träume, in ihre Ängste und Sehnsüchte, die sich sehr ähnelten. Sie wünschte sich gleichzeitig weit weg und doch für immer hier bleiben zu können. Aber sie spürte auch, daß dies kaum möglich war. Nicht auf Dauer. – Das dumpfe Einrasten der Haustüre riß sie schließlich aus ihren Überlegungen. Kevin und sein Partner hatten offenbar das Haus verlassen. Sie rief nach Bow. Aber Bow kam nicht. Kevin hatte Bow diesmal mitgenommen. Sie war allein. Sarah rollte sich auf die Seite und zog die Bettdecke bis über den Kopf, damit es wieder ganz dunkel war. Sie zog die Beine an sich heran und schloß ihre Augen, um wieder einzuschlafen und in ihre Träume zu entschwinden.

„Gut, danke!" Schumann schloß die Klappe seines Handys. Von der Polizei in Euskirchen hatte er gerade die Telefonnummer der Vermieters der Wohnung in Mechernich bekommen. Der sei aber bereits informiert worden, daß zwei Ermittlungsbeamte sich bei ihm melden würden und er ihnen die Wohnung zu öffnen habe, was auch kein großes Problem darstellte. Die Überprüfung des Mietvertrages hatte nichts besonderes ergeben. Fingerabdrücke gab es eine Menge, natürlich auch die von Maria Werners. Außerdem habe Buschhoven aus Bonn eine Untersuchungsliste gefaxt, die sie dort liegen gelassen hatten. Schumann wählte die Telefonnummer des Vermieters und teilte ihm kurz mit, daß sie auf dem Weg seien. Sie verabredeten sich für eine halbe

Stunde später. Schumann und Braun bedienten sich diesmal dessen VW Passat. Nicht etwa, weil Schumann Angst wieder hatte, Bow könne ihm die Polster verschmutzen. Vielmehr weil Kevin einfach mit Fahren dran und sein Auto neu war. Er steuerte den Wagen über Eicherscheid und an dem „Haus des Gastes" in Bad Münstereifels Höhenlage vorbei nach Nöthen und dann in Richtung Autobahnauffahrt, von der aus es nur noch wenige Kilometer bis Mechernich waren. Den Weg bis zum Krankenhaus, an dem sie vorbei mußten, kannte Kevin noch. Danach allerdings mußte Schumann ihm mit der Straßenkarte helfen. Der Weg führte sie wieder hinaus aus Mechernich bis nach Kommern. Sie fuhren von der Hauptstraße nach links in den Ort ab und kamen nach wenigen hundert Metern zu der Straße, die `Auf dem Acker´ hieß und nach rechts kreuzte. Ein kleines Gäßchen, durch das kaum zwei Autos nebeneinander paßten. Schumann streckte sich nach vorne, um die Hausnummern besser erkennen zu können. Sie suchten nach der Nummer vierzig. Aber schon nach knappen hundert Metern wies Schumann nach links auf einen Parkplatz. Dort stand ein etwas älterer Mann mit einer Frau neben einem Auto. Sie warteten offensichtlich auf jemanden und Schumann vermutete, daß das der Vermieter sein mußte. Braun lenkte den Wagen auf den Parkplatz und stoppte ihn direkt hinter dem Auto der Wartenden, einem Mercedes neueren Baujahrs. Sie stiegen aus und begrüßten den Vermieter und dessen Frau, ohne sich mit ihrem Ausweis zu identifizieren. Bow mußte natürlich im Auto zurück bleiben. Schließlich machte der Vermieter eine einladende Handbewegung, ging aber dann doch vor und ließ seine Frau am Auto zurück. Als er ihnen die Haustüre aufgeschlossen hatte, überreichte er Kevin den Wohnungsschlüssel und meinte, er wolle hier unten warten und sie sollten sich nur in Ruhe umsehen, denn er wäre froh, wenn mit der Wohnung langsam etwas geschehen würde, denn es kam ja nun keine Miete mehr herein und wenn die Frau, Gott habe sie wirklich selig, nun tot sei, dann müsse man schließlich etwas tun, wobei er gleichzeitig um Verständnis warb, wenn er genau darauf drängte. Schumann und Braun enthielten sich jeden Kommentars und stiegen die Treppen hoch bis in den dritten Stock. Es war eine kleine Dachgeschoßwohnung, deren Eingang zur linken Seite der Treppe lag. Gegenüber sah Schumann am Namensschild, daß dort Ausländer, wahrscheinlich Jugoslawen wohnten. Kevin, der voran gegangen war, steckte den Schlüssel in das

Schloß und öffnete die Tür. Er trat ein, gefolgt von seinem Partner, dem auffiel, daß in der Tür ein Spion eingearbeitet wurde, was bei der Wohnungstür des gegenüber liegenden Nachbarn nicht der Fall war. Während Schumann die Tür hinter sich schloß und sich dann aufmachte, erst einmal alle Räume oberflächlich zu inspizieren, blieb Kevin regungslos mitten im Flur stehen und sah sich um. Links von ihm führte eine Tür zum Bad. Sie stand offen, wie alle anderen Türen auch. Halb links von ihm sah er in das abgedunkelte Schlafzimmer. Halb rechts von ihm in das Wohnzimmer, in dem sich Schumann gerade befand. Rechts von ihm ging es in die Küche. Dort wo er jetzt stand, sah er in einen großen Wandspiegel, der in einen antiken Rahmen gefaßt war und an seiner oberen Seite etwas von der Wand abstand, so daß er nach unten hin schräg abfiel und nur mit dem unteren Rahmenrand die Wand berührte. Darunter eine Komode, auf der ein Schreibblock, ein Kästchen mit Kugelschreibern und einer Schere darin stand. Daneben eine kleine grüne Vase mit einigen vertrockneten Blumen darin. Das Wasser war bereits daraus verdunstet. Kevins Blick wanderte über die mit Bildern behangenen kleinen Wandabschnitte zwischen den einzelnen Türen hinüber zu dem kleinen Schränkchen links neben der Tür zur Küche, auf dem ein Telefon mit Anrufbeantworter stand, dessen Lämpchen blinkte. Es waren wohl Anrufe darauf verzeichnet. Doch er schenkte dem im Augenblick wenig Beachtung. Sein Interesse richtete sich vielmehr auf ein Gemälde links von ihm. Es war mit Öl gemalt und sehr groß. Es zeigte eine blühende Landschaft, im Vordergrund Blumen auf einer grünen Wiese, Blumen in den vielfältigsten Farben, Bienen und Vögel, die umher schwirrten, so deutlich, daß man glaubte, ihr Summen und ihr Zwitschern zu hören. Kevin machte einen Schritt auf das Bild zu, um es aus der Nähe zu betrachten. Nein, eigentlich eher, weil es ihn in seinen Bann zu ziehen begann. Es war diese Wiese, die nach vorne rasch abfiel und sich in ein weites Tal erstreckte, in dem sich die Arkadien befinden mußten. Es waren die Unberührtheit, die Stille und die Eintracht, der Frieden und das Vollkommene, das dieses Bild ausstrahlte. Es waren die Farben, das Grün der Wiese, das Bunte auf ihr, das geordnete Chaos der durcheinander fliegenden Tiere, das unerreichte Blau des wolkenlosen Himmels, das - ja, das Wärme ausstrahlte, das sich schützend erhob über diese Landschaft, das sie umringte und zum Leben erweckte. Aber es strahlte keine Sonne an diesem Himmel. Es gab keine solche Lichtquelle. Vielmehr ging diese von etwas ganz anderem aus, nämlich dem hell schimmernden Berg, der sich ganz in der Mitte des Bildes befand. Obwohl er nur ein kleiner Teil des Bildes war, schien es doch, als fülle er die ganze Leinwand aus, als drehe sich alles nur um ihn, als erhebe er sich aus der Leinwand wie aus dem Tal, und bohre sich in den Raum hinein wie in den Himmel. Kevin machte die Erscheinung dieses Berges Angst. Er fand keinen Grund für seine Angst, aber er spürte, daß ihm die Betrachtung des Bildes tief in seinem Inneren ein großes Unbehagen bereitete. Mehr und mehr wühlte sich sein Geist auf, begann sein Magen zu verkrampfen, verkrallten sich unbemerkt seine Finger in seinen Hosenbeinen ...

„Kevin?"

Er hatte die Augen geschlossen und war nun aber dankbar, daß Schumann ihn da heraus holte. Kevin drehte sich um und öffnete die Augen erst, als er sicher sein konnte, daß er das Bild nicht mehr sah. Wie umgewandelt besann er sich bald auf seine eigentliche Aufgabe und begab sich zu Schumann ins Wohnzimmer. Der hockte vor einem Aquarium, in dem lediglich tote Fische auf dem Boden lagen. Sein Partner sah auf den Hereinkommenden, ohne zu bemerken, was mit Kevin los war. Der betrachtete kopfschüttelnd und mitleidig das Wasserbecken und sah dann mit zusammen gezogenen Augenbrauen über die Schulter in den Raum hinter ihm. Schumann deutete dies als Merkmal für seine Kopfschmerzen. Sie verabredeten sich, die Räume getrennt aufzusuchen, um schneller fertig zu werden. Kevin fing mit der Küche an, um von dort ins Schlafzimmer zu wechseln, während Schumann sich das Wohnzimmer vorknöpfte. Sie suchten über eine Stunde, ohne etwas zu finden. Schumann sah sogar hinter den Bildern und unter der Auslegeware nach. Er stöberte alle Schubladen eines kleinen Eckschrankes durch und durchblätterte die Bücher, die in einem Regal hinter der Wohnzimmertüre standen. Doch er fand nichts Außergewöhnliches. Keine Notizen, keine kleinen Zettelchen, die einen Hinweis ergaben, nicht einmal Anzeichen dafür, daß jemals ein Mann diese Wohnung betreten hatte oder daß überhaupt Maria Werners jemals hier gewesen war. Diese Wohnung konnte auch von jedem anderen sein. Lediglich die Größe der Jacken, die an der Garderobe neben der Wohnungstür hingen, und vielleicht die Sachen im Schrank des Schlafzimmers mochten einen Hinweis darauf sein, daß die Werners hier mal gewohnt haben soll. Kevin ließ auch nichts von sich hören, also war er bisher in der Küche und im Schlafzimmer ebenso wenig erfolgreich gewesen. Doch Schumann stieß sich selbst mit der Nase darauf. Die Jacken an der Garderobe. Er sah, daß dort eine Jacke hing, die mit Sicherheit nicht von einer Frau getragen wurde. Er schlich in den Flur und nahm sie vom Haken. Es war eine schwarze Lederjacke mit einem weißen Winterfellkragen. Vorsichtig griff er mit einer Hand, die genau wie die andere auch mit einem durchsichtigen Plastikhandschuh überzogen war, in die rechte Seitentasche hinein. Er fand jedoch nichts als ein benutztes Zellulosetaschentuch, einen Kugelschreiber und einen Schlüsselanhänger, an dem aber nur eine Münze hing, wie man sie gebrauchte, um Einkaufswagen aus der Verkettung zu lösen. In der linken fand er ein Schweizer Taschenmesser und eine vergoldete Originalpatrone, von der man das Projektil abschrauben konnte. Darin verborgen kamen drei kleine Würfel in schwarz, weiß und rot zum Vorschein. Schumann legte die gefunden Sachen auf die Kommode hinter ihm. Dann griff er in die Innentasche, die ein kleines Etui enthielt. Darin waren offensichtlich einige Papiere aufbewahrt. Er hängte die Jacke wieder an ihren Platz und öffnete das kleine, braune Lederetui. Es war ziemlich alt und dementsprechend verschlissen. Einige Visitenkarten fielen ihm herunter. Er entdeckte die von Martinez und eine von van der Kerken. Als er sie aufhob, fiel auch noch eine Plastikhülle herunter. Schumann ärgerte sich. Er bückte sich ein weiteres Mal und hob sie auf. Sie war in sich geknickt und zeigte nach außen die weiße Rückseite eines Fotos. Schumann klappte die Hülle auf. Sie fiel ihm fast wieder aus der Hand. Er konnte kaum glauben, was er sah. Maria Werners. Sie saß auf einem großen hölzernen Pferd, das auf einer weiten Wiese stand. Im Hintergrund ein Wald. Sie lachte, hatte den Kopf genießerisch in den Nacken gelegt, so daß ihre Haare herabfielen, strahlte über das ganze Gesicht und war offensichtlich bester Dinge. Jemand stand hinter ihr. Er hielt ihre Hüften fest umklammert und blickte zu ihr herauf. Auch sein Gesicht wirkte sehr gelöst. Das Gesicht sah aus wie das von seinem Partner Kevin Braun!

Schumann stockte der Atem. Sein Herz begann zu rasen. Schweiß trat ihm auf die Stirn. Kevin war gerade dabei, den Schlafzimmerschrank zu untersuchen. Es war absolut still in der Wohnung. Schumann konnte seine Gedanken nicht sortieren. Sein Partner rief etwas zu ihm herüber, doch er hörte ihn nicht. Stattdessen richtete sich sein Blick auf sein eigenes Spiegelbild an der Wand. Er erkannte die rote Farbe auf seinen eigenen Wangen. War das das Ende? Das Ende einer großen Freundschaft, die immer mehr war als nur Partnerschaft? War das das traurige Ende einer Untersuchung, die Kevin Braun als Mörder entlarvte? War das das Ende von Kevin Braun? Schumann kniff seine Lider zusammen. Seine Hände zerdrückten fast das Bild, das er hielt. Dann fühlte er Kevins Hand auf seiner Schulter und zuckte willkürlich zusammen.

„Was ist los mit dir? Hast du was gefunden?", fragte Kevin völlig ahnungslos. Schumann sah ihn an. Er war kaum zu einer Gefühlsregung fähig. Langsam, in Zeitlupe, streckte sich seine Hand aus und er hielt Kevin die Hülle mit dem Bild hin. Kevin nahm sie aus Schumanns zitternder Hand und faltete sie auseinander. Gleich Schumann erstarrte er und vergaß sogleich das Atmen. Ohne daß sein Partner ihn ansprach blickte er minutenlang auf das Bild. Erst langsam sanken schließlich seine Hände herab, das Foto in der rechten, und sein Blick vorbei an Schumann durch das Küchenfenster. Gedankenverloren trugen ihn seine Beine dorthin. Schumann verfolgte ihn mit den Augen. Und er sprach kein Wort. Kevin sah in den grauen Himmel. Der Regen peitschte mittlerweile gegen das Fenster. Weit von ihm entfernt, irgendwo da drüben über den Feldern, balancierte ein Bussard in der Luft, geduldig auf ein Opfer wartend. Kevin beobachtete ihn. Er beneidete ihn. Lautlos, ohne seine Schwingen zu bewegen, stand er in der Luft, nur vom Wind mal hier mal dorthin leicht hin und her gestoßen. Stieg auf und ließ sich wieder etwas abtreiben, kam zurück und fiel wieder etwas ab. Dann zog er die Flügel plötzlich an und stürzte kopfüber zu Boden. Zwei oder drei Sekunden benötigte er, jetzt spreizten sich seine Schwingen wieder auseinander und seine Krallen streckten sich dem Opfer entgegen. Noch bevor dieses flüchten oder überhaupt begreifen konnte, wie ihm geschah, packte der Bussard es und hob sich wieder mit seiner Beute in die Luft ab. Bald stieg er wieder zu seiner alten Höhe auf und flog davon, bis Kevin ihn aus den Augen verloren hatte. Der Regen machte ihm dabei kaum etwas.

„Du bist mir wohl eine Erklärung schuldig.", hörte Kevin seinen Partner vom Flur her sagen. Er senkte seinen Blick zu Boden und sah dann über seine Schulter kurz zu Schumann herüber.

„Da gibt es nichts zu erklären."

„Findest du? Ich denke schon!"

„Wie soll ich denn erklären, was ich nicht erklären kann?" Kevin ging nun aus der Küche hinaus an Schumann vorbei in das Wohnzimmer, wo er sich an einen Tisch setzte. Noch immer hielt er die Hülle in der Hand und betrachtete nun das Bild. Schumann setzte sich ihm gegenüber an den Tisch. Braun saß da, schüttelte den Kopf, schmiß das Foto schließlich zu Schumann hinüber und klatschte sich mit den Händen auf die Oberschenkel.

„Tut mir leid, ich weiß nicht, woher diese Aufnahme kommt. Ich habe keine verdammte Ahnung!" Sein Partner sah ihn an und wußte nicht mehr, ob er ihm glauben sollte oder nicht. Einerseits waren sie schon so lange Partner und auch Freunde, daß er ihm natürlich glauben mußte, andererseits war dieses Foto aber ein eindeutiger Beweis dafür, daß Kevin Maria Werners gekannt hatte. Und wenn er sie gekannt hatte, dann hatte er ihre Bekanntschaft, oder sogar die Beziehung zu ihr, denn danach sah es auf dem Foto ja aus, - dann hatte er dies die ganze Zeit verleugnet. Und warum sollte er das verleugnen, wenn nicht aus dem Grund, daß er etwas zu verbergen hatte! Kevin brachte es nicht mehr fertig, seinem Partner in die Augen zu sehen.

„Hast du sie getötet?", fragte Schumann in die Stille hinein. Er wußte, daß diese Frage sehr gefährlich war, aber es war auch klar, daß er diese Frage nun stellen mußte. Kevin reagierte äußerlich kaum.

„Natürlich nicht.", antwortete er knapp und ohne zu zögern. „Ich bin das nicht auf dem Foto! Ich kann das nicht sein! Ich habe Maria Werners bis nach ihrem Tode nicht gekannt und bin ihr nie begegnet." Dann durchfuhr es Kevin. Plötzlich erinnerte er sich an etwas und fuhr mit dem Kopf hoch. Schumann bemerkte es.

„Hör mir bitte zu, mein Freund. Als ich in der Wohnung von van der Kerken war und ihn tot auffand,", er bemerkte Schumanns mißtrauischen Blick, ging darauf aber nicht ein. „...da habe ich eine Videokassette und andere Fotos gefunden. Sowohl auf dem Band als auch auf den Bildern waren Maria Werners und ich zu sehen, aber niemals zusammen, sondern immer getrennt. Verstehst du? Ich meine, da hat jemand rum manipuliert! Das Bild ist eine Fälschung!"

„Dann ist es aber eine geniale Fälschung. Außerdem, Freund,", und Schumann betonte das `Freund´. „...außerdem könnte es auch ganz anders sein. Außerdem könnte man glauben, daß, wenn du mit Maria Werners eine Beziehung hattest, Maria Werners aber von Mel schwanger war, wie uns Martinez erzählt hat, daß du dann vielleicht Mel bist und daß du dann auch der Vater des Kindes sein könntest..."

„Hör auf! Hör sofort auf!", rief Kevin und lief rot an.

„...und das van der Kerken Maria Werners und dich damit erpreßt hat, daß er wußte, daß du ein Doppelleben führst."

„Nein! Das ist alles nicht wahr!", schrie Kevin jetzt seinen Partner an, erhob sich aus seinem Stuhl und nahm eine sehr drohende Haltung gegen ihn ein, der sich dadurch aber von seinen Spekulationen nicht abhalten ließ.

„...und deswegen hast du erst sie getötet, weil sie sich in Martinez verknallt hat, und dann van der Kerken, weil er dich hoch gehen lassen wollte! War es so? War es so?", schrie nun auch Schumann, stand ebenfalls auf und bohrte seine Blicke in die Augen Kevins.

„Das ist doch Schwachsinn!!", brüllte der ihm entgegen, packte den Tisch und schmiß ihn durch den Raum. Irgendwo schepperte Glas und zerbrach unter lautem Getöse. Mit einem Male war es wieder ruhig.

„Das ist doch Schwachsinn...", wiederholte Kevin leise und fing an zu weinen. Schumann wartete einen Augenblick, ging dann auf seinen Freund zu und umarmte ihn vorsichtig. Braun legte den Kopf auf seine Schultern und spürte, wie ihn seine Kräfte völlig verließen.

„Das ist alles nicht wahr.", stammelte er. „Ich weiß nicht, was das alles bedeutet. Ich weiß es nicht. Aber das ist alles nicht wahr."

„Dann sag mir, was wahr ist!", forderte Schumann. „Ich muß es irgendwie verstehen." Doch Kevin blieb stumm. Er hob seinen Kopf von Schumanns Schulter und sah ihm in die Augen.

„Ich kann dir nicht sagen, was wahr ist.", war alles, was er noch sagte. Als Schumann ihn wieder losgelassen hatte, trottete Kevin Braun resigniert in das Badezimmer, um sich kaltes Wasser in das Gesicht zu schütten. Kevin war unsicher. Er traute sich selbst nicht mehr. Vieles in ihm, viele Regungen und Gedanken, die ihn beunruhigten, die er aber nicht festhalten konnte, verunsicherten ihn mehr und mehr. Er war sich seiner selbst nicht mehr ganz sicher.

„Entweder nimmt mich da gehörig jemand auf die Hörner, oder ..."

„Oder?"

„...oder ich bin reif für die Klapsmühle." Schumann verkniff über diese Bemerkung Kevins die Lippen. Er streifte seine Plastikhandschuhe ab, legte sie auf die Kommode im Flur und folgte Kevin ins Bad.

„Sag mir nur eins: du weißt nicht zufällig, welche Blutgruppe du hast?" Kevin rührte sich nicht. Wenn man davon absah, daß er zu zittern anfing, als fröstele es ihn. Seine Augen erstarrten. Sein Kopf bewegte sich nur roboterhaft zu Schumann.

„Ich glaube, B. B Rhesus negativ." Er atmete nicht mehr. Schumann kniff die Augen zusammen. Sie waren sich beide darüber im klaren, was das bedeuten konnte.

„Komm, Kevin. Wir werden jetzt zum Revier fahren. Wir werden uns ein bißchen ausruhen und uns dann ganz ruhig über die Sache unterhalten. Wir werden eine Lösung finden." Kevin lachte leise auf.

„Sicher.", wiederholte er und lehnte sich erschöpft auf den Rand des Waschbeckens. „Ganz sicher werden wir das. Auf dem Anrufbeantworter blinkt ein Lämpchen. Fahr mal das Band ab." Er deutete mit einer Hand auf das Gerät, das im Flur auf dem kleinen Schränkchen stand. Schumann drückte den Knopf für die neuen Nachrichten und ein Band spulte sich zurück. Es klickte, dann hörten sie eine ihnen wohl bekannte Stimme.

„Hallo Maria! Ich vermisse dich. Wir müssen uns unbedingt sehen. Es gibt auch Neuigkeiten. Denis war heute hier und ich habe mit ihm geredet. Ruf mich wenigstens mal an!" Es war eindeutig Kevins Stimme. Er schloß die Augen und sank auf den Rand der Badewanne, weil er gerade das Gleichgewicht verlor. Schumann nahm den Hörer ab und drückte die Wahlwiederholungstaste. Im Display las er die Nummer des Bonner Detektivbüros ab, die auch auf van der Kerkens Visitenkarte gestanden hatte. Der Anschluß war jedoch schon gelöscht, wie ihm eine weibliche Computerstimme mitteilte. Er legte den Hörer wieder auf und ging zu Kevin ins Bad.

„Komm, mein Freund. Wir fahren zurück.", sagte er mit väterlicher Stimme und drückte eine Hand fest an Kevins Schulter. Kevin nickte mit dem Kopf und begab sich zur Tür hinaus. Wortlos verließen sie die Wohnung, die Schumann verschloß. Unten angekommen klärte er den immer noch wartenden Vermieter auf, daß die Wohnung genauer untersucht und zunächst versiegelt werden müsse. Solange, bis die Spurensicherung sie unter die Lupe genommen hätten. Der Mann mit dem Mercedes zeigte zwar Verständnis, bedauerte das aber zutiefst. Wohl eher wegen der ihm entgehenden Miete, dachte sich Schumann. Braun interessierte das alles gar nicht mehr. Der Frau des Vermieters fiel auf, daß mit ihm etwas geschehen sei. Er schlich zu seinem Passat, die Hände in den Taschen seiner Jacke vergraben, den Kopf gesenkt, stieg auf der Beifahrerseite ein und ignorierte sogar den Hund, der sich über ihn freute. Schumann verabschiedete sich höflich und folgte Kevin zum Auto. Wortlos startete er den Wagen und fuhr ihn über die B 266 in Richtung Euskirchen. Nach zwanzig Minuten kamen sie an der Polizeistation an. Schumann erklärte den verwunderten Beamten, die über Kevins geistige Verfassung rätselten, nichts und brachte seinen Partner in ihr gemeinsames Büro. Allerdings rief er von dort nach einem Arzt, der Kevin untersuchen sollte. Jemand brachte ihnen das von Schumann verlangte Wasser. Auch Bow, die sie nun mitgenommen hatten und die im Revier schon bekannt war, bekam eine Schüssel vom frischen Naß.

„Und was machen wir jetzt?", wollte Kevin wissen. Er nahm sich seinen Becher mit Wasser und goß damit die Blumen.

„Tja Kevin. Das wird schwierig. – Verdammt, Kevin, hilf mir, ich kann dir nicht helfen, wenn du mir nichts erzählst ..."

Kevin blickte abrupt auf seinen Partner und begann zu lachen. „Hast du es immer noch nicht verstanden? Ich weiß überhaupt nichts. Ich habe keine Ahnung, wieso ... das alles ..." Er winkte ab und seufzte laut. Sie gerieten beide in ein langes Schweigen. Schumann wollte Kevin Gelegenheit geben, die Sache in Ruhe zu überdenken. Irgendetwas mußte er doch wissen. Selbst der Arzt wurde erst einmal wieder weg geschickt. Über eine Viertelstunde verging so. Kevin sah aus dem Fenster, strich mit den Fingern über die Rückseite der Farnblätter auf der Fensterbank, verfluchte in Gedanken das miese Wetter, und Schumann sah ihm dabei zu, bis er schließlich dazu überging, das Papierchaos auf ihrem Schreibtisch aufzuräumen.

„Hier ist eine Akte und die Untersuchungsliste von Buschhoven, die du angefordert hast. Ich weiß nicht, ob´s dich noch interessiert." Er warf sie hinüber auf Kevins Seite. Kevin nahm sie gelangweilt in die Hand und blätterte sie durch. Hatte er eben noch in seinem Sessel hin und her geschaukelt, ließ er sich plötzlich nach vorne kippen und schmiß dabei die Akte auf den Tisch. Schumann wurde aufmerksam. Bow, die es sich auf einer extra für sie vorgesehenen Decke bequem gemacht hatte und fast eingeschlummert wäre, fuhr auf, spitzte ihre Ohren und sah abwechselnd von Kevin auf Schumann und wieder auf Kevin.

„Was ist los?" Kevin reagierte zunächst nicht, sondern las sich durch, was dort geschrieben stand. Dann stützte er sein Kinn in eine Handfläche und sah nachdenklich aus dem Fenster hinaus auf die Kölner Straße. Sein Partner ließ jedoch nicht locker und wackelte an dem Schreibtisch, um Kevin so wieder in die Wirklichkeit zurück zu holen.

„Jaja, schon gut!", beschwichtigte Kevin und hielt Schumann die Akte hin. „Also daß mit meiner Person irgendwas nicht stimmt, das mag ja so sein. Aber ich glaube, den Mord an Maria Werners, den wirst du mir nicht anhängen können. Der Fall ist so gut wie gelöst!"

„Wie meinst du das? Nun spann mich doch nicht so auf die Folter, verdammt nochmal! Und außerdem will ich dir keinen Mord anhängen!" Kevin deutete auf die Akte.

„Ließ!" Aufmerksam sah Schumann die Akte durch. Es war ein Bericht über verschiedene Ergebnisse, die die Obduktionen der Leichen erbracht hatten, die angeordneten Gentests von Martinez und auch Joachim Knott, und, im Anhang, fast zu übersehen, ein Telefax vom Polizeipräsidium in Bonn, das eine Liste vom Inhalt der Mülltonnen vor dem Haus der Maria Werners enthielt. Schumann überflog auch sie, stellte aber nichts Außergewöhnliches fest.

„Na und? Was soll daran ungewöhnlich sein?"

„Die Liste! Sieh dir bitte die Liste vom Inhalt der Mülltonnen an."

„Ja, hab ich. Und?"

„Mann Schumann! In einer der Mülltonnen war eine tote Katze. Das ist die Katze von Maria Werners!" Schumann verdrehte nachdenklich die Augen in Richtung Zimmerdecke.

„Wie soll denn die Katze von der Werners in die Mülltonne kommen?", fragte er Kevin neugierig und herausfordernd. Kevin stand auf und beugte sich leicht zu seinem Partner.

„Das wüßte ich auch gerne.", erwiderte er und hob wedelnd eine Hand. „Vor allem, wenn der Vater von Maria Werners unmißverständlich ausgesagt hat, daß ihm die Katze beim Öffnen der Türe durch die Beine nach draußen geschlüpft sei."

„Das kann doch sein. Vielleicht hat sie draußen irgendein Gift, Rattengift oder etwas ähnliches, aufgenommen und ist krepiert. Vielleicht hat sie einer erschlagen oder überfahren.

Vielleicht hat sie ein Hund erwischt." Sein Blick fiel auf die Huskyhündin. „Irgendjemand findet sie und schmeißt sie in die Mülltonne. – Sie braucht noch nicht mal Maria Werners´ Katze gewesen zu sein!..." Kevin nahm Schumann die Akte aus der Hand und kam um den Schreibtisch herum.

„Vielleicht, Schumann, vielleicht. Vielleicht aber auch nicht. Laß uns die Katze untersuchen. Bauer soll sie obduzieren! Ihre Haare müssen mit Haaren, die wir garantiert in der Wohnung finden können, übereinstimmen. Ich will wissen, wann und woran sie genau gestorben ist. Und solange, Schumann, ich bitte dich, solange sollte keiner etwas von heute morgen erfahren ..."

„Da verlangst du aber ziemlich viel ..."

„Zuviel für unsere Freundschaft? Ich bin unschuldig, Schumann. Das ist mir sicher. Gib mir diese Chance und laß uns heraus finden, was dran ist. Stellt sich heraus, daß ich falsch liege mit meinem Verdacht, dann ... dann kannst du mit mir machen was du willst!" Schumann schnalzte mit der Zunge. Sein polizeilicher Instinkt sagte ihm allerdings, daß an der Sache etwas dran war. Er überlegte einen Augenblick und griff dann nach dem Telefonhörer, um Bauer in Bonn zu erreichen. Er sollte sich die Katze sofort vornehmen, während sich Schumann und Braun auf den Weg zu ihm machten, um sein Ergebnis zu hören. Bauer wies allerdings darauf hin, daß das etwas dauern könne, daß das nicht so schnell ginge, und, und, und. Kevin lachte und sah seinen Partner freundschaftlich an.

„Danke, Partner!", sagte er und öffnete ihm die Tür. Bow lief als erste raus. Draußen kam ihnen ein Polizist der Wache entgegen, der beinahe über die alte Hündin gestolpert wäre.

„Da ist ein Arzt, der will wissen, wann er zu euch kann, weil er noch Termine hat."

„Schick ihn nach Hause!", rief Schumann im Vorübergehen und folgte Kevin und Bow im Eilschritt auf den Parkplatz. Eine knappe Stunde später waren sie durch den Freitagnachmittagverkehr hindurch und Kevin lenkte seinen Wagen auf den Parkplatz vor dem Gerichtsmedizinischen Institut in Bonn. Auch hier machten schon viele Bürohengste Feierabend. Dabei war es gerade mal zwei Uhr vorüber. Die beiden Ermittler stiefelten an der Anmeldung vorbei direkt in Richtung Büro von Doktor Bauer. Doch als sie dort ankamen, standen sie vor verschlossener Türe. Kevin ging an die Nebentür und klopfte ungeduldig.

„Ja?", klang es schroff durch die Tür. Er trat ein. Der Beamte hinter dem Schreibtisch sah über den Rand seiner Brille, die den Nasenrücken herunter gerutscht war, hinweg und stellte nur mit seinem Blick die Frage, wer er sei und was er wolle.

„Braun, Kripo Euskirchen. Wir wollen zu Doktor Bauer. Sie wissen nicht zufällig ..." Er zeigte mit einem Zeigefinger auf die Tür, die nach nebenan führte, ohne ganz in das Zimmer einzutreten.

„Braun? Ja, der Doc hat da was erwähnt. Er ist unten in der Pathologie. Da müssen Sie warten. Sie können ja nach unten gehen und dort warten." Kevin nickte dankend mit dem Kopf und verschloß die Tür behutsam wieder.

„Netter Herr!", versicherte er Schumann, der hinter ihm gestanden und den Kollegen argwöhnisch gemustert hatte. Sie gingen die Treppe hinab bis ins Erdgeschoß. Dort mußten sie zunächst durch eine weitere Kontrolle, an der sie sich auszuweisen hatten. Der Beamte, der sie kontrollierte, telefonierte sicherheitshalber nach Doktor Bauer, erhielt eine Bestätigung und ließ sie schließlich passieren. Braun und Schumann stiegen zwei weitere Treppen hinab, kamen am Kühlhaus und einem leeren Saal vorbei, gingen an einer T-Gabelung dem Wegweiser zur Pathologie nach und blieben am Ende in einem Gang stehen, in dem es nur so von Untersuchungsräumen wimmelte. Eine junge Ärztin im grünen Behandlungskittel und Handschuhen, leicht blutverschmiert und sichtlich überarbeitet, kam ihnen entgegen. Schumann kreuzte ihren Weg.

„Entschuldigen Sie! Könnten Sie uns wohl verraten, wo wir Doktor Bauer vielleicht finden?" Sie blieb nicht stehen, sah die beiden Männer nicht einmal an, antwortete aber im Vorbeigehen.

„Bauer? Der müßte in S014 sein. Weiß aber nicht genau. Da können Sie sowieso nicht herein. Wenn Sie auf ihn warten, sollten Sie hier solange Platz nehmen." Sie zeigte auf ein paar Plastikbänke, die in einer Nische standen, an der sie gerade vorbeikam und verschwand sodann um die Ecke. Kevin und Schumann warfen sich gegenseitig einen Blick zu und setzten sich schmollend auf die dunkelgrüne Plastikbank. Hier unten herrschte eine ziemlich trockene Luft, die das Atmen unangenehm machen konnte. An der Decke strahlten Halogenlampen, die ein furchtbar kaltes Licht warfen. Die Wände waren in langneseweiß gestrichen und leer. Hier und da ein medizinisches Plakat mit anatomischen Darstellungen, aber rein gar nichts, was dazu beigetragen hätte, diesen unterirdischen Ort etwas munterer aussehen zu lassen. Nicht einmal Blumen. Aber das hätte hier, wo kein Tageslicht mehr hinkam, wahrscheinlich auch wenig Sinn gemacht. Alle paar Minuten öffnete sich eine Tür, worauf Schumann und Braun, in der Hoffnung, Bauer könnte heraustreten, sich umsahen. Doch sie wurden vom einen aufs andere Mal enttäuscht. Kevin sah auf seine Uhr. Halb vier. Seine Knie wackelten hin und her, er war angespannt. Schumann hatte die Arme vor der Brust verschränkt, sich zurück gelehnt und versuchte zu entspannen. Er hielt seine Augen geschlossen.

„Was ist mit dir und Sarah?", sagte er nach einer Weile. „Wollt ihr zusammen bleiben?" Kevin sah überrascht zu Schumann herüber.

„Warum?"

„Nur so. Hat mich eben interessiert!" Kevin schwieg dazu eine Weile. Schließlich hörte er auf mit den Knien zu wackeln und legte das rechte Bein über sein linkes.

„Ist halt sehr schwierig.", flüsterte er vor sich hin. Schumann schwieg, weil er ahnte, daß Kevin noch mehr sagen wollte.

„Weißt du, sie ist sehr nett. Sie hat eine tolle Figur, sieht gut aus und so ... Sie kümmert sich auch um alles, seit sie da ist. Und ich bin auch froh, daß sie aufgetaucht ist ... und sie mag Bow! Ja, das ist, - das ist wirklich phantastisch. Aber ..."

„Aber?"

„Sie macht mir manchmal Angst." Kevin stand auf, ging ein paar Schritte den Gang hinunter und kam wieder zurück. Dabei sah er prüfend auf die kleinen Schildchen, die neben jeder Tür hingen, und las, was darauf stand. Kein Hinweis auf Doktor Bauer. Nur Buchstaben und Zahlen.

„Wovor macht sie dir Angst?" Schumann hatte seine Augen jetzt geöffnet. Seine Stirn war gerunzelt.

„Sie ist so gut. So anständig, wenn du verstehst, was ich meine. Sie – sie ähnelt eben zu sehr ihrer Schwester?"

„Jasmin?" Schumann sprach den Namen absichtlich aus, um Kevin damit zu konfrontieren. Denn offensichtlich war er dabei, immer noch eine Menge Unverarbeitetes zu verdrängen. Kevin sah ihn an, als könne er es nicht glauben, wie jemand diesen Namen einfach so aussprechen konnte. Doch er faßte sich schnell und wurde sich klar, daß solche Gedanken Blödsinn waren und Schumann recht hatte, wenn er ihn absichtlich an das Thema heran führte.

„Ja, du hast Recht, Schumann. An Jasmin. Wenn ich sie sehe, meine ich manchmal Jasmin zu sehen. Aber sie ist natürlich nicht Jasmin. Sie riecht anders, sie bewegt sich anders. Allein ihre Stimme macht mir jedesmal, wenn sie redet, klar, daß sie nicht Jasmin sein kann. Und trotzdem: wenn ich mit ihr zusammen bin, dann wünsche ich mir oft, es wäre Jasmin, mit der ich ... zusammen wäre. Verstehst du?"

„Nein! Verstehe ich nicht." Schumann stand nun auch auf und ging auf Kevin zu. Der schloß seine Augen und senkte den Kopf. Aber Schumann packte ihn an beiden Schultern und rüttelte ihn leicht.

„Du weißt, daß Jasmin tot ist. Ich habe sie nie kennen gelernt. Und sicher war sie etwas besonderes für dich! Du sollst sie auch nie vergessen, wenn sie so wichtig für dich war. Aber du kannst nicht dein ganzes Leben lang an diesem Verlust nagen. Noch schlimmer: du kannst nicht andere für diesen deinen Verlust bestrafen, indem du sie nicht zu dir herein läßt. Du mußt dich endlich damit abfinden, daß sie tot ist. Laß die Toten ruhen. Hier! Laß sie hier in deinem Herzen ruhen!" Er klopfte auf Kevins Brust und ließ ihn los. Kevin preßte die Lippen zusammen und hob die Arme hinter den Kopf, um sich zu strecken.

„Natürlich hast du recht. Aber so einfach ist das oft nicht."

„Das muß es aber sein. Du machst es dir selbst und anderen nur schwer. Es liegt an dir selbst, wie leicht das ist. – Kevin, komm her!" Er legte einen Arm um die Schulter seines Partners und zog ihn über den Gang. „Also wenn ich Sarah wäre, dann würde es mich sehr schmerzen, wenn du in mir jemand anderen sehen würdest, als den der ich eigentlich bin."

„Das ist es ja, was mir solche Angst macht. Ich weiß, daß ich sie letzten Endes sehr verletzte!", wandte Kevin ein.

„Schön! Dann ändere das! Dann finde Sarah! Finde sie, sieh sie dir an und überlege dir, ob du mit ihr zusammen sein willst. Und laß Jasmin einfach mal aus dem Spiel. Vergiß einfach mal, daß Sarah ihre Schwester ist. Vielleicht entdeckst du dann mal ganz was neues." Er klopfte Kevin mit seiner freien Hand auf die Brust, um ihn aufzulockern. Kevin lächelte. Für ein Augenblick vergaß er die Problematik, die sie umgab, für einen Augenblick erschien es ihm möglich, alles so zu tun, wie Schumann es ihm geraten hatte. Doch kaum daß diese Sonne sich ihren Platz erkämpfte, wurde sie auch schon wieder von dunklen Wolken überdeckt. War es nicht Jasmin, dann war es dieser ominöse Brief, den er erhalten hatte, Maria Werners und die Fotos, auf denen er mit ihr zu sehen war, obwohl er nicht die geringste Erinnerung daran hatte, dieser Frau vor ihrem Tode jemals begegnet zu sein, oder eben Jancke, nach dessen Identität er in seinem tiefsten Inneren suchte. Nach einer Antwort, die ihm scheinbar niemand geben konnte.

„Braun! Schumann! Kommen Sie bitte!", rief eine Stimme aus dem Hintergrund. Ein Mann mittleren Alters, Brille, rote Haare, ebenfalls mit einem grünen Kittel bekleidet, stand neben einer offenen Tür, an der er sich festhielt, und lud sie ein herein zu kommen. „Doktor Bauer erwartet sie."

Schumann und Braun folgten ihm in das Labor. Sie gingen an einem Untersuchungstisch vorbei und zwischen verschiedenen Schränken hindurch, gefüllt mit Präparaten und kleinen Gläschen, in denen die merkwürdigsten Sachen, abgeschnittene Finger, eine Niere oder etwas ähnliches und solcherlei mehr in einer milchig-glasigen Flüssigkeit aufbewahrt wurden. Der Mann in dem grünen Kittel führte sie in einen Nachbarraum, der sich als kleiner Saal herausstellte. In der Mitte ebenfalls ein Untersuchungstisch, auf dem eine aufgeschnittene Katze lag. Es roch fürchterlich. Schumann und Braun rümpften beide sofort die Nase, was dem Mann, der sie hierher geführt hatte, nicht entging.

„Es tut mir leid, aber ..."

„Schon gut!", entgegnete Schumann und machte eine beruhigende Handbewegung. Bauer stand links von ihnen an einem Waschbecken und war gerade dabei, sich zu reinigen. Er sah die beiden Beamten, griff nach einem Handtuch und ging auf sie zu, während er sich die Hände abtrocknete.

„Hallo Kevin. Herr Schumann. Ihr seid mir vielleicht ein paar. Heute hätte ich vielleicht einmal pünktlich Feierabend gehabt. Und was passiert?"

„Wir halten Sie von Ihrer Frau fern!", scherzte Kevin. Bauer wollte die schon einmal verpaßte Gelegenheit nutzen, ihn darauf hinzuweisen, daß er gar nicht verheiratet war, aber er überlegte es sich, befand, daß es jetzt nicht wichtig war und ließ es. Stattdessen ging er zu der Katze hinüber und lehnte sich auf den Tisch, wobei er seine Brille ein wenig zurecht rückte. Der Mann mit den roten Haaren hielt sich fortan im Hintergrund und begann aufzuräumen.

„An den Geruch gewöhnt man sich mit der Zeit.", witzelte der Pathologe. „Das ist Ammoniak, der durch den Eiweißabbau bei der Leichenfäulnis entsteht."

„Aha. - Konnten sie eine genaue Todeszeit noch bestimmen?", fragte Schumann. Bauer ging einmal um den Tisch herum und blieb dann vor den beiden stehen.

„Ja, ich denke schon. Wir hatten die Katze in Formalintücher eingewickelt und kühl gelagert, so daß sie gut erhalten geblieben ist. Sicher, nach zwei Wochen ist sowas schon immer ein bißchen schwieriger. Man kann nicht einmal mehr ATP in den Muskeln finden."

„ATP?", horchte Kevin nach.

„Adenosintriphosphat. Das ist der Energiespender unseres Körpers. Nach Eintreten des Todes braucht sich das ATP auf und es kommt zur Leichenstarre, weil es auch die Funktion eines, wie soll ich sagen, - Weichmachers hat. Aber wie dem auch sei: wir haben dann eine histolytische Untersuchung vorgenommen. Damit konnten wir noch das Fortschreiten des Zerfalls des Gewebes durch bestimmte enzymatische und bakterielle Zersetzungen feststellen. Aufgrund des Grades der Zersetzungen und unter der Voraussetzung, daß die Katze Temperaturen ausgesetzt war, die relativ konstant um die fünfzehn bis achtzehn, höchstens zwanzig Grad lagen, würde ich sagen, daß sie etwa einen Tag vor ihrer Einlieferung hier gestorben ist."

„Und wann war das?", wollte Kevin wissen.

„Nun ja, das war einen Tag nach dem Fund der Leiche. Die der Maria Werners."

„Also sind sie am selben Tag gestorben?"

„Ja."

Kevin klatschte sich in die Hände.

„Ich hab's gewußt!", jubelte er.

„Und woran ist sie gestorben? Können Sie darüber etwas sagen?", fügte Schumann hinzu.

„Das ist nicht allzu schwer zu erkennen. Ihre Hinterbeine sind ausgekugelt, das Genick gebrochen, die Schädeldecke völlig zerschmettert. Offensichtlich hat sie jemand an den Hinterbeinen gepackt und möglicherweise mehrmals gegen eine Wand geschleudert." Schumann und Braun zeigten sich trotz ihrer Freude über das Untersuchungsergebnis betroffen.

„Und konnten Sie anhand einer Haaruntersuchung feststellen, ob es sich zweifelsfrei um die Katze der Maria Werners handelt?", fragte Schumann.

„Einwandfrei. Die Ergebnisse sind übereinstimmend!"

Damit war für sie klar, daß der Mörder der Katze sicher auch der Mörder von Maria Werners war.

„Ich würde sagen, wir müßten noch einmal nach Erftstadt-Erp. Schumann? Was sagst du dazu?"

„Ich stimme dir völlig bei! Danke, Herr Doktor. Sie haben uns diesmal wirklich ein ganzes Stück weiter geholfen. Ich schätze, ihre Untersuchung beschert uns zumindest den Mörder von Maria Werners." Bauer verneigte sich höflich.

„Man tut, was man kann.", sagte Bauer und verabschiedete die beiden an der Tür, die zum Labor nebenan führte. Schumann und Braun winkten flüchtig und mit der Bemerkung, daß sie schon hinaus finden würden. Kevin triumphierte innerlich. Er ballte eine Faust und schlug ein Luftloch vor Freude. Schumann beobachtete ihn und verzichtete zunächst, seinen Partner darauf hinzuweisen, daß es noch zwei weitere eindeutige Morde gab, die es aufzuklären galt. Es war schon ziemlich später Nachmittag. Ohne viel zu reden oder zu spekulieren wühlten sie sich durch den Verkehr in Richtung Zülpich, um von dort nach Erftstadt einzufliegen. Schumann rief vom Auto aus in Euskirchen an und unterrichtete Wißkirchen davon, was sie vorhatten. Gegen sechs kamen sie an ihrem Ziel an.

16

Der Countdown, Zweiter Teil
Kevin klopfte kräftig gegen die hölzerne Tür. Er blickte zurück auf Schumann und dann hin zum Auto, in dem Bow auf dem Beifahrersitz Platz genommen hatte. Sie beobachtete genau, was geschah. Bald öffnete sich die Tür einen Spalt und eine Frau lugte vorsichtig durch den Schlitz. Sie sagte nichts.
„Guten Tag, Frau Werners. Braun von der Kripo Euskirchen. Sie erinnern sich sicher an mich?". Kevin war sich nicht sicher, aber er hatte das unbestimmte Gefühl, daß sie sich tatsächlich nicht erinnerte. Also kramte er seinen Ausweis hervor und hielt ihn ihr vor die Nase. „Das ist mein Kollege Schumann. Wir möchten gerne noch einmal mit ihnen reden, weil wir ein paar Fragen haben. Ist ihr Mann auch da?" Die Frau zögerte noch einen Moment, öffnete die Tür aber dann so weit, daß die beiden hindurch treten konnten. Schumann schloß die Tür. Die Frau blickte sie nur völlig verängstigt an und sprach die ganze Zeit über kein Wort.
„Johanna, wer ist denn da?", klang es aus einem hinteren Raum. Frau Werners zuckte in sich zusammen. Entweder war sie nicht mehr recht bei Sinnen, oder aber sie war in der Tat sehr verängstigt, aus was für einem Grund auch immer.
„Würden Sie uns bitte zu ihrem Mann führen!", bat Schumann bemüht freundlich. Sie faltete die Hände im Schoß und ging mit gesenktem Haupt voran in Richtung Wohnzimmer. Braun

und Schumann kannten den Weg und folgten ihr. Schon in der Tür kam ihnen Herr Werners entgegen.

„Ach, sie sind´s schon wieder! Was gibt's denn?"

„Wir haben da noch einige Fragen, Herr Werners. Gestatten Sie?" Kevin schlängelte sich an Werners vorbei ins Wohnzimmer und blieb in der Mitte des Wohnraumes stehen. Schumann hielt sich weiterhin vor der Türe auf, während Frau Werners im Flur stehen blieb. Dem Vater der Ermordeten kam das Ganze offensichtlich sehr komisch vor. Sein Blick wechselte hastig und unsicher von Braun zu Schumann.

„Was hat das zu bedeuten? Was kann ich denn für Sie tun? Gibt es etwas neues?" Schumann ergriff das Wort.

„Ja, es gibt etwas neues." Er machte einen Schritt auf Werners zu, der noch keinen Grund sah, ihm auszuweichen.

„Im Zusammenhang mit der Ermordung ihrer Tochter gibt es einen Umstand, der uns etwas Kopfzerbrechen macht."

„Aha, und was?"

„Nun, bei unserer ersten Untersuchung haben wir festgestellt, daß ihre Tochter eine Katze hat."

„Na und, die ist mir weggelaufen, als ich die Haustüre geöffnet habe. Das habe ich Ihrem Kollegen schon gesagt." Nun kam Kevin vom Wohnzimmer her auf den Vater zu, so daß dieser regelrecht in der Klemme zwischen Braun und Schumann stand.

„Wir haben die Katze allerdings gefunden, Herr Werners!", flüsterte er ihm äußerst provokativ zu. Werners rieb sich sein unrasiertes Kinn.

„Ach ja? Wo war sie denn? Interessiert mich aber eigentlich gar nich." Er schob sich an Schumann vorbei in den Flur. Seine Frau sah, mit Entsetzen in ihrem Blick, zu ihrem Mann auf. Sie hob eine Hand und faßte ihn am Arm. Aber er schüttelte sie ab und ging in die Küche. Kevin warf Schumann einen warnenden Blick zu und ging dem Mann hinterher. Schumann führte das Verhör fort.

„Wir haben sie tot in einer Mülltonne vor dem Haus ihrer Tochter gefunden. Die Müllabfuhr kommt erst Montags. Deswegen konnten wir sie noch finden. Wissen sie, wann und woran sie gestorben ist?"

„Ist das noch wichtig?" Jetzt stürmte Kevin an Schumann vorbei und baute sich unmittelbar vor Werners auf. Er sah ihm direkt ins Gesicht und fixierte jeden seiner Züge.

„Die Katze ist am selben Tag wie ihre Tochter gestorben. Man hat sie gegen eine Wand geschlagen ..." Werners versuchte dem Blick Kevins stand zu halten. Er schwieg.

„Sie ist brutal erschlagen worden. Genau wie ihre Tochter.", fügte Schumann hinzu. Auch er kam nun an Werners heran und baute sich direkt neben ihm auf. „Ihre Tochter, wenn Sie es vergessen haben sollten, starb, weil man ihr das Rückrat heraus gerissen und das Genick gebrochen hat. Herr Werners? Hören Sie zu?" Werners´ Blick wurde apathisch. Er starrte nur in Kevins Augen. Kein Zucken war an seinem Körper.

„Also muß ich Sie fragen: wo waren Sie zum maßgeblichen Zeitpunkt des Todes Ihrer Tochter? Wo waren Sie an diesem Donnerstag abend?" Werners reagierte nicht. Seine Frau, die bis jetzt noch im Flur stehen geblieben war, kam nun hinzu. Sie ging um die beiden Polizisten herum und hakte sich mit einem Arm bei ihrem Mann ein. Ihr Gesicht verbarg sie jedoch nach unten.

„Wo warst du Arschloch?", hauchte ihm Kevin entgegen. Werners atmete nun tief. Es schien, als bekäme er keine Luft. Dann öffnete er seinen Mund und urplötzlich ließ er einen Schrei los. Seine Frau erschrak und stolperte nach hinten, als Werners die Arme hoch hob und herum wedelte. Noch im gleichen Augenblick stürzte er sich unter seinem eigenen Geschrei auf Braun und wollte ihm an die Kehle. Kevin wich zurück, konnte es aber nicht mehr verhindern. Schumann reagierte prompt. Mit einem Satz war er bei Werners, schlug ihm mit der Faust in die Seite, daß der alte Mann ächzte und in sich zusammen brach. Kevin stieß ihm gleichzeitig mit beiden flachen Händen auf die Brust, so daß er vor die Füße seiner Frau zu Boden fiel. Frau Werners hielt sich ihre Hände vor ihren offenstehenden Mund. Sie sah auf ihren Mann herab, sah die beiden Männer an, verdrehte die Augen und wurde augenblicklich ohnmächtig. Schumann konnte, indem er ihr zur Seite sprang, gerade noch verhindern, daß sie im Fallen mit dem Kopf auf den Boden aufschlug. Er ließ sie vorsichtig zu Boden gleiten, nahm einen Stuhl und legte ihre Füße auf dessen Kante, um die Beine hoch zu lagern. Kevin feuchtete sofort einen Lappen an und warf ihn seinem Partner zu, der ihr Dekolleté damit abrieb und ihn schließlich der Frau auf die Stirn legte. Her Werners kam auch langsam wieder zu sich und wollte sich vom Boden erheben. Kevin half ihm. Behutsam hob er ihn auf einen Stuhl. Er füllte ein Glas mit Wasser und reichte es dem alten Mann. Erschöpft atmeten alle tief durch.

„Warum, Herr Werners? Warum haben Sie das getan?", stöhnte Kevin. Und zum ersten Mal, zum allerersten Mal gedachte er des Umstandes, daß dieser Mann nicht nur seine Tochter umgebracht hatte, sondern möglicherweise auch sein, Kevins Kind. Mein Gott, wie sich das anhörte. Immer wieder und wieder durchzog dieses Wort Kevins Gedanken. Sein Kind, sein Kind. Konnte er wirklich der Vater dieses Kindes sein? Wenn ja, was würde das bedeuten? Wenn es sein Kind war und er sich an nichts erinnern konnte, an nichts, was mit Maria Werners zu tun hatte, dann war er krank. Dann war die Konsequenz so schrecklich, daß er es nicht aussprechen wollte. Nicht einmal in seinen intimsten Gedanken. Erst recht nicht da! Sein Kind! Die Empfindung war ihm sehr merkwürdig. Und genauso sehr ergriff sie ihn. Genauso sehr realisierte er zum ersten Mal, daß es nicht nur der Tod einer Frau war, mit der er offenbar zusammen gelebt hatte, von der er aber nichts wußte, sondern daß er ein Leben in diese Welt gepflanzt hatte. Ein Leben, das er nie kennen gelernt hatte, ein Leben, von dem er sich fragte, ob er es denn überhaupt jemals kennen gelernt hätte, - ein Leben, als ein Teil von ihm, welches auf bestialische Weise frühzeitig beendet wurde. Er sah Werners an. Kevin empfand weder Haß noch Liebe, weder Aggression noch Mitleid, weder Wut noch Vergeltungssucht gegen diesen Mann. Er fühlte als Polizist. Gleichgültig gegenüber den Tatsachen tat er nur seine Arbeit. Lediglich etwas nachdenklich machte ihn das alles ...

„Ich frage Sie nochmals, Herr Werners. Warum haben Sie ihre Tochter getötet?", sagte Schumann und träufelte dem Mann Wasser in den Mund. Werners schluckte ein wenig, wies dann auch das Wasser von Schumann zurück.

„Ich konnte nicht anders ..." Er stockte einen Augenblick, seine Augen waren wirr. „Sie hat sich versündigt! Sie hat sich an Gott vergangen! Sie war eine Hure!"

„Deshalb haben Sie sie getötet?", hakte Kevin mit einem Ausdruck des Nicht-Glauben-Könnens in der Stimme nach.

„Ja. Sie ist wie eine Wilde, wie eine Hexe mit jedem ins Bett gestiegen, von dem sie sich etwas erhoffte. Sie war eine Hure. Und als sie das Kind bekam ... da ... da war es einfach zuviel." Er warf einen Blick hinüber zu seiner Frau, die immer noch mit geschlossenen Augen auf dem Boden lag und den Kopf zur Seite geneigt hatte. Kevin achtete darauf, daß sie sich nicht übergab.

„Sie wußten also von Anfang an, daß sie schwanger war?", fragte Schumann.

„Ja, Ja. Sie hat es uns gesagt. Sie wollte aber nicht verraten, von wem der Bastard war. Gott – sie wird gewußt haben, warum sie es uns nicht sagte. Wahrscheinlich war es vom Teufel. Vom Teufel, ja, vom Teufel ...“ Werners´ Kinn schob sich nach vorne. Kevin hob eine Hand vor das Gesicht und bedeutete Schumann, daß er ihn für Plemplem hielt. Schumann stimmte zu.

„Dann geben Sie zu, daß Sie sie getötet haben?“, gab Schumann ihm den Todesstoß. Der alte Mann sah ihn fragend an.

„Sicher war ich das. Was dachten Sie denn? Dieses Miststück hat es nicht anders verdient! Teufelsbraut. Teufelsbraut!“, schrie er seine Frau an, die ihn jedoch nicht hörte.

„Okay, das war´s!“, rief Kevin und ging zum Telefon, um einen Krankenwagen für die beiden anzufordern. Schumann kümmerte sich derweil um die beiden. Sein Partner verließ das Haus , weil er an Bow dachte. Braun öffnete die Wagentür und ließ sie hinaus springen. Sie wedelte mit ihrem Schwanz, schnupperte an Kevins Hand und lief zur Haustüre, hinter der sie Schumann wußte. Doch Kevin rief sie wieder zu sich und drehte mit ihr eine kleine Runde um die Häuser, bis er die Martinshörner der Krankenwagen hörte. Bow kannte das Geräusch, weshalb sie deswegen keinen besonders verwirrten Eindruck machte. Sie blieben etwa dreißig Meter vom Haus entfernt auf der anderen Straßenseite stehen und sahen dem Abtransport von Herr und Frau Werners zu. Schumann kam alsbald ebenfalls hinaus und ging zum Auto, wo er sich auf das Dach lehnte und sein Blick über die Felder jenseits der Hauptstraße, die durch das kleine Dorf führte, schweifte. Erst als es wieder ruhig geworden war und sich die wenigen Nachbarn, die unbedingt zusehen mußten, was geschah, in ihre Häuschen zurückgezogen hatten, kamen Bow und Kevin zum Wagen gelaufen. Schumann erahnte es aus Kevins Gesichtsausdruck, daß er sich darüber im Klaren sein mußte, daß es noch zwei weitere Morde zu klären galt und daß die Rolle des Kevin Braun auch noch nicht geklärt war.

„Ich bin froh, daß es wenigstens so gekommen ist.“, sagte Schumann und fand die Zustimmung seines Partners, der einigermaßen zufrieden lächelte und nach der Huskyhündin in das Auto einstieg. Die Fahrt zurück in die Escher Heide verlief sehr schweigsam. Beide hingen ihren Gedanken nach. Beide hatten große Angst vor dem, was nun noch kommen mußte. Erst als Kevin, zuhause angekommen, den Motor ausschaltete und sie beide ausgestiegen waren, schlug ihm Schumann seinen Plan vor.

„Wir brauchen nicht groß drum herum zu reden, Kev. Mit dir stimmt was nicht. Wenn du wirklich eine multiple Persönlichkeit hast, dann mußt du dich von einem Psychologen untersuchen lassen. Ich hoffe es nicht, bei Gott, ich hoffe es wirklich nicht, daß du etwas mit den beiden anderen Morden zu tun hast, aber wir müssen das heraus finden. Das ist dir doch klar?" Kevin nickte. „Du mußt dich vom Dienst suspendieren lassen. Du kannst nicht weiter arbeiten. Sieh mich nicht so an! Es gibt keine andere Wahl! Was, wenn du doch noch jemanden getötet hast? Nein, ich mag es mir nicht vorstellen. Aber wir sind Polizisten, Kevin, wir können das nun nicht mehr ausschließen. Du mußt dich untersuchen lassen." Sie drehten sich im Vorgarten im Kreis umeinander und sahen sich in die Augen. Kevin wußte natürlich, das Schumann mit allem Recht hatte, was er sagte. Aber es war schwer, dies anzuerkennen, die Realität zu akzeptieren. Er sagte nichts mehr, sondern klopfte Schumann nur auf die Schulter, lächelte verkniffen und etwas mißmutig, ließ ihn dann im Garten stehen und ging zur Haustüre. Schumann tat es sichtlich leid um Braun. Aber er konnte es nun auch nicht mehr ändern. Er zog seinen Fahrzeugschlüssel aus der Hosentasche und beschloß, nach Hause zu fahren.

„Kevin!", rief er im Weggehen. „Sei vernünftig, hörst du?" Kevin winkte ihm zu. Einen Augenblick später verschwand er hinter der großen, eichenen Tür und Schumann fuhr ab. Was sollte er Sarah erzählen? Wieviel sollte er ihr erzählen? Sie begrüßte ihn im Wohnzimmer, nachdem Bow sie schon in Beschlag genommen hatte.

„Hi, ihr beiden! Ihr wart ja ganz schön lange weg. Ich habe euch vermisst!" Sie legte beide Arme um Kevins Hals und küßte ihn leise auf die Lippen. Doch schon bald merkte sie, daß nicht alles so war, wie es sein sollte. „Kevin? Was ist los? Ist was passiert?" Er entging ihrer Umarmung, verneinte, was sie ihm jedoch nicht abkaufte, und nahm erschöpft auf dem Sofa Platz. Sie hockte sich neben ihn, redete nicht und strich mit ihrer Hand durch seine Haare. Bow schob in der Küche ihren leeren Napf über die Kacheln. Sie grinsten beide.

„Laß nur,", sagte Kevin. „Ich mach das schon!" Damit stand er auf, um der hungrigen Wölfin das Fressen vorzubereiten, ein

243

Sportfutter, von dem er jeden Tag eine Portion in warmen Wasser aufquellte, bevor Bow es zu fressen bekam.

„Wir haben den Mörder der Werners verhaftet!", rief er aus der Küche. Sarah erwiderte zunächst nichts, dann stand sie plötzlich im Türrahmen der Küche.

„Das ist toll. Dann gibt es ja was zu feiern." Sie war nicht sonderlich von ihren eigenen Worten überzeugt.

„Ja."

„Ich habe auch für uns etwas zu Essen vorbereitet. Hast du Hunger auf einen Broccoliauflauf? Ich brauche es nur noch im Ofen aufwärmen."

„Das ist großartig. Ja, gerne. Ich habe einen Mordshunger." Er lachte dabei, aber mehr über seine eigene Bemerkung und in Anspielung auf das, was er Sarah nicht erklären konnte, was er sich selbst nicht erklären konnte. War es eine Freud´sche Bemerkung?

„Können wir nach dem Essen ins Bett gehen? Ich möchte heute früh schlafen gehen.", fügte er hinzu und faßte, hinter ihr stehend, da sie sich gerade um den Ofen kümmerte, nach ihren Hüften. Sie wendete den Kopf über ihre Schulter und lächelte ihn an.

„Einfach nur schlafen gehen? Oder hast du dabei vielleicht noch an etwas anderes gedacht?", fragte sie lüstern und legte sich mit einer gekonnten Kopfdrehung ihre langen, mahagonifarbenen Haare auf die andere Seite, wo sie herabfallen konnten, ohne zu stören. Kevin schwieg dazu und ließ ihre Hüften wieder los. Er begann damit, den Tisch zu decken.

Es war schon lange wieder dunkel draußen und bereits halb zehn, als sie im Bett nebeneinander lagen, fest umschlungen. Sarah hatte ihre Augen geschlossen. Ihr Kopf ruhte auf Kevins Brust. Seine Augen waren geöffnet. Ständig suchte er an der Decke neue Fixpunkte, die er im Dunkeln jedoch immer wieder verlor. Er war wirklich müde und wollte einschlafen. Doch er konnte es nicht. Sarah spürte seine Unruhe, wagte aber nicht, ihn nach den Gründen zu fragen. Kevin hätte ihr auch kaum eine vernünftige, erklärende Antwort geben können. Trotzdem hatte er das Gefühl, als müsse er ihr wenigstens irgendetwas erklären. Und sei es nur, damit sie wisse, wie es um ihn stehe.

„Ich hatte vor einer Weile einen sehr merkwürdigen Traum.", begann er leise, bemüht, seine Stimme überhaupt in den Griff zu kriegen. Sarah reagierte nur mit einem seichten Summen.

„Es war eigentlich ein Traum in einem Traum. Weißt du, das macht es noch schwieriger, den Traum von der Wirklichkeit zu unterscheiden." Hatte Kevin wohl den Eindruck, er würde alles einer Schlafenden erzählen, so war Sarah jetzt doch hellwach, behielt ihre Augen aber geschlossen, um Kevins Aufmerksamkeit ganz allein seinen eigenen Gedanken zu überlassen.

„Ich weiß nicht einmal mehr genau, was ich geträumt habe. Es ist alles sehr dunkel, sehr durcheinander. Mein eigener Schrei hat mich dann irgendwann aus diesem quälenden Schlaf gerissen. Und dann wurde es mir auch klar: ich hatte mich im Traum selbst gesehen: unrein, mit zerrissener Hose und schmutzigem Hemd." Sein Blick richtete sich starr an einen Punkt an der Decke, während die Hand, die er um Sarah gelegt hatte, über ihre Schultern strich. „Ich trug eine Fliege, die aufgeflochten war, mein Jackett war mit feuchtem Schlamm besudelt, meine Hände ebenso, die, völlig zerstört und zerkratzt, blutend, über mein rauhes Kinn rieben. Der schlechte, ja furchtbar üble Eigengeruch in meiner Nase widersprach allem, was ich tatsächlich sah. Ich befand mich nämlich auf einer Anhöhe und saß auf fettem, weichen Gras, das herrlich voll von Grün und froher Botschaft war. Blumen von reiner Schönheit um mich herum. Mein Blick wanderte in das Tal vor mir. Unendlich weite, bis über den Horizont hinaus gehende Wiesen, so hochragende Birken, daß man, an ihrem Fuße stehend, nicht ihre Kronen sehen kann, ein seichter, blauer Fluß, aus dem das Leben sprang, ganze Vogelschwärme von Staren, Spatzen, Nachtigallen und Schwalben, die im leichten Wind tobten und trieben, Schmetterlinge von der vielfältigsten Art dem Duft der Blüten folgend. Und ich, so wie ich war, mittendrin. Wie die Spinne auf einer Orchidee ... – und dann kam mein Schrei! War ich jetzt wach? War ich in die Wirklichkeit zurück gekehrt? Alles schien so real, daß ich das annehmen mußte! Die Erinnerung an den Traum ... Kann man im Traum eine bloße Erinnerung an etwas haben? Die einen zudem fürchtet? Dieser Schrei, der mich aus dieser Welt heraus gerissen hatte ... War ich nun wach oder nicht? Mit meinen Händen streifte ich, wie prüfend, durch meine seit Tagen nicht mehr gewaschenen Haare. Seit Wochen hatte ich meine Wohnung nicht mehr verlassen. Der Dreck türmte sich, überall leere Flaschen und manche mit mir unbekanntem Inhalt. Ein hart getrocknetes Brötchen zwischen vielen Krümeln auf dem Glastisch und fest getrocknete Soße neben einem vergammelten Stück

Fleisch, das auf einem Teller lag, zeugten davon, daß hier niemand mehr lebte ... Ich erhob mich langsam, ächzend, aus meiner Ecke, in der ich, ich weiß nicht wie lange, gelegen hatte. Schon gar nicht, wie ich dort hin gekommen war. Blut klebte an der Stelle der Wand, an der mein Kopf gelehnt hatte. Beim Hochkommen verlor ich bald das Gleichgewicht, wäre beinahe über eine der leeren Flaschen gestolpert und bahnte mir meinen Weg, noch völlig benebelt, in den Flur. Ich trug eine Jeans, die blutverschmiert war, mein ehemals weißes T-Shirt schweißgetränkt. Mühsam schob ich dort meine müden, schweren Füße in die Wildlederstiefel und streifte mir meinen zerknitterten Trenchcoat über, in der Absicht, an die frische Luft zu gehen, weil ich sonst wohl ersticken müßte. Einen gewagten Blick in den Spiegel, der rechts von mir hing, ersparte ich mir, so daß ich auch nicht mehr sah, wie verbrecherisch unrasiert mein Kinn und zerstoben meine Haare waren. Allerdings: hätte ich es bemerkt, hätte das auch keinen so großen Unterschied mehr gemacht, weil es keine Rolle spielte und völlig ohne Belang war. Das konnte ich überhaupt nicht sehen. Als meine Finger den Türgriff ertasteten, spürte ich kaum seine Kälte. Ich ging in das Treppenhaus und begab mich Schritt für Schritt unendlich viele Stockwerke nach unten. Das dauerte eine halbe Ewigkeit und das Doppelte davon, und machte mir außerdem große Mühe, weil ich die Treppen nicht bewältigen konnte, ohne den Schmerz in den Füßen zu spüren und mich am Geländer festzuhalten. In dem Augenblick schließlich, wo ich hörte, wie die Haustüre hinter mir krachend ins Schloß fiel, überströmte mich die Geräuschkulisse von Autos, deren ständiges Hupen, einer donnernden Straßenbahn, chaotischem, undefinierbarem Stimmengewirr, von irgendwoher laute, schnelle Musik, türkische Musik. Es regnete leicht. Ich tat einen eher stolpernden Schritt nach vorne und stand auf dem nassen Bürgersteig. Passanten liefen mit Regenschirmen bewaffnet an mir vorbei, ohne von mir Notiz zu nehmen, so wenig, wie ich vom Regen Notiz nahm. Lediglich meinen Kragen stülpte ich mir instinktiv in den Nacken, um mich vor dem pfeifenden, unangenehm bedrängenden Wind zu schützen. Wahllos ging ich schließlich und ganz ohne Ziel in eine Richtung. Mein Kopf war leer, ohne Gedanken. Meine Augen sahen keine Farben. Viele Menschen liefen an mir vorbei. Wir bemerkten uns nicht. Lange spazierte ich so. Bis mir ein Typ entgegen kam. Dieser Typ. Wie er aussah, weckte er eine Erinnerung in mir:

Nasse Stiefel, Jeans, T-Shirt, mit knielangem Trenchcoat bedeckt. Sein Gesicht sah furchtbar aus, wie nach sechzehn durchzechten Tagen ohne Rast, zerfurcht und mit gerunzelter Stirn aus gegerbter Haut. Ich blieb stehen. Er kam, ganz ohne Eile, auf mich zu. Vor mir blieb er stehen. Der Regen war unser Zelt. Die Geräusche um uns herum verschwanden. Wir waren allein. Verwundert fragte ich: „Kennen wir uns?" Fest blickte er in meine Augen. Schwieg dabei noch eine Weile. Dann sagte er mit leichter, überlegener Stimme: „Ganz sicher."

„Und woher? Wer bist du?", wollte ich verunsichert von ihm wissen. Wieder schwieg er zunächst eine kurze Weile, ohne daß allerdings sein Blick von mir wich. Dann legte er behutsam eine Hand auf meine Schulter und flüsterte mir eher zu, als daß er sprach:

„Folge mir einfach!" Er ließ mich los, drehte sich herum und entfernte sich von mir. Und ich ging ihm nach, bevor er in der Menge verschwinden konnte. Die Landschaft veränderte sich alsbald um uns herum. Die graue Wolkendecke riß auf, der Himmel färbte sich wieder blau, die Häuser und Straßen und Menschen verschwanden allmählich. Es wurde ruhig, grün und duftend. Ich folgte ihm scheinbar stundenlang, ohne mich zu erschöpfen, auf einen Berg zu, an dessen Fuß wir nach einem langen Marsch ankamen. Eine steil abfallende Wand, in deren Mitte ein schmaler dunkler Riß, eine Schlucht, die durch den Berg hindurch führte. Mit seinem energischen Schritt trat er entschlossen und ohne zu Zögern ein. Ich jedoch blieb am Eingang der Schlucht stehen, bei diesem dunklen Felsentor, durchaus geängstigt und zögernd, wie festgeklebt, und wendete mich zurück blickend um. Sonne schien in dieser grünen, wohligen Welt, über den satten und lebendigen Wiesen flimmerte wehend eine gelbliche Grasblüte. Dort war gut Sein, dort war Wärme und Behagen, dort summte scheinbar die Seele tief und befriedigt, wie eine Hummel im verführerischen Duft und Licht. Und vielleicht, ich weiß nicht, vielleicht war ich ein Narr, daß ich dies alles verlassen und ins Gebirge mit diesem meinen Führer hinaufsteigen wollte. Ich spürte seine sanfte Berührung an meinem Arm. Also zwang ich mich, meinen Blick von dieser geliebten, warmen Landschaft, meinem Zuhause, loszureißen, wie man sich gewaltsam von einem lauen Bad losmacht und sich in die Kälte schwingt. Alsdann sah ich die Schlucht in sonnenloser Finsternis liegen, ein kleiner schwarzer Bach kroch aus einer ebenso dunklen Spalte, bleiches Gras wuchs in kleinen Büscheln an seinem Rand, auf seinem Boden lag herab gespültes Gestein, von allen Farben tot und blaß wie Knochen von Wesen, welche einst lebendig gewesen waren. „Wir wollen eine Pause machen.", sagte ich zu dem, der mir da voraus ging. Er lächelte mich geduldig an und wir setzten uns nieder. Es war kalt und aus dem großen, uneinsehbaren Felsentor kam ein finsterer, steinig kühler Strom trockener Luft geflossen. Häßlich, Häßlich, diesen Weg zu gehen! Häßlich, sich durch dieses unfrohe Felsentor zu quälen, über diesen kalten Bach zu schreiten, diese schmale, schroffe Kluft im Finsteren hinauf zu klettern! „Der Weg sieht scheußlich aus!", hörte ich mich widerstrebend sagen. In mir flatterte wie ein kleines, sterbendes Licht die allerdings heftige, dennoch ungläubige und unvernünftige Hoffnung, wir könnten vielleicht wieder umkehren, er möchte sich noch dazu überreden lassen, es möchte uns all dies erspart bleiben. Ja, warum eigentlich nicht? War es dort, von wo wir kamen, nicht tausend Mal schöner? Floß nicht dort das Leben reicher, wärmer, schlicht liebenswerter? Und war ich nicht ein Mensch, ein kindliches und im Grunde so kurzlebiges Wesen mit dem Recht auf ein bißchen Glück, auf ein Eckchen Sonne, auf ein Auge voll Blau und Blumen? Nein! Nein, ich wollte diesmal bleiben. Ich hatte keine Lust, den Märtyrer zu spielen! Ich wollte mein kurzes Leben lang zufrieden sein, wenn ich nur im Tal und an der Sonne bleiben durfte.

„Du frierst.", sagte der, der mich hierher geführt hatte. „Es ist besser, wir gehen."

Damit stand er auf, reckte sich in seiner ganzen Höhe und lächelte mich an. Es war weder Spott noch Mitleid in diesem Lächeln, weder Härte noch Schonung. Es war nichts darin als Verständnis, nichts als Wissen. Dieses Lächeln sagte: „Ich kenne Dich. Ich kenne deine Angst, wie du fühlst, und ich habe deine Großsprecherei von gestern und vorgestern nicht vergessen. Jeder verzweifelte Hasensprung der Feigheit, den deine Seele jetzt tut, jedes Liebäugeln mit dem Sonnenschein da drüben ist mir bekannt und vertraut, noch ehe du es denkst." Mit diesem Lächeln sah er mich an und tat den ersten Schritt in das dunkle Felsental vor uns. In diesem Augenblick haßte ich und liebte ich ihn zugleich, so wie ein Verurteilter das Beil über seinem Nacken haßt und liebt. Vor allem aber haßte ich sein Wissen, seinen Mangel an lieblichen Schwächen, seine Kühle, und haßte alles das in mir selber, was ihm recht gab, was ihn billigte, seinesgleichen war und ihm folgen wollte ... „Halt!", rief ich. „Ich kann nicht. Ich bin noch nicht bereit." Er blieb stehen und sah still herüber, ohne Vorwurf, aber mit diesem furchtbaren Ausdruck des Verstehens in seinem Gesicht.

„Wollen wir lieber umkehren?", fragte er.

Und er hatte das letzte Wort noch nicht ausgesprochen, da wußte ich schon voller Widerwillen, daß ich `Nein´ sagen würde, nein sagen müssen würde. Und zugleich rief alles Alte, Gewohnte, Geliebte, Vertraute in mir verzweifelt: „Sag ja, sag ja!", und es hängte sich die ganze Welt und Heimat schwer an meine Füße. Ich wollte `ja´ rufen, obschon ich genau wußte, daß ich es eigentlich nicht würde tun können. Was gestern noch Wein war, war heute schon Essig. Und nie wieder konnte der Essig wieder zu Wein werden. Sollte ich also den Wein nie mehr schmecken? Ich schwieg und folgte, traurig geworden dem, der mich führte. Er hatte ja recht, wie immer. Gut, wenn er wenigstens bei mir und sichtbar blieb, statt, wie so oft, im Augenblick der Entscheidung, im entscheidenden Augenblick plötzlich zu verschwinden und mich alleine zu lassen. Ich ging ihm nach: über schmalen, glitschigen Stein, an finsteren und kantigen Felswänden mit scharfen Vorsprüngen vorbei, die immer enger und näher zusammen liefen, mit der tückischen Absicht, uns einzuklemmen und unsere Haut aufzuschlitzen. Über warzige, gelbe Felsen ging der Weg, zäh und schleimig der Untergrund, kein Himmel, nicht Wolke noch Blau über uns. Eine dunkle Blume mit traurigem Blick am Wegesrand. Sie war schön und sprach auf vertraute Weise zu mir. Aber ich fühlte, wenn ich an ihr verweilte ohne direkt weiterzugehen, wenn ich noch einen einzigen Blick in dieses traurige Schwarzauge senkte, dann würde die Betrübtheit und hoffnungslose Schwermut allzu schwer und unerträglich, und mein Geist würde alsdann immer in diesem höhnischen Tempel der Sinnlosigkeit und des Wahns gebannt bleiben. So beschloß ich, sie unbeschadet ihrer Wurzeln mit auf diesen häßlichen Weg zu nehmen, um mit ihr, auf dem Gipfel stehend und ins grüne, warme Tal hinab schwebend, die Sonne zu erfahren! - - Naß und schmutzig kroch ich weiter. Als die feuchten Wände näher über uns zusammen rückten und der Weg stetig schwieriger und gefährlicher wurde, da fing der, der voran ging, ein Trostlied an zu singen. Er sang bei jedem Schritt im Takt der Worte:

„Ich will, ich will, ich will ..."

Es kam dabei sogar eine recht hübsche Melodie zustande. Ich wußte, er wollte, daß ich einstimmte. War mir denn zum Singen zumute?

„Ich will, ich will, ich will ...", sang er ohne Unterlaß.

Oh, wenn ich nur hätte umkehren können, so beschwerlich schien mir alles. Aber ich war, mit seiner wunderbaren Hilfe, längst über Wände und Abhänge geklettert, über die es nun keinen, wirklich keinen Rückweg mehr gab. Ein Gefühl, weinen zu müssen, würgte mich von innen, aber weinen durfte ich nicht, dies am allerwenigsten. Also sang ich: „Ich muß, ich muß, ich muß ..." Bald verlor ich jedoch durch die Anstrengung des ständigen Aufsteigens meinen Atem und mußte keuchend schweigen. Er jedoch sang unermüdlich fort:

„Ich will, ich will, ich will ..."

Mit der Zeit bezwang er mich durch sein lockeres Daherschweben und seine hübsche Melodie doch, so daß auch ich seine Worte sang. Nun ging das Steigen besser und schneller. Bald war auch das Ermüden durch das Singen nicht mehr zu spüren. Da wurde es heller in mir. Und auf die Weise, wie es heller in mir wurde, wich auch der scharfkantige, nasse Fels zurück, über mir trat mehr und mehr ein hellblauer Himmel hervor, wie ein kleiner blauer Bach zwischen Steinufern, dann wie ein kleiner, blauer See, der langsam wuchs und an beträchtlicher Breite gewann. Ganz unerwartet sah ich auch bald schon den Gipfel über uns, steil und gleißend in durchglühter Sonnenluft. Wenig unterhalb des Gipfels entkrochen wir dem Spalt, Sonne drang in meine geblendeten Augen, in meiner Hand die samtene, kleine schwarze Blume mit ihren Wurzeln. Auch sie spürte die Sonne und entfaltete ihre großen Blütenblätter, die plötzlich in allen Farben des Lichtes erstrahlten. Der, der mir diesen Platz zeigte, trat an den Rand des Gipfels, von dem aus unsere Augen in das weite warme Tal schweiften, das so schön und ruhig da unten lag. Er sah mich an, lächelte - oh, dieses Lächeln! -, und schwang sich, frei wie ein Vogel, mit weit ausgestreckten Armen gen Tal. Ganz ohne Furcht und mit der Sicherheit, die mir der Himmel und die Blume irgendwie gab, folgte ich ihm. Als ich nur wenige Augenblicke später, mich sehr wohl fühlend, auf dem weichen Gras ankam, da stand er wieder vor mir und blickte fest in meine Augen. „Wer bist du?", fragte ich ihn mit fordernder, aber auch dankbarer Stimme.

„Weißt du das denn wirklich nicht?", antwortete er mit seinem gelassenen Lächeln – und verschwand.

Irgendwo in mir konnte ich ihn aber spüren, spüre ich ihn jetzt noch. Er ist immer da. Ich sah auf die kleine Blume in meiner Hand und erfreute mich an ihr. Mit meinen Fingern hob ich im Boden ein kleines Loch aus und setzte sie vorsichtig mit ihren Wurzeln da rein. Hockte mich, sie still betrachtend, daneben, und wuchs mit ihr in den blauen Himmel, bis in die Sonne hinein ..."

„Das hast du alles geträumt?", fragte Sarah etwas ungläubig. Kevin suchte im Dunkeln ihr Gesicht, das auf seiner Brust lag. Er hatte gar nicht mehr damit gerechnet, daß sie überhaupt wach war. Ihre Frage blieb auch unbeantwortet. Vielmehr zog Kevin sie noch näher zu sich heran und begann sie zärtlich auf die Wangen zu küssen. Sarah genoß es sichtlich und drückte sich stärker an seinen Körper, bis sie schließlich mit schlangenartigen Bewegungen auf ihn glitt, ihre Beine um ihn schlang, seine Lippen mit den ihren suchte, mit ihren Händen über seine Schultern strich, die seinen Hände auf ihrem glatten Rücken spürte und schließlich Kevins Wärme vollständig in sich aufnahm ...

Es war bereits früher Samstag vormittag, als sie gerade das Frühstück beendeten. Der Regen hatte kurz aufgehört und es roch draußen wieder nach Frühling. Dennoch war der Himmel mit grauen, schweren Wolken durchzogen. Kevin hatte nicht weiter von gestern gesprochen. Deswegen wunderte es Sarah umso mehr, daß er ihr nicht sagen wollte, wozu Schumann ihn jeden Augenblick abholen konnte, um mit ihm noch etwas zu erledigen. Was das genau war, darüber schwieg sich Kevin hartnäckig aus. Diesmal bestand er sogar ganz offen darauf, daß Sarah sich in der Zwischenzeit um Bow kümmere. Und noch ehe Sarah dazu die richtigen Fragen stellen konnte, klingelte es auch schon. Sein Partner stand in der Tür. Etwas verlegen grüßte er Sarah knapp, sah, daß sie wohl sehr glücklich war, begrüßte die Huskyhündin noch auf der Türschwelle stehend und ging dann mit Kevin zu seinem Vectra. Kevin blickte sich beim Wegfahren nicht mehr um, so daß er nicht bemerkte, wie Sarah ihnen hinterher winkte und sich dabei unsicher auf die Unterlippe biß.

„Hast du ihr etwas erzählt?", fragte Schumann seinen äußerlich sehr ruhig wirkenden Partner.

„Nein, ich denke, es ist besser so. Außerdem wissen wir noch gar nicht, was dabei raus kommt. Ich kann das alles selbst noch gar nicht glauben. Wir müssen weiter nach Indizien für diesen Mel suchen. – Wie ist so etwas möglich?" Schumann wußte darauf natürlich auch keine Antwort zu geben. Sie hatten sich für heute vorgenommen, den Vertrauensarzt der Polizei, den Schumann kontaktiert hatte ohne ihm zu sagen, worum es ging, in der psychologischen Klinik Marienborn bei Zülpich zu treffen. Dort wollte Kevin sich einer eingehenden Untersuchung unterziehen, um heraus zu finden, ob er wirklich eine multiple Persönlichkeit sei. Wie das vor sich gehen sollte, das wußte er auch nicht.

Schumann wählte den Weg über Mechernich und Kommern nach Zülpich. Sie philosophierten ein wenig über Beziehungen und Täterprofile, durchquerten die Innenstadt und kamen nach einer knappen dreiviertel Stunde an. Dr. Kalenborn, der Vertrauensarzt, wartete schon vor dem Haupteingang. Schumann zeigte auf ihn, damit Kevin ihn sich ansehen konnte, um sich auf ihn einzustellen. Er stellte den Wagen ab und sie stiegen aus, während der Arzt schon quer über den Parkplatz zu ihnen gelaufen kam. Es war sehr windig und auch kälter geworden. Insgesamt ein sehr ungemütliches Wetter, bei dem man kaum Lust hatte, lange draußen zu stehen.

„Dr. Kalenborn, das ist Kevin Braun, mein Kollege, Kevin, Dr. Kalenborn.", stellte Schumann die beiden vor. Sie grüßten sich wortlos und per Handschlag. „Sollen wir uns vielleicht ins Auto setzen? Möchtest du vielleicht, daß ich draußen warte, Kev?"

„Nein, nein, schon gut. Komm ruhig mit ins Auto." Sie stiegen alle drei wieder in das Auto und Schumann fiel die Aufgabe zu, Dr. Kalenborn kurz darüber aufzuklären, an welchem Fall sie arbeiteten und welch merkwürdige Ergebnisse bis jetzt dabei heraus gekommen waren. Der Vertrauensarzt hörte aufmerksam und interessiert zu. Als Schumann mit seinen Ausführungen fertig war, sah er nachdenklich auf Kevin und musterte seinen Gesichtszüge. Er saß hinten, so daß er die beiden Polizisten gleichzeitig sehen konnte, ohne sich, wie die beiden, zu verrenken.

„Hm, das ist ja wirklich ein Hammer.", konstituierte er. „Mit sowas bin ich in meiner ganzen Laufbahn noch nicht konfrontiert worden. Gelten die von ihnen gefundenen Fotos als sicher? Ich meine, sind Sie sicher, Herr Braun, daß diese Fotos Sie zeigen?"

„Soweit man das annehmen kann, ja."

„Nun, ich kann solch eine Untersuchung natürlich nicht leiten. Da sind wir aber hier schon ganz richtig. Ich kenne hier einen

Studienkameraden, einen hervorragenden Psychologen, mit dem sollten wir reden. Aber heute ist Samstag. Ich hoffe, daß er überhaupt da ist. Versteht sich wohl, daß Sie vorläufig nicht mehr weiterarbeiten können und unter Beobachtung gestellt werden müssen, darüber sind Sie sich hoffentlich im Klaren, Herr Braun!" Kevin nickte. Und es fiel ihm sehr schwer. „Gut, dann gehen wir mal hinein. Wenn wir Berger treffen, werde ich mit ihm ein Vorgespräch führen. Alles klar?"

Das Braun und Schumann sich nun abwendeten und ausstiegen, wertete Kalenborn zurecht als Zustimmung. Im Eingangsbereich wiesen sie sich als Polizisten aus. Das war immer sehr hilfreich, wenn man lange Wartezeiten und unnütze Fragen vermeiden wollte. Kalenborn erkundigte sich nach Dr. Berger, der tatsächlich Dienst hatte. Die Telefonistin piepste ihn an, worauf er sich per Telefon meldete und nach einem kurzen Gespräch die Männer in seinen Arbeitsbereich einlud. Kevin und die anderen machten sich nach einer knappen Wegbeschreibung der Telefonistin auf den Weg. Berger kam ihnen schon auf dem Flur entgegen und begrüßte sofort seinen alten Studienkameraden. Mit einem Kopfnicken würdigte er auch Braun und Schumann. Die beiden Doktoren unterhielten sich zunächst etwas abseits von ihnen, woraufhin sie im Büro von Berger verschwanden. Kevin blieb mit seinem Partner allein im Flur zurück. Niemand war weit und breit zu sehen. Man merkte, daß es Wochenende war. Sie fanden schließlich in einer Ecke, die mit einigen großen Pflanzen zum Wintergarten modelliert war, einen Basttisch mit drei Sitzkörben. Dort nahmen sie Platz. Es hatte ein bißchen was von Krankenhaus. Kevin war der Kranke, und Schumann der gute Onkel, der sich um ihn kümmerte.

„Was denkst du?", wollte Kevin von seinem Partner wissen, der seinen Kopf in einer Hand aufgestützt hatte und weltverloren zum Fenster hinaus sah in den Regen, der sich wieder eingestellt hatte. Schumann nahm sich für seine Antwort ein bißchen Zeit.

„Eine komische Situation, meinst du nicht?" Kevin gewann sich darüber ein Lächeln ab. „Außerdem scheinen sich bestimmte Dinge im Leben immer zu wiederholen."

„Wieso glaubst du das?", fragte Kevin nach. Schumann lehnte sich in den Korbsessel zurück und legte seine ausgestreckten Beine übereinander.

„Meinen Vater mußte ich auch in eine solche Klinik bringen. Oben in Berlin. Ist etwa fünf Jahre her." Seine Stimme klang sehr düster und traurig.

„Du hast mir nie von deiner Familie erzählt. Wo sind deine Eltern?"

„Sie sind jetzt beide tot." Einen Moment schwiegen beide.

„Das tut mir leid.", hauchte Kevin und sah hoch auf die kahle Decke.

„Schon okay. Ist ja schon eine Weile her. Meine Mutter starb an Krebs, vor acht Jahren schon. Das hat mein Vater nie verkraftet. Er ist langsam wahnsinnig geworden. Am Ende mußte ich ihn einweisen lassen, weil er die Pflegekräfte immer vermöbelt und kein Essen mehr zu sich genommen hat. Im Heim ist er dann gestorben. Wie er´s voraus gesagt hatte."

„Er hat es voraus gesagt?"

„Ja, schon als ich noch ziemlich jung war. Wir haben immer viel unternommen und waren eine wirklich glückliche Familie. Meine Eltern liebten sich über alles. Als sie sich kennen lernten, hatten beide noch nie vorher ... na du weißt schon. Und für meine Mutter war mein Vater immer ein Held. Denn als sie siebzehn war, stand sie im Verdacht Jüdin zu sein. Man wollte sie abholen, diese Geschichte hat mir meine Mutter mindestens hundert mal erzählt. Als sie sie zusammen mit einigen anderen auf einen LKW verladen wollten, stürmte mein Vater, er war gerade mal dreiundzwanzig, mit seiner Gang die SS-Truppe der Nazis, um die Juden vor dem Abtransport zu retten. Er gehörte nämlich bis zweiundvierzig der Widerstandsbewegung an. So traf er dann meine Mutter und blieb mit ihr bis an sein Lebensende zusammen. Sie flüchteten quer durch Deutschland, waren erst oben in Skandinavien, gingen später dann nach Frankreich und schafften es von dort irgendwie nach England. Zweiundfünfzig kam ich dann zur Welt. Meine Schwester schon sechsundvierzig."

„Du hast auch noch eine Schwester?" Kevin war durchaus sehr überrascht, weil Schumann sie nie erwähnt hatte.

„Sie war der Liebling meiner Mutter. Nach ihrem Tod pflegte sie erst meinen Vater. Hatte es damit aber ziemlich schwer und litt unter starken Depressionen. Irgendwann ..." Er stockte und drückte sich Daumen und Zeigefinger in die Augen, als wäre er übermüdet und sah dann Kevin mit rot gewordenen Pupillenrändern an. „Irgendwann hat sie sich dann auch das Leben genommen."

„Oh nein ..." Braun schloß die Augen. Nicht auch das noch. „Da sind ja die richtigen beiden zusammen.", bemerkte er zynisch.

„Du sagst es.", erwiderte Schumann, konnte jedoch schon wieder über sich selbst lachen. „Aber wir haben uns alle geschworen, daß wir uns später mal im Cherokee-Himmel wieder treffen."

„Im Cherokee-Himmel? Was ist das denn?"

„Mein Vater hat uns die Geschichte erzählt, als wir noch sehr klein waren. Das ist eine Sage der Cherokee-Indianer, die glauben, daß, wenn ein Mensch stirbt, seine Seele aus dem Körper heraus tritt und zum Himmel empor schwebt. Allerdings, um in den richtigen Himmel zu Gott zu gelangen, müssen die Seelen erst den Tierhimmel passieren. In diesem Tierhimmel, da gibt es ein großes Tor, welches von einem großen weißen Hund bewacht wird. Und jede Seele, die hier ankommt, muß erst an der langen Reihe der Tierseelen, die dort sind, vorbei. Wenn keine der Tierseelen etwas böses oder schlechtes über die Menschenseele zu berichten weiß, dann öffnet der große weiße Hund das Tor und gibt den Weg in den Himmel frei ... Ansonsten muß die Menschenseele als Tier wieder zurück auf die Erde!"

„Herr Braun?" Kalenborn stand auf dem Gang. „Würden Sie wohl zu uns herein kommen?" Kevin und Schumann kniepten sich gegenseitig mit einem Auge zu, worauf er sich zu Bergers Büro begab. Kalenborn setzte sich zu Schumann, der vom Reden für heute schon wieder genug hatte.

„Also, Herr Braun, setzen Sie sich." Er bot ihm einen Platz direkt gegenüber an. Es war ein weicher Stoffsessel, der sehr tief ging, aber trotzdem sehr bequem war. „Doktor Kalenborn hat mich mit den wesentlichen Dingen vertraut gemacht. Ich würde vorschlagen, daß Sie vielleicht, damit ich Sie richtig kennen lerne, von sich aus frei über diese Dinge reflektieren. Ich würde gerne Ihre Meinung hören." Kevin stimmte zu, war noch sehr unsicher, wußte nicht, was hier auf ihn zu kam, empfand jedoch eine Art Behaglichkeit. So als könne es ihm gut tun, auf Dinge zu sprechen zu kommen, über die er bisher noch nie gesprochen hatte. Dabei wußte er selbst noch nicht so genau, worum es sich dabei handeln mochte. Also begann er mit ihrem derzeitigen Fall ...

Kalenborn spürte, daß Schumann nicht reden wollte. Er sah nur still hinaus in den Regen und schien mit seinen Gedanken weit, weit weg zu sein. Erst das Klingeln des

Handys riß ihn heraus. Er verzog eine gequälte Miene und kramte den Störenfried aus der Innentasche seiner Jacke.

„Schumann?" Kalenborn beobachtete abwartend seine Mimik, ohne daß er allerdings im Besonderen daran interessiert gewesen wäre. Doch er stellte fest, daß sie sich schlagartig veränderte. Schumanns Stirn zog sich runzelnd zusammen. Sein Oberkörper spannte sich an und richtet sich leicht auf. „Was? Sagen Sie das nochmal! - - Ach du scheiße! Wir kommen. Danke und Ende!" Ruckartig sprang er aus seinem Sessel auf und lief in die Richtung des Arbeitszimmers von Doktor Berger. „Jetzt kommt auch das noch!", hörte Kalenborn ihn schimpfen und blieb rätselnd sitzen. Schumann schmiß ohne anzuklopfen die Tür auf und rannte auf Kevin zu.

„Kevin! Los komm." Berger stand auf und wollte protestieren.

„Später. Später!", wehrte Schumann ab.

„Was ist denn los, Schumann?" Kevin war genauso überrascht von dem Verhalten seines Partners.

„Wir haben ein Problem. Jemand wollte dich im Revier erreichen und hat gesagt, wenn er dich nicht bald sprechen könne, werde er seine Geisel umbringen!"

„Wie? Was? Welche Geisel?"

„Sarah! Jemand hat Sarah entführt!"

17

... und es werde Licht

„Sarah? Verdammt, wieso Sarah? Was passiert denn jetzt?" Kevin sprang aus seinem Sessel auf und lief schon zur Tür hinaus, den Doktor mit fragendem Blick hinter sich stehen lassend. Schumann und er rannten an Kalenborn vorbei hinaus auf den Parkplatz, in den mittlerweile von peitschendem Wind umher getriebenen Regen hinein. Doch Kevin nahm davon kaum Notiz. Ihn interessierte nur, was mit Sarah geschehen war. Er setzte sich selbst ans Steuer, nachdem Schumann ihm den Schlüssel zugeworfen hatte. Jede Diskussion darüber, wer nun den Vectra fuhr, wäre ohnehin sinnlos gewesen. Mit durchdrehenden Reifen und ausbrechendem Heck sahen Kalenborn und Berger den Wagen vom Parkplatz verschwinden. Schumann berichtete kurz, was man ihm am Telefon gesagt hatte.

„Wieso wollte er ausgerechnet dich erreichen? Und warum entführt er Sarah? Da setzt dich jemand gewaltig unter Druck.

Irgendjemand hat es da wohl wirklich richtig auf dich abgesehen, mein Freund!" Kevin schwieg und starrte auf die Straße, die in Richtung Euskirchen führte. „Hast du eine Ahnung, wer?", hakte Schumann mit herausforderndem Unterton in der Stimme nach. Aber Braun schüttelte nur leise den Kopf. Mit gut hundertachtzig Sachen überholte er einen BMW, kam unter der Autobahnbrücke durch nach Euenheim hinein, umfuhr an der roten Ampel drei wartende Autos, stoppte kurz an der Kreuzung mit der B 266 und überquerte diese zwischen zwei von beiden Seiten her kommenden Wagen in Richtung Billig. Schumanns Hand suchte nach dem Festhaltegriff über dem Fenster.

„Wo willst du hin? Wir hätten nach links gemußt. Nach Euskirchen. Ins Präsidium!"

„Sorry, Schumann. Aber wir müssen einen kleinen Umweg machen. Ich muß erst nach Hause. Bow ist zuhause. Ich muß erst wissen, was mit ihr ist!" Schumann sah ihn ungläubig von der Seite an. Andererseits konnte er seinen Partner auch wieder verstehen.

„Ich hoffe, du weißt, was du tust." Schumann erntete mit dieser Bemerkung nur Kevins mitleidigen Blick, der auch Spott über den Unverständigen in sich trug.

„Ruf noch mal in Euskirchen an. Sag ihnen, wir sind auf jeden Fall unterwegs und in etwa einer dreiviertel Stunde da. Sie sollen sofort eine Fahndung nach Joachim Knott starten!"

„Glaubst du, daß er ...?"

„Irgendwie schwer vorstellbar. Aber das sind viele andere Dinge auch." Hinter Billig steuerte er, fast ohne den Wagen abzubremsen, einen Hang hinunter und rechts auf die B 51 in Richtung Bad Münstereifel. „Wir müssen auf jeden Fall überprüfen, wo er ist. Motive hat er genug."

„Motive, dich fertig zu machen?", fragte Schumann. Kevin blickte ihn kurz und verwirrt an.

„Nein, im Bezug auf mich dürfte er kein Motiv haben. Aber vielleicht ja doch ..." Schumann wählte bereits die Nummer der Kripo in Euskirchen und ließ sich mit Wißkirchen verbinden. Er teilte ihm mit, was Kevin vor hatte und erbat die Fahndung nach Knott. Zwei Minuten später, als Kevin schon Kreuzweingarten hinter sich hatte und gerade Arloff passierte, fuhren zwei Polizeiwagen mit Blaulicht zur Frauenbergerstraße. Kevin raste über die neue Umgehung an Iversheim vorbei, überholte zwei Lastwagen und jedes Auto, das langsamer als er war, was bei hundertachtzig Kilometer pro Stunde auf jedes Fahrzeug zu traf, und kam bald am Bad Münstereifler Extramarkt und am Aldi vorbei, als es blitzte.

„Scheiße! Was war das?", erschrak Schumann und drehte sich ruckartig nach hinten, um sich umzusehen.

„Ein Blitzgerät, was sonst.", kommentierte Braun knapp.

„Hier ist nur fünfzig erlaubt. Du bist wohl leicht drüber, oder?" Ein Blick auf den Tacho zeigten Schumann hundertzwanzig an. „Das kostet dich den Führerschein für mindestens achtzehn Jahre!" Kevin schmunzelte gequält, konzentrierte sich aber auf die Fahrbahn, die nun an der Innenstadt vorbei nach Eicherscheid und Schönau führte. Schumann hätte gerne die Schönheit der Landschaft genossen, wenn dies Kevins Fahrstil zugelassen hätte. Aber in ständiger Erwartung eines Unfalls oder Drehers drückte er sich mehr und mehr in den Sitz und verkrallte seine Hände in den Griff über dem Seitenfenster und in den Polstern seines Sitzes. Die Straße stieg deutlich an. Es kam leichter Nebel auf. Der Regen wurde spürbar stärker, so stark, daß Kevin den Scheibenwischer auf die höchste Intervallstufe setzen mußte. Einige Minuten später fuhr er an der Aral-Tankstelle rechts in die Escher Heide und bremste durch den Matsch am Vorgartenzaun schlitternd so ab, daß der Wagen quer zur Einfahrt zum Stehen kam. Braun stellte zwar den Motor ab, ließ aber beim Aussteigen seine Tür offen stehen und sprintete über den nassen Rasen zur Haustür. Schumann folgte ihm. Er sah seinen Partner in das Haus rennen und nach Bow rufen. Zwei -, dreimal. Auch er ging hinein und lief ins Wohnzimmer, wo er Kevin schon auf dem Grundstück nach Bow Ausschau halten sah. Sie schien nicht da zu sein. Er ging die Treppe hinunter ins Souterrain. Doch dort war sie auch nicht. Rechts vom unteren Treppenansatz führte eine Türe zu den Keller- und Vorratsräumen. Erst als sein Blick auf sie fiel, hörte Schumann das erlösende Geräusch. Jemand kratzte vorsichtig von der anderen Seite an ihr und jaulte dabei leise. Das konnte nur Bow sein! Er öffnete die Tür und die Hündin lief hinaus und direkt nach oben, ohne sich nach ihrem Retter umzusehen. Oben wandte sie aufgeregt ihren Kopf, erspähte den verzweifelten Kevin auf der Terrasse und lief zu ihm hinaus.

„Bow! Da bist du ja. Mein Gott, ich hatte schon fast befürchtet, dir wäre was passiert!!" Sie sprang an ihm hoch und begrüßte ihn so stürmisch, wie sie es sonst selten tat. Auch er streichelte sie heftig, kniete sich zu ihr herunter und drückte seine Nase mit geschlossenen Augen in ihr Nackenfell.

„Vergiß nicht Sarah!", sagte Schumann in der Terrassentür stehend.

„Natürlich nicht. Komm Bow! Wir gehen jetzt Sarah holen!"

„Du willst sie mitnehmen?"

„Meinst du, ich laß sie jetzt hier alleine? Sie spürt, daß etwas nicht stimmt. Ich kann sie jetzt nicht hier lassen. Wir nehmen sie auf jeden Fall mit. Wenn du Angst um deinen Wagen hast, dann fahre ich eben mit meinem ..."

„Quatsch! ..." Damit verließen sie das Haus wieder und nahmen natürlich Schumanns Vectra. Diesmal fuhr er. Bow, auf dem Rücksitz untergebracht, hatte allerdings erhebliche Schwierigkeiten, den Fliehkräften in den Kurven standzuhalten und legte sich daher, alle viere weit von sich gestreckt, längs der Rücksitzbank. Kevin rief in Euskirchen an, um sich nach Knott zu erkundigen.

„Sie haben die Wohnung von Knott aufgebrochen. Er war nicht zuhause.", klärte er Schumann auf. „Aber sie suchen nach ihm in der Stadt." Fünfundzwanzig Minuten später rollten sie auf den Parkplatz des Reviers und liefen, Bow im Schlepptau, zu Wißkirchens Büro.

„Da seid ihr ja endlich! Wurde auch Zeit.", rief Wißkirchen und kam zügig hinter seinem Schreibtisch hervor auf Schumann und Braun zu. Von Bow nahm er jedoch kaum Notiz. „Braun, Sie müssen mir einiges erklären! Hier dreht sich alles im Kreis, die Bonner machen auch schon Druck. Wie kommen die ausgerechnet auf Sie, und vor allem: an Ihre Freundin? Wir müssen den Fall jetzt schnell erledigen!", wetterte er sorgenvoll. Dann fiel sein Blick auf die Hündin. „Muß das sein?"

„Ja.", gab Kevin bestimmt zurück. „Was haben wir denn bis jetzt? Habt ihr den Anruf aufgezeichnet?"

„Sicher. Hört's euch mal an." Sie gingen in einen Raum, der zwei Räume weiter lag und in dem einiges technisches Equipment stand. Außerdem waren drei Leute, darunter eine Frau, emsig damit beschäftigt, einige Messungen auszuwerten. Wißkirchen ging zu einem kleinen Pult auf der rechten Seite hinüber, auf dem ein Aufnahmegerät stand, hinter dem eine Menge Kabel zu den anderen Geräten verlief. Die drei, die sich schon in dem Raum befanden, grüßten die hereinkommenden Polizisten verhalten mit einem Kopfnicken. Sie grüßten ebenso wortlos zurück. Wißkirchen drückte eine Rückspultaste, dann den Wiedergabeknopf.

259

Schumann und Braun rückten nahe an den Lautsprecher heran. Es erklang eine sehr metallene männliche Stimme, die allerdings völlig verzerrt war, so daß man sie mit dem bloßen Ohr kaum identifizieren konnte.

„Ich will sofort mit Kevin Braun sprechen. In meiner Gewalt befindet sich eine Geisel, die sterben wird, wenn ich nicht mit ihm sprechen kann. Ich rufe wieder an ..."

„Mehr nicht?", fragte Schumann.

„Mehr nicht.", erwiderte Wißkirchen. „Leider. Wir haben ihm eine Durchwahl gegeben. Natürlich war der Anruf auch viel zu kurz. Seitdem hat er sich nicht mehr gemeldet."

„Ergeben die Auswertungen schon etwas?", wollte Braun von den drei anderen Untersuchenden wissen, die allesamt vor Computern saßen und die Aufnahme ständig durch eine Art phonetischen Oszillator laufen ließen, um etwas über die Stimme heraus zu finden.

„Bloß, daß wir es wohl mit einem Deutschen zu tun haben. Einem männlichen Deutschen. Viel mehr wissen wir im Augenblick nicht.", sagte der, der ganz links vor einem flimmernden Bildschirm saß, aus dessen Inhalt kaum ein anderer als er selbst schlau wurde.

"Schön, also ein männlicher Deutscher. Immerhin etwas.", stöhnte Kevin ratlos und resignierend.

„Was ist mit Martinez? Sollten wir den nicht auch mal checken?", fiel Schumann bei dem Stichwort Deutscher ein.

„Haben wir schon gemacht. Der ist zuhause und hat Gäste.", sagte Wißkirchen.

„Also müssen wir warten. Entweder bis der Typ wieder anruft, oder bis uns eine göttliche Idee kommt." Sie kehrten in Wißkirchens Büro zurück und bestellten sich mit Rücksicht auf Kevin Tee. Es war mitten am Nachmittag. Der Regen schien nicht aufhören zu wollen. Selbst der Nebel zog langsam in die Ebene der Stadt, die ruhig da lag, weil schon alle Geschäfte geschlossen hatten, der Samstag abend, und damit das Wochenende sich anbahnten. Das Telefon klingelte.

„Er ist dran! Er ist dran!", rief jemand überhastet von drüben. Die Zwischentüren standen offen. Wißkirchen hob langsam den Hörer ab, weil vielleicht jede Sekunde zählte. Dann meldete er sich, als sei nichts Ungewöhnliches der Fall.

„Quatsch nicht solange herum!", rief die verzerrte Stimme durch die Leitung. Wißkirchen schaltete die Freisprecheinrichtung ein. Die Aufnahmebänder liefen zwei Räume weiter mit.

„Ich will mit Braun sprechen!"

„Ich bin hier. Wer sind Sie?" Zwei Sekunden Stille.

„Die Frage ist doch vollkommen überflüssig. Kevin! Nun ist es an der Zeit für uns beide!"

„Ich will mit Sarah sprechen!"

„Später. Erst müssen wir unsere Dinge klären!"

„Erst will ich ein Lebenszeichen von Sarah!", versuchte es Kevin erneut. Die Zeit lief.

„Verdammt, Kevin!", brüllte die Stimme so laut, daß selbst das Verzerrte noch verzerrt wurde und es in der Leitung knackste. „Ich bestimme die Regeln!"

„Ohne mit Sarah gesprochen zu haben sage ich gar nichts!", erwiderte Kevin trotzig. Wieder zwei, drei Sekunden Schweigen, dann klackte es. Der Anrufer hatte wieder aufgelegt. Wißkirchen sah sofort zu den nebenan liegenden Räumen hinüber.

„Nichts. Tut mir leid. Ein paar Sekunden zu wenig."

„Scheiße!", rief er und schaltete das Telefon wieder ab. Kevin und Schumann liefen unruhig umeinander und ärgerten sich ebenfalls. Dann klingelte das Telefon wieder. Diesmal wartete niemand mehr und Kevin hob schon nach dem ersten Klingeln den Hörer ab.

„Ja!", sagte er kurz und ohne Bemühen, freundlich sein zu wollen.

„Kevin!" Es war Sarah. „Kevin, was passiert hier?"

„Sarah, wo bist du? Geht´s dir gut?", wollte Kevin von ihr wissen. Seine Stimme überschlug sich fast. „Kannst du einen Hinweis geben?"

„Wenn wir doch nur wie Joachim Mahlke schwimmen gehen könnten, anstatt ..." Es klapperte im Telefon. „Braun, das reicht. Du hast deine Sarah gehört, es geht ihr gut. Und jetzt zu uns beiden."

„Was wollen Sie?"

„Dich sehen! Wir werden uns treffen."

„Sagen Sie mir wo. Ich komme sofort."

„Nein, nein, nein. So läuft das nicht. Halt mich doch nicht für so blöd! Ich will nur dich ganz allein, Kevin Braun." Dann wurde wieder aufgelegt. Wißkirchen fragte schon gar nicht mehr, ob es für eine Fangschaltung gereicht habe. Aber eine Stimme rief aufgeregt von hinten: „Wir haben ihn! Eine Telefonzelle in Blankenheim!" Sofort rannte Wißkirchen nach hinten, gefolgt von Kevin und Schumann.

„Wo denn genau?", fragte Wißkirchen. „Schnell!"

„Ahrstraße. Direkt am Blankenheimer Rathaus."

„Okay, ich schicke sofort die Einheiten dahin." Er lief zum Telefon und rief die Wache an, die sich im Erdgeschoß des Polizeigebäudes befand. Sie sollten alle in der Nähe befindlichen Einheiten, die schon seit heute vormittag in Alarmbereitschaft waren, dorthin schicken. „Außerdem kann Buschhoven jeden Augenblick mit einem Stab eintreffen. Ist der Stabraum fertig?" Dies wurde ihm am Telefon bestätigt. „Gut, dann kann´s los gehen." Er rief die drei aus dem Nebenraum und dirigierte sie zum Stabraum, wo sie Buschhoven erwarten wollten. „Ich nehme an, Sie beide kommen auch mit?", wendete er sich wieder Braun und Schumann zu. Beide gaben durch ein Nicken zu verstehen, daß dies der Fall sei. Als die anderen aber schon hinaus gingen, hielt Kevin seinen Partner am Arm zurück.

„Glaubst du, daß die an der Telefonzelle noch etwas finden?", sagte er zu ihm. In dem Augenblick klingelte auch schon wieder das Telefon. Hektisch kam Wißkirchen zurück und griff nach dem Hörer. Nachdem er eine Weile nur zugehört hatte, sagte er „Danke!" und legte wieder auf.

„Braun, Sie sind offensichtlich die Hauptperson. Die Beamten, die gerade an der Telefonzelle angekommen sind, sagen, daß ein Zettel am Apparat hing, auf dem steht, daß Sie Punkt sechzehn Uhr dort erwartet werden. Das ist ...". Er sah inspizierend auf seine Uhr. „Das ist in genau vierzig Minuten. Schaffen Sie das?"

„Da steht nichts davon, daß ich vielleicht alleine kommen soll?"

„Darüber habe ich keine Information ..." Wißkirchen wich Kevins Blick aus. Stattdessen sah er nachdenklich aus dem Fenster und drückte seine Fäuste in die Hüfte. „Aber wieso, verdammt nochmal, zielt da jemand auf Sie ab? Fehlen mir da ein paar Informationen?" Wißkirchen dachte genau das, als er den unsicheren Blick, den sich Schumann und Braun gegenseitig zuwarfen, interpretierte. „Hm, muß ich da noch irgendwas wissen?"

„Später, Chef!", besänftigte Schumann ihn. „Lassen Sie uns später darüber reden. Das gehört vielleicht gar nicht zu dem Fall." Wißkirchen verzog die Mundwinkel. Das war ihm natürlich keine befriedigende Erklärung, aber er hatte keine Zeit, auf die Details zu bestehen. Buschhoven war im Anmarsch und Braun mußte nach Blankenheim. Selbstverständlich würde er ihn beschatten lassen.

„Da es um meine Freundin geht, will ich nicht, daß mir jemand folgt. Nur Schumann wird mich begleiten.", versuchte es Braun. Wißkirchen sah ihn schräg an.

„Braun! Für wie doof halten Sie mich? Meinen Sie, ich lasse Sie da den wilden Cowboy spielen? Schumann fährt mit Ihnen. Das gesamte Gebiet wird weiträumig abgesperrt und kontrolliert. Sie kriegen ein Mikro und ..." Kevin wollte protestieren, aber Wißkirchen winkte ab. „...und wir bleiben Ihnen auf den Fersen. Sie wissen, daß es nicht anders laufen kann!", schob er mit energischer Stimme nach. Doch Kevin war nicht gewillt, sich dem Willen seines Chefs zu unterwerfen. Blitzartig rannte er aus dem Büro und rief Bow hinter sich her.

„Verdammt, was macht der Kerl? Schumann!", schrie Wißkirchen über den Flur Kevin hinterher. Schumann rannte ebenfalls los und folgte Kevin hinaus auf den Parkplatz. Der hatte keineswegs vor, alleine wegzufahren, startete den Wagen, fuhr rückwärts aus der Parkbucht bis vor die Eingangstür des Gebäudes, öffnete Schumann die Beifahrertür und wartete, bis er Sekunden später in den Wagen gesprungen kam, um dann loszufahren.

„Das ist ja wieder ein aufregendes Wochenende!", stöhnte Schumann mehr zu sich selbst und versuchte seine vom Regen genässten und vom scharfen Wind durcheinander gewirbelten Haare wieder einigermaßen zurecht zu legen. Kevin hatte die Polizeistation nach rechts verlassen.

„Willst du über die B51 nach Blankenheim?"

„Nein. Das denkt wahrscheinlich jeder. Ich fahre aber durch das Industriegebiet rauf zum Obi-Markt, und von da aus über den Ring zur Autobahn. Ein bißchen Zickzack zwar, aber das geht ziemlich schnell und da hält uns keiner auf."

„Glaubst du, er hält sich in Blankenheim versteckt?"

„Keine Ahnung. Mal sehen, was passiert, wenn wir da sind." Braun setzte seine Fahrweise vom Mittag fort. Diesmal waren glücklicherweise jedoch nur noch wenige Autos unterwegs, da das Wochenende schon angefangen hatte. Nach einer viertel Stunde bereits erreichte er die Autobahnauffahrt zur A 1 in Richtung Trier, raste sie bis zum Ende durch, so gut es der stärker gewordene Regen zuließ, und bog am Ende nach rechts auf die B258 ab, um einige Kilometer weiter links in Richtung Zentrum zu fahren. Die Straße führte schließlich einen langen Hang hinunter, an dessen Ende zur Rechten die Innenstadt und direkt an deren Anfang das Rathaus lag.

„Hier ist es!" Schumann versuchte eine Telefonzelle halb rechts von ihnen zu erspähen, während Kevin den Wagen einfach in die Fußgängerzone setzte und unmittelbar vor dem Rathaus parkte. Dort waren auch Telefone. Ein Polizeiwagen stand immer noch davor, in dem zwei Beamte saßen. Es waren nur wenige Minuten vor sechzehn Uhr. Schumann stieg aus und lief zu dem Polizeiwagen hinüber, um Ihnen die Anweisung zu geben, daß sie sich entfernen und in der umliegenden Gegend patrouillieren sollten. Kevin machte sich zu den Zellen auf, deren es zwei waren. Er blickte sich um. Niemand war drin, niemand auf der Straße. Alles war wie ausgestorben. Als die Turmuhr der Kirche, die etwa hundert Meter hinter ihnen im Zentrum der Fußgängerzone stand, sechzehn Uhr anzeigte, klingelte einer der beiden Apparate in den gelben Boxen. Erst jetzt fiel Kevin auf, daß diese natürlich eine anrufbare Zelle war. Er zog die Tür auf und ging dran, ohne sich zu melden. Stattdessen meldete sich wiederum die verzerrte Stimme. Schumann kam herüber gelaufen und versuchte sich durch hochgesteckten Kragen, den er mit beiden Händen festhielt, vor Wind und Regen zu schützen.

„Hallo Kevin. Schön, daß du es einrichten konntest. Ihr habt ja eine Menge Begleitung! Das müssen wir erst einmal ändern!"

„Vielleicht sagen Sie mir erst einmal, was Sie überhaupt wollen. Kommen wir doch gleich zur Sache!"

„Nur nicht so eilig. Das wirst du schon früh genug erfahren. Jetzt schwingst du dich wieder in deinen Wagen und fährst los. Aber vorher schaust du im Telefonbuch mal nach!"

„Im Telefonbuch? Wonach?"

„Sieh halt nach, mein Gott!", rief die Stimme ungeduldig. „Und stell nicht so viele Fragen. Je weniger, desto schneller haben wir die ganze Sache hinter uns gebracht." Kevin tat, wie er ihm befohlen. Er schlug das Buch für den Kreis Euskirchen auf und kam dabei nicht schlecht ins Staunen. Das Buch war in der Mitte ausgeschnitten. Darin lag ein Handy.

„Nimm das Handy, setz dich in den Wagen und fahr los! Allein!" Dann legte der Anrufer auf. Kevin hatte sich noch nicht ganz aus seiner Verwunderung gelöst und sah Schumann durch die verregnete Scheibe an. Der zog langsam, bemüht, akustisch nicht bemerkt zu werden, die Tür der Zelle auf. Als Kevin den Hörer auflegte, nahm er darauf keine Rücksicht mehr.

„Was gibt's? Was hat er gesagt?", fragte Schumann. Kevin zeigte ihm das Telefonbuch. „Aha!", kombinierte Schumann. „Er will Räuber und Gendarm spielen! Naja, mal was neues. Wohin geht die Reise?" Kevin zuckte mit den Schultern. „Noch keine Ahnung. Ich soll erst mal losfahren. Er wird mich dann wohl im Wagen anrufen. – Ich soll alleine fahren ..."

„Willst du unbedingt?" Kevin antwortete nicht direkt auf die Frage. „Ich meine, ich kann mich auch hinten reinlegen. Wenn wir das Sonnenschutzverdeck aufziehen, bekommt er so leicht nicht mit, daß ich auch mit von der Partie bin. Was meinst du?"

„Okay, machen wir ...", sagte Kevin leise. Es war ihm schon dabei unbehaglich, da er nicht wußte, mit wem er es bei dem Anrufer zu tun hatte und ob dieser sie nicht gerade beobachtete. Aber er vertraute andererseits auch auf seinen Partner und darauf, daß er so schnell keinen unüberlegten Fehler machen oder ein nicht kalkulierbares Risiko eingehen würde. Zudem fühlte er sich durchaus auch sicherer, wenn er Schumann sozusagen als Reserve im Hintergrund wußte. Und als wolle dieser nicht noch mehr naß werden, beeilte er sich, die Hecklappe des Vectras zu öffnen und sich auf den hinteren Teil des Wageninneren zu legen. Mit einem geschickten Griff über sich zog Schumann das Sonnenverdeck zu. Dann wartete er auf Kevin, der sich mit einer Hand noch an der hochstehenden Heckklappe festhielt und, immer noch zweifelnd, auf Schumann sah.

„Und wenn er uns hier schon beobachtet? Dann weiß er Bescheid.", gab er zu bedenken.

„Das Risiko müssen wir eingehen.", erwiderte sein Partner. Kevin blickte sich mit zusammengekniffenen Augen um. Der Regen prasselte auf ihn nieder. Das Wasser lief ihm schon an den durchnäßten Haaren herunter auf die Schultern und durchdrang seine Kleidung. Er schmiß die Klappe zu und setzte sich hinter das Steuer.

„Wird schon schief gehen!", rief Schumann aus dem Untergrund. Braun ging nicht mehr darauf ein und steuerte den Wagen aus der Fußgängerzone links heraus. Er wollte den gleichen Weg nehmen, den sie gekommen waren. An der Kreuzung zur Bundesstraße 51 bog er wieder links in Richtung Prüm ab und fuhr absichtlich sehr langsam. Tatsächlich klingelte das Telefon erst, als Kevin an der Abbiegung zur B 258 nach Schleiden vorbeikam. Er nahm es vom Beifahrersitz und meldete sich ohne Ausdruck in der Stimme mit seinem polizeilichen Rang und Namen.

„Das hast du aber schön aufgesagt, Kevin. Jetzt sind wir ganz unter uns. Hoffe ich wenigstens. Damit das dann aber auch so bleibt und ich das sehen kann, machen wir erst eine kleine Spazierfahrt. Ich hoffe, dein Tank ist voll."

„Und wohin soll's jetzt gehen?" Der Anrufer schwieg eine Weile. Es folgte ein langgezogenes, beiläufiges „Tjaa, mal überlegen ... Fahren wir doch mal nach Schleiden, von da aus zum Rursee. Da hat man an manchen Stellen einen phantastischen Überblick. Das dürftest du in zwanzig Minuten schaffen ..."

„Unmöglich. Ich bin gerade an der Abfahrt vorbei ..."

„Zwanzig Minuten!" Dann hörte Kevin ihn auflegen. Er blickte in den Rückspiegel. Kein Auto. Er bremste hart ab, wobei er Schumann und seine Hündin hinten drin fast vergessen hatte, und riß das Lenkrad herum. Dann gab er Vollgas. Die wenigen Autos überholend, die vor ihm auftauchten, raste er auf die B258 durch Krekel hindurch an Sistig vorbei den Berg hinunter nach Schleiden. Am Ortseingang überfuhr er die erste rote Ampel der Kreuzung, indem er den Wagen rechts über den Bordstein an zwei dort stehenden Autos vorbei lenkte und rechts auf die B265 nach Gemünd fuhr. Dort bog er dann links ab auf die B266, die ihn direkt nach Einruhr führen sollte. Als er nach zwanzig Minuten gerade mal Gemünd ein paar Kilometer hinter sich hatte, klingelte es wieder. Kevin hob ab, meldete sich allerdings nicht.

„Du läßt nach. Die Zeit ist um und du bist gerade erst aus Gemünd heraus."

„Von wo haben Sie das denn gesehen?", fragte Kevin versuchsweise. Aber der Anrufer ging natürlich nicht darauf ein.

„Du drehst jetzt wieder und fährst nach Mechernich bis zum Mühlenpark. Dort biegst du rechts ins Zentrum ab. Zehn Minuten!" Aufgelegt. Kevin schmiß das Handy wütend auf den Beifahrersitz. Der Regen verstärkte das Aquaplaning, was es ihm schwerer machte, so zu fahren, daß er auch für andere keine Gefahr darstellte. In einer kleinen Einbuchtung am Rand der Straße lenkte er ein und drehte, bevor sich ein entgegenkommender Laster vor ihn setzen konnte. Schumann und Bow wurden heftig durchgeschüttelt.

„Meine Güte, was wird das denn?"

„Tut mir leid, Schumann. Aber der hetzt mich ganz schön durch die Gegend. Wir fahren jetzt nach Mechernich."

„Okay, ich verständige Wißkirchen."

„Nein, Schumann, tu das bitte nicht! Er will offensichtlich nur mich haben. Soll er! Hauptsache, wir kriegen Sarah da wieder raus." Schumann akzeptierte, wenn auch widerwillig, und dachte irgendwie plötzlich an Bow, der es ja auch nicht besser ging als ihm. Seine Pistole drückte ihn an der Brustseite. Also zog er die Waffe aus dem Lederschaft, um sie vor sich abzulegen. Wenige Minuten später jagte Braun die zweispurige Wallenthaler Höhe mit fast zweihundert Stundenkilometern hinab. Schumann konnte die Geschwindigkeit in seinem Bauch spüren. Das laute Motorengeräusch, das Wegspritzen des Wassers unter den paar Quadratzentimetern Gummi und das Schaukeln ließen ihn völlig verkrampfen, weil er jede Sekunde mit dem Einsetzen des Schleuderns und dem darauf folgenden Knall auf irgendetwas hartes rechnete. Doch Kevin wurde langsamer, als er Denrath und Roggendorf erreichte. Dahinter beschleunigte er noch einmal bis zum Mühlenpark, nahm rasant eine Rechtskurve, kam auf die Abbiegung zu, wollte abbremsen, schlitterte durch das Aquaplaning über die Straße, das ABS des Wagens setzte ein, das Heck brach jedoch aus, er kam auf die linke Gegenspur, auf der ihm ein Transporter entgegen kam. Kevin nahm reaktionsschnell den Fuß von der Bremse, lenkte scharf rechts ein. Der Wagen gehorchte zunächst, brach aber durch die immer noch zu hohe Fliehkraft hinten wieder aus, schleuderte und rutschte so in den ersten der von rechts kommenden Wagen mit einem kräftigen Stoß hinein. Es schepperte gewaltig, Scheiben gingen zu Bruch. Der Aufprall war so stark, daß der andere Wagen dermaßen zur Seite gedrückt wurde, daß er dabei ein neben ihm stehendes Auto, welches nach rechts abbiegen wollte, noch touchierte. Schumann hatte blitzartig die Augen zusammen gekniffen, die Beine fest angewinkelt und die Hände schützend über den Kopf gezogen. Bow war glücklicherweise beim ersten Schleudern schon auf den Fußboden des Wagens hinter dem Beifahrersitz gerutscht. Beim Aufprall preßte sich ihr Körper dadurch nur gegen die Rückseite des Sitzes. Dann war plötzlich Ruhe. Eine Weile lang völlige Stille. Es dauerte einige Sekunden, ehe Kevin versuchen konnte, wieder zu sich zu kommen. Er war nicht angeschnallt gewesen. An seiner linken Wange wurde es warm. Blut kam ihm von der Stirn gelaufen. Regen fiel durch die nicht mehr vorhandene Frontscheibe. Es dampfte. Dann drangen Stimmen an Kevins Ohr. Jetzt erst brach das Chaos aus. Jemand kam zu ihm gelaufen und fragte ihn etwas. Ein anderer schimpfte laut und stieg wütend aus seinem Auto. Andere Autos parkten am Straßenrand, die Fahrer liefen zum Unfallort, suchten eine Möglichkeit zu helfen oder starrten nur auf den blutenden Braun. Bow winselte von hinten. Kevin wendete sich ihr zu, sah, daß sie möglicherweise eingeklemmt war und versuchte sie auf den Rücksitz zu ziehen, was ihm auch gelang. Die Hündin versteckte ihren Schwanz bis tief unter ihrem Bauch. Ihre Augen blickten ängstlich und verwirrt umher. Kevin versuchte sie zu trösten und streichelte sie. Er rief Schumanns Namen. Zweimal, ehe er antwortete. Außer ein paar blauen Flecken hatte er wohl nichts abbekommen. Jedenfalls bestätigte er, daß es ihm gut ginge und daß er hier raus wolle. Kevin konnte seine Tür nicht öffnen, da sie zum einen völlig verbeult war und er zum anderen Blech an Blech mit dem anderen Wagen stand. Also wischte er vorsichtig die Glasstücke vom Beifahrersitz und kletterte auf die andere Seite hinüber, um dort auszusteigen. Jemand wollte ihm dabei helfen und ihn stützen. Doch Kevin winkte ab. Er war wohl noch benommen, hatte aber keine Kopfschmerzen. Der Regen vermischte sich mit dem Blut auf seinem Kopf. Leicht wankend ging er nach hinten und öffnete unter einiger Mühe die angeschlagene Hecktür. Schumann hielt sich eine Hand vor das Gesicht und blinzelte seinen Partner an, der ihm die Hand reichte. Er kletterte heraus, steckte seine Waffe wieder in den Halfter und schüttelte sich ab, während er sich seinen völlig zerstörten Wagen besah. Der war nicht mehr zu gebrauchen. Die anderen Unfallbeteiligten waren unverletzt geblieben. Ein Handy klingelte. Braun fluchte und lief zum Beifahrersitz. Er mußte es suchen. Es war in den Fußraum gefallen und lag nun unter dem Sitz. Er hob es langsam auf und drückte den Empfangsknopf, ohne sich daraufhin zu melden.

„Kevin, verdammt, wo bleibst du? Ich warte hier schon zu lange. Wenn du ein krummes Ding vor hast, dann kannst du dir deine Sarah abschminken! Ich verlier´ bald die Geduld mit dir!"

„Wir hatten einen Unfall ...", säuselte er in die Sprecheinheit. Aber er hatte sich verplappert, was ihm genau in diesem Augenblick klar wurde.

„Wir? ... Du bist also nicht allein?" Die Stimme klang sehr entschlossen, was Kevin Angst machte. Er hoffte den Fehler noch bereinigen zu können.

„Nein, meine Hündin ist noch dabei. Bow. Wahrscheinlich kennen Sie die auch, oder?", versuchte er ihn einzuwickeln.

Doch am anderen Ende der Leitung blieb es still. Kevin hoffte, daß der Anrufer das Stimmengewirr im Hintergrund mit bekam, damit er sich davon überzeugen konnte, daß das stimmte, was er sagte.

„Wollen Sie, daß sie mal in den Hörer bellt, damit sie mir glauben?"

„Ich würde eher sagen, du fängst schon mal an, mit ihr zu heulen. Denn deine Freundin kannst du abschreiben!"

„Nein, hey, laß uns reden, Mann!", rief Kevin aufgerüttelt. Doch der andere hatte schon aufgelegt. Jetzt stieg Kevins Adrenalinspiegel ruckartig an. Er lief zu Schumann herüber, der den Fahrern der anderen betroffenen Autos erklärte, an wen sie sich wegen des Schadens wenden sollten. Er packte ihn an der Schulter und riß ihn zur Seite.

„Schumann, wir haben ein Problem. Er ist sauer und glaubt wohl, daß wir ihn leimen wollen. Er hat mir gerade gesagt, daß er Sarah jetzt tötet."

„Verdammt! Dann müssen wir sie sofort finden!" Schumann raufte sich die nassen Haare. Der Nebel wurde dichter. Die meisten hatten sich bereits wieder in ihre Autos verzogen, vorbei fahrende Schaulustige gierten aus den beschlagenen Fenstern. In einiger Entfernung waren Martinshörner der Polizei zu hören, die warnend in Schumanns Bewußtsein drangen.

„Wenn die hier sind, bevor wir weg sind, kommen wir so schnell auch nicht mehr weg.", konstituierte er.

„Das sehe ich auch so." Kevin blickte sich spähend um. „Wir müssen uns eben einen Wagen besorgen!", sagte er und sein Partner wußte nur zu genau, was er damit meinte. „Ich hole Bow." Damit lief er zu dem verbeulten Vectra und zerrte die rechte Hintertür auf, worauf Bow vorsichtig heraus schlich, sich immer noch sehr verunsichert umsehend, während Schumann unverrichteter Dinge auf einen dunkelblauen 3er-BMW zusteuerte, der ihm gerade am nächsten stand. Er öffnete die Tür und zeigte dem verblüfften jungen, gut gekleideten Mann mit pomadierten Haaren seinen Ausweis. Unter einigen Entschuldigungen informierte er ihn darüber, daß sie Polizisten im Einsatz seien und leider seinen Wagen beschlagnahmen müßten. Als der Yuppie allerdings protestierte, drohte Schumann ihm an, ihn zu verhaften und notfalls mit Gewalt aus dem Auto zu entfernen. Jetzt stieg er zwar aus, holte vom Rücksitz her noch eilig einen Regenschirm hervor, schimpfte jedoch trotzdem lauthals, weil sie völlig durchnäßt waren und die Polster dreckig würden.

Als er Kevin mit Bow ankommen sah, stellte er sich ihnen in den Weg, der Hund dürfe auf keinen Fall in seinen Wagen. Kevin sah ihn jedoch nur verachtend an und schob ihn ignorant zur Seite. Er ließ die Hündin auf den Rücksitz springen, wendete sich noch einmal kurz dem Mann zu, um sich zu vergewissern, daß der es mitbekommen hatte, lächelte und nahm auf dem Beifahrersitz Platz. Diesmal fuhr Schumann. Sobald Kevin die Tür geschlossen hatte, gab er Gas. In der Kurve noch, die am Mühlenpark vorbei führte, kamen ihnen zwei Polizeiwagen und ein Krankenwagen, wahrscheinlich vom Mechernicher Krankenhaus, entgegen. Schumann erinnerte sich an Kevins Stirn.

„Wie geht´s dir? Ist es schlimm?"

„Ach was. Hat schon aufgehört zu bluten." Das war gelogen, es blutete immer noch.

„Okay. Und wohin fahren wir jetzt?" Kevin wußte keine Antwort darauf. Er stützte sich gegen das Seitenfenster und sah hinaus. Schumann fuhr in Richtung Mechernicher Zentrum.

„Verdammter Regen!", schimpfte er gequält. „Wenn wir noch Fischaufkleber auf der Scheibe hätten, wär´s wie Tauchen unter Wasser ..." Kevin hörte die Bemerkung eigentlich nicht, stutzte dann jedoch nach einer Weile und blickte starr zu Schumann herüber.

„Was ist?", fragte Schumann.

„...wie Tauchen im Wasser ... das könnte es sein. Oh Mann, warum bin ich da nicht direkt drauf gekommen?! – Los! Fahr wieder nach Blankenheim. Über die Autobahn. Fahr auf die Autobahnauffahrt hinter Mechernich." Er zeigte mit dem Finger nervös geradeaus.

„Würdest du einem Dummen erklären, was du dir überlegt hast?", raunte Schumann sarkastisch und beschleunigte den BMW.

„Na, Tauchen, Wasser, Fische. Das hört sich an wie U-Boot, See, Strand, Schwimmen ... Ich habe zu Sarah am Telefon gesagt, sie soll mir einen Hinweis geben. Sie sagte, sie wünschte sich, wir könnten lieber wie Joachim Mahlke schwimmen gehen, statt ... da hat der Typ ihr den Hörer wieder weggerissen."

„Und?" Schumann schien damit noch nicht allzu viel anfangen zu können und blieb noch skeptisch, ob Braun richtig lag.

„Wir waren früher oft schwimmen. Jasmin, Roger, Sarah und ich."

„Wer ist Roger?", unterbrach Schumann.

„Ein früherer Freund von Sarah... Jedenfalls..." Schumann lenkte nach rechts auf die Autobahnauffahrt. Trotz der nassen Fahrbahn behielt er seinen hohe Geschwindigkeit bei, wodurch der BMW kräftig in die Knie ging. „Jedenfalls ... wir waren oft am Freilinger See schwimmen. Es muß also in der Nähe des Freilinger Sees sein."

„Und wer ist Mahlke?" Kevin überlegte einen Augenblick.

„Ich hoffe nicht, daß ich mich täusche. Mahlke ist eine Figur aus einem Buch von Günter Grass, `Katz und Maus´. Und der taucht immer in ein gesunkenes Kriegsschiff ... Krieg ... Militär ... das muß es sein: das alte französische Depot in Reetz! Nicht weit vor dem Freilinger See, kennst du das?" Schumann dachte nach.

„Ja, das kenne ich. Gut, Braun, das könnte es wirklich sein. Na dann los. Er wird ja auch erst dahin müssen. Vielleicht finden wir Sarah sogar vor ihm. – Ein kluges Mädchen ..."

„Sie hatte genug Zeit, sich das auszudenken ..."

18

„Der Wanderer"

Schumann peitschte den BMW über die Autobahn den Berg hinauf. Am Autobahnende fuhr er geradeaus und bog dann nach links in Richtung Freilingen ab. Drei Kilometer weiter führte die Straße nach rechts direkt zum Dorf Reetz und an dem alten Militärdepot vorbei. Kevins Partner drosselte die Geschwindigkeit, als sie die Zufahrtsstraße zum Depot vor sich sahen.

„Lassen wir den Wagen hier schon stehen?", schlug Schumann vor. Doch Kevin verneinte.

„Laß uns bis in die Kurve am ersten Wachturm fahren. Da suchen wir uns einen Zugang. Außerdem müssen wir damit rechnen, daß der Typ noch gar nicht hier ist und nach kommt. Dann sollte er das Auto möglichst nicht sehen ..."

„Und wenn wir falsch liegen?"

„Dann werden wir Sarah wohl nie lebendig wiedersehen ..." Die Straße wurde zur schlammbedeckten Teerpiste. Vor dem ersten Wachturm machte sie einen Linksknick und endete zweihundert Meter weiter am Eingangstor des ehemaligen Militärgeländes. Doch Schumann stellte den Wagen hier schon in einem forstwirtschaftlichen Seitenweg versteckt im Dickicht ab. Bow mußte natürlich im Auto bleiben. Sie drückten die Türen des Wagens leise hinter sich ins Schloß und schlichen auf den Wachturm zu, zu dessen hinterer und linker Seite sich das Gelände erstreckte. Genau auf der Ecke war ein Loch des schon einmal mit Zangen aufgetrennten Zaunes mit einer Holzpalette wieder verschlossen worden. Sie gingen darauf zu, lösten die Verdrahtung und stiegen hindurch. Nun standen sie auf dem knapp drei Meter breiten Patrouillenstreifen, der vom eigentlichen Gelände wiederum durch einen Zaun getrennt war. Hier waren die Kontrollfahrzeuge wohl Streife gefahren. Über den zweiten Zaun kamen sie nicht mehr, da dieser oben mit Stacheldraht gesichert war, den sie kaum überwinden konnten.

„Was machen wir jetzt?", wollte Schumann wissen. Braun sah sich um. Vor ihnen lag das Hauptobjekt der Anlage, ein etwa anderthalb Meter hoher Bunkerhügel, der so groß war wie ein Fußballfeld und auf dem mehrere Schützenbunker in alle Richtungen zeigend installiert waren, in denen bestimmt drei oder vier MG-Schützen Platz gefunden hatten. Seitlich ragten überall kleine Luftröhren in die Erde. Es hatte schon etwas unheimliches. Links von ihnen, in hundertfünfzig Meter Entfernung, stand das große Wachgebäude mit dem dreißig Meter hohen Hauptturm, dahinter das kleine Wachgebäude am Eingang, an dem die Zufahrtsstraße zum Depot vorbei bis weit in das Gelände hinein führte. Dort standen, halb links von ihnen und weit hinten durch, mehrere verlassene Mannschafts- und Lagergebäude, eine große Halle ganz am Ende und daneben ein weiterer kleiner Bunkerhügel, der schließlich von einem Heizungshaus abgeschlossen wurde. Zu ihrer beider großen Verwunderung hörten sie Schafe in einigem Abstand. Sie gingen beide in die Hocke. Kevin faßte einen Plan.

„Wenn du das so siehst, wo würdest du dich verstecken? So auf den ersten Blick?" Schumann überlegte einen Augenblick, zeigte dann auf den großen Wachturm am Wachgebäude. „Genau. Das würde ich auch tun. Ich schlage also vor, wir schleichen uns über den Patrouillenweg so nah wie möglich ran und gucken dann mal." Schumann stimmte wortlos zu. Sie hatten nicht sehr viel Deckung, sogar eigentlich gar keine. Wenn sie recht behielten und sich da oben einer aufhielt und aus dem Turm auf die Zugangsstraße sah, dann war es eigentlich unmöglich, die beiden nicht zu entdecken. Doch nichts rührte sich. Der Patrouillenweg war am Ende mit einem niedrigen angelehnten Bauzaun zugesperrt. Schumann wurde unruhig und klopfte auf Kevins Schulter.

„Verdammt, Kevin, wenn da oben einer ist, der ballert uns hier mit Leichtigkeit ab. Wir kommen nicht ungesehen an das Gebäude heran!" Kevin sah leicht ein, daß er recht hatte.

„Also laufen wir!", sagte er knapp und rannte los. Schumann wollte ihn aufhalten, reagierte aber zu spät. Kurz entschlossen lief auch er los und folgte seinem Partner, ohne genau zu wissen wohin. Sie stießen den Bauzaun auf, rannten am Zaun entlang, der das große Wachgebäude mit dem Turm einschloß, nach fünfzig Meter an dessen Ende rechts herum, dorthin, wo Kevin eine Tür erblickte, die der Zugang zum Gelände des Wachgebäudes war. Sie schien offen. Er blieb davor stehen und wartete auf Schumann, der zwei Sekunden später ankam und sich mit dem Rücken gegen den Zaun drückte.

„Mein Gott, du hast vielleicht Nerven.", hechelte er, nervös und nach Luft ringend. Sein Kopf war hoch rot und blickte schnell hin und her.

„Wenn er uns entdeckt hätte, hätte er schon längst geschossen!", flüsterte Kevin und stieß mit dem Finger vorsichtig gegen die Drahttür, in der Annahme, daß sie quietschen könnte. Sie wich allerdings leise zurück. Die beiden schlichen hinein. Schumann wollte wieder etwas sagen, doch Kevin bedeutete ihm mit einem vor den Mund gehaltenen Zeigefinger, er solle lieber von nun an schweigen. Dabei zeigte er gleichzeitig nach oben. Sie befanden sich jetzt direkt unterhalb des Wachturmes und drangen in das Wachgebäude ein. Links von ihnen führte ein Weg drei Meter einen Flur entlang zu den Wachstuben und der Schreibkammer. Beide hatten bereits ihre Waffen gezogen und entsichert und hielten sie in Blickrichtung der Augen. Vor der Schreibkammer drückte sich Kevin gegen die Wand, wartete, bis Schumann in sicherer Position war, aus der heraus er im Notfall eingreifen konnte, und schnellte dann links um die Ecke in die Kammer hinein, die Waffe am lang ausgestreckten Arm voraus, und durchsuchte den Raum. Nichts. Nur Müll, zerbrochene Holzplatten, die mal als Verkleidungen an den mit Graffiti besprühten Wänden gedient hatten, und eingeschlagene Fensterscheiben. Schumann deutete nach rechts. Dort lagen viele Räume, wohl die Räume der Wachmannschaften, hintereinander. Immer sich gegenseitig deckend arbeiteten sie sich abwechselnd zu jedem Raum vor. Doch die Räume waren allesamt leer.

„Okay, dann knöpfen wir uns jetzt den Turm vor!", meinte Schumann nicht lauter, als es eine im Wind schwingende Feder war. Braun nickte. Sie schlichen den Weg zurück durch den Flur. An der Eingangstür zum Gebäude führte eine rechteckige Wendeltreppe hinauf, die sich um einen in der Mitte des Turmes angebrachten und von oben nach unten verlaufenden Stahlträger wickelte, der die Turmplattform stützte. Kevin ging als erster. Sie hielten sich beide dicht an der Wand und verloren nie den Blick nach oben. Stufe um Stufe schlichen sie vorwärts. Etwas oberhalb der Mitte angelangt, sah Kevin schon auf die Luke der Plattform, durch die Licht nach unten drang. Eine Falleiter an der Lukenöffnung, über die alleine man ganz nach oben gelangte, war eingezogen worden. Sie hatten also nicht die Möglichkeit, auf die Plattform selbst zu klettern. Schumann sah es bald auch. Nur hören taten sie nichts. Sie verständigten sich mit kurzen Blicken, aus denen man jedoch nur beiderseitige Ratlosigkeit erkennen konnte. Wenig unterhalb der Luke blieben Braun und Schumann schließlich resigniert stehen und senkten die Hände, mit denen sie bisher die Pistolen schußbereit hochgehalten hatten, zu Boden. Beide schnauften leise nach Luft und suchten nach einem Ausweg. Das aber jemand dort oben war, das stellten sie bald fest.

„Na, das hat aber lange gedauert. Du wirst alt, Kevin!", klang eine Stimme von oben herab. „Ich dachte, du wolltest alleine kommen! Man kann Polizisten einfach nicht vertrauen. Es ist zum Kotzen! Wirklich!" Beide erstarrten. Wagten nicht mehr zu atmen, ihre Münder blieben offen, ihre Glieder spannten sich zum Zerreißen an. Schumann hob als erster wieder seine Waffe und zielte auf die Luke, machte einige Schritte zurück und wäre dabei fast die Stufen hinunter gestolpert. Kevin sah mit leerem Ausdruck in seinen Augen auf die dunkle Betonwand ihm gegenüber, so daß Schumann wieder herauf kam und ihn anstubsen mußte, um ihn aufmerksam zu machen. Kevin sah seinen Partner verwirrt an. Der deutete mit dem Lauf seiner Waffe nach oben. Doch dort war nichts zu erkennen.

„Schön, hier sind wir. Und jetzt laß Sarah frei!", rief Kevin. Er drückte sich stärker gegen die Wand, um besseren Halt zu haben und legte mit der Waffe wieder auf die Luke an, in der Erwartung, daß sich jemand zeigen könnte.

„Nicht so schnell! Denkst du nicht, daß wir da noch eine kleine Kleinigkeit klären müssen?"

„Was willst du? Geld?", mischte sich Schumann ein. „Wir können über alles reden."

„Kevin,", brüllte es von oben herab. „Wer ist das?"

„Vielleicht sagst du uns erst, wer du bist!", entgegnete Kevin.

„Weißt du das etwa immer noch nicht? - Nein, wie solltest du auch. Ist ja schon lange her, als wir uns das letzte Mal gesehen haben, nicht wahr?" Kevin blickte kurz zu Schumann und verzog die Mundwinkel. Nein, er hatte wohl keine Ahnung. „Dann will ich dir mal ein bißchen auf die Sprünge helfen: wie geht's denn deinen Eltern?" Kevin spürte unwillkürlich die sich im Nacken sträubenden Haare. Ein Würgereiz erfaßte ihn und er mußte sich beherrschen, weil er bemerkte, daß sein Partner ihn ins Visier genommen hatte.

„Wieso meine Eltern? Was haben die damit zu tun?" Kevins Stimme zitterte unverkennbar.

„Weißt du, wo sie sind?" Kevin zögerte. Er trat unsicher von einem Fuß auf den anderen, ohne die Waffe zu senken.

„Sie sind tot.", sagte er schließlich leise.

„Was?", rief die Stimme von oben. „Ich hab's nicht verstanden."

„Sie sind tot, verdammt noch mal!", brüllte Kevin zurück. „Was soll das alles?"

„Und warum sind sie tot, Kevin? Los, sag's mir: warum sind die Eltern tot? Du weißt das doch, oder?" Kevins ganzer Körper begann nun unruhig zu zappeln. Schumann mischte sich nicht mehr ein, weil er die Spannung, in der sich sein Partner befand, spürte. Und weil er spürte, daß eine Explosion bevor stand. Deuten konnte er den Dialog allerdings nicht.

„Sie sind erschossen worden."

„Jaa, richtig! Gut, Kevin. Und weißt du, wer sie erschossen hat?" Die Stimme wurde jetzt ganz ruhig, fast besänftigend, wenn auch mit einem sehr herausfordernden Unterton.

„Ein Mann. Irgendein Mann.", sagte Kevin apathisch.

„Oh nein, das war nicht irgendein Mann, Kevin. Nicht irgendeiner!" Jetzt erhob sich die Stimme auch und schallte böse durch den Turm. „Du warst es, Kevin. Du, mein kleiner Bruder!" Ein Schuß fiel, eine Kugel schlug direkt neben Kevins Kopf in die Wand. Er duckte sich, ebenso wie Schumann, instinktiv und verharrte auf dem Treppenabsatz. Ein Schatten flog von der rechten Seite der Luke hinüber zur linken. Schumann wollte schießen, sparte sich jedoch die Kugel, da sich ihm kein eindeutiges Ziel bot. Kevin dagegen blieb regungslos.

„Du hast sie getötet!", schallte es durch den Turm und in Kevins Kopf. Kevin sah, seinen Blick nur langsam hebend, nach oben.

„Oliver?" Schweigen. Schumann degradierte sich selbst nur noch zum Zuschauer, oder zum Schiedsrichter, der die Einhaltung nicht vorhandener Regeln überwachte. Staub rieselte von oben herab und brauchte eine schier unendliche Ewigkeit, bis er den Boden des Turmes erreichte.

„Ja, Kevin. Ich bin Oliver, dein Bruder."

„Ich dachte, du seist tot."

„Natürlich dachtest du das. Weil du alles verdrängt hast. Alles." Jetzt senkte Kevin seine Waffe und glitt mit dem Rücken zur Wand an ihr herunter. „Du weißt wirklich gar nichts mehr, nicht wahr? - - Vater war ein Schwein, ein Idiot. Als er mich irgendwann wieder mal verprügelt hat, hast du seine Pistole aus dem Schrank geholt und ihn erschossen."

„Das ist nicht wahr!", widersprach Kevin, in sich selbst verloren.

„Doch, es ist wahr. Und leider hast du Mum dabei auch erschossen. Du hast sie beide auf dem Gewissen, Kevin Braun."

„Aber da war ein Mann, der kam herein ..." Seine Augen wurden glasig, sinnlos fuchtelte er mit seiner Pistole in der Luft herum. „Mum hat geschrien, dann war es leise, da hat sie nicht mehr geschrien, und der Mann – er hatte die Waffe – er hat geschossen – er ..."

„Es hat nie einen Mann gegeben." Sagte Oliver ruhig und bestimmt. Kevin schloß die Augen. Äußerlich sah man es ihm kaum an, aber in seinem Inneren begann ein Orkan zu toben. Ein Orkan, den er nicht unter Kontrolle bringen würde.

„Du hast die Waffe genommen, Oliver. Ich sehe es noch genau. Du hast geschossen. Nicht ich."

„Vielleicht, ja. Vielleicht haben wir beide geschossen. Aber das ist jetzt nicht mehr wichtig."

„Warum bist du dann jetzt aufgetaucht? Warum tust du das alles?"

„Weil du schuld bist, Kevin. Du warst der kleine unschuldige Bruder des mordlüsternen großen Bruders. Meine Fingerabdrücke waren auf Vaters Pistole, sein Blut klebte an meinen Klamotten. Dich haben sie ins Pflegeheim gegeben, mich steckten sie in eine Anstalt, wo ich verrottet bin."

„Ich dachte, du seist tot ..."

„Fast dreißig Jahre war ich dort! Das ist eine lange Zeit. Wie Knast, weißt du? Die haben mich für verrückt gehalten, weil ich meine Eltern tötete. Erst vor vier Jahren bin ich als geheilt entlassen worden. Und da habe ich angefangen, dich zu suchen. Meinen kleinen Bruder Kevin! Oder soll ich sagen: Mel?" Das rüttelte Kevin aus seiner Erstarrung. Ruckartig richtete sich sein Blick zur Luke und von dort auf Schumann, der, knappe zwei Meter von ihm entfernt, unterhalb von ihm auf dem Treppenansatz hockte und das Gespräch verblüfft verfolgte. Derart verblüfft, daß er sogar die Waffe in seiner Hand locker zwischen seinen Knien baumeln ließ und den Kopf auf eine Hand stützte, während seine Augen ins Leere sahen.

„Wie kommst du auf `Mel´? Woher weißt du von ihm?", hakte Kevin nach, sich der Andeutung Olivers scheinbar noch nicht ganz bewußt.

„Na dann mal für die ganz Einfachen: du führst ein Doppelleben, kleiner Bruder. Du bist Mel! Du bist der, den du jagst!" Kevin schnalzte ungläubig mit der Zunge.

„Das ist doch Schwachsinn!"

„Ja? Und wie erklärst du dir die Bilder von Maria Werners und dir? Hm?"

„Woher weißt du denn schon wieder von Maria Werners?"

„Ich scheine der einzige zu sein, der hier überhaupt etwas weiß. Und das witzigste ist, daß man mich für den Verrückten gehalten hat. Dabei bist du das! – Hahaha - Dann werd´ ich dich jetzt mal über ein paar Sachen aufklären. Als du von deinen Pflegeeltern weg bist, soviel weiß ich von ihnen selbst ..."

„Du hast mit ihnen geredet?"

„Natürlich. Kurz bevor ihr Haus in Brand ging und sie in den Flammen umkamen ..."

„Was ..."

„Du weißt natürlich von nichts. Weil du dich abgeseilt hast von zuhause. Hättest dich besser mal an deine Pflegeeltern gehalten, dann ging´s dir heute vielleicht ein bißchen besser. Jedenfalls, du hast wohl sofort angefangen, ein Doppelleben zu führen. Zuerst habe ich es selbst nicht geglaubt, aber als ich dich eine Weile beobachtet habe, dachte ich, das kann nicht war sein. Hier Bulle, da Detektiv. Und der eine weiß nichts vom anderen. Warst du nicht oft müde? Kannst du dich manchmal nicht erinnern, wo du gewesen bist?" Kevin antwortete nicht, weil er tatsächlich erkennen mußte, daß Oliver richtig lag. Schumann kam aus dem Staunen nicht mehr heraus. „Ich weiß nicht, was dazu geführt hat, vielleicht, weil du verdrängen wolltest, was mit Vater und unserer Mum

277

geschehen ist, vielleicht, weil deine Freundin hops gegangen ist, oder weil Jancke dich in die Scheiße geritten hat, wahrscheinlich aber auch alles zusammen. Weißt du, Bruder, wenn man fast dreißig Jahre in einer Irrenanstalt lebt, genau genommen neunundzwanzig Jahre, acht Monate und neunzehn Tage, dann lernt man eine Menge über Psychologie. Da ist man schon fast selbst ein Psychologe. Und du bist ganz klar verrückt, durchgedreht."

„Was ist mit Jancke?"

„Den mußte ich erledigen. Gott sei Dank sehen wir beide uns sehr ähnlich, so daß es nicht sehr schwer war, an ihn heran zu kommen, weil er mich für dich gehalten hat. Du erinnerst dich wirklich nicht an ihn? Mit ihm hast du eine Scheinfirma aufgemacht, bis er dich in die Pleite getrieben hat. Das ist lange her. Aber das kann man doch nicht vergessen. Naja, du vielleicht schon ... Danach hast du den Kontakt zu ihm abgebrochen. Bei dir kam Mel, bei ihm die Drogengeschäfte. Dein Pech war, daß du ausgerechnet an van der Kerken geraten bist. Der hat nämlich auch und schon lange für Jancke gearbeitet. Und so hat Jancke dann heraus bekommen, daß mit dir was nicht stimmt. Daß du ein merkwürdiges Doppelleben führst. Zuerst hat er dir dann die Maria Werners zugespielt, die dich ausspionieren sollte. Die wußte von gar nichts und hat sich in dich verknallt. Wer sie dann getötet hat, weiß ich leider nicht. Aber Jancke dachte, du hättest sie getötet und glaubte, daß du alles wüßtest und dich an ihm rächen wolltest. Deshalb wollte er dich töten lassen. Also mußte er rechtzeitig sterben."

„Woher weißt du das alles?"

„Wenn du in der Verpflichtung als Kevin Braun standest, bin ich manchmal in deine Rolle als Mel geschlüpft. Hat Spaß gemacht, ein fast normales Leben zu führen. Allerdings bekam ich eines Tages Besuch von einem, den Jancke geschickt hatte. Das war ein ziemlicher Trottel, der dran glauben mußte. Damit wußte ich, was Jancke vorhatte. Van der Kerken hat mir den Rest erzählt. Naja, - er mußte ... wenn du verstehst, was ich meine ..."

„Du hast auch van der Kerken auf dem Gewissen?"

„Als Jancke tot war, dachte er wiederum, daß du dem Dicken zuvor gekommen wärst. Er hat´s mit der Angst zu tun bekommen und dir die Autobombe gebastelt. Klingelt´s da bei dir? Er wußte von deinem Doppelleben. Er hat es der Werners erzählt, die darüber fast zusammen gebrochen ist und hat sie damit auch erpreßt. Das ganze wurde dann noch brisanter, weil du sie bei diesem Martinez eingeschleust hast, mit dem sie dummerweise auch ins Bett gegangen ist. Weiß der Teufel, warum sie das tun mußte. Da wollte van der Kerken aber dann gleich zweimal abkassieren. Bei der Werners und bei dir. Das konnte nicht gut gehen."

„Was hätte es bei Maria Werners abzukassieren gegeben? Sie war eine kleine Detektivin?"

„ ... mit zwei begüterten Freunden, von denen der eine sogar die ganz dicke Kohle hatte. Das hätte sich für ihn allemal gelohnt. Tja, aber er ist zu weit gegangen, er wollte dir ans Leder. Das konnte ich nicht zulassen." Kevin legte den Kopf in den Nacken und sog tief die schmutzige Luft in seine Lungen. Schumanns besorgter Blick ruhte auf ihm. Der Regen hatte nachgelassen, aber der Nebel war stärker geworden. Niemand sagte ein Wort. Ein eisiger Wind pfiff durch den Turmschacht. Kevin legte die Waffe neben sich auf den Boden und rieb beide Hände über das Gesicht.

„Das glaube ich alles nicht."

„Dann erkläre du mir alles!...", rief Oliver selbstsicher. Kevin konnte es nicht.

„Was ist mit Sarah? Laß sie jetzt gehen."

„Liebst du sie?"

„Das ist doch gar nicht mehr wichtig. Sie hat mit der Sache nichts mehr zu tun. Laß sie endlich laufen. Bitte!"

„Liebst du sie?", wiederholte Oliver nachdrücklich.

„Ja, - ja, ich liebe sie!"

„Das ist gut. Das ist sehr gut. Dann tut es richtig schön weh ...", flüsterte Oliver. Kevin sah hinauf. Was hatte er damit gemeint? Noch bevor er sich die Antwort darauf geben konnte, hörte er, wie etwas über den Boden der Plattform gezogen wurde. Ein Schatten schob sich über die Luke. Etwas dunkles, vollgestopftes, wie ein dreckiger Kohlesack, tauchte über ihnen auf, fiel plötzlich schnell herunter, knallte auf das eiserne Treppengeländer und prallte mit einem dumpfen Schlag auf die Treppe. Von dort fiel es die Stufen hinab und Kevin entgegen. Er schnellte aus der Hocke hoch und drückte sich geängstigt an die Wand. Sein Blick wandte sich Schumann zu. Doch der sah auch nur auf das Bündel, das nun zu Kevins Füßen lag. Kevin ahnte, was es war und deswegen scheute er sich, einen Blick darauf zu werfen. Sein Partner tat dies für ihn. Er näherte sich Kevin, bückte sich und drehte einen toten Korpus um, so daß Sarahs Gesicht zu sehen war. Sie hatte einen Kopfschuß.

„Es ist Sarah, Kevin. – Tut mir leid ...", sagte er leise und drehte voller Trauer den gesenkten Kopf weg. Kevins Körper erbebte. Schumann fühlte aus der Nähe heraus, wie sich jeder Muskel in Kevin anspannte, wie seine Hand nach seiner Waffe griff und er sie fester und fester drückte. Seine Zähne knirschten im Mund. Seine rechte Faust schlug hinter ihm gegen die Wand, immer heftiger und immer unbeherrschter. Dann platzte es aus ihm heraus.

„Du verdammter Wahnsinniger!", brüllte er zur Plattform hoch. „Du verdammtes Arschloch! Ich bringe dich um! Ich bringe dich um!", schrie Kevin und rannte die Treppe hoch, bis er unter der Luke stand. Mit der Waffe feuerte er ohne zu zielen durch die Luke, traf wahllos nur die Decke des Turms, schrie weiter und feuerte sein komplettes Magazin leer.

„Komm runter! Los, komm runter! Ich will, daß du darunter kommst! ..." Schumann sah, daß Kevin, nachdem er sein Magazin sinnlos geleert hatte und nicht mehr dazu kam, es auszuwechseln, in einer aussichtslosen Lage steckte. Er rief ihn lauthals an, mit erheblichen Schwierigkeiten, ihn überhaupt zu übertönen, und warf ihm spontan seine Waffe entgegen. Kevin reagierte sofort, fing die Pistole auf, legte erneut an und feuerte los. Dann kam so etwas wie eine Büchse durch die Luke geflogen. Kevin wich zur Seite und sah ihr nach. Sie flog auf den Boden und zerplatzte. Gelber Rauch stieg auf.

„Gas! Kevin, er hat Gas geschmissen! Wir müssen hier raus!" Schumann hatte Recht. Er warf noch einen Blick nach oben, konnte nichts erkennen und lief hinter Schumann her die Treppen herab. Unten angekommen hielten sie sich die Nasen zu und stürmten ins Freie. Doch das Gas tat schon seine Wirkung. Es roch sehr schwefelig und brannte in den Lungen. Sie husteten und stolperten über den Rasen. Nur wenige Sekunden später hörten sie, daß Glas irgendwo an der Rückseite des Wachgebäudes splitterte.

„Er ist auch raus! Hinten!", rief Schumann und lief an der linken Seite um das Gebäude herum. Kevin raffte sich hoch und kam, immer noch wankend, hinterher. Seine feuchte Stirnwunde schmerzte ihn nun. Sie sahen Oliver gerade noch, als er zwischen zwei Stellungsbunkern verschwand. Er trug eine Gasmaske. Schumann und Braun teilten sich nach rechts und links auf. Allerdings hatten sie auch nur noch eine Waffe, nämlich die von Schumann, weil Kevins noch oben im Turm lag. Er hatte sie einfach fallen gelassen, als sein Partner ihm die seine zugeworfen hatte. Somit mußten sie sich sehr vorsichtig durch das Gelände vorarbeiten, da Oliver mit Sicherheit ebenfalls bewaffnet war. Sich Stellungsbunker um Stellungsbunker weiter vor schleichend, Kevin rechts, Schumann zur linken Seite des großen Bunkerfeldes, kamen sie am Umschlagpunkt an, zu dem auch eine große Halle gehörte. Was sie hier sahen, paßte nicht so recht hier her: Schafe! Hier hielten sich also die Schafe auf, die sie zu anfangs hörten, als sie das Militärgelände betreten hatten.

„Er ist da hinten!", rief Schumann und zeigte nach halb links zu dem kleineren Bunkerhügel, der am Kopfende des gesamten Geländes stand und von einer weiteren großen Halle und dem Heizungsgebäude eingeschlossen wurde. Kevin wartete nicht lange, sann nur auf Rache, lief zum Zaun, kletterte an ihm hoch, suchte Halt am Stacheldraht, der am oberen Rand gebunden war, riß sich dabei die Innenhandflächen ein, stieß sich mit den Füßen ab und schwang sich auf die andere Seite. Schumann schüttelte nur den Kopf. Aber er mußte ihm folgen. Da es keinen anderen, zumindest zeitsparenden Weg gab, wählte er denselben. Nur zog er sich seine Jacke aus und band sich die Ärmel um die Hände. Da es schwierig war, damit zu klettern, schaffte er den Überschwung nicht so glatt wie Kevin und knallte auf der anderen Seite des Zaunes hart auf den Rasenboden. Sein Partner eilte herbei und half ihm, wieder aufzustehen.

„Hast du dich verletzt? Alles okay?"

„Geht schon. Ist okay:", beruhigte Schumann ihn, klopfte sich ab und rieb sich den rechten Ellbogen, der ihn schmerzte.

„Ich würde vorschlagen, wir trennen uns. Ich gehe von vorne rein. Geh du zur Rückseite, dort am Heizungsgebäude, und versperr ihm den Weg, wenn er da raus kommen sollte." Schumann warf einen Blick auf seine Waffe in Kevins Händen. „Machen wir es so?"

„Ja sicher, Kevin." Als Braun los schlich, setzte Schumann ihm noch einen Tip hinterher.

„Kevin, denk dran: du bist Polizist!" Er blieb kurz stehen, sah sich nach Schumann um und nickte leise. Aber Schumann ahnte ganz richtig, daß das nicht allzu viel zu sagen hatte. Er hoffte einfach nur das Beste. Damit lief er weiter links zum Heizungsgebäude, das er noch erreichte, bevor sein Partner die Tür zum Bunker durchschritt. Dahinter war es dunkel. Kevin hielt den Atem an und blieb im Eingang stehen. Nichts war zu hören. Zentimeter für Zentimeter pirschte er sich vor. Als sich seine Augen etwas an die Dunkelheit gewöhnt hatten, entdeckte er eine Tür, die zu einem weiteren Raum führte, der vermutlich auf der anderen Seite des Bunkers lag. Da Kevin hier im Vorraum nicht auf Oliver traf, ging er leise an die Tür, nahm den Hebel zum Öffnen, wie ihn Schiffe oder U-Boote haben, in eine Hand. Dann wollte er dreimal Luft holen und durch stürmen, weil er seinen Bruder direkt hinter dieser Tür glaubte. Doch in dem Augenblick fiel ein Schuß. Kevin ahnte, was passiert war, zögerte keine Sekunde, öffnete die Tür mit einem Ruck, durchquerte den ebenfalls sehr kleinen Raum und rannte zu der Tür hinaus, die tatsächlich auf der Rückseite des Bunkers ins Freie führte. Er blickte nach links. Dort lag Schumann zwischen dem Heizungsgebäude und dem abfallenden Rasen des Bunkers auf dem Boden und wälzte sich stöhnend.

„Schumann! Was ist los?"

„Aah, mich hat´s schon wieder erwischt. Verdammt, Braun, mit dir zu arbeiten ist echt gefährlich." Kevin kniete sich zu ihm und untersuchte seine Wunde. Er war an der Schulter getroffen. Es blutete von beiden Seiten stark.

„Ein Durchschuß. Du hast wenigstens noch jedesmal Glück dabei!"

„Darüber kann ich mich im Augenblick aber überhaupt nicht freuen. Sieh zu, daß du den Typ schnappst! Beeil dich, sonst ist er weg!" Kevin zog ebenfalls seine nasse Jacke aus und legte sie Schumann behutsam unter den Kopf.

„Ich kriege ihn, verlaß dich drauf! – Hab´ ich dir eigentlich schon mal gesagt, daß du mein bester Freund bist? – Robert?" So hatte Kevin ihn noch nie genannt. Schumann bemühte sich zu lächeln, doch es mißlang ihm unter den Schmerzen, die er in der Brust verspürte.

„Hau jetzt ab, sonst muß ich noch anfangen zu heulen.", rief er und stieß Kevin von sich weg. Der erhob sich wieder und sah sich um, in welcher Richtung er nach Oliver suchen sollte.

„Da entlang, er ist die Straße hinunter in Richtung Tor gelaufen. Mach schon!" Kevin rannte los. Rechts von ihm reihten sich einige Gebäude, eine Halle und ein paar Mannschaftsgebäude auf, hinter denen er immer wieder Deckung fand. Vorsichtig umschlich er die Gebäude. Da sämtliche Scheiben eingeschlagen waren, war es auch nicht besonders schwer, ihr Inneres von außen her zu inspizieren. Weit konnte sein Bruder jedenfalls noch nicht sein. Vor dem Tor erkannte Kevin jetzt einen schwarzen Honda-CRX, der so hinter Büschen geparkt war, daß man ihn nicht entdeckte, kam man die Zufahrtsstraße herab. Er schloß, daß dies sicher Olivers Auto war. Irgendwo versteckte er sich noch und er würde ihn finden.

Als nächstes kam Braun an einer Halle vorbei, in der Schafwolle tonnenweise in riesigen blauen Plastiktüten gelagert herum lag. Daneben ein demolierter Autotransportanhänger. Keine Spur jedoch von Sarahs Mörder. Er wendete sich dem Wachgebäude, dem letzten Gebäude zwischen ihm und dem Tor, zu. Ein Anhänger mit aufgebautem Wassertank diente ihm als Deckung, um die Baracke zunächst zu beobachten und in Augenschein zu nehmen. Das war die letzte Möglichkeit, in der sich Oliver aufhalten konnte. Entweder war er hier, oder er fiel ihm bald in den Rücken, weil Kevin ihn verpaßt hatte. Dann entdeckte er an der ihm zugewandten Seite des Gebäudes unterhalb des Seitenfensters einen eingebrochenen kleinen Eingang zu einem Keller. Das mußte das einzige Gebäude mit einem Keller sein, weil er vorher nirgends einen bemerkt hatte. Kevin schlich sich von der Seite an das Schlupfloch heran. Intuitiv war er sicher, daß Oliver sich hierher geflüchtet hatte, daß er hier auf Kevin wartete, daß er gar nicht mehr weiter flüchten wollte. Also machte er sich auch keine allzu große Mühe mehr, besonders leise zu sein und unentdeckt zu bleiben. Er sprang in das einen halben Meter tiefe Loch hinein und schlüpfte durch das eingebrochene Fenster, in dem auch kein Rahmen mehr steckte. Die Baracke, die das kleine Wachgebäude am Eingangstor darstellte, war an dieser Seite auf vier Säulen gesetzt. Ein kleiner Durchgang führte zur anderen Seite hinüber, zu dem allerdings nicht mehr der geringste Rest von Sonnenlicht drang, so daß Kevin dort nichts mehr zu erkennen vermochte.

„Oliver? Ich weiß, daß du hier unten bist. Komm heraus und laß uns reden." Niemand antwortete ihm. Er stellte sich hinter den ersten Pfeiler, versuchte etwas zu erkennen, erfolglos, und schlängelte sich hinter die zweite Säule, die dem hinteren Raum am nächsten stand. Und dann hörte er ihn atmen. Oliver stand nur wenige Meter von ihm entfernt, wahrscheinlich direkt hinter dem Durchgang, unsichtbar im Dunkeln, wartend, lauernd.

„Oliver! Ich komme jetzt zu dir. Tu was du willst. Ich komme jetzt zu dir und hole dich!" Damit verließ Kevin seine Deckung, machte einen Sprung hin zu dem Durchgang, warf sich in den dunklen Raum dahinter, rollte sich so lange ab, bis er auf harten Widerstand, eine weitere Betonsäule, stieß, sprang auf und richtete seine Waffe in die Richtung, aus der er gekommen war. Ein Licht, wie von einer kleinen Taschenlampe oder einem Handstrahler, ging an und füllte den Raum bescheiden aus. Die vier Säulen warfen gespenstische Schatten. Oliver stand neben dem Durchgang und hielt eine Waffe auf Kevin gerichtet. Seine Augen richteten sich fest auf ihn, ohne daß er ein Wort sagte. Kevin tat das gleiche und zielte unmittelbar auf den Kopf seines Bruders. Und in der Tat, wenn er Oliver betrachtete, verwunderte die unerhörte Ähnlichkeit schon.

„Warum mußtest du Sarah töten?" Oliver lächelte und schüttelte den Kopf.

„Weil du sie geliebt hast. Deswegen."

„Wenn ich dir gesagt hätte, daß ich sie nicht liebe, dann hättest du sie umsonst getötet!"

„Nein. Ich hätte dir nicht geglaubt." Sie schwiegen einen Augenblick.

„Und was passiert jetzt?", wollte Kevin wissen, um ihn heraus zu locken.

„Einer von uns muß sterben. Ganz einfach."

„Warum muß einer sterben? Wir können auch beide hier raus gehen. Lebend."

„Sie sind sich feind, weil die Natur zwei aus ihnen machte, obschon nur einer geplant war ... Bis jetzt warst du alleine, mein Bruder, jetzt bist du zu dritt! Nachdem du nun bemerkt hast, daß drei existieren, wirst du über ihre Existenz, über die jedes einzelnen reflektieren. Zwei davon wirst du töten müssen, um weiter leben zu können."

„Einen muß ich töten, da magst du recht haben ..."

„Zwei mußt du töten, sonst töten sie dich! `Ich bin ein Wanderer und Bergsteiger, sagte er zu seinem Herzen, ich liebe die Ebenen nicht, und es scheint, ich kann nicht lange still sitzen. Die Zeit ist abgeflossen, wo mir noch Zufälle begegnen durften; und was könnte jetzt noch zu mir fallen, was nicht schon mein eigen wäre! Es kehrt nur zurück, es kommt mir endlich heim – mein eigen Selbst, und was von ihm lang in der Fremde war und zerstreut unter alle Dinge und Zufälle. Und noch eins weiß ich: ich stehe jetzt vor meinem letzten Gipfel und vor dem, was mir am längsten aufgespart war. Ach, meinen härtesten Weg muß ich hinan! Ach, ich begann meine einsamste Wanderung! - - Wer aber meiner Art ist, der entgeht einer solchen Stunde nicht: der Stunde, die zu ihm redet: >>Jetzt erst gehst du deinen Weg der Größe! Gipfel und Abgrund – das ist jetzt in eins beschlossen! Du gehst deinen Weg der Größe: nun ist deine letzte Zuflucht worden, was deine letzte Gefahr hieß! – Du gehst deinen Weg der Größe: das muß nun dein bester Mut sein, daß es hinter dir keinen Weg mehr gibt! – Du gehst deinen Weg der Größe: hier soll dir keiner nachschleichen! Dein Fuß selber löschte hinter dir den Weg aus, und über ihm steht geschrieben: Unmöglichkeit. Und wenn dir nunmehr alle Leitern fehlen, so mußt du verstehen, noch auf deinen eigenen Kopf zu steigen: wie wolltest du anders aufwärts steigen? Auf deinen eigenen Kopf und hinweg über dein eigenes Herz! Jetzt muß das Mildeste an dir noch zum Härtesten werden. – Wer sich stets viel geschont hat, der kränkelt zuletzt an seiner vielen Schonung. Gelobt sei, was hart macht! Ich lobe das Land nicht, wo Butter und Honig fließt! – Von sich absehn lernen ist nötig, um viel zu sehn – diese Härte tut jedem Berge-Steigenden not. Wer aber mit den Augen zudringlich ist als Erkennender, wie sollte der von allen Dingen mehr als ihre vorderen Gründe sehn! Du aber – wolltest aller Dinge Grund schaun und Hintergrund: so mußt du schon über dich selbst steigen – hinan, hinauf, bis du auch noch deine Sterne unter dir hast! – Ja! Hinab auf mich selber sehn und noch auf meine Sterne: das erst hieße mir mein Gipfel, das blieb mir noch zurück als mein letzter Gipfel! ...“ – Also sprach Zarathustra im Steigen zu sich, mit harten Sprüchlein sein Herz tröstend: denn er war wund am Herzen wie noch niemals zuvor. Und als er auf die Höhe des Bergrückens kam, siehe, da lag das andere Meer vor ihm ausgebreitet: und er stand still und schwieg lange. Die Nacht aber war kalt in dieser Höhe und klar und hellgestirnt. Ich erkenne mein Los, sagte er endlich mit Trauer. Wohlan! Ich bin bereit. Eben begann meine letzte Einsamkeit ...<< “

„Das ist Nietzsche ...“, stellte Kevin, über seinen frei zitierenden Bruder staunend, fest.

„Das ist Nietzsche!“, antwortete der ihm, setzte sich die Mündung seiner Pistole an den Kopf und drückte ab. Noch in der selben Sekunde, da Olivers Blut sich im ganzen Kellerraum und über Kevins Leib vergoß, sackte sein Körper in sich zusammen und fiel dumpf und bereits leblos zu Boden. Kevin stand da, in der vor sich ausgestreckten Hand immer noch Schumanns Waffe haltend und schloß die Augen. Der Schuß hallte noch in seinem Kopf nach wie ein unendlich langer lauter Summton. Unbewußt entspannte er die Waffe und ließ sie unmerklich aus der Hand gleiten, bis sie auf den Boden polterte. Das Geräusch erreichte Kevin Braun nicht. Ohne auf Oliver zu sehen, ging er an ihm vorbei und stieg aus dem kleinen Kellerfenster wieder heraus. Das Tageslicht blendete ihn. Aber es störte ihn nicht. Der Nebel war so dicht geworden, daß er nicht einmal mehr die Stelle sehen konnte, an der Robert liegen mußte. Er drehte sich zum Tor herum und ging darauf zu. Daran selbst war kein Stacheldraht befestigt. Also schwang er sich an ihm hoch, kletterte ohne Mühe und ohne Schmerzen zu spüren darüber, kam an Olivers schwarzem Wagen vorbei und sah, daß der Schlüssel noch steckte. Kevin blieb stehen und wandte sich zum Wachgebäude hin um. Tränen drangen nun doch aus seinen Augen. Die Zeit löste sich langsam auf. Die Welt hörte ab heute auf, sich zu drehen. Jasmin. Maria Werners. Schumann, der verletzt irgendwo da lag, im Nebel. Sarah. Oliver ... Er öffnete die Tür des Hondas und stieg ein. Der Motor ließ sich sofort starten. Er setzte den Wagen zweimal vor und zurück, bis er Platz hatte, um rückwärts das Tor einzufahren, damit Schumann sich retten konnte. Dann rollte er hinüber zu dem BMW, in dem Bow auf ihn wartete. Kevin hielt an, stieg aus und holte sie. Als die Hündin aus dem Wagen sprang, roch sie das Blut an Kevins Hose und schnupperte daran. Er streichelte sie und ließ sie einen Moment lang gewähren, bevor sie in den Honda einsteigen sollte. Schließlich fuhren sie beide los auf die Autobahn in Richtung Norden, wo der schwarze CRX einige Stunden später auf einem großen Parkplatz des kleinen Anlegehafens der Fähre von Harlinger Siel nach Wangerooge unter vielen anderen Autos unbeachtet stehen blieb.

Epilog

Schatten. Nur leichtes Windsäuseln bemühte sich, vom jungfräulichen Meer her blasend, Sandkorn für Sandkorn weiter ins Landesinnere zu tragen. Die Sonne kündigte sich schon an und warf ihr zartes, noch unscheinbares Licht hoch an der sich aufbäumenden Düne vorbei in den unendlichen Raum dahinter. Kaum, daß sich der Himmel zu entscheiden vermochte, ob er nun schwarz oder blau sein wollte. Auf der Oberfläche des Wassers spiegelte sich irgendwo weit da draußen die Mondsichel, die den Kampf ums Gesehen werden noch nicht aufgegeben hatte. Unvermeidlich. Leises Plätschern der ankommenden Wellen, immer im beständigen, ununterbrochenen Rhythmus, schien ein Lied der Unendlichkeit zu summen. Schwebend. Betrachtend. Leerend und füllend zugleich. Teilnahmslos und doch im Mittelpunkt. Ohne eine Empfindung von Gut oder Böse, Richtig oder Falsch, Wohlsein oder Schmerz. Einsam, aber nicht allein. Alleine, ohne Einsam zu sein. Glück und tiefe Trauer in einem. Ohne eine Definition. Ohne Namen, ohne Wert, und doch alles bedeutend, alles vorstellend. Wie Luft in einem Vakuum - wie Zeit in einem zeitlosen Raum. Wie eine durch nichts aufzuhaltende Kraft, die auf ein durch nichts zu bewegendes Objekt trifft

Alles mußte einen Anfang, und alles auch ein Ende haben. Aber was, wenn jeder kleinste denkbare Teil einer Sekunde dieser Anfang und zugleich Ende von etwas wäre? Außerhalb unseres Bewußtseins, außerhalb dessen, was wir denken, fühlen oder sind. Außerhalb der Welt, die wir nur durch uns, durch das, was wir vorstellen, kennen. Also in einer Welt, die an sich ist. Wenn Anfang und Ende dasselbe sind. Ständig ineinander übergreifen, sich wechselseitig in undenkbar vielen Schichten überlagern, - und doch als Einheit einander ausschließen. Ein Kreis. Nicht schwarz, nicht weiß, - sondern grau.

3. Tag. Jasmin war nicht hier. Er wußte es und doch wollte er die Suche noch nicht abbrechen. Es wurde bald wärmer, als die ersten Sonnenstrahlen auf sein Gesicht trafen. Die Mondsichel drohte ihren Kampf endgültig zu verlieren und wurde zunehmend schwächer. Gen Horizont spiegelte sich der orange, bald gelbe große Ball auf dem Dach der Fische. Möwen erregten bisweilen seine Aufmerksamkeit. Immer zu mehreren erforschten sie den Strand nach Eßbarem. Ihr Geschrei war jedoch unhörbar. Vielmehr war es wie eine Farbe oder ein Geruch, der zu dieser Idylle gehörte. Nicht akustisch, nicht visuell, einfach als Teil einer Empfindung, die alles beinhaltet und nicht unterscheidet. Eine Hand grub sich neben ihm in den Sand, als wolle sie sich festhalten. Kevin wußte, es mußte eine Entscheidung getroffen werden. Aber die Beine waren des Gehens und der Kopf des Denkens

müde. Er hatte keine Eile. Seine Augen schweiften den langen blauen Horizont entlang und sogen den Anblick tief in sich hinein. Ohne Begeisterung und ohne Langeweile. Kant hat einmal gesagt: Schönheit ist, was ohne Interesse gefällt. Er muß solch einen Augenblick gemeint haben.

Erst als menschliches Stimmengewirr leise, wie von einer fernen, anderen Welt an seine Ohren drang, durchstieß das Bewußtsein das Tor seiner Wirklichkeit zu einer fremden Realität. Die ersten Spaziergänger hatten die Strandpromenade erobert, um diesen Sonnenaufgang zu erleben und ein bißchen morgendliche, salzige Seeluft zu schnuppern. Die Möwen nahmen kaum Notiz davon. Auch die Sonne hielt es von ihrem täglichen Rundgang nicht ab. Schließlich waren sie ihretwegen gekommen. Es kam Wind auf; in den Bowqueen, die Siberian Husky-Hündin, die Kevin nur der Kürze halber auch Bow nannte, witternd ihre Nase streckte. Eine Hand holte aus der Innentasche der Daunenjacke einen Fahrplan hervor. Drei Tage hatten sie nun Wangerooge abgesucht. Erfolglos. Aber was hieß das schon. Jetzt war es vielleicht Zeit zu gehen. Seine Beine waren schon ganz steif von der langen, bewegungslosen Nacht. Selbst Bow streckte sich nur mühsam und konnte ihre Erschlagenheit nicht mehr verheimlichen. Wenigstens störte kein Autolärm die Atmosphäre, weil Autos auf der kleinen Insel verboten waren. Kevin entschloß sich, ein wenig die Beine zu vertreten, um wieder in Schwung zu kommen, bis die Cafés wieder öffneten. Dann einen Tee zu trinken und irgendwie die Heimreise anzutreten. Die Heimreise wohin?

Am Strand konnte man im aufkommenden Morgenwind große, bunte Drachen aufsteigen sehen, die dort ihren imposanten Tanz vollführten. Wortlos, in Gedanken versunken, beobachtend, vergaß er fast die Zeit. Sie war bald gekommen. Der Zug fuhr in anderthalb Stunden. Er bezahlte einen morgendlichen Tee und ging ein letztes Mal die breite, autolose Hauptstraße hinauf in Richtung Strand. Er glaubte, Bow die Hoffnung ansehen zu können, daß der Ausflug bald sein Ende haben möge. Für sie war es die erste Reise dieser

Art, obwohl sie schon elf Jahre alt war. Ein wirklich tolles Mädchen. Seine Hoffnung, *sie* auf diesem letzten Weg, auf diesem letzten kleinen Spaziergang doch noch zu treffen, verlor sich. Stattdessen ging er gedankenverloren vom kreisrunden Zentrum der Promenade, in dessen Mitte, hoch getürmt, ein Café zu umgehen war, rechts entlang in Richtung Flugplatz. Der weiche Sand unter seinen Füßen machte das Gehen schwer. Nach einigen hundert Metern suchte er sich eine dieser Einbuchtungen aus, die mit Holzästen abgetrennt waren und so als Liegeplätze dienten, und legte sich in den Sand. Bow nahm dies als willkommene Gelegenheit, ebenfalls die Augen zu schließen und das Alleinsein zu genießen. Sie drehte sich ein paarmal behende im Kreis, schmiegte sich dann an Kevin, versteckte dabei Ihre schwarze Nase unter ihrem Schwanz und senkte sofort ihre Lider. Kevin tat es ihr gleich. Bilder tauchten auf; begleitet vom Wind, der über das Gesicht strich, und vom leisen Plätschern des nahen Wassers der Nordsee. Bilder von glücklichen Tagen, Harmonie. Eine bekannte weibliche Stimme lacht. Ein Gesicht. Dann plötzlich Regen und Donner. Ein Auto. Ein Schrei. Ein dunkler Tunnel ohne Ende ...

Bows leises Knurren riß Kevin aus seinen Gedanken. Sie bewegte sich allerdings nicht Auch er hielt seine Augen verschlossen. Jemand näherte sich. Leise, immer deutlicher werdende Schritte im Sand. Jemand blieb stehen.

"Ah, ein Husky!", hörte er jemanden bestaunend sagen. Eine Frauenstimme. Augenblicklich schoß ihm das Blut mit dreifacher Geschwindigkeit durch die Adern und begann, gleichmäßig und gewaltig an die Schädeldecke zu pochen. Er rührte sich nicht, blickte nicht auf. Jemand, eine Frau, nahm vorsichtig neben ihm Platz. Bow hatte aufgehört zu knurren. Kevin spürte, daß sie aufstand und auf jemanden zu ging. Er schien die Kontrolle über seine Sinne zu verlieren. Alles drehte sich. Er suchte nach Anhaltspunkten, die die gegenwärtige Empfindung der Situation hätten klären sollen. Aber alles blieb dunkel.

"Hey, daß ist doch die Bow!", rief die Stimme. Oh, welch bekannter Klang. War sie da? Hatte sie nun ihn gefunden? "Hallo, meine alte Hündin! Na, schläft dein Herrchen?", schien sie zu flüstern. Vor Kevins geistigem Auge sah er sie den Hund umarmend, Bow mit wedelndem Schwanz, herumtänzelnd. Ihre Nase vergrub sich in Bows weichem Fell und roch ihren typischen Duft. Eine Hand streckte sich nach seinem Gesicht aus und berührte es. Er spürten sie auf seiner Haut wie die Unterseite eines zarten Farns. Bald durchdrang ihre Aura die seine. Wärme quoll in ihm hoch. Zu Hitze wurde sie, als Lippen die seinen berührten, über seine Wangen wanderten und, liebliche Worte wispernd, sein Ohr erreichte. Ein Körper legte sich sanft auf den von Kevin. Er konnte ihre Brüste spüren, wie sich ihr Unterleib langsam gegen seinen preßte, wie sich ihre Hände an seine Schulter klammerte, und wie ihre gleichmäßigen, preßenden Bewegungen eine physische Reaktion bei ihm auslösten.

"Jasmin!", jauchzte jemand, als wäre er erlöst.

"Jasmin? Tut mir leid, ich - ich heiße Karen. Ich wollte nicht stören!" Wie plötzlich aus einem tiefen Schlaf gerissen öffnete Kevin die Augen und sah in ein verwirrtes Gesicht, daß ihn, etwa zwei Meter von ihm entfernt, verwundert musterte. Sie saß in respektabler Entfernung vor Kevin und streichelte Bow vorsichtig. Ihre grellroten langen Haare rahmten wallend ihr helles, mit Sommersprossen übersätes Gesicht ein. Auf der viel zu großen Nase trug sie eine dickgestellte schwarze Brille mit deutlich starken Gläsern. Sie war dürr, das konnte man wohl erkennen, obwohl sie sich in einen schweren Parka eingepackt hatte, und lächelte jetzt etwas unsicher.

"Ich wollte dich nicht wecken."

"Ach, nicht so schlimm. Ich habe nicht geschlafen. Nur gedöst ...", sagte Kevin peinlich berührt und rieb sich über die zusammengekniffenen Augen. Behutsam stand er auf und klopfte sich den Sand von der Kleidung. Sie sahen sich eine Weile an.

"Eine Hündin, ja?"

"Ja", gab er zurück. "Sie heißt Bow."

"Hallo Bow. Na, machst du Urlaub?"

"Ja, wir ..., also eigentlich, - wir wollten mal einfach weg und sind für ein paar Tage hierher gefahren. Ist sehr schön und sehr still hier."

"Kann man wohl sagen. Ich bin mit meiner Familie übers Wochenende hier." Sie sah ihn an und er wußte, sie erwartete, daß er ihr seinen Namen sagte. Doch er tat es nicht, sondern ging schlendernd wieder Richtung Zentrum, den Kopf zu Boden geneigt Als Kevin merkte, daß sie sitzen blieb und ihm, verlegen lächelnd und immer noch Bow im Auge haltend, nachsah, blieb er stehen und drehte sich zu ihr um.

"Gehen wir ein bißchen zusammen?", sagte er, sich in der Stimme halb entschuldigend, sie so stehen zu lassen.

"Sicher, gern. Was hast Du da an deinem Kopf? Du blutest! Bist Du verletzt?"

"Ach, halb so wild. Ist mir beim Klettern passiert. Nicht der Rede wert!"

"Bleibst du noch lange hier?", wollte sie wissen.

"Nein, ich werde heute fahren. Eigentlich wäre ich mittlerweile schon weg. Meinen Zug habe ich jetzt verpaßt Macht aber nichts. Ich nehme den nächsten." Sie sah ihn an, als überlege sie, ob sie ihn bitten könne, vielleicht noch ein bißchen zu bleiben. Kevin versuchte diesen Blick zu ignorieren. Es gab kein Zurück So spazierten sie denn noch eine Weile ohne reden. Beide ganz in Gedanken. Auch in ihr war Trauer. Er mochte sie. Was machte sie so traurig?

Mit ein wenig Belanglosem überspielten sie den Wunsch, mehr Zeit miteinander verbringen zu können und erreichten irgendwann den Stadtrand. Hier kam die Zeit, wieder Abschied zu nehmen. Sie wußten kaum viel voneinander. Die kleine Straße, die aus der anheimelnd schönen Landschaft hinaus in die Stadt führte, und zu deren rechter und linker Seite kleine Einfamilienhäuser standen, mündete auf die Hauptstraße nahe des Bahnhofs. Sie blieben dort stehen und sahen sich wieder eine Weile wortlos an. Viele Menschen säumten schon die Straße. Aber so wenig, wie er sie wahrnahm, hatte er auch das Gefühl, daß sie die Menschen bewußt erfaßte. Bow stand etwas ungeduldig neben Kevin, fühlte sich ein wenig unbeachtet und sprang an ihm hoch, um seine Aufmerksamkeit zu erlangen. Er streichelte sie und lächelte dabei etwas. Karen begriff dabei die Unabänderlichkeit seines Vorhabens, nun gehen zu müssen, und machte unsicher einen Schritt zurück.

"Na denn, mach's gut, Unbekannter. Das war ein sehr schöner Spaziergang!"

"Ja, ich konnte es auch genießen. Ich, - tut mir leid, - ich ..." Ihm fehlten die Worte, um das Richtige zu sagen. Und er spürte: er konnte überhaupt nicht das Richtige sagen. Sei es dank ihrer weiblichen Intuition schien sie das auch zu wissen und reichte ihm ihre weiße Hand zum Abschied. Er ergriff sie und hielt sie einen Moment fest. Sie hatten sich in ihrem Leben einmal kurz getroffen und es genossen. Mehr nicht.

Sie näherte sich Kevin und gab ihm einen weichen Kuß auf die Wange, blickte ihm mit einem fast geschwisterlich anmutenden Lächeln in die Augen, löste das Band, drehte sich um und ging langsam von den beiden weg nach links, die Hauptstraße in Richtung Promenade hinauf. Dabei winkte sie noch, wie bedauernd, mit der Hand, die sie Kevin gereicht hatte und verschwand bald darauf in der Menge.

Kevin kniete sich zu Bow hinunter und kraulte sie mit beiden Händen am Hals. Bow genoß das sehr. Sie blickte erst ihr nach und sah ihn dann erwartungsvoll an. "Jaa, wir fahren jetzt, meine Kleine. - Wir fahren jetzt ..."

Am Bahnhof sah Kevin schon einige Menschen stehen, die auch auf den nächsten Zug warteten, der gleich ankam. Es war früher Nachmittag. Sie bestiegen bald darauf den Zug, auf den sie nicht mehr lange warteten, unbemerkt von den übrigen. Die knappen zehn Minuten, die er bis zur Anlegestelle brauchte, kamen ihm vor wie Stunden. Vor seinem Auge nur diese herrliche Landschaft, die Gräser, die Dünen, die sie eben noch durchschritten hatten, das weite Wasser, so klar und so unschuldig, so voller Reinheit und Ehrlichkeit, - und doch so gewaltig, unscheinbar beherrschend und allwissend. Während Kinder im Zug mit der mittlerweile lustlosen Bow spielen wollten und sie, um ihre Zuneigung werbend, streichelten, tauchte Kevins Blick nur in diese endlose Ferne ein. Durchdrang das Wasser bis auf seinen vermeintlichen Grund, schweifte in den vermeintlich endlosen Himmel und suchte unentwegt, unermüdlich nach einer Antwort, einer Lösung, einer Stimme, die ihm sagte, was sei.

Es regnete jetzt. Ob es in der Eifel auch regnete? Ob es über Robert regnete? So viele Erinnerungen. So vieles, von dem er nicht wußte, ob es nun bloße Erinnerung oder die Wirklichkeit, seine gegenwärtige Wirklichkeit war. Gewißheit, nach der man ständig strebt, die man aber nie erlangt!

So trieb ihn das kleine Schiff zurück zum Festland. Sie saßen, wegen des Regens fast allein, auf dem Oberdeck im Freien, an die Reling gelehnt. Der Blick suchte das Wasser ab. Jede kleine Erhebung auf der Oberfläche schien wie eine kleine Zeile, aus der sich das Meer zusammensetzt Und in jeder Zelle ließ sich eine Information vermuten, aus deren Gesamtheit man die Wahrheit über alles erahnen könnte. Nur änderte sich ständig die Struktur, war keine Zelle auf Dauer faßbar zu sehen, festzuhalten, geschweige denn mehrere von ihnen oder gar alle. Ständig wechselten sie in Zahl und Aussehen, so daß jeder Versuch, sie in ihrer Gesamtheit zu sehen und jenes, was sie Kevin vielleicht vermitteln konnten, zu begreifen, schier unmöglich war.

In ihm die tiefe Trauer darüber, nichts zu begreifen, nie den Überblick gewinnen zu können, nie die Dinge an sich wirklich durchdringen zu können, aber auch eine Form von Glück, Teil dieses Ganzen und wenigstens vermöge zu sein, seine Schönheit zu empfinden, wenngleich diese Empfindung jeder Definition entbehrt. Eher auch sanfte Gleichgültigkeit. Wie sich meterhoch auftürmende Wellen, die endlos auf dem Ozean ihre Kreise ziehen, ohne jemals auf Land zu stoßen, an dem sie brechen und ihre Kraft herauslassen können.

Verloren in sich, verloren außerhalb von sich. Verloren in verschiedenen Welten trieb Kevin dahin.

Eine halbe Stunde später kam die Fähre an dem kleinen Anlegehafen an. Sie stiegen aus und blieben noch eine ganze Weile am Rande der Anlegestelle stehen, um die Menschen ein letztes Mal zu sehen, die mit ihnen gereist waren. Bow jaulte leise und schien bald unruhig zu werden. Er kniete sich zu ihr herunter, sah in ihre blauen, wirklich schön gezeichneten Augen und suchte nach einer guten Stelle für sie. Er fand sie schließlich links von ihnen, dreißig Meter entfernt. Ein sicherer Flechtzaun trennte das kleine Hafengebiet an einem grasbewachsenen, künstlich aufgeschütteten Damm von der Außenwelt. Dorthin ging Kevin mit ihr. Holte eine selten gebrauchte Leine aus seiner Hosentasche, band sie um einen Pfahl des Zaunes und hakte Bow damit ein. Sie jaulte mehr und sprang nervös an ihm hoch. Ihre Pfoten kratzten über sein Hemd. Wieder ging er in die Hocke und sprach zu ihr.

„Ich weiß, meine Hübsche. Du willst nicht, daß das passiert." Ein Nebelhorn blies kräftig und mehrmals von der weiten, ruhigen See her durch die milchig schimmernde Küstenluft. „Aber manchmal geschehen Dinge im Leben, die möchte man gar nicht. Und die kann man oft auch nicht mehr rückgängig machen. Dann muß man mit diesen Dingen leben. Mit ihnen auskommen – oder auch nicht ... Schau mich nicht so an, verdammt nochmal!" Sie hatte die Ohren gespitzt und ihren Kopf zur Seite gelegt, während sich ihre Augenlider immer wieder behäbig schlossen. „Du weißt genau, daß ich dich liebe. Also mach es mir nicht so schwer." Er nahm sie in seine Arme und drückte sie fest an sich, was sich Bow gerne gefallen ließ. „Ich werde immer an dich denken. Aber dort, wo ich nun hingehen muß, dorthin kann ich dich nicht mitnehmen." Sie legte eine Pfote wie bittend auf sein Knie. „Ich kann dich nicht mitnehmen! Nicht mehr. Irgendjemand wird dich hier finden. Er wird sich in dich verlieben und sich um dich kümmern! Glaub mir. Sei nicht traurig. Es wird alles gut für dich werden. Mach es gut mein Mädchen, .. mach es gut ..." Er löste seine Umarmung und drehte sich herum. Bow begann zu winseln. Sie sprang hoch und stemmte sich gegen den Zug der Leine. Doch Kevin entfernte sich schnell. Ihr Winseln wurde zu einem Jaulen, dann zu einem wölfischen Heulen. Weit streckte sie ihre Nase in die Luft und heulte Kevins sich vom Parkplatz entfernenden Honda hinterher, ohne jemals zu begreifen, warum er das tat.

Der CRX erreichte eine Stunde später die Autobahnauffahrt. Der Nebel war schon ziemlich dicht. Es dämmerte in den Abend hinein. Kevin beschleunigte den Wagen auf Höchstgeschwindigkeit und sauste in die nächste sich ihm bietende Nebelbank hinein...

David Niemann wurde am 23.04.1964 in Köln geboren. Er absolvierte eine kaufmännische Ausbildung und war lange Zeit selbstständiger Unternehmer, bis er schließlich Anfang der 90er in seine Wahlheimat, die Eifel, emigrierte, wo er heute mit seiner Freundin und einer kleinen Tochter in einem kleinen Dorf lebt, sein Unternehmen aufgab und sich 1997 auf den Druck seines Bruders Wolfgang hin entschließt, das Abitur auf dem 2. Bildungsweg nachzuholen. Nunmehr steht David Niemann im Studium der Rechtswissenschaft an der Universität zu Bonn.

Bereits mit zwanzig Jahren vollendet er seinen ersten politischen Weltuntergangsroman „Die Hoffnung", den er vor dem Hintergrund des Iran-Irak – Krieges und der sich daraus als letzter großen Konfrontation zwischen Ost und West ergebenden Entwicklung schrieb. Seine Beschäftigung mit der Philosophie, insbesondere der Platons, Nietzsches, Schopenhauers, Thomas Manns und Hermann Hesses, nährten in ihm den Versuch in der Gestalt des Kevin Braun, eine Symbiose zwischen dem Geist und des Lebens an sich zu finden. Doch seiner eigenen Meinung nach muß dieser Versuch scheitern, so wie der Versuch Nietzsches gescheitert ist, das apollinische mit dem dionysischen zu vermischen. Frei nach dem Motto: Wenn der Bäcker sein Brot mit demjenigen teilt, der es nicht bezahlen kann, dann verhungern beide.
Doch die Geschichte ist noch nicht am Ende ...

david_niemann@gmx.net